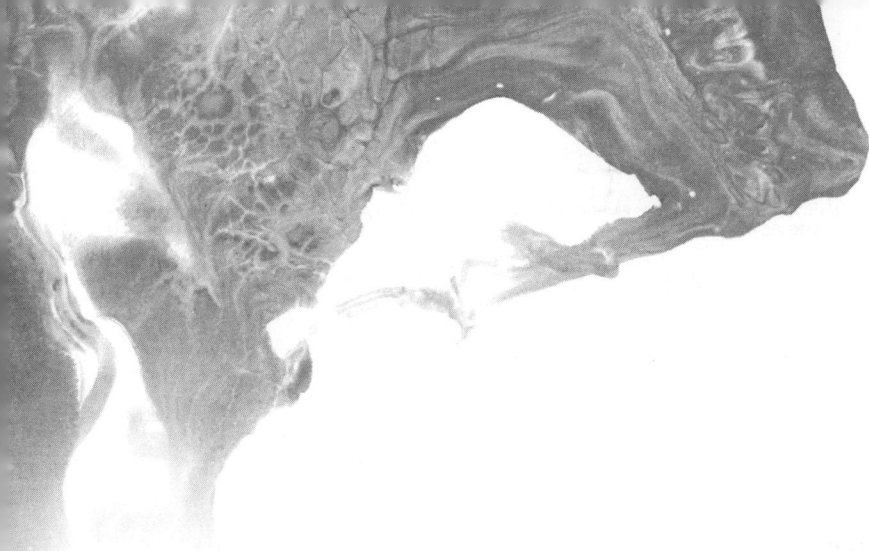

李舫————

著

大秋春

长江出版传媒

长江文艺出版社

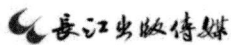

图书在版编目（CIP）数据

大春秋 / 李舫著. -- 武汉：长江文艺出版社，2021.12
ISBN 978-7-5702-2374-9

Ⅰ. ①大… Ⅱ. ①李… Ⅲ. ①散文集－中国－当代
Ⅳ. ①I267

中国版本图书馆 CIP 数据核字(2021)第 224682 号

大春秋
DA CHUNQIU

出版人/策划：尹志勇
责任编辑：雷　蕾　　　　　　　　责任校对：毛　娟
封面设计：璞茜设计　　　　　　　责任印制：邱　莉　　胡丽平

长江出版传媒 | 长江文艺出版社

出版：
地址：武汉市雄楚大街 268 号　　　邮编：430070
发行：长江文艺出版社
http://www.cjlap.com
印刷：中印南方印刷有限公司

开本：880 毫米×1230 毫米　　　1/32　　印张：14.875　　插页：4 页
版次：2021 年 12 月第 1 版　　　　2021 年 12 月第 1 次印刷
字数：310 千字

定价：49.80 元

目　录

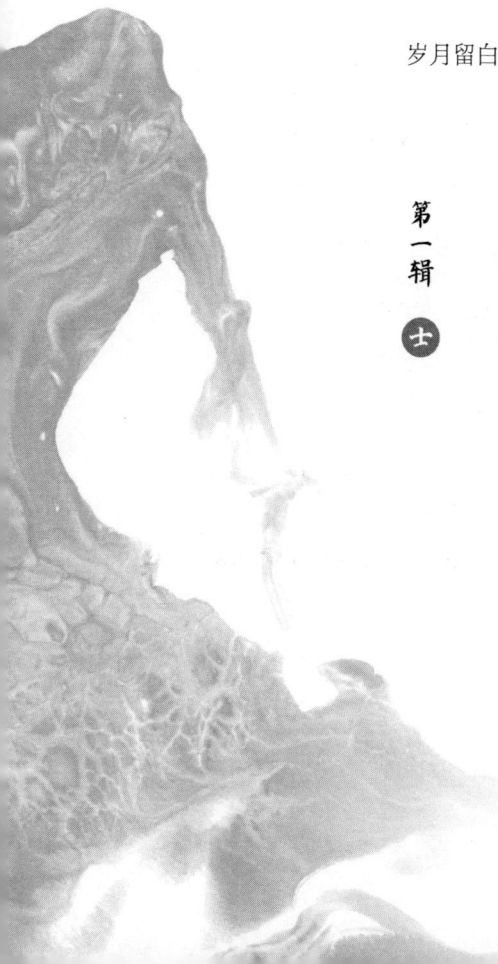

岁月留白处

写在本书之前

李舫

　　2015 年岁尾，异常忙碌中的一个间隙，我陡然萌生一个想法，写一本关于中国的大书。朝八晚六的规律生活，每日繁忙烦琐的工作，让我在阅读之外开始思考很多从未曾深入思考过的大问题，比如理想与信念、人类与世界、文明与传承、时间和空间、历史与文学、经纬与未来……书的内容还没有眉目，可是书的名字却那么固执地横亘在我的眼前——大春秋，像一座巍峨的山峰，吸引着我去攀登。

　　今天想来，这些思考是多么的肤浅，而我的雄心壮志又是多么的幼稚。可是，那时候，我正沉浸在春秋战国的历史钩沉中不能自拔，特别是老子和孔子的风云际会，让我对那个遥远的年代充满了激情。老子和孔子，两个历史深处的思想巨人，他们究竟以怎样的心情、怎样的姿态克服重重困难，终于得以相见？老子和孔子，如此迥然相异的两个人——一个温良敦厚，其文光明朗照，和煦如春；一个智慧狡黠，其文潇洒峻峭，秋般飘逸——他们走到一起，完成了中国思想史上的一次伟大碰撞。

那个万物寂寥的雪夜，一只遭遇魔法封印的困兽，被春秋时代的一声巨响惊醒。

春秋，这才是中国历史的大时代。

老子与孔子所处之时代，西周衰微久矣，东周亦如强弩之末。有周一朝，由文、武奠基，成、康繁盛，史称刑措不用者四十余年，是周朝的黄金时期。昭、穆以后，国势渐衰。后来，厉王被逐，幽王被杀，平王东迁，进入春秋时代。春秋时代王室衰微，诸侯兼并，夷狄交侵，社会处于动荡不安之中。老子作为周守藏室之史，孔子作为摄相事的鲁国大司寇，两者自然都有辅教天子行政的职责，救亡图存的使命将他们联系在一起。

老子和孔子的奇特之处在于，他们将哲学问题扩大到人类思考和生存的宏大范畴，甚至由人生扩展为整个宇宙。他们开创了一种辩证思维方式，一种哲学研究范式，一种身处喧嚣而凝神静听的能力，一种身处繁杂而自在悠远的智慧。这是个人与自我相处的一种能力，更是人类与社会相处的一种能力。

春秋者，时也，史也。古代先人春、秋两季的祭祀，让这个词具有了农耕文明的鲜明气质，春种秋收、春华秋实、春韭秋菘、春露秋霜、春花秋月……典籍里的美好词汇，负载着先人的美好期待，也收获着先人的美好祈福。春去秋来，四季轮回，成就了中华五千年的浩浩汤汤。

许慎《说文解字》说："史，记事者也；从又持中，中，正也。"历史的本意其实是记事者，也就是记录历史的史官。在西方，多种语言的历史概念源自希腊语historia，亦即调查、探究，出自古希腊历史学家希罗多德的《历史》（Historia）一书。历史包括一切过往，以及关于过往的记录和思考、研究和诠释。这样说来，历史具有三个特性，一是时间的意识性，二是思想的在场性，三是向未来的开放性。时间是流动的，今天的明天是明天的昨天，未来的历史又是过去的未来，历史的意义在于不断发现真实的过去，不断用新的发现修正以往的谬见与误读，这恰是历史研究的价值，而在历史学家不能及、无所及之处，让历史的细节变得更加丰盈丰富丰美，恰是文学家存在的意义。

文学家笔下的历史何以不同？司马迁给了我们一个坚定有力的回答，文学的书写在历史的深处，更在岁月的留白处。文学家书写的是人之所以为人的部分，说到底，就是人的明知不可为而为之的信念和勇气。于是，我们看到了司马迁笔下春秋时代种种顽强坚韧、不屈不挠。

黑格尔说过："一个民族有一群仰望星空的人，他们才有希望。"我们可以想象，两千五百年前漆黑的长夜里，两位仰望星空的智者，刚刚结束一场人类历史上的伟大对话，旋即坚定地奔向各自的未来——一个怀抱"至智"的讥诮，"绝圣弃智""绝仁弃义""绝巧弃利"；一个满腹"至善"的温良，惶惶不可终日，"累累若丧家之狗"。

在那个风起云涌、命如草芥的时代，他们孜孜矻矻，奔突以求，终于用冷峻包藏了宽柔，从渺小拓展着宏阔，由卑微抵达至伟岸，正是因为有他们的秉烛探幽，才有了中国文化的纵横捭阖、博大精深。

春秋之时，人道亦是天道。正是在这个时代，古代中国与古代希腊、古代印度、古代以色列一道，开始了"终极关怀的觉醒"，还处于童年时期的人类文明，已经完成了思想的第一次重大突破。在四个文明的起源地，人们不约而同地选择了用理智和道德的方式来面对世界，从而成就了世界文明的"轴心时代"。与此同时，那些没有实现突破的古代文明，如巴比伦文化、埃及文化，虽然规模宏大，最终却难以摆脱灭绝的命运，成为文化的化石。

人类经历了一个又一个变故，一次又一次迁徙，大航海时代、大动荡时代、大颠覆时代、大变革时代……正是有了这些波澜壮阔的历史，以及对于这些历史的不断探究，才有了人类思考的无限丰富，人类进步的无限可能。历史告诉我们，一个国家，一个民族，什么时候都不能离开理想和信念；也告诉我们，一个国家，一个民族，如何才能够葆有理想和信念。

时间，就像卑微的西西弗斯，每个凌晨推巨石上山，每临山顶随巨石滚落，周而复始，不知所终。而今，走在时代浩荡的变革中，我不时绝望地发现，那些被喧嚣遮蔽的废墟、被繁华粉饰的凌乱以及被肆意破坏的传承密码，它们切断了我们重返历史现场的心路，让我在迷失中一路狂奔。

大春秋，是我个人的一次文学冒险、一份历史笔记，也是我对纷繁过往的一种梳理和致敬，其中还有不少不成熟之处。但是，我愿青灯黄卷，孜孜矻矻，拂去岁月的尘埃，打捞记忆的残片，找到先人留给我们的琳琅珠玉，传之后世。

感谢长江文艺出版社，这是我在这里出版的第三部散文集，书中所选均是我近年来公开发表过的文章。此次甄选，对于写作者，是残忍而艰难的。

最后，特别感谢多年来一直关注我的读者、作家、评论家朋友。他们的鼓励和祝福，是我推石的动力。在这个写作者比阅读者更多的年代，他们让我始终保持清醒和旺盛的写作状态。

夜已深，天将明。天地间，白雪笼罩了一切，又将揭开一切。

凡是过往，皆为序章。

第一辑

士

手握一捆又一捆细细瘦瘦的简牍，扬雄焦灼地走在长长的甬道上……

在竹林间狂舞长啸，在雷电中昂首穿梭，嵇康想象自己是一只孑然独立的飞鸟……

残阳如血，寒风凛冽，陈子昂忧思刻骨，登上了幽州台……

晦暗的冬日，沉重的铁枷，韩愈蹒跚着走出长安，一路向东、向南，再向东、向南……

三十次委任，十七次失宠与流放，苏轼一蓑烟雨，千里行舟……

囚窗里，花白的头发披散着，书稿终于完成，李贽了无遗憾，自刎，遂绝……

伫立在湘西草堂前，面对着石船山，王夫之久久与之凝视，长衫在寒风中高高扬起……

这是中国士子的剪影。

在历史苍穹的璀璨星河中，光影闪烁，汇聚成熠熠生辉的中国风骨。

扬雄二首（其一）

（宋）王安石

子云游天禄，华藻锐初学。

覃思晚有得，晦显无适莫。

寥寥邹鲁后，于此归先觉。

岂尝知符命，何苦自投阁。

长安诸愚儒，操行自为薄。

谤嘲出异己，传载因疏略。

孟轲劝伐燕，伊尹干说亳。

叩马触兵锋，食牛要禄爵。

少知羞不为，况彼皆卓荦。

史官蔽多闻，自古喜穿凿。

千秋一扬雄

扬雄，西汉蜀郡成都人。继司马相如之后，西汉著名辞赋家。西汉官吏、学者。四十岁后，始游京师。大司马王音召为门下史，推荐为待诏。后经蜀人杨庄引荐，被喜爱辞赋的成帝召入宫廷，侍从祭祀游猎，任给事黄门郎。其官职一直很低微，历成、哀、平"三世不徙官"。王莽当政时，校书天禄阁，官为大夫。扬雄早期曾以《甘泉赋》《羽猎赋》《长杨赋》等佳作闻名于世，与司马相如齐名。后来他又放弃辞赋之体，转而研究哲学、语言学，并仿《论语》作《法言》，仿《易经》作《太玄》，又著有《方言》，记述西汉时期各地方言，成为汉代一大著述家。

——题记

一

头戴七旒冕冠，身着玄衣𬙂裳，扬雄神色肃穆。黄、白、赤、玄、缥、绿六彩大绶，白、玄、绿三色小绶，中单素纱，红罗襞积，白玉双佩，黑铁长剑，让他看起来更加冷峻。

手握一捆又一捆细细瘦瘦的简牍，扬雄焦灼地走在长长的甬道上。有汉一朝，清虚自守者寡，慷慨悲歌者众。这是汉代无数为时代而忙碌的思想者的身影，他们热切呈送着"跨海内，制诸侯"的谏议，期待一代明主驰骋疆场、纵横天下。他们是勘破时间奥秘的人，他们将他们的期待、企盼，写在简牍上、刻在历史里——

汉武帝即位，公孙弘以六十高龄之身，以贤良征为博士。元光五年，复征贤良文学，以丞相褒侯。他为国家奔走呼号："臣闻上古尧舜之时，不贵爵赏而民劝善，不重刑罚而民不犯，躬率以正而遇民信也；末世贵爵厚赏而民不劝，深刑重罚而奸不止，其上不正，遇民不信也。夫厚赏重刑未足以劝善而禁非，必信而已矣。"

陆贾追随刘邦，以斡旋于诸侯，两次出使南越，说服赵佗臣服汉朝，安定了大汉政局："夫建大功于天下者，必先修于闺门之内；垂大名于万世者，必先行之于纤微之事。……孔子曰：'有至德要道以顺天下。'言德行而其下顺之矣。"

贾谊十八岁即以博学能文闻名郡中，三十三岁抑郁而亡。司马迁哀念屈原、贾谊之才，为二人写了一篇合传，后世因此并称屈原与贾谊为"屈贾"。贾谊论秦取天下之势，守天下之道："野谚曰：'前事之不忘，后事之师也。'是以君子为国，观之上古，验之当世，参以人事，察盛衰之理，审权势之宜，去就有序，变化因时，故旷日长久而社稷安矣。"

晁错以非常之功，却无自全之计，终被腰斩东市。他论贵粟，言兵事，减民租，务农桑，薄赋敛，广蓄积。号令有时，要求朝廷的政治活动不要影响农时；利民欲，即满足人民的欲望，给老百姓以看得见的物质利益。

司马相如以其出神入化之文采，奠定了汉代文学的历史地位。他出使西南夷，将西南夷民族团结统一于大汉疆域，被誉为"安边功臣"，名垂青史。他的《子虚赋》和《上林赋》，以"子虚""乌有先生""亡是公"之口吻，道出了有汉一朝的强大声势和雄伟气魄。

…………

在雄壮辽阔的背景中，扬雄健步登上了时代的舞台。这激越的汉风，未曾幽咽，从未停息，沉淀在历史深处的身影清晰而坚定，那顺着脸颊流下的汗水，那伴着信念前行的脚步，那随着岁月远逝的记忆，那留下道道积淀的沟壑……如火光般四溅、飞腾、轰鸣、闪耀，最后终于被深邃的时间吞噬，被厚重的尘埃埋没。

一切喧嚣复归沉寂，判官的判笔终将留给历史。

扬雄早年崇拜司马相如，曾模仿司马相如的《子虚赋》《上林赋》，作《甘泉赋》《羽猎赋》《长杨赋》，为汉王朝讴歌太平、歌功颂德。后世将司马相如与扬雄合称为"扬马"。

此后，"客有荐雄文似相如者，上方郊祀甘泉泰畤、汾阴后土，以求继嗣，召雄待诏承明之庭"，他的才气日渐为朝廷所知。元延二年（前11年），大司马车骑将军王音召扬雄为门下史。加之蜀人杨庄推荐，汉成帝命他为文学侍从待诏，随侍左右，此后又封他为黄门郎，与王莽、刘歆等为同僚。

即便如此，扬雄也孤高自傲，不同流合污，所以他一直穷困潦倒。为此，他还以戏谑的手法写了篇《逐贫赋》：

> 扬子遁居，离俗独处。左邻崇山，右接旷野。邻垣乞儿，终贫且窭。礼薄义弊，相与群聚，惆怅失志，呼贫与语："汝在六极，投弃荒遐。好为庸卒，刑戮相加。……我行尔动，我静尔休。岂无他人？从我何求？今汝去矣，勿复久留！"
> ……
> 余乃避席，辞谢不直："请不贰过，闻义则服。长与汝居，终无厌极。"贫遂不去，与我游息。

此时的扬雄，与乞儿为伍，"人皆文绣，余褐不完；人皆稻粱，我独藜飧"，到了食不果腹、衣不蔽体的地步了。为了生计，他不得不顶风冒雨，亲操耒耜，参加生产劳动："身服百役，手足胼胝。或耘或籽，沾体露肌。"这是一个多么典型、多么地道的农夫。但是，他胸有大志，以圣人之业自任，不以产业为意，"不戚戚于贫贱，不汲汲于富贵"，对"既贫且窭"的家道，处之"晏如也"。他一心研读"圣人之书"，非此无所嗜好。

然而，侯门一入深似海，朝廷更着实令扬雄失望。汉成帝在还未继承帝位的时候，便已沉湎酒色，登基之后更肆无忌惮。汉成帝有个男宠叫作张放，史书记载张放"少年殊丽，性开敏"。汉成帝对他十分宠爱，平日里"与上卧起，宠爱殊绝"，还将张放提拔成中郎将，两人经常一起微服私访，汉成帝在外出游玩时假称是张放的家人，由此可见张放当时受宠的程度。汉成帝自即位起，就大肆建造宫殿，宵游宫、飞行殿、云雷宫、甘泉宫都是供其享乐所用。

汉成帝在位二十五年，耽于酒色，荒于政事，大大小小的起义在全国各地相继爆发。与此同时，汉成帝任由外戚专政，朝廷大政为太后一手把持。这些为王莽篡汉埋下了祸根。

千年流光，弹指而逝，位同宰相的同中书门下平章事王安石翻开史书，一时间感慨万端。回眸岁月深处，千余年前的扬雄让他不胜唏嘘：

> 儒者陵夷此道穷，
>
> 千秋止有一扬雄。

二

唐朝诗人刘禹锡在任监察御史期间，因参加王叔文的"永贞革新"，被贬为和州刺史。正是在和州任上，刘禹锡挥笔写下了名垂青史的《陋室铭》：

> 山不在高，有仙则名。水不在深，有龙则灵。斯是陋室，
> 惟吾德馨。苔痕上阶绿，草色入帘青。谈笑有鸿儒，往来无
> 白丁。可以调素琴，阅金经。无丝竹之乱耳，无案牍之劳形。
> **南阳诸葛庐，西蜀子云亭。孔子云：何陋之有？**

文中的"西蜀子云"，指的就是扬雄。"南阳诸葛庐，西蜀子云亭。"短短十个字，却将一代大儒的名字留在了青史之中。贫穷简陋的茅庐中，却住着胸怀天下、才气浩然的文化精英——诸葛亮和扬雄。

《三字经》写道："五子者，有荀扬。文中子，及老庄。"这"五子"就是荀子、王通（王勃的祖父）、老子、庄子以及扬雄。《三字经》将扬雄与老子、庄子、荀子、王通并列，可见扬雄对后世的影响之大。

公元前53年，西汉蜀郡扬氏府邸，一个普通的小男孩呱呱坠地。因为几世单传，父亲希望这个孩子以后在家庭和事业上都能光耀门楣，传承薪火，于是借助四川话"雄起"，给小男孩起了个名字——扬雄。

扬雄，少年好学，博览群书，但口吃讷言，喜静多思，对事物常有独到见解。幼年拜舅姥爷林闾翁孺为师。青年时，舅姥爷引他拜思想家、道学家严君平为师。严君平才学出众，学生众多，名传当时，但对扬雄高看一眼，留下了"唯有扬雄识君平"的感叹。

扬雄家贫，他曾自序道："家产不过十金，乏无儋石之储。"贫穷至此，他却安贫乐道，苦学不倦。他一边勤奋读书，一边游历当地，将蜀地周边地区游览了个遍。在这样超前的"读万卷书，行万里路"思想指导下，可想而知，他的才华迟早是要横溢出来的。

在家乡发奋读书的这些年，扬雄离群索居，很少和人接触，对

读书之外的一切事情都心不在焉，然而，人们不知道，在他冷峻的外表下有着一颗沸腾的心，有着一个远大的理想，要像他的四川先贤司马相如一样，凭借文学才智服务朝廷、报效国家。

司马相如比扬雄早出生一百余年，两个人同样的家贫好学、口吃讷言，同样的才华横溢、满怀理想，不同的是司马相如凭借文学和音乐的才华，与卓文君以琴传音，演绎了一曲爱情佳话。而扬雄却终身贫困，相继丧父、丧母、丧妻，就连聪慧异常、自己精心培养的儿子扬乌，也在九岁时夭折了。

经历了一连串失去亲人的打击后，固守贫家多年的扬雄，在友人的劝说下，终于决定出川北上长安去"京漂"。在长安，他结识了刘向、刘歆父子和其他辞赋大家如杨庄等人。大家交流赋文，在文学气息浓厚的圈子里，他对赋文的写作更加精进。

像许多文人一样，只要还活着，就要读书写作。扬雄视屈原和司马相如为精神和事业领袖，他伤悼屈原的文采和不幸遭遇，又怪屈原文过相如，至不容，作离骚，自投江而死，悲其文，读之未尝不流涕也。以为君子得时则大行，不得时则龙蛇，遇不遇命也，何必湛身哉！乃作书，往往摭离骚文而反之，自崏山投诸江流以吊屈原，名曰《反离骚》。

扬雄为学有个特点，"不为章句，训诂通而已，博览无所不见"。章句是西汉今文经治学特点；训诂是东汉古文经治学特点。扬雄不讲章句，只究训诂，开创了朴实的古文家风。今文经学者，世守师说，规规以师法章句为意，不敢越雷池一步；古文家则主张博览泛观，东汉时期的古文大师，如桓谭、班彪、班固、王充等人莫不"博览群书"，以此为法。

三

这一年正月，汉成帝命扬雄随驾，前往甘泉宫，扬雄"从上甘泉还，奏《甘泉赋》以风"，扈从成帝游甘泉宫，回长安后作此赋。

此时的扬雄，刚过不惑之年，对未来充满憧憬与信心，他挥手写下《甘泉赋》。文章极尽华彩之辞章、华丽之辞藻，极尽气魄之宏伟、想象之丰富，将汉天子郊祀的盛况铺张得恍若遨游仙境，祈愿刘氏王朝地久天长。赋的正文极力描写甘泉宫建筑之豪华，可分前后两部分，前部分采用由远及近、由粗到细、由全景到局部的方法，多层次地加以描绘，如："翠玉树之青葱兮，璧马犀之瞵瑞。金人仡仡其承钟虡兮，嵌岩岩其龙鳞。扬光曜之燎烛兮，垂景炎之炘炘。"运用白描、比喻和夸张的手法，把殿前景物、殿壁的装饰等，刻画得惟妙惟肖，感染力很强。赋的后半部分展开想象，以紫宫、阳灵等为喻，渲染甘泉宫的华贵。扬雄不仅在赋中描写了汉天子郊祀的盛况，赞誉天子恭肃祭天，神祇凭依，广赐福祥，子孙相继无极，并与文章开头相呼应。全篇有如观览长卷画幅，徐徐展示，一一显明，凡君臣卫侍、车马旗斧、山川草木、雷电风雨、宫殿观阙、天上地下、神仙鬼怪，乃至金人玉树、燎烛景炎、玄瓒柜鬯等，无不毕陈。

然而，年岁渐长，朝廷混沌，这些都令扬雄警惕。扬雄不仅对朝廷，对汉赋、对人生都有了新的认识。在《法言·吾子》中，他写道：赋乃"童子雕虫篆刻"，"壮夫不为"。难能可贵的是，在这篇赋的第八段，他告诫汉成帝，清心寡欲，屏退女色，方能保持天性，增寿广嗣。此后，他逐渐意识到，自己早年的赋和司马相如的赋一样，都是似讽而实劝。

这一年十二月，扬雄又作《羽猎赋》。在这篇赋中，他增加了劝谏的主题，写道："上犹谦让而未俞也，方将上猎三灵之流，下决醴泉之滋，发黄龙之穴，窥凤凰之巢，临麒麟之囿，幸神雀之林，奢云梦，侈孟诸，非章华，是灵台，罕徂离宫而辍观游，土事不饰，木功不雕，承民乎农桑，劝之以弗怠，侪男女，使莫违，恐贫穷者不遍被洋溢之饶，开禁苑，散公储，创道德之囿，弘仁惠之虞，驰弋乎神明之囿，览观乎群臣之有亡；放雉兔，收罝罘，麋鹿刍荛，与百姓共之，盖所以臻兹也。于是醇洪鬯之德，丰茂世之规，加劳三皇，勖勤五帝，不亦至乎！乃只庄雍穆之徒，立君臣之节，崇贤圣之业，未遑苑囿之丽，游猎之靡也，因回轸还衡，背阿房，反未央。"

第二年（前 10 年），汉成帝为了能在胡人面前夸耀大汉帝国物产之丰盈，珍禽异兽之繁多，征调右扶风郡百姓入终南山围猎，西自褒斜，东至弘农，南驱汉中，捕捉熊罴豪猪、虎豹猿猴、狐兔麋鹿，用装有围栏的车子运到长杨宫的射熊馆，用网子围成圈，把野兽放在里边，让胡人以手搏之，然后胡人可以获得抓到的禽兽，汉成帝则临观取乐，而农民却因此不能够收获他们的庄稼。

扬雄随汉成帝到射熊馆，回来立即创作了《长杨赋》。在这篇赋中，他继续对汉成帝铺张奢侈提出批评。他以汉高祖的为民请命、汉文帝的节俭守成、汉武帝的解除边患来显示出汉成帝的背离祖宗和不顾养民之道。

扬雄在这篇赋中，仿效司马相如的《难蜀父老》，在结构和遣词用句上则其步趋、祖其音节，神形俱是，然而，扬雄的赋与司马相如的赋在命意、文章的气势以及意境上又大不相同。司马相如为汉武帝通西南夷而辩，"盖世必有非常之人，然后有非常之事；有非常之事，然后有非常之功"，劝说百姓疏导交通，开拓疆土，交好夷狄。

扬雄则更有新意，借子墨客卿与翰林主人一问一答，以田猎为构架来概述历史，树立楷模，颂古鉴今，讽刺了汉成帝的荒淫奢丽：

子墨客卿问于翰林主人曰："盖闻圣主之养民也，仁沾而恩洽，动不为身。今年猎长杨，先命右扶风，左太华而右褒斜，椓巀薛而为弋，纡南山以为罝，罗千乘于林莽，列万骑于山隅，帅军踤阹，锡戎获胡。扼熊罴，拖豪猪，木拥枪累，以为储胥，此天下之穷览极观也。虽然，亦颇扰于农人。三旬有余，其勤至矣，而功不图。恐不识者外之则以为娱乐之游，内之则不以为乾豆之事，岂为民乎哉？且人君以玄默为神，澹泊为德，今乐远出以露威灵，数摇动以罢车甲，本非人主之急务也。蒙窃惑焉。"翰林主人曰："吁，客何谓之兹耶？若客所谓知其一未睹其二，见其外不识其内也。仆尝倦谈，不能一二其详，请略举其凡，而客自览其切焉。"客曰："唯唯。"

主人曰："昔有强秦，封豕其士，窳窳其民，凿齿之徒相与摩牙而争之。豪俊麋沸云扰，群黎为之不康。于是上帝眷顾高祖，高祖奉命，顺斗极，运天关，横巨海，漂昆仑，提剑而叱之。所过麾城撕邑，下将降旗，一日之战，不可殚记。当此之勤，头蓬不暇梳，饥不及餐，鞮鍪生虮虱，介胄被沾汗，以为万姓请命乎皇天。乃展人之所诎，振人之所乏，规亿载，恢帝业，七年之间而天下密如也。"

相传，《长杨赋》问世，天下震动，万口传诵。扬雄写罢此赋，立刻倒地酣眠，昏睡三天三夜，大病一场，三个月方得痊愈，呕心沥血，披肝沥胆，感人至深。

四

杨雄（前53—18年）也作"扬雄"。西汉官吏、学者。字子云，蜀郡成都（今属四川）人。成帝时为给事黄门郎。王莽时，校书天禄阁，官为大夫。

据历史资料记载，扬雄长相普通，身材不高，并无其他可描述之处。扬雄师从严君平学《周易》，从林闾翁孺学"古文奇字"，并且与蜀地高人李弘有交往。扬雄在学术研究及文学创作上取得了辉煌成就，《太玄》和《法言》奠定了扬雄在中国哲学史和儒学发展史上的崇高地位；《甘泉赋》《羽猎赋》《长杨赋》《河东赋》《蜀都赋》《逐贫赋》等使其与司马相如齐名而并称"扬马"，在中国文学史上称为"西汉末年最著名的辞赋家"；《方言》和《训纂》使其被后世称为"世界上研究方言第一人"。扬雄还在天文学、数学、历史、音乐等方面有重大贡献，无愧于"百科全书式的奇才"。

扬雄的先祖，系姬周支庶，因食采于晋地之杨邑，而以杨为氏。据《通志氏族略》等书记载，公元前552年，晋六卿之乱发生后，杨侯受韩、赵、魏的逼迫，其子孙溃散，四处奔逃，其中一支南迁到楚国境内的巫山地区繁衍生息。为了掩人耳目，将"杨"姓改为"扬"姓。

楚汉相争，扬雄的先人们为避战乱，又溯江而上，最后在巴郡江州（今重庆）栖身。避乱时期扬雄祖先们不求闻达，均无事迹可述。直至其五世祖扬季有一定起色，官至庐江郡太守。后遭到桑弘羊算计，扬季为避祸不得不弃官入蜀，在郫邑瓮店（今成都郫都区友爱镇）隐姓埋名，置土买田一心农桑稼穑，当地才有"扬"姓繁衍。

公元前 316 年，秦惠文王灭蜀国，置蜀郡，改郫邑为郫县，以张若（传说为张仪之子）为蜀郡守，兼领郫县令。秦汉时期的郫县（今成都市郫都区）辖有如今成都市郫都区全境、温江和灌县（今都江堰）大部分以及彭县（今彭州市）部分地域。秦孝文王和庄襄王时期，李冰任蜀郡守，治理岷江水患，修筑了都江堰，并且"穿郫江、检江，别支流双过郡下，以行舟船"，使郫县在内的整个川西平原从此"水旱从人，不知饥馑，时无荒年，天下谓之天府"。富庶的"川西上五县"（温江、郫县、崇宁、新繁、灌县），按照秦汉两代的行政区划，大部属于郫县的辖境。

纪国泰在《"西道孔子"：扬雄》一书里指出，扬雄故里位于郫县走马河畔的白鹤里。白鹤里有大片湿地，林木荟郁，沟渠两旁遍布桤木、杨树等。树上栖息着一群群白鹤，因而堰名"白鹤堰"，里以堰名，故称"白鹤里"。

后来，扬雄先祖为逃避战乱，迁往巫山，再沿江而上，在今重庆居住了一段时间。到祖先扬季时，方来到四川郫县落户，当时家有百余亩土地，在广种薄收的西汉，有百亩之地的家庭，应说是不太富裕，但也温饱自如。

有此扬雄，方使得烟波浩瀚的中华文化长卷，成为我们今天回溯历史的遥远的远方。

五

忽又一人大声曰："公好为大言，未必真有实学，恐适为儒者所笑耳。"孔明视其人，乃汝南程德枢也。孔明答曰："儒有君子小人之别。君子之儒，忠君爱国，守正恶邪，务使泽及当时，名留后世。若夫小人之儒，惟务雕虫，专工翰墨，青春作赋，皓首穷经；笔下虽有千言，胸中实无一策。且如扬雄以文章名世，而屈身事莽，不免投阁而死，此所谓小人之儒也；虽日赋万言，亦何取哉！"程德枢不能对。

《三国演义》借诸葛亮之口，对扬雄评价道："扬雄以文章名世，而屈身事莽，不免投阁而死，此所谓小人之儒也；虽日赋万言，亦何取哉！"

扬雄晚年供职于天禄阁，也就是今天的皇家图书馆。天禄阁远离朝堂，实乃清静之地，四壁皆书。大隐隐于此的扬雄，在这里潜心著书，研究玄学。天禄阁，成就了扬雄立言诏后世的皇皇巨著，也见证了他的失意苦闷，灰心绝望。扬雄撰写的《蜀王本纪》是研究古西蜀历史和地域文化的重要文献史料。后来，他认为辞赋为"雕虫篆刻""壮夫不为"，转而研究哲学。仿《论语》作《法言》，仿《易经》作《太玄》，并提出以"玄"作为宇宙万物根源之学说。历时27年才写成的《方言》，不仅集全国各地语言于一书，还让扬雄成为语言大师。《太玄》更是充满哲理思辨的意味，为他博得了"西道孔子"之名。

扬雄因病免职，又被召为大夫。家境一向贫寒，爱喝酒，人很少到其家。晚年的扬雄嗜酒如命，以致常有人用车拉着酒来向他请教文字，钜鹿侯芭常跟扬雄一起居住，学了《太玄》《法言》。"载酒问字"就是如此来的。当然，因为酒的催化作用，他也写了不少文章。他曾做《酒箴》以传后世：

　　子犹瓶矣。观瓶之居，居井之眉。处高临深，动而近危。酒醪不入口，臧水满怀。不得左右，牵于纆徽。一旦更礙，为瓵所轠。身提黄泉，骨肉为泥。自用如此，不如鸱夷。

鸱夷滑稽，腹大如壶。尽日盛酒，人复借酤。常为国器，

讬于属车。出入两宫，经营公家。由是言之，酒何过乎？

扬雄这篇状物小赋，描述的是两种盛器的命运：水瓶质朴有用，反而易招损害；酒壶昏昏沉沉，倒能自得其乐。反话正说，语近旨远，良苦用心，为的是劝诫世人，莫为酒惑，应"近君子而远小人"。刘歆曾对扬雄说："白白使自己受苦！现在学者有利禄，还不能通晓《易》，何况《玄》？我怕后人用它来盖酱瓿了。"扬雄笑而不答。

王莽当政时，刘歆、甄丰都做了上公，王莽既是假借符命自立，即位之后想禁绝这种做法来使前事得到神化，而甄丰的儿子甄寻、刘歆的儿子刘棻又奏献符瑞之事。王莽杀了甄丰父子，流放刘棻到四裔，供词所牵连到的，立即收系不必奏请。当时扬雄在天禄阁上校书，办案的使者来了，要抓扬雄，扬雄怕不能逃脱，便从阁上跳下，却被救活。"扬雄投阁"从此成为典故，比喻文人无端受牵连坐罪，走投无路之下的选择。

王莽听到后说："扬雄一向不参与其事，为什么在此案中？"暗中查问其原因，原来刘棻曾跟扬雄学写过奇字，扬雄不知情。下诏不追究他。然而京师为此评道："因寂寞，自投合；因清静，作符命。"

他活到七十一岁，在天凤五年（公元 18 年），当时大司空王邑、纳言严尤听说扬雄死了，对桓谭说："您曾称赞扬雄的书，难道能流传后世吗？"桓谭说："一定能够流传。但您和桓谭看不到。凡人轻视近的重视远的，亲眼见扬子云地位容貌不能动人，便轻视其书。从前老聃作虚无之论两篇，轻仁义，驳礼学，但后世喜欢它的还认为超过'五经'，从汉文帝、景帝及司马迁都有这话。现在扬子的书文意最深，论述不违背圣人，如果遇到当时君主，再经贤知阅读，被他们称道，便必定超过诸子了。"诸儒有的嘲笑扬雄不是圣人却作

经，好比春秋吴楚君主僭越称王，应该是灭族绝后之罪。扬雄死后四十多年间，他的《法言》大行于世，但《大玄》到底未得彰显，但篇籍都在。

晚年的扬雄，无妻，无子，孤苦无依，幸亏有学生侯芭陪伴照料，他才得以安享人生最后一点时光。

公元 18 年，贫穷而清高，才华出众，不汲汲于富贵，不戚戚于名利的西汉大儒，落下了他人生的大幕。他死后，侯芭为他建坟，守丧三年。

六

风，从高处刮来，在这里盘旋低回。这里是四川盆地的西部边缘，深丘和山地此起彼伏，冲积平原、台地、低山、丘陵错落有致。风，像一个饱经沧桑的雕刻大师，谙熟在地面、在石头上刻下生命的秘密。

这曾经是一个伟大的时代，这曾经有一个伟大的秘密。时光老去，这些刻在地面与石头上的秘密依然感人肺腑，摄人心魄。

从成都一路向西，扬雄的衣冠冢在郫县城（今郫都区）西南十一公里处的三元场友爱乡。当地人说，这高高的山丘就是扬雄的墓地。然而，语言学家王力认为，刘禹锡所说的"子云亭"，其实就是"子云宅"，就是指的扬雄的故宅，而不是扬雄的墓地。为了让《陋室铭》中的句子押韵，刘禹锡有意改"宅"为"亭"。

"南阳诸葛庐，西蜀子云亭。"南阳诸葛庐名垂青史，遗憾的是，西蜀子云亭却鲜有人知。深秋的子云亭，辽阔，开旷，东西有农舍竹林环抱，一片亘古寂静。

明代四川按察使郭子章入郫凭吊子云先生，见其墓已荒芜，乡人随意放牧采樵，遂明令严禁樵牧，又于墓地遍植柏树，并立碑作记。清道光元年（1821年），知县黄初又命人在墓周围栽植柏树。1950年后墓地尚存古柏80余株，墓周有石栏、石柱、石碑。石柱上镌刻楹联："文高西汉唯玄草，学继东山是法言。"非常可惜的是，"文革"期间，墓地古柏及石栏、石柱、石碑遭毁坏。

扬雄一生坎坷，经历了汉成帝、汉哀帝、汉平帝及新朝王莽四帝。他文采焕然，学问渊博；道德纯粹，妙极儒道。王充说他有"鸿茂参圣之才"；韩愈赞他是具有"大纯而小疵"的"圣人之徒"；司马光更推尊他为孔子之后、超荀越孟的巍然"大儒"。

扬雄生前寂寞，在唐朝却被一干诗众奉为圭臬。杜甫对自己的才华更是自信满满："赋料扬雄敌，诗看子建亲。"孟浩然抒发自己怀才不遇的牢骚也与扬雄相比较："乡曲无知己，朝端乏亲故。谁能为扬雄，一荐甘泉赋。"我空有扬雄一样的才华，可惜没人推荐。李白的族叔李阳冰评价李白，也是用扬雄做标尺："驰驱屈、宋，鞭挞扬、马。千载独步，唯公一人。"屈原、宋玉、扬雄、司马相如，都被李白超越了。刘禹锡的"南阳诸葛庐，西蜀子云亭。何陋之有？"更是将扬雄推到了文学领袖的高峰之巅。

自刘禹锡《陋室铭》而下，"子云亭"不胫而走。郫县人因地处扬雄故里而自雄，也将"问字宅"改为"问字亭"。又因扬雄曾作《太玄》，影响很大，故也有人称其宅为"草玄亭"。清朝时，为避"圣祖"玄烨讳，改"玄"为"元"，又称为"草元亭"。《陋室铭》名声太大，以至于蜀中"子云亭"四处林立，凡是扬雄曾涉足的地方，纷纷修建"子云亭"，其中较有名的有成都、犍为、剑阁、绵阳、郫县等地。

究竟哪里才是真正的"西蜀子云亭"？

其实，两千年后的今天，这个问题已经不再重要。重要的是，如若扬雄地下有知，徘徊在这山风树影之间，他该如何评价我们对他的评价？

（原载于《时代文学》2020 年 12 期）

思旧赋

（魏晋）向秀

余与嵇康、吕安居止接近，其人并有不羁之才。然嵇志远而疏，吕心旷而放，其后各以事见法。嵇博综技艺，于丝竹特妙。临当就命，顾视日影，索琴而弹之。余逝将西迈，经其旧庐。于时日薄虞渊，寒冰凄然。邻人有吹笛者，发音寥亮。追思曩昔游宴之好，感音而叹，故作赋云：

将命适于远京兮，遂旋反而北徂。

济黄河以泛舟兮，经山阳之旧居。

瞻旷野之萧条兮，息余驾乎城隅。

践二子之遗迹兮，历穷巷之空庐。

叹黍离之愍周兮，悲麦秀于殷墟。

惟古昔以怀今兮，心徘徊以踌躇。

栋宇存而弗毁兮，形神逝其焉如。

昔李斯之受罪兮，叹黄犬而长吟。

悼嵇生之永辞兮，顾日影而弹琴。

托运遇于领会兮，寄余命于寸阴。

听鸣笛之慷慨兮，妙声绝而复寻。

停驾言其将迈兮，遂援翰而写心。

江春入旧年

——嵇康与广陵

> 嵇康，字叔夜，谯国铚人也。其先姓奚，会稽上虞人，以避怨，徙焉。铚有嵇山，家于其侧，因而命氏。兄喜，有当世才，历太仆、宗正。康早孤，有奇才，远迈不群。身长七尺八寸，美词气，有风仪，而土木形骸，不自藻饰，人以为龙章凤姿，天质自然。恬静寡欲，含垢匿瑕，宽简有大量。
>
> ——《晋书·嵇康传》

一

从这场酒席中散去，微醺的中散大夫嵇康匆匆赶去另一场酒会。

在竹林间舒展广袖，狂舞长啸，清俊的嵇康想象自己是一只孤绝、清瘦的飞鸟，在寂寥的高空中不知疲倦地翱翔，俯瞰浩瀚的林海，俯瞰浩瀚的大地。

夜的精魂不停地缠绵，不倦地周旋。

时而飞，时而停，时而高蹈轻扬，时而缱绻低回，中散大夫携琴自问——是否还记得曾经嬉戏的洛西、曾经夜宿的月华亭？是否还记得绵密无寝长夜漫漫、起坐抚弦遂成新曲？雅乐新成，纷披灿烂，戈矛纵横，惊天动地，嵇康谓之《广陵散》。

时光，如水波般流动。天池辽阔谁相待，日日虚乘九万风——端的是似水流年啊！

这是中国文化最浪漫深情的一刻，也是中国历史最波诡云谲的一页。嵇康像一只孑然独立的大鸟，与乌云一道在电闪雷鸣中穿梭。他龙章凤姿，不自藻饰；他悲愤幽咽，慨然不屈；他昂首嘶鸣，浩气当空；他弹琴咏诗，自足于怀——雷电为他的翅膀镶嵌了一道璀璨的金边，他踏着阵阵松涛，宛若深山中狂飙的雄鹰。

嵇康，公元224年出生于魏国谯郡铚县，先祖本姓奚，会稽上虞人，为避世怨，迁徙于嵇山，置家于其侧，因而以"嵇"命为姓氏。嵇康年少才高，重思想，善谈理，懂音律，能属文，高情远趣，率然玄远。正始末年，嵇康居山阳，"所与神交者惟陈留阮籍、河内山涛，豫其流者河内向秀、沛国刘伶、籍兄子咸、琅琊王戎，遂为竹林之游"，肆意酣畅，共倡玄学新风，主张"越名教而任自然""审贵贱而通物情"，世谓"竹林七贤"。

据史书记载，嵇康曾经在洛阳西边游玩，晚上夜宿月华亭，引琴弹奏。夜半时分，突然有客人拜访，自称是古人，他与嵇康一同谈论音律，辞致清辩，于是索琴而弹，声调美妙绝伦。他将这首乐曲传授给嵇康，并让嵇康起誓绝不传给他人，他亦不言其姓字。

——这就是传说中的《广陵散》。

嵇康所作《广陵散》，又名《广陵止息》，古时亦名《聂政刺韩傀曲》。嵇康以善弹此曲著称，听者如闻天籁。公元263年，嵇康为司马昭所害。刑场上，三千太学生向朝廷请愿，请求赦免嵇康，并要拜嵇康为师，司马昭不允。临刑前，嵇康无一丝伤感，从容不迫索琴弹奏，天籁般的曲调弥漫在刑场上空。嵇康弹罢，慨然叹惋："世间从此再无《广陵散》！"

叹罢，从容引首就戮。嵇康时年，仅四十岁。《晋书》记载：

> 康将刑东市，太学生三千人请以为师，弗许。康顾视
> 日影，索琴弹之，曰：'昔袁孝尼尝从吾学《广陵散》，吾每
> 靳固之。《广陵散》于今绝矣！

海内之士，莫不痛之。晋文帝司马昭不久亦醒悟，然而，悔之晚矣。

痛失的，岂止嵇康，更有广陵清音。天籁只能天上得，那堪人间共此声？

每读到此处，便无端地想起文天祥那首七律：

> 生前已见夜叉面，
>
> 死去只因菩萨心。
>
> 万里风沙知已尽，
>
> 谁人会得广陵音。

二十八个字，痛彻心扉。

秦始皇焚书坑儒，焚琴煮鹤。琴，"秦灭六国，至汉不兴"。时至魏晋，琴、曲皆失，《广陵散》再无知音。

二

这是一场酣畅淋漓的欢聚，这是一个放浪不羁的时代。

忧时悯乱、骏放沉挚的阮籍，外柔内刚、淳深渊默的山涛，容貌丑陋、澹默寡言的刘伶，任性不羁、妙达八音的阮咸，清悟识远、狷介忠直的向秀，识鉴过人、谲诈多端的王戎，以及——永远不会缺席的嵇康。他们嗜酒如命，酣饮时烂醉如泥，清醒时装疯佯狂。

这是一幅怎样汪洋恣肆的画卷？这是一种怎样心有灵犀的景

象？春风荡漾，柳丝拂面，众人一起围坐，面对面痛饮。阮籍习武艺，能长啸，善弹琴，好为青白眼。遇见所谓"唯法是修，唯礼是克"的礼法之士，阮籍必以白眼对之。阮籍的母亲去世后，嵇康的哥哥嵇喜来致哀，因为嵇喜是在朝为官的礼法之士，于是阮籍也不管守丧期间应有的礼节，给了嵇喜一个大大的白眼。后来，嵇康带着酒、琴而来，阮籍马上便由白眼转为青眼。阮咸更是不拘小节，大瓮盛酒，与猪同饮。嵇康与向秀饮罢，便在家门前的柳树下打铁自娱，嵇康掌锤，向秀鼓风，二人旁若无人，自得其乐。刘伶每饮必醉，常乘坐鹿车，携一壶酒，使人荷锸而随之，左右顾盼，其妻劝止，刘伶大笑道："死又何惧？死便埋我！"

这是一场怎样没有休止的酒宴？这是一群怎样没有嫌隙的挚友？他们虽有满腹才华，满腔壮志，却错生在一个毫无光亮的时代。曹魏后期，政局混乱，曹芳、曹髦既荒淫无度，又昏庸无能，司马懿、司马师父子掌握朝政，废曹芳、弑曹髦，大肆诛杀异己。他们所看见的，是恐怖的屠杀、虚伪的礼法。他们不满司马氏的所作所为，更不愿依附司马氏。他们崇尚老庄的自然无为，蔑弃礼法规则。他们是嵇康真正的知音，是他的听众、他的读者，无论微醺，还是酩酊。

有学者将这个时代称为"世说新语"时代。我们不妨用四个词来概括这个时代：玄幻，谋篡，战乱，黑暗。也不妨用四个词来概括他们的心绪：哀伤、苦闷、恐惧、绝望。

这是何等的玄幻、谋篡、战乱、黑暗？这是何等的哀伤、苦闷、恐惧、绝望？走出竹林，便是无尽的长夜，放下酒盏，便是亘古的空虚。他们紧紧地贴伏着大地，紧紧地簇拥在一起，像凛冽寒风中残存的雏鸟——覆巢之下，其能幸哉？

万里风沙知己尽，谁人会得广陵音？

嵇康一生放荡作文，桀骜为人。他的诗歌存世仅五十余首，后世却评价极高，赞叹其诗不为《风》《雅》所羁，直写胸中之语。他句句隽永，字字珠玑。读嵇康的《琴赋》，眼前不时闪现这位执着于精神自由、终日与琴为友的士子形象：

> 余少好音声，长而玩之。以为物有盛衰，而此无变；滋味有厌，而此不倦。可以导养神气，宣和情志。处穷独而不闷者，莫近于音声也。是故复之而不足，则吟咏以肆志；吟咏之不足，则寄言以广意。然八音之器，歌舞之象，历世才士，并为之赋颂。其体制风流，莫不相袭。称其才干，则以危苦为上；赋其声音，则以悲哀为主；美其感化，则以垂涕为贵。丽则丽矣，然未尽其理也。推其所由，似原不解音声；览其旨趣，亦未达礼乐之情也。

嵇康以为，"众器之中，琴德最优"。而操琴之德，何尝不是为人之德？在《琴赋》文末的"乱"段，嵇康咏叹琴的和悦之德，无法探其深广；体味琴的清明之体，无法知其旷远；感慨琴的高邈之美，无法遇其企及；倾听琴的优良之质，无法得其驾驭；惋惜琴的至性至情，堪称群乐之首，可惜知音者渺邈。而这些，何尝不是以琴寓世、以琴喻人？

> 愔愔琴德，不可测兮；体清心远，邈难极兮；良质美手，遇今世兮；纷纶翕响，冠众艺兮；识音者希，孰能珍兮；能尽雅琴，唯至人兮！

嵇康文章，多为论说，所著诸文论六七万言，皆为世所玩咏。他曾作《声无哀乐论》，针对儒家的"治世之音安以乐，亡国之音哀以思"，旗帜鲜明地加以辩驳。音乐是客观存在的音响，哀乐是人们的精神被触动后产生的感情，两者并无因果关系，亦即"心之与声，明为二物"，"心"和"声"，明明就是两种东西，压根就没有什么关系。

> 夫天地合德，万物贵生，寒暑代往，五行以成。故章为五色，发为五音；音声之作，其犹臭味在于天地之间。其善与不善，虽遭遇浊乱，其体自若而不变也。岂以爱憎易操、哀乐改度哉？及宫商集比，声音克谐，此人心至愿，情欲之所钟。故人知情不可恣，欲不可极故，因其所用，每为之节，使哀不至伤，乐不至淫，斯其大较也。

嵇康为文，多借景抒情，托物言志。在《琴赋》中，他讲述琴的材质的生长环境、在能工巧匠手中的制作，随之写到琴音的优美典雅，变化无穷，盛赞琴的高尚和平、纯洁正直的品格。不论是琴音、琴思、琴德，还是叙事、写景、抒情，嵇康之文如同其人，笔势放纵，汪洋恣肆，辞采绚烂，让人无法不击节赞叹。

正是在这篇赋中，嵇康曾将自己喜好的古琴曲目排出顺序。他认为，首先无可争议的是《广陵》，接下来是《止息》《东武》《太山》，《飞龙》《鹿鸣》，《鹍鸡》《游弦》，他认为这几首古曲变换为不同的演奏方式，如果声色自然，流畅清楚美妙，都能消除烦躁情绪。后代变换的俗谣俗曲，当数汉末蔡邕创制的《蔡氏五弄》。接下来还有《王昭》《楚妃》《千里别鹤》。最后还有一时权宜之作，杂进俗曲，也有一些值得浏览的琴曲。所以，所谓曲高和寡者，"然非夫旷远者，不能与之嬉游；非夫渊静者，不能与之闲止；非夫放达者，不能与之无吝；非夫至精者，不能与之析理也"。

嵇康道德文章影响深远，清代何焯感喟："叔夜千古人，此赋亦千古文。读此赋，如闻鸾凤之音于云霄缥缈之际。"

三

嵇康，身长八尺，容止出众。

这样一位翩翩佳公子，加之满腹诗书，可谓器宇轩昂、玉树临风，简直是那个黯淡时代的华彩篇章。举目皆是战祸、离索、弥乱、凋敝、血腥、恐惧……可是，有什么能掩盖得住心中鼓荡的丰盈与骄傲？嵇康曾娶曹操曾孙女为妻，官拜曹魏中散大夫，从此与曹魏有了生死之缘分。也恰是他与曹魏的不离不弃，种下了他终于为钟会所构陷、为司马昭所杀害的祸根。

说到嵇康桀骜不驯的性格、坎坷多舛的命运，不能不提"竹林七贤"中的山涛，以及嵇康写给山涛的《与山巨源绝交书》。

山涛在由选曹郎调任大将军从事中郎时，欲荐举嵇康代其原职。没想到，嵇康听到消息，勃然大怒，不仅在信中断然拒绝山涛的荐引，而且傲慢地申明自己赋性疏懒，不堪礼法约束，不可加以勉强，发誓从此与山涛断绝往来。

在这封长信中，嵇康开篇毫不客气地说，我性格直爽，心胸狭窄，对很多事情绝不姑息（"直性狭中，多所不堪"）；性情懒漫，筋骨迟钝，肌肉松弛，头发和脸经常一月或半月不洗，如不感到特别发闷发痒绝不愿意洗浴（"性复疏懒，筋驽肉缓，头面常一月十五日不洗，不大闷痒，不能沐也"）。好在朋友们都能够忍受他孤傲简慢的性情，背离礼法的行为（"侪类见宽，不攻其过"）。

此后，嵇康以"七不堪"力陈拒绝山涛的理由：

> 人伦有礼，朝廷有法，自惟至熟，有必不堪者七，甚不可者二：卧喜晚起，而当关呼之不置，一不堪也。抱琴行

吟，弋钓草野，而吏卒守之，不得妄动，二不堪也。危坐一时，痹不得摇，性复多虱，把搔无已，而当裹以章服，揖拜上官，三不堪也。素不便书，又不喜作书，而人间多事，堆案盈机，不相酬答，则犯教伤义，欲自勉强，则不能久，四不堪也。不喜吊丧，而人道以此为重，已为未见恕者所怨，至欲见中伤者；虽瞿然自责，然性不可化，欲降心顺俗，则诡故不情，亦终不能获无咎无誉如此，五不堪也。不喜俗人，而当与之共事，或宾客盈坐，鸣声聒耳，嚣尘臭处，千变百伎，在人目前，六不堪也。心不耐烦，而官事鞅掌，机务缠其心，世故烦其虑，七不堪也。

嵇康在这封信的末尾义愤填膺地写道："若趣欲共登王途，期于相致，时为欢益，一旦迫之，必发狂疾。自非重怨，不至于此也。"也就是说，我与你并无深仇大恨，何苦为难我让我去做官呢？

山涛是竹林七贤中最年长的一位，也堪称"竹林七贤"其他人的伯乐。他的风神气度，震撼了"竹林"。同为"竹林七贤"的王戎对他的评论是："如璞玉浑金，人皆钦其宝，莫知名其器。"也就是说，他给人一种质素深广的印象。大器度，正是其时名士之一种风度。虽然山涛与嵇康情意甚笃，但是人生志趣未必相同，就在嵇康越来越放任自然之时，山涛却越来越彰显其入仕之心、治世之才、运筹之策、选人之能。他走的是另一条道路。

山涛不是一个没有见识的人，他谨慎小心地接近权力，却又小心翼翼地回避权力。毫无疑问，纵然狂放如嵇康者，在道德品行上也是了解自己的朋友信任自己的朋友的。他后来因得罪司马氏而被治罪，临死前对儿子嵇绍说的最后一句话便是："有巨源在，你便不会孤独无靠了。"

在曹氏与司马氏权力争夺的关键时刻，山涛看出事变在即，"遂隐身不交世务"。这之前他做的是曹爽的官，而曹爽将败，故隐退避嫌。但当大局已定，司马氏掌权的局面已经形成时，他便出来。山涛与司马氏是很近的姻亲，靠着这层关系，他去见司马师。司马师知道他的用意与抱负，便对他说："吕望欲仕邪？"于是，"命司隶举秀才，除郎中，转骠骑将军王昶从事郎中。久之，拜赵相，迁尚书吏部郎"。此后，嵇康与山涛在政治上分道扬镳，山涛一帆风顺，货与帝王家，征程万里无隔阻，嵇康绝尘而去，血染断头台，不做俗世一尘埃。

嵇康作《与山巨源绝交书》，后人因此对山涛颇多鄙夷。嵇康是非分明，刚直峻急。而山涛则举事有度，量体裁衣，凡事不逾矩，不违俗。譬如他也饮酒，但有一定限度，至八斗而止，与其他人的狂饮至于大醉不同。山涛生活俭朴，为时论所崇仰。他在嵇康被杀后二十年，荐举嵇康的儿子嵇绍为秘书丞，他告诉嵇绍说："为君思之久矣。天地四时，犹有消息，而况人乎！"可见，二十余年，他从未忘却旧友。

嵇康为司马昭所杀，犹如一个暗夜炸开的信号，"竹林"自此分崩离析，有人走向心怀汤火、足履薄冰的震颤，有人走向潇洒挥放、逶迤远行的傲然，有人走向穆如清风、冰清玉洁的旷达，有人走向质朴素真、恬淡自然的无为，有人走向哲思飞扬、才情盈溢的飘逸，有人走向有道言兴、无道默容的明哲保身。向秀悲恸不已，他写下千古绝唱《思旧赋》，怀念与老友同游山林的岁月：

> 将命适于远京兮，遂旋反而北徂。
>
> 济黄河以泛舟兮，经山阳之旧居。
>
> 瞻旷野之萧条兮，息余驾乎城隅。
>
> 践二子之遗迹兮，历穷巷之空庐。

叹黍离之愍周兮，悲麦秀于殷墟。

惟古昔以怀今兮，心徘徊以踌躇。

栋宇存而弗毁兮，形神逝其焉如。

昔李斯之受罪兮，叹黄犬而长吟。

悼嵇生之永辞兮，顾日影而弹琴。

托运遇于领会兮，寄余命于寸阴。

听鸣笛之慷慨兮，妙声绝而复寻。

停驾言其将迈兮，遂援翰而写心。

在这篇赋的序中，追思与老友过往游宴欢饮的点点滴滴，向秀慨然叹息："嵇博综技艺，于丝竹特妙。临当就命，顾视日影，索琴而弹之。余逝将西迈，经其旧庐。于时日薄虞渊，寒冰凄然。邻人有吹笛者，发音寥亮。"

斯人已去，足音跫然。

四

"聂政"曲何以名"广陵"？

韩皋曾经给出一个颇为可信的理由："扬州者，广陵故地，魏氏之季，毋丘俭辈皆都督扬州，为司马懿父子所杀。叔夜痛愤之怀，写之于琴，以名其曲，言魏之忠臣散殄于广陵也。盖避当时之祸，乃托於鬼神耳。"时运不济，遂以"广陵"言志。

谁能想到，今日温婉可亲的扬州，竟然是昔日嵇康抚琴言志的广陵故地？

虞渊未薄乎日暮，广陵终不绝人间。

这是晚春的扬州，烟花三月的广陵雾雨还未飘远，时间却已行进至一千七百年后的今天，清朗的空气便开始讲述与昨天的记忆迥然不同的故事。林钟宫音，其意深远，音取宏厚，指取古劲，广陵余音绕梁，至今犹在耳畔，一支新曲俨然歌成。

江水北去，淮河南来。

这是一年里最欢腾、最茁壮的日子。大地上冰封的一切早已苏醒，暗夜里沉寂的一切正在绽放。被雾雨笼罩的广陵，繁花似锦，万马奔腾，举目皆是浓墨重彩的山水画卷。

风无边、水无界。

公元前486年，吴王夫差开邗沟，筑邗城，沟通江淮，成就了后世"烟花三月下扬州"。水，催生了扬州的数度繁华，也孕育了扬州的悠久文明。站在江都水利枢纽的高台上，荡胸顿生层云。过去的岁月气势磅礴，如水波般一泻千里，雄伟壮观，恍若嵇康的广陵绝响。

扬州盐商富甲天下，留下了美轮美奂的园林、婀娜多姿的景致、穷奢极欲的宅邸。清代戏曲家李斗在其笔记集《扬州画舫录》中曾写道："杭州以湖山胜，苏州以市肆胜，扬州以园亭胜，三者鼎峙，不分轩轾。"而今，这些园林、亭台、宅邸，已成为扬州璀璨多姿的文化景观。当年的广陵，走过无数风雷激荡的岁月，在万千气象、日新月异的今天，正在由古老的遗存，蝉蜕为羽化的新生。

古城里，举步皆是脊角高翘的屋顶、风韵痴绝的门楼，直露中有迂回，舒缓处有起伏；古巷曲折蜿蜒，巷子里的茶楼和酒肆藏而不露，每每寻到，便是无边的惊喜，让人回味无穷。瘦西湖上，五亭桥造型秀美，富丽堂皇，如同湖的一束玉带。传说这是清扬州两淮盐运使为了迎接乾隆南巡，特雇请能工巧匠设计建造的。桥上雕栏玉砌，彩绘藻井；桥下四翼分列，十五个卷洞彼此相通。每当皓月当空，各洞衔月，金色荡漾，众月争辉，倒挂湖中，不可捉摸。"青山隐隐水迢迢，秋尽江南草木凋。二十四桥明月夜，玉人何处教吹箫？"杜牧的诗句恍若与月色一道铺满银色的水面。

五

这是中国历史一段波诡云谲的时期。

魏晋南北朝——史家惯于从建安元年（196 年）开始计算，到隋开皇九年（589 年）隋文帝统一中国为止，前后共约 400 年。

漫长四个世纪，无疑是中华民族家国分裂、政治动荡、战火频仍、割据政权林立的时代。这期间，共发生较大规模的战争 500 余次，先后建立 35 个大大小小的政权，只有西晋实现过短短的 37 年的统一，其余皆处于分裂状态，可谓"城头变幻大王旗"。秦汉以来的物质积淀被糟蹋殆尽，董卓之乱、八王之乱、侯景之乱、五胡乱华……天灾人祸，生灵涂炭，国家满目疮痍，人民流离失所。

然而，若论在中国历史上的风采独具、文采焕然，无出魏晋南北朝其右者。一方面，社会生活空前动荡与纷乱；一方面，文学创作空前发展与繁荣。这是士人思想最活跃、精神最自由、个性最张扬、行为最放纵的时代，这是一个具有艺术气质的时代。

这是一个"世说新语"时代。在这样一个时代，天下规则散尽，斯文扫地。在这样一个时代，不难理解，何以武好法术，文慕通达；何以天下之士，不循前轨。

遗憾的是，旷世之才如嵇康，也只能以自己的方式在这个时代的夹缝中求生。

"爱有大而必失，恶有甚而必得；智惠不能去其恶，威力不能全其爱。故前识所不用心，而圣人罕言焉，若乃系情累于外物，留曲念于闺房，亦贤俊之所宜废乎？"这是陆机在《吊魏武帝文》写到曹操临终吩咐后事时的描述，惋惜一代明主的远行，笔笔顿挫，气势畅达。这还是"日月之行，若出其中；星汉灿烂，若出其里"壮怀千里的曹操吗？这还是"山不厌高，海不厌深；周公吐哺，天下归心"运筹帷幄的曹操吗？这还是"老骥伏枥，志在千里；烈士暮年，壮心不已"永不言败的曹操吗？这是与嵇康有着千丝万缕牵挂的曹魏，是一个大时代拉开华幕的序曲，然而，落花流水终去也，英雄暮年，恰如一个时代的谢幕，端的是说不尽的凄伤和沧桑。

昔我往矣，杨柳依依；今我来思，雨雪霏霏。

让我们重新回到一千七百年前的历史现场，清点烽烟凉尽的烟火，收殓岁月老去的残骸。这是景元二年（261年），嵇康作《与山巨源绝交书》，两年后，他为司马氏所杀。有心者也许会留意，会在青灯黄卷中翻到曾经被我们忽视的片段，以及这些片段中的丝丝缕缕——半个世纪之前，曹丕在《典论·论文》中写下了"盖文章，经国之大业，不朽之盛事"的千古绝唱；在《与王朗书》中写道："生有七尺之形，死唯一棺之土。"王粲在《登楼赋》中写下："人情同于怀土兮，岂穷达而异心。"半个世纪后，在匈奴的进逼中，洛阳失守，建兴四年（316年）西晋灭亡。在这场战争中，匈奴长驱直下，很快便控制了几乎整个中原，一百多年的大动乱大灾难大纷争就这样开始了，中华民族陷入漫漫寒夜。史官干宝在《晋纪总论》中写道："国政迭移于乱人，禁兵外散于四方，方岳无钧石之镇，关门无结草之固"，最终"脱耒为兵，裂裳为旗，非战国之器也；自下逆上，非邻国之势也。然而扰天下如驱群羊，举二都如拾遗芥，将相王侯颈以受戮，后嫔妃主虏辱于戎卒，岂不哀哉！"国家顺乎天命方可兴盛，顺乎民意方可和谐，以礼仪教化百姓方可建立纲常，国家基础宽厚方可难以颠覆，正如树木根深叶茂则难以拔掉，政教有条有理则国家不乱，法纪牢靠周密则社会安定。如此者，方为治国之策，立国之本。

前后不过百年，世事更迭如斯。随风云变幻的，是利益的血腥和政治的无情。不变的，是士子千百年来一脉相承的家国情绪、道义文章——莫谓书生空议论，头颅掷处血斑斑。

"夜中不能寐，起坐弹鸣琴。薄帷鉴明月，清风吹我襟。孤鸿号外野，翔鸟鸣北林。徘徊将何见？忧思独伤心。"这是阮籍的《咏怀诗》。其孤绝旷逸，寓意深远，所书所写何尝不是嵇康？不难想象，某个黑暗寂静得没有边际的长夜，嵇康夜阑酒醒，忧畏难去，在耿介与求生间矛盾，在旷达与良知中互争，嵇康的悲凉郁结莫可告喻。这些悲凉郁结充溢于他的字里行间，穿越无数个日日夜夜，至今仍散发着彻骨的寒凉。

霜被野草，岁暮已去。

端的，是该散了——

（原载于《光明日报》2018 年 5 月 11 日）

登幽州台歌

（唐）陈子昂

前不见古人，
后不见来者。
念天地之悠悠，
独怆然而涕下！

念天地之悠悠

——陈子昂在初唐

一千三百余年前，陈子昂以一首《登幽州台歌》名垂青史。从此，幽州台与陈子昂紧紧联系在一起。可是有谁知道，在这首诗背后，陈子昂的峥嵘诗骨、慷慨人生？

一　伯玉毁琴

公元 682 年，唐高宗永淳元年，正月十五日。

长安，春日融融，料峭轻寒。

这是新年伊始的长安。家家户户都换了簇新的门神、联对、挂牌，新油了神荼、郁垒的桃符，新制了回头鹿马、天行帖子的画像。东市、西市高悬着吉祥如意的红灯笼，焕然一新，酒肆、食铺、茶舍、香料坊、中药坊、金银坊、衣料坊、染料坊、乐器坊，尽皆张灯结彩，璀璨夺目。刚刚从陈年旧岁中走出来的长安，一下子抖落尘埃，陡然间从睿智老者蜕变为活泼孩童，生机盎然。

红尘紫陌，斜阳暮草，朝元阁峻临秦岭，羯鼓楼高俯渭河，难得的天高云淡、满城的普天同庆。在沟壑纵横的黄土高原上，这座城堪称一个奇迹——它有红墙、碧瓦、金吾卫；也有霓裳、胭脂、堕马髻。它有宫阙九重，廊腰缦回；也有渊渟岳峙，马咽车阗。它有宫苑依傍着山明，也有夜弦追逐着朝歌。

可是，表面的宁静下酝酿着滔天的风浪。

唐高宗李治即位之后，频频改元，永徽六年十二月改元显庆，显庆六年二月改元龙朔，龙朔三年正月改元麟德，麟德二年十二月改元乾封，乾封三年二月改元总章，总章三年三月改元咸亨，咸亨五年八月改元上元，上元三年十一月改元仪凤，仪凤四年六月改元调露，调露二年八月改元永隆，永隆二年九月改元开耀，开耀二年二月改元永淳，永淳二年十二月改元弘道——三十四年，十四次改元，让李治高高在上的岁月充满着诡谲和迷幻。

七年前——上元二年（675年），李治的风眩症愈加严重，他便与大臣们商议，准备让天后武氏摄政。但是，宰相郝处俊等人都不同意，他们上谏道："陛下怎么能将高祖、太宗的天下，不传给子孙而委任给天后啊！"反对声音如此之大，李治只得暂时停议。武后得知此事受阻，就召集了一些"文学之士"撰《列女传》《臣轨》《百僚新戒》《乐书》，共千余卷；并且密令参决百官疏奏，以分相权。

此时，武后羽翼尚未丰满，她还要等上十几年的时间，才能建立她的武周帝国。在反对势力的攻击下，武后的支持者李义府、许敬宗等先后倒台，武后的政敌先后拜相，被废掉的王皇后的族兄王方翼也在受到重用，他们共同拟定了《内训》和《外戚诫》，以压制武氏一族。可是，又有谁抵挡得了这个权倾朝野、野心勃勃的女人呢？此时，李治仍然掌握实权，武后却已经开始过问朝政，天帝与天后共同商议国是。

这一年，在高高的庙堂之外、并不遥远的江湖之上，一个长得有点丑萌的年轻人收拾行囊，离开家乡，来到了首都长安。

公元 679 年 6 月，李治刚刚将年号由仪凤改为调露，突厥部酋、匐延都督阿史那都支便自号十姓可汗，与李遮匐煽动部落，联合吐蕃，侵逼安西。大唐建立以来，西部边患一直是最大的困扰。这个练得一身好武艺、胸怀经纬之才的年轻人，立志以身许国。他东出三峡，北上长安，进入当时的最高学府国子监学习，并参加了第二年科举考试。

不料，此次科考成绩并不理想，年轻人落第还乡，不过他毫不气馁，蓄志再发。于是，数年之间，经史百家，罔不赅览。这为他后来革新文学奠定了坚实的基础。

时光倥偬而逝，转眼到了永淳元年（682 年），学有所成的年轻人，踌躇满志，再度入京。

可是，这一次，他又一次名落孙山。

为什么胸藏锦绣，才华横溢，却无人赏识？这真让人百思不得其解。机灵古怪的年轻人日夜琢磨，终于明白了其中的端倪。

这天，百般寂寥的年轻人在长安的大街上闲游，他身穿月白色绫罗深衣，头发用黑纱罗幞头紧紧拢住。忽然，他看见一位老者在街边吆喝："上好的胡琴，求知音者，快来买呀！"围观者窃窃私语，老者已在这里卖琴数日，索价百万，诸多豪贵围观，莫敢问津。

年轻人挤进人群，端的是一把好琴！斯琴如斯人，藏在匣中无人知。年轻人醍醐灌顶，顿生怜悯。他灵机一动，走上前去，对老者说："老人家，我想买这把琴，您出个价吧！"

老者把年轻人打量一番后说："年轻人果真想买这把琴吗？我看先生举止不俗，定非寻常之辈，实话对你说，别人买不能少于三千缗，先生若买就两千缗吧。只要这把琴寻到真正知音之人，能够物尽其用，老朽也就心安了……"

一把琴两千缗，这绝对是天价。可是，年轻人却毫不犹豫地掏出腰包，将琴买下。围观的人见这位书生花这么多钱买了一把琴，都开始好奇，想知道是谁这么大的口气，于是有一个人问："你会弹这种胡琴吗？"年轻人看看众人说："在下略通琴技，明天我要在寓所宣德里为大家演奏，敬请各位莅临。"

这件事很快就传开了，第二天一早，人们纷纷赶来宣德里，想一听究竟。人群中不乏文人骚客，社会名流，转眼间便将宣德里围得水泄不通。

买琴的年轻人终于抱着昨天的琴出场了。他对观者抱拳一揖道："感谢各位捧场！"话音未落，将琴高高举起，重重地摔在地上。果然是一把好琴，琴身瞬间四分五裂，幽鸣之音绕梁不绝，众人惊得目瞪口呆。

年轻人随即朗声大笑："我乃四川射洪陈子昂。想我自幼刻苦读书，经史子集烂熟在心，诗词歌赋，长文短句，件件作得用心。可是，我奔走于京师，风尘仆仆，却始终未遇伯乐，至今无人知晓，就像碌碌尘土一样。这把胡琴，不过是喝酒助兴的东西，竟然价值百万！难道我陈子昂的传世之作比这博人一乐的物品还不如吗？今日，有幸邀请众位读一读我的诗文，这才是我买琴的真正理由！"年轻人越说越激愤，从箱子里取出大沓诗词文稿，分发给在场的每一个人。其中有一首诗这样写道：

　　　遥遥去巫峡，望望下章台。

　　　巴国山川尽，荆门烟雾开。

　　　城分苍野外，树断白云隈。

　　　今日狂歌客，谁知入楚来。

果然！这一首首诗气势豪迈，风骨峥嵘，寓意深远；这一篇篇文章字字珠玑，精美绝伦，令人耳目一新。在场的人们读罢诗文，兴奋不已，他们翻开书稿，看到上面赫然写着一个名字——陈子昂！

陈子昂的名字和他的锦绣诗文，风一样在京城传开了。

历史文献记载："蜀人陈子昂，有文百轴，不为人知，此乐贱工之乐，岂宜留心。话完即碎琴遍发诗文给与会者。其时京兆司功王适读后，惊叹曰：'此人必为海内文宗矣！'一时帝京斐然瞩目。"

这就是陈子昂在历史舞台上的出场，横空出世，卓然不群。

从此，陈子昂的住所每日来访者络绎不绝。不久，陈子昂的诗名便传到朝廷，这位才华出众的诗人终于崭露头角。

二　显庆四年

时间的指针向回拨到公元 659 年，唐高宗显庆四年，这一年是己未年。

这，注定是个不平静的年份——

三月，西突厥兴昔亡可汗击杀真珠叶护。

四月，武后杀长孙无忌等。因废立皇后事，武后深怨长孙无忌，令许敬宗伺机诬陷之。许敬宗诬奏长孙无忌谋反，高宗下诏削无忌太尉及封邑，安置黔州。许敬宗又奏褚遂良、柳奭、韩瑗、于志宁与无忌同谋，高宗又下诏追削褚遂良官爵，柳奭、韩瑗除名，于志宁免官。

六月，许敬宗以太宗时所修氏族志，不叙武氏门族，奏请改之，以后族为第一等，其余按仕唐官品高下，共分九等。于是以军功致位五品者皆入仕流，时人谓之"勋格"。

七月，高宗命李勣、许敬宗等复审无忌事，许敬宗遣人至黔州逼无忌自缢。诏斩柳奭、韩瑗。一时株连颇多，自是政归武后。

八月，普州刺史李义府兼吏部尚书，同中书门下三品。

九月，诏以石、米、史、大安、小安、曹、拔汗那、恒恒、疏勒、朱驹半等国（皆唐西部小国）置州、县、府百二十七。

十月，山东士族在婚姻问题上"自矜门地"，"多责资财"，为矫其流弊，诏崔、卢、李、郑、王诸族子孙不得自为婚姻。定嫁女受财之数，不得受"陪门财"。

这一年，还有一件大事。然而，这件事在当时是如此不为人注目，以致世世代代的史官用尽力气也难以找到蛛丝马迹，以致一代又一代文学家、历史学家很多很多年都在为此争论不休。

今天，我们已经无法推知当时的一切，特别是那些需要刻意渲染的细节。一个伟大文学家的诞生是需要故事的，他将为沉醉于齐梁颓靡诗风的初唐文坛带来一场文学革命。可是，什么都没有，没有传说，没有神话。究竟是在炎炎夏日，还是在凛凛冬时？究竟是在暖暖仲春，还是在霭霭金秋？已经不重要了。重要的是，一声惊天动地的啼哭，宣告了一个不甘寂寞的孩子呱呱坠地。

四川，射洪。

笑破了脸的男主人比谁都高兴，家里终于盼来新丁，这是多少年潜心祈祷的神祇福报！夫妻俩望眼欲穿，终于等来了这个一出生便哭破天地的娃娃。

弄璋之喜，室家君王——盈门的宾客纷纷恭贺。"可是，这娃娃，他可真是有点丑啊！"一个手捧着温热红鸡蛋的客人在心里默默念叨。

不过，丑又有什么关系呢？这个泡在蜜罐里的丑娃娃，就是后来振臂一呼、天地响应的陈子昂。他的父亲，便是富甲一方的侠义之士陈元敬。

宋本《方舆胜览》记载，陈元敬性格直爽，瑰玮倜傥，博览群书，弱冠之时便有豪侠之举。某年，四川大灾，乡人阻饥，陈元敬散粟万斛，以济灾民。陈元敬二十二岁时，乡贡明经擢第，官拜文林郎，不久因父丧依制丁艰辞官返乡。此后陈元敬潜心黄老学说，长隐山林，志趣平淡，毕生以炼丹研易为乐，不再复职。但官民与陈元敬相见时，仍尊称其为"文林公"。

陈子昂，字伯玉。轻财好施，慷慨任侠。曾中开耀进士。曾上书论政，为武则天所赞赏，拜麟台正字，转右拾遗，故后世人称"陈拾遗"。陈子昂同其父亲一样，性耿直，重情义，为官仗义执言，屡屡上书诤谏，敢于陈述时弊。

陈元敬的慷慨、豪爽、博学，对陈子昂影响极大。这个快乐的年轻人，在父亲的呵护下快乐成长。《陈氏别传》说，陈子昂"好施轻财而不求报"，这一点，像极了陈元敬。

然而，出身豪门望族的陈子昂，却"始以豪子驰侠使气，至年十七八未知书"。十七八岁的"古惑仔"，还在一次聚众斗殴中击剑伤人。在厌烦了招猫逗狗、斗鸡赌博之后，陈子昂在某一天顿悟，开始弃武从文，"从博徒入乡学，慨然立志。因谢绝门客，专精坟典。数年之间，经史百家，罔不赅览"。陈子昂果然聪明过人，没几年时间，便学涉百家，博览群书，奇杰过人，姿状岳立，尤其擅长文章，"雅有相如、子云之风骨"。

梓州射洪，自此以陈子昂闻名遐迩，以陈子昂彪炳千秋。

这个位于四川盆地中部的小城，西北高，东南低，丘壑纵横，四季分明。岷江、沱江、嘉陵江环绕射洪，奔流而来，奔涌而逝；梓江、青岗河、桃花河、富同河如同大树般开枝散叶，将丰富的水流，运送到青山绿水的每一个角落，布局在四处延伸的每一处枝蔓。

就像陈子昂，在他短暂的人生里振臂一呼，却将思想的晨曦微光散布到中华民族的每一道皱褶、每一个瞬间。

三　登泽州城

公元 683 年，李治第十四次修改年号。去年十二月，他刚刚将永淳改为弘道。可是，如此还是没能让他逃过死亡的魔咒。弘道元年，李治病逝，他在遗诏中为武则天掌握国家政权留下了足够的线索："军国大事有不能决断者，请天后处理决断。"

在大唐王朝这个严密运转的封建机器里，每一个人都只是其中的一个零件。可是，武则天这个女人，偏要凭着自己的聪明任性扭转乾坤，她做到了。于是，从此时开始，陈子昂的政治生命便与武则天息息相关。

陈子昂不愿做一个只会摆弄文字的文人，而是要求自己在政治上有所建树。对这点，他在《谏政理书》中有非常清楚的自白：

> 臣子昂西蜀草茅贱臣也，以事亲馀暇得读书，窃少好三皇五帝霸王之经，历观丘坟，旁览代史，原其政理，察其兴亡。自伏羲、神农之初，至于周、隋之际，驰骋数百年，虽未得其详，而略可知也。莫不先本人情，而后化之，过此已往，亦无神异。独轩辕氏之代，欲问广成子以至道之精理于天下，臣虽奇之，然其说不经，未足信也。至殷高宗亦延问传说，然才救弊，未能宏远，自此之后，殆不足称。臣每在山谷，有愿朝廷，常恐没代而不得见也。

大唐建立以来，开始推行诗赋取士的制度。唐太宗励精图治，广开言路，打破了魏晋以来豪右世族垄断政治的局面。政治上的强盛巩固、经济上的高度繁荣、科学技术上的快速进步，带来了整个社会的昂扬风气，这驱使着壮志凌云的陈子昂在文学上不断思考，在政治上不断成熟，在事业中不断建功立业。他在《赠严仓曹乞推命录》中写道：

> 少学纵横术，游楚复游燕。
>
> 栖遑长委命，富贵未知天。
>
> 闻道沈冥客，青囊有秘篇。
>
> 九宫探万象，三算极重玄。
>
> 愿奉唐生诀，将知跃马年。
>
> 非同墨翟问，空滞杀龙川。

李治病逝于洛阳，陈子昂上书在洛阳建高宗陵墓，认为将高宗灵柩运回长安不仅会加重关陇频遭荒灾的人民的负担，而且护灵的数万大军也会疲于奔波。此时武则天大权在握，四处网罗人才，看到陈子昂的上书后大加称赞，特地召见了他，就国家大事"有所咨询"，拜陈子昂为麟台正字，负责管理文献，校雠典籍，订正讹误。武则天欲发兵讨伐西羌，陈子昂又上书谏止，武则天对他愈发欣赏，擢升其为右拾遗。

陈子昂虽然年轻，但是有卓识，有胆略，他的谏疏不外乎四种：关心民瘼，改革吏治；揭露酷吏，反对淫刑；重视边防，反对黩武；任用贤能，用人不疑。由于他以不同寻常的政治见解和超群才华赢得武则天的重视，因此文人争相购买他的书籍，互相传阅。

陈子昂喜欢研究历朝历代的兴废与盛衰的原因，为武则天执政出谋划策。他经常上书武则天，对当时的政治提出建议。然而，在武则天看来，他不过是舞文弄墨的一介书生，幼稚，简单。他的意见常常冲撞朝廷，武则天对其建议置之不理，一笑了之。可是，不知好歹的陈子昂，竟然大胆地说出武则天是"外有信贤之名，内实有疑贤人心"，这一下更得罪了刚愎自用的武则天。同时他上书直言不讳，也得罪了一些权臣，遭到他们的嫉恨。

陈子昂的苦日子来了，人生开始走下坡路。他想努力改革政治弊端，可是人微言轻，没有人听他的。酷吏贪官横行无忌，武姓一族权倾朝野，他越来越感到心灰意懒。

弃武投文的陈子昂，怀着许身报国的宏愿，终日郁郁寡欢。此时他想到了什么？史料无从追溯。他的落魄却飘荡在他的诗文里，化为千古哀鸣。陈子昂两度报名参加大唐军队对北方游牧部族的战争。金戈铁马，浴血沙场，陈子昂似乎是找到了生命的意义，与此同时，他也深深懂得了战争的残酷。可是，年轻的他，也许还不知道，政治的残酷将远远超过战争。

这是陈子昂短暂生命里的两次重要战争，也是唐朝和契丹的两次重要战争。第一次，发生于西北，从垂拱二年（686 年）持续至垂拱三年（687 年），陈子昂随左补阙乔知之军队到达西北居延海、张掖河一带。

第二次是十年之后，即万岁通天元年（696 年），契丹李尽忠、孙万荣反叛朝廷，攻陷营州。武则天委派建安王武攸宜率军征讨契丹，陈子昂又随武攸宜出征。《列传》记载：武攸宜"统军北讨契丹，以子昂为管记，军中文翰皆委之"。管记，也就是军中书记官。武攸宜是武则天的侄子，这个身份或许过度强化了他的自信。然而，事与愿违，武攸宜出身权贵，纨绔子弟全然不晓军事，兼之轻率而无将略，致使前军陷没，一时间，军心涣散。

此时，身在燕国故地的陈子昂一定想起了昔日乐毅将军驰骋疆场、冲锋陷阵的英姿，他不由得豪情勃发，连夜上书，进谏武攸宜，建议武攸宜亲自出征沙场，为国立功。但是，武攸宜这样的纨绔子弟，怎么可能舍生忘死、冲锋陷阵？果然，武攸宜断然以陈子昂"素是书生，谢而不纳"。顷刻间，陈子昂的满腔热血降到了冰点。他怎么也没想到武攸宜会因为他是个文人、诗人而轻视他，使他尽忠报国的壮志在轻描淡写间就被否定了。可以想象，他当时的心情一定是既难堪又失望。过了几天，陈子昂不死心，再次进谏，这一次彻底激怒了武攸宜，他不但不采纳陈子昂的建议，反而将陈子昂的官职由参谋贬为军曹，也就是管管文牍而已。

《陈子昂别传》这样记载此事：

> 属契丹以营州叛，建安郡王攸宜亲总戎律，台阁英妙，皆署在军麾。时敕子昂参谋帷幕。军次渔阳，前军王孝杰等相次陷没。三军震，子昂进谏，乞分麾下万人以为前驱。建安方求斗士，以子昂素是书生，谢而不纳。子昂体弱多疾，激于忠义，尝欲奋身以答国士。自以官在近侍，又参预军谋，不可见危而惜身苟容。他日又进谏，言甚切至。建安谢绝之，乃署以军曹。子昂知不合，因箝默下列，但兼掌书记而已。

毫无悬念，这次战役以失败告终。

陈子昂期待武攸宜"乞分麾下万人以为前驱"，遭到毫无谋略又贪生怕死的武攸宜的拒绝，他"欲奋身以答国士"，徒怀凌云壮志却又无计可施。如此这般，又能奈何？

战役结束后，军队返回洛阳，途经泽州（今山西晋城）。这是赫赫有名的长平之战的战场。战国初期，秦、赵两国因争夺上党，秦国率军于境内长平邑（今晋城市高平西北）攻打赵军，爆发长平之战。

秦国的昭襄王曾亲自到此，尽征河内十五岁以上男子从军，一鼓作气，进占长平。而赵王听信谗言，用赵括换下了廉颇，终致大败。赵军被秦军斩首坑杀者达四十五万人之多，一时间，尸骨累累，血流漂杵。

正是因为长平之战，秦国加快了兼并六国的战争步伐——垂沙之战，大败楚军；伊阙之战，战胜韩、魏两国，扫平秦军东进之路；鄢郢之战，获得了楚国大量国土；华阳之战，大败赵、魏联军，攻取了魏国的几座城池和赵国的观津。

而今，重过古沙场，陈子昂睹物思人，悲愤交集，不能自抑，奋笔写下五言怀古《登泽州城北楼宴》：

平生倦游者，观化久无穷。

复来登此国，临望与君同。

坐见秦兵垒，遥闻赵将雄。

武安君何在，长平事已空。

且歌玄云曲，御酒舞薰风。

勿使青衿子，嗟尔白头翁。

陈子昂在诗中提到的"玄云"，即《玄云》是汉代仪式乐歌，庆贺皇帝选择贤明的辅佐之臣；"薰风"相传为圣君舜所作："南风之薰兮，可以解吾民之愠兮。南风之时兮，可以阜吾民之财兮。"此时的陈子昂，仍对朝廷满怀希望：皇帝（武则天）任用贤才，将这个国家带入辉煌的新时代。

一腔热血空抛掷，谁者应是同悲人？

两次征战，陈子昂深刻认识了战争，认识了朝廷，认识了边塞形势和人民生活。为国图安，为民请命，这让他的创作细辨泾渭，独立风骨，迥然不同于盛行当时、纸醉金迷的齐梁文风。

历史何其相似乃尔？在陈子昂之后一个世纪，诗人李贺也来到长平旧地，写下同样震古烁今的《长平箭头歌》：

> 漆灰骨墨丹水沙，凄凄古血生铜花。
>
> 白翎金竿雨中尽，直余三脊残狼牙。
>
> 我寻平原乘两马，驿东石田蒿坞下。
>
> 风长日短星萧萧，黑旗云湿悬空夜。
>
> 左魂右魄啼肌瘦，酪瓶倒尽将羊炙。
>
> 虫栖雁病芦笋红，回风送客吹阴火。
>
> 访古汍澜收断镞，折锋赤璱曾刲肉。
>
> 南陌东城马上儿，劝我将金换篝竹。

陈子昂的《登泽州城北楼宴》、李贺的《长平箭头歌》，是他们留给历史的生命祭奠，是他们对自己苍凉悲怆的哀歌，更是他们留给人世的凄凉而无奈的一声冷笑。

陈子昂与李贺，究竟有着怎样的缘分？陈子昂一生好勇好斗，永不言败；李贺一生颠沛流离，郁郁寡欢，不容于时世。李贺出生于公元 790 年，比陈子昂晚 131 年，他们却有着同样的狷狂与落拓，同样的悲苦与叹惋。李贺带着同样的失落来到这个世界，来到长平之战古战场，又带着同样的失落离开这个世界，走入望不到头的亘古长夜。一支生锈的旧箭头，让李贺唏嘘不已，国殇故地无人祭，凄凄古血生铜花，此间黑云压城城欲摧，睹物思人，心情怎能不"憔悴如刍狗"？

陈子昂的生命停止于四十二岁，李贺则在二十六岁就匆匆告别尘世。在他们短暂的生命里，鬼神与死亡是造访的常客，他们因而对生命流逝有着切肤之痛。千年之后的今天，陈子昂和李贺的两首诗给予我们不同的感伤，却是相同的悲壮。

四　天地悠悠

此时，陈子昂感到深深地绝望了。他怀才不遇，报国无门，空余满眼黑暗、满腔愤激。

这一年，这一天，这一刻。

残阳如血，寒风凛冽，怀抱着刻骨忧思的陈子昂登上了幽州台（今北京蓟北楼），一边思念以往的明君圣主，一边回想自己的不幸遭遇，深感前途一片黯淡。

也是万岁通天元年（696年），也是从营州回洛阳的路上，陈子昂写下了《登幽州台歌》。历史无从想象，可是，陈子昂那亘古的沧桑、郁郁的悲愤，却穿越时空，像一道震古烁今的闪电，劈开我们久已封闭的心扉。

站在幽州台上，陈子昂极目远眺，历史和现实渐渐在他眼前和心里纵横交错，对历史、对人生、对世界的旷绝尘嚣的悲哀和绝望，渐渐弥漫在胸中，遂成千古绝唱：

前不见古人，

后不见来者。

念天地之悠悠，

独怆然而涕下！

《登幽州台歌》，是陈子昂理想破灭的悲歌。与《登幽州台歌》几乎同时创作的《蓟丘览古赠卢居士藏用》，或可资参证。在这组诗的序中，陈子昂写道："丁酉岁（神功元年，697年），吾北征。出自蓟门，历观燕之旧都，其城池霸异，迹已芜没矣。乃慨然仰叹。忆昔乐生、邹子，群贤之游盛矣。因登蓟丘，作七诗以志之。寄终南卢居士。亦有轩辕之遗迹也。"《蓟丘览古赠卢居士藏用》共有七首诗，陈子昂凭吊轩辕古台、碣石馆、轩辕台，缅怀燕昭王、乐毅、燕太子丹、田光、邹衍、郭隗，毫不掩饰地表达对盛世的向往、对明君古贤的追慕，以及自己生不逢时、壮志未酬的无限感慨。但是，像燕昭王那样前代的贤君既不复可见，后来的贤明之主也来不及见到，人生何以如此生不逢时？

山河依旧，古今迥然。陈子昂登台远眺，更见星高云阔，宇宙茫茫，不禁感到孤单寂寞，悲从中来，怆然泪流。

天地悠悠，何其慷慨悲凉？怆然涕下，又何其寂寞苦闷！这尘世如此凌虐人心，陈子昂看不见"古人"，也看不见"来者"，他所能看见的，只有眼前这个狭窄的幽州台，这个逼仄的大时代。

一首《登幽州台歌》，音情顿挫，力透纸背，一扫六朝弊习，犹如醍醐灌顶。

陈子昂擅长诗文。他于诗，强调兴寄，风骨峥嵘，寓意深远，苍劲有力。唐代初期，诗歌创作沿袭六朝余习，风格绮靡纤弱，陈子昂挺身而出，反对柔靡之风，力挽齐梁颓波。陈子昂存诗共一百多首，其中五言古诗最多，有六十余首，五律约三十首。所作《感遇诗三十八首》《登泽州城北楼宴》《蓟丘览古赠卢居士藏用七首》《登幽州台歌》等，指斥时弊，抒写情怀，有金石铮铮之声，风格高昂清峻。陈子昂是唐代诗歌革新的先驱，对唐诗发展颇有影响。陈子昂在他的重要诗论《修竹篇序》中写道：

> 文章道弊，五百年矣。汉魏风骨，晋宋莫传，然而文献有可征者。仆尝暇时观齐、梁间诗，彩丽竞繁，而兴寄都绝，每以永叹。思古人，常恐逶迤颓靡，风雅不作，以耿耿也。一昨于解三处，见明公咏孤桐篇，骨气端翔，音情顿挫，

光英朗练，有金石声。遂用洗心饰视，发挥幽郁。不图正始之音复睹于兹，可使建安作者相视而笑。解君云："张茂先、何敬祖，东方生与其比肩。"仆亦以为知言也。

陈子昂的古诗对后世影响极大。《酬晖上人秋夜山亭有赠》中"皎皎白林秋，微微翠山静""风泉夜声杂，月露宵光冷"的秋夜禅坐，《酬晖上人夏日林泉》中"岩泉万丈流，树石千年古""林卧对轩窗，山阴满庭户"的夏日唱和，直接启发了后来的王维、孟浩然。《送别出塞》中"平生闻高义，书剑百夫雄。言登青云去，非此白头翁"之句一扫当时流行的艳丽纤弱，他的素朴雄健直接影响了盛唐的高适、岑参，开启了慷慨悲壮的边塞诗歌。陈子昂独起一格，为李白、杜甫开风气之先。杜甫晚年在蜀中漂泊，常游于陈子昂故里，流连低回，不忍离去。蜀中人物，杜甫最为敬仰的，当数陈子昂。杜甫入川以后的诗歌，受陈子昂影响极大，他的"杜鹃"之咏直接承继于陈子昂的"凤凰"之作，他的"白鸥没浩荡，万里谁能驯"即陈子昂的"不然拂衣去，归从海上鸥""凤歌空有问，龙性讵能驯"，可以说，他们不仅在诗歌上息息相通，在灵魂上也是心心相印。

陈子昂于文，坚持朴实畅达，标举汉魏风骨，反对浮艳，重视散体。陈子昂的各种体裁文章今存 120 多篇，其中赋颂之文不过数篇，暂且存而不论。表计 40 篇左右，正如清朝文学家陈沆所言，这些都不外乎是"顺例"和"应制"之作，不足以代表陈子昂之文的特点和优点。但如《为乔补阙论突厥表》却是极好的文章。他的上书、奏议这类文章有 20 余篇，序约为 14 篇，碑铭墓志将近 20 篇，祭文有几篇。这些才应算是陈子昂文章的本体书，而奏议等文又是最重要的。《右拾遗陈子昂文集序》写道：

昔孔宣父以天纵之才，自卫返鲁，迺删《诗》《书》，述《易》

道而修《春秋》，数千百年文章粲然可观也。孔子殁二百岁而骚人作，于是婉丽浮侈之法行焉。汉兴二百年，贾谊、马迁为之杰，宪章礼乐，有老成之风；长卿、子云之俦，瑰诡万变，亦奇特之士也。惜其王公大人之言，溺于流辞而不顾。其后班、张、崔、蔡、曹、刘、潘、陆，随波而作，虽大雅不足，其遗风余烈，尚有典型。宋、齐之末，盖憔悴矣，逶迤陵颓，流靡忘返，至于徐、庾，天之将丧斯文也。后进之士若上官仪者继踵而生，于是风雅之道扫地尽矣。《易》曰："物不可以终否，故受之以泰。"道丧五百岁而得陈君。君讳子昂，字伯玉，蜀人也。崛起江汉，虎视函夏，卓立千古，横制颓波，天下翕然，质文一变。非夫岷、峨之精，巫、庐之灵，则何以生此？故其谏诤之辞，则为政之先也；昭夷之碣，则议论之当也；国殇之文，则大雅之怨也；徐君之议，则刑礼之中也。至于感激顿挫，微显阐幽，庶几见变化之朕，以接乎天人之际者，则《感遇》之篇存焉。观其逸足骎骎，方将抟扶摇而陵太清，蹑遗风而薄嵩、岱，吾见其进，未见其止。惜乎湮厄当世，道不偶时，委骨巴山，年志俱夭，故其文未极也。呜呼！聪明精粹而沦剥，贪饕桀骜以显荣，天乎天乎，吾殆未知夫天焉，昔尝与余有忘形之契，四海之内，一人而已。良友殁矣，天其丧予！今采其遗文可存者，编而次之，凡十卷。恨不逢作者，不得列于诗人之什，悲夫！故粗论文之变而为之序。至于王霸之才，卓荦之行，则存之别传，以继于终篇云耳。

骈体文的过度膨胀，是六朝文章的一大弊端。到齐梁时期，骈文已经发展至高峰。士人崇尚华丽辞藻，不仅抒情写景骈俪化，官方的文牒、奏议，以及信札、论说等各种实用文亦完全用骈文写作，文意晦涩、苍白贫乏，重形式轻内容等骈体文已经成为自由抒发思想的桎梏。在陈子昂看来，做文章的道理败坏已经有五百年。这五百年，大约言之，指的是从西晋初年至陈子昂生活的武则天时代。这五百年，诗文凋敝，文风沦丧，他希望重振汉魏风骨，就此提出了"骨气端翔，音情顿挫，光英朗练，有金石声"的诗歌标准。

陈子昂之文，论文体，已变俪偶之习，纯真自然。论内容，则都是有物有则、利国利民之言，超越八代，直追先秦、西汉。但是，陈子昂文章，又不是一切复古之论，而是针对当时混沌之世的客观现实，匡谬治弊，篇篇皆有为而发。论文格，则逻辑极严密，条理极清彻，不为支离模棱之辞、浮泛不经之语，侃切周至，古朴安雅。此所以陈子昂之文实为处文风渐变之时，而以其实绩开风气之先，卓然有无可动摇的历史地位。所谓"唐有天下几二百载，而文章三变，初则广汉陈子昂以风雅革浮侈"（《全唐文》卷五一八《补阙李君前集序》）。

在《与东方左史虬修竹篇序》一文中，他慨叹"汉魏风骨，晋宋莫传"，批评"齐、梁间诗，采丽竞繁，而兴寄都绝"；他称美东方虬的《咏孤桐篇》"骨气端翔，音情顿挫，光英朗练，有金石声"，"不图正始之音复睹于兹，可使建安作者相视而笑"。这些言论，表明他要求诗歌继承《诗经》风、雅的优良传统，有比兴寄托，有政治社会内容；同时要恢复建安时期的风骨，即思想感情表现明朗，语言顿挫有力，形成一种爽朗刚健的风格，一扫六朝以来的绮靡诗风。陈子昂文章对于有唐一代以及后世的政治都有很大影响，于文学史上高标一席，所谓"杜甫陈子昂，才名括天地"（白居易语），"国朝盛文章，子昂始高蹈"（韩愈语），亦在于此。元代方回在《瀛奎律髓》

中感慨陈子昂对唐朝文学的卓越影响:"陈拾遗子昂,唐之诗祖也。"

陈子昂的诗文,直斥时弊,抒写情怀,高昂清峻。有唐迄今逾一千三百年,后世言必称陈子昂者,为其振臂高呼应声云集者,代不乏人。与陈子昂同一时期的初唐四杰王勃、杨炯、卢照邻、骆宾王,陈子昂之后的张说、张九龄、王维、陆贽、苏颋、李华、元结、独孤元、元祐、梁肃,以及更晚些的韩愈、柳宗元、刘禹锡、白居易、元稹、李白、杜甫、杜牧、李商隐、皮日休、陆龟蒙……他们的思想一脉相承,薪火相传。

正是因为他们的一脉相承,薪火相传,在中国经历近三个世纪的分裂之后走向统一的这个大时代里,文化才空前繁荣鼎盛。清朝大学士董诰等人编辑的《全唐文》一千卷,收录了唐朝文学家三千余人,各体文章一万八千四百余篇。这个数字,远远超过了唐以前所有文章总和的两倍,以至于西方学者在谈到中国大唐王朝时,由衷感慨:"在唐初诸帝时代,中国的温文有礼、文化腾达和威力远被,同西方世界的腐败、混乱和分裂对照得那样鲜明,以至在世界文明史上立即引发了一个颇为有趣的提问,中国如何由迅速恢复了统一和秩序而赢得了这个伟大的领先。"(赫伯特·乔治·韦尔斯《世界史纲:生物和人类的简明史》)

五　狱中卜命

公元 2011 年,一位叫作许嵩的中国歌手写下了他的代表作《拆东墙》,用如泣如诉的歌声讲述了一个发生在初唐的故事:

> 公元六五九年,十九岁,他接他爹的班
>
> 考不取功名的后果是接手自家酒馆

又听说同乡谁已经赴京做上小官

他的梦，往来客谁能买单

代代叹世道难，人心乱，可又能怎么办

……

兴也苦，亡也苦，青史总让人无奈

更迭了朝代，当时的明月换拨人看

西墙补不来

可东墙面子上还得拆

19岁的小酒馆老板接下了父亲的生意，由此展开了他的悲情人生。朗朗上口的歌声里，念唱流畅如水，吉他丝丝入扣，节奏布鲁斯扣人心弦，副歌旋律清晰。我们不妨借着这歌声还原一下他的故事——

公元640年，小酒馆老板出生在一个平凡得不能再平凡的家庭。公元645年，父亲对五岁的小男孩寄予厚望，望他能光耀门楣，摆脱官压民的那种生活，小男孩吮着手指，懵懂地点点头。公元650年，唐高宗李治登基继位，年号永徽。小男孩十岁了，他因逃学出去玩耍而挨了父亲的板子。公元656年，小男孩长大了，十六岁的他还是不喜欢学习，经常独坐在自家酒楼门槛上看着对面的胭脂铺，看着铺里的那个势利眼的肥婆子老板娘，独自纳闷为什么那么丑的肥婆子却能生出那么漂亮的姑娘。

公元659年，长大的小男孩十九岁了。父亲已经老去，健康日渐衰退，这年一病不起。同年，他与同乡同去参加科举，却落榜了。他摇头笑了笑，看见同乡已经大喊大叫地跳起来了。他走过去，搂住同乡的肩膀，想说几句祝贺的话。可是，他在同乡的眼中，看到了骄傲和鄙夷。

长大的小男孩终于回到家乡。然而，父亲已经去世，他接手了自家的酒馆。不久，朝廷派人来接同乡上京了，街道上人山人海，同乡骑马走在中间，周围大小官役无数，好不威风。这个小酒馆老板在人山人海中显得那么的卑微、那么的不起眼。他又笑了。笑里充满了无奈与自嘲。

接下来，他跟其他年轻人一样，娶妻成家。娶的就是对面胭脂铺的姑娘，那肥婆子嫌他穷，很不情愿。费了好大劲说媒，加上酒馆多年营业攒下的大部分积蓄，才把事办成。新婚宴尔，小酒馆老板却没有想象中的喜悦，他总是无奈地一个人端着壶酒坐在自家门槛上，看着对面发呆，那里已经没有了美丽的胭脂铺姑娘。内堂中，已经成为他妻子的美丽姑娘不言不语，同样两眼无神地看着窗外。

这天，他外出回来，听店里伙计说自家东墙被衙门的人拆了，他火急地跑回去，只看到一片废墟。他又跑到衙门，县太爷说要以一平米八吊钱来跟他折算。他不干，不是他不卖，而是他不能卖，这是祖祖辈辈流传下来的百年祖业，若卖掉，他怎能面对列祖列宗？县太爷大怒，令衙役打断他的一条腿，他一瘸一拐走回去后，大病一场。醒来后，发现自家酒馆已经被拆了个干净，妻子坐在他身旁掩面哭泣。他什么也没说，看着窗外发呆。雪夜，他一瘸一拐地背着行囊奔赴京城，数月后，他终于在京城找到了做官的同乡。若不是为了祖祖辈辈流传下来的百年祖业，他想，这辈子都不会来求他吧，他现在只希望他能顾及同乡之情帮自己一次，挽回那百年祖业，可他却被拒之门外。他再次笑了，这是从心底最深处发出的冷笑。

小酒馆老板艰难地回到家乡，站在那早已被拆尽的自家门前。百年的祖业已变成一片杂草，再看看对面的胭脂铺，早已人去楼空。当日离去之时，家里还剩的一些值钱东西也已经被伙计们抢光，妻子也早已经跑了。他颓坐在地上仰头大笑，笑这世道，笑这世人，笑着自己……笑着笑着，一滴晶莹的泪珠顺着眼角滑下，对着这片无边无际的天空，他的眼神没有一点焦距。当恢复正常时，他的眼里充满了麻木、冷漠、蔑视、绝望……站起身，他向着不知名的方向前进，那样子如同行尸走肉一般……自此之后，无人再看见他。

数年后，唐高宗李治下令将所占百姓田宅归还百姓。衙役因没有找到他，便没有再理会此事。一位与他同乡的商人在一次远赴异地做生意的途中看见了他，但他已疯疯癫癫，衣衫褴褛，嘴里唱着、喊着。若不是因他的家乡口音以及以前去他的小酒馆时常常看见他，恐怕谁也不知道这个疯子，究竟是谁。

小酒馆老板已经走出很远、很远，可是，人们依然能听到他在反复唱着一句话："世道难，人心乱，情义并绝，泪落谁安……"

拆东墙，是公元659年。这一年，陈子昂出生。

陈子昂的出生时间，其实是个谜。657、658、659、660、661……世世代代的研究者为此争论不休，不知道有没有人愿意相信，在这个平凡又不平凡的公元659年，有一个惊世骇俗的人物已经降临，一个惊世骇俗的故事开始生根发芽。

这一年，在射洪，一个丑萌丑萌的婴儿呱呱坠地；在长安，走投无路的小酒馆老板，满怀憧憬准备开始自己的人生。相差十九年的他和他，他们的人生，或许有交集，或许只是如箭矢般擦肩而过，来不及回头，等不及相认。在岁月的漫漫长夜里，无数个如流星划过夜空的陈子昂、无数个自生自灭的小酒馆老板，就这样积淀成为历史，也许有一天他们会浮出平静的水面泛着粼粼波光，也许有一天沉入记忆的深奥谷底会化为时代的尘埃。

从战场上回来的陈子昂，看破红尘，立志归隐。圣历元年（698

年），陈子昂以父亲陈元敬年老多病为由，上表请求辞官回乡，侍奉老父，以尽孝道。武则天同意他的请求，他回到了家乡射洪。不久，陈元敬病逝，陈子昂本以为可以就此遁世。但是，居丧期间，权臣武三思等人却不放过他，他们指使射洪县令段简罗织罪名，诬陷陈子昂，将他关进大牢。卢藏用在《陈子昂别传》中记载："属本县令段简贪暴残忍，闻其家有财，乃附会文法，将欲害之。子昂惶惧，使家人纳钱二十万，而简意未塞，数舆曳就吏。"

陈子昂素来身子羸弱，怎经得起这样的牢狱之灾？他惊恐交集，不堪折辱，五内俱焚，心灰意懒。他病得越来越严重，以至于倚杖不能起，哀怨不能绝。此时，朝廷苛政连连，民间哀鸿遍野，陈子昂自忖以一己气力不可能苟全于乱世，遂命蓍自筮。顷刻，卦成，陈子昂仰天哭号："天命不佑，吾殆死矣！"

陈子昂忧愤交加，终致抑郁辞世。

（原载于《光明日报》2020 年 9 月 18 日）

左迁至蓝关示侄孙湘

（唐）韩愈

一封朝奏九重天，夕贬潮州路八千。

欲为圣明除弊事，肯将衰朽惜残年！

云横秦岭家何在？雪拥蓝关马不前。

知汝远来应有意，好收吾骨瘴江边。

在火中生莲

——韩愈在潮州

唐元和十四年，韩愈贬任潮州刺史。

潮州属岭南道，濒南海，《旧唐书》记载其"以潮流往复，因以为名"。《永乐大典·风俗形胜》："潮州府隶于广，实闽越地，其语言嗜欲，与福建之下四府颇类，广、惠、梅、循操土音以与语，则大半不能译，惟惠之海丰与潮为近，语音不殊，至潮、梅之间，其声习俗又与梅阳之人等。"潮州自古就是荒凉偏僻的"蛮烟瘴地"，是惩罚罪臣的流放之所，唐代亦然。不少名公巨卿如常衮、韩愈、李德裕、杨嗣复、李宗闵等都曾经被远贬潮州。

潮州一任不到八个月，韩愈以极大的热情，投身到一系列为民谋利的工作中。他驱除鳄鱼，奖劝农桑，兴办教育，大修水利，延选人才，传播中原先进文明，从而使当时的蛮荒之地潮州，发生了翻天覆地的变化。潮州百姓永远记住了韩愈，潮州的山水、路堤、亭台，很多都为纪念韩愈而命名，后人因此赞道："不虚南谪八千里，赢得江山都姓韩。"

居尘学道，火中生莲；德润古今，道济天下。这恰是今天来谈韩愈的意义所在。无论为文为官，无论是进是退、是荣是辱，只要能力之内，必应"民"字当先。爱民如子，视民如伤，为官一任，造福一方——做到这十六个字，才能得到人们发乎内心的拥戴，一生功业才会在百姓的口口相传中永世流芳。

——题记

文章随代起，烟瘴几时开。

不有韩夫子，人心尚草莱。

康熙二十三年的一天，清代两广总督吴兴祚一路向东，从广州来到潮州的韩文公祠。

远山如骏马奔腾而来，海天一色中的石阶高耸云表。岁月凋零，人心不老。吴兴祚感慨万分，题诗勒石。

这一年是 1684 年。此后 300 余年，因为这首诗，吴兴祚与他倾慕不已的文公韩愈一道，被镌刻在中国南疆的文化碑林。

以这一刻为终点，时光向前倒退 865 年——这是公元 819 年，元和十四年，短暂的"元和中兴"已经攀到了顶峰。唐宪宗励精图治，国家政治由动荡渐渐回归正轨。这一年，是值得书写的一年：李愬讨伐平定淮西节度使吴元济；横海节度使程权奏请入朝为官；申州、光州全部投降；朝廷收复沧、景二州；幽州刘总上表请归顺；成德镇上表自新，献德州、棣州；刘悟杀节度使李师道降唐；成德王承宗、卢龙刘总相继自请离镇入朝……藩镇割据的局面暂告结束。

端的是轰轰烈烈、扬眉吐气的一年。这一年，还有一件很小很小的事，小到同这一年的任何一件事相比，似乎都可以忽略不计。然而，恰恰是这件小事，改变了中国文化的命运。

史料记载："十四年正月，宪宗遣宦官赴法门寺迎佛骨至长安，留宫中供奉三日，然后送各个寺院供奉。长安王公百姓瞻视施舍，唯恐不及。"刑部侍郎韩愈却不以为然，他"不合时宜"地上表切谏，慷慨陈词，直言将佛骨送到寺院里让百姓供养，毫无意义且劳民伤财。

在中国数千年、数万计的"表"中，这份秉笔直言、震古烁今的《论佛骨表》，是中国文化史中足以彪炳史册的大文章，也是中国政治史上文人因言获罪的耻辱一页。

由是韩愈贬谪潮州。韩愈于潮州的八个月，是他抱残守缺、失意彷徨的八个月，却是潮州日新月异、脱胎换骨的八个月，从此儒风开岭娇，香火遍瀛洲。

<h2 style="text-align:center">一</h2>

元和十四年元月十四日，1200 年前一个阴冷晦暗的冬日，韩愈蹒跚着走出长安，以戴罪之身一路向东、向南，再向东、向南。

潮州属岭南道，濒南海，《旧唐书》记载其"以潮流往复，因以为名"。潮州自古就是荒凉偏僻的"蛮烟瘴地"，是惩罚罪臣的流放之所，唐代亦然。不少名公巨卿如常衮、韩愈、李德裕、杨嗣复、李宗闵等都曾经被远贬潮州。

一封朝奏九重天，夕贬潮州路八千。

欲为圣明除弊事，肯将衰朽惜残年！

云横秦岭家何在？雪拥蓝关马不前。

知汝远来应有意，好收吾骨瘴江边。

在途中，韩愈写下了这首千古流芳的诗篇。15 年前，他因上书论旱，得罪佞臣，被贬阳山，也是隆冬时节，也曾途经蓝关。悲恸之情，何其相似？这是韩愈第二次被贬黜岭南，这一年，他拖着 52 岁的"朽"之躯，以为自己就此葬身荒夷，永无重归京师之日，无限唏嘘地托付侄孙替自己埋骨收尸。

潮州，是韩愈一生中最大的政治挫折。在被押送出京后不久，韩愈的家眷亦被斥逐离京。就在陕西商县层峰驿，他那年仅十二岁的女儿竟病死在路上。不难理解，何以韩愈关于潮州的诗文中，惊愕、颠簸、险滩、潮汐、雷电、飓风……鬼影般反复出现："飓风鳄鱼，患祸不测。州南近界，涨海连天，毒雾瘴氛，日夕发作"（《潮州刺史谢上表》），"恶溪瘴毒聚，雷电常汹汹。鳄鱼大于船，牙眼怖杀侬。州南数十里，有海无天地。飓风有时作，掀簸真差事"（《泷吏》）。

仕途的蹭蹬、女儿的夭折、家庭的不幸、命运的乖蹇；因孤忠而罹罪的锥心之恨，因丧女而愧疚的切肤之痛；对宦海的愁惧，对京师的眷恋……悲、愤、痛、忧，一齐降临到韩愈头上。这是最孤寂的征程，在漫无边际的冬日，世界向它的跋涉者展示着广袤的荒凉。

赴潮之时，宪宗盛怒之下，命韩愈"即刻上道，不容停留"。韩愈甚至来不及与京师的朋友辞行。潮州与京师长安语言不通，"远地无可语者"，他只好将家眷寄放在千余里外的韶州，相伴而行的，只有他叮嘱"不收吾骨瘴江边"的侄孙韩湘。

他的朋友未曾忘记他。贾岛捎来《寄韩潮州愈》："此心曾与木兰舟，直到天南潮水头。隔岭篇章来华岳，出关书信过泷流。峰悬驿路残云断，海浸城根老树秋。一夕瘴烟风卷尽，月明初上浪西楼。"性情古怪的刘叉也赋诗《勿执古寄韩潮州》云："寸心生万路，今古梦若丝。逐逐行不尽，茫茫休者谁。来恨不可遏，去悔何足追。"但是，一句谊切苔岑的"海浸城根老树秋"，一句肝胆相照的"逐逐行不尽"，又怎能道尽韩愈的悲苦和孤寂？

梦觉灯生晕，宵残雨送凉。

如何连晓语，一半是思乡。

14年前，韩愈被贬阳山时，曾写下《宿龙宫滩》。

夜幕四合，万籁俱寂，韩愈怀念京师，思恋亲人，他未曾想到，

14 年前的诗句，似乎谶语一般卜示着他无法逃脱的未来。

二

然而，这又怎样？

浩浩复汤汤，滩声抑更扬。奔流疑激电，惊浪似浮霜——这才是韩愈！

身多疾病思田里，邑有流亡愧俸钱——这恰是韩愈的忧思与隐忍，与百姓的忧愁悲苦相比，个人的坎坷又算得了什么？四月二十五日，韩愈辗转三月余，终于抵达潮州，行程八千里，费时近百天。但是，他甫一抵潮，即理州事，芒鞋竹杖草笠蓑衣，与官吏相见，询问百姓疾苦。

元和十四年的潮州，风不调，雨不顺，灾患频仍，稼穑艰难。先是六月盛夏的"淫雨将为人灾"，韩愈祭雨乞晴。淫雨既霁，稻粟尽熟的深秋，又遭遇绵绵阴雨，致使"稻既穗矣，而雨不得熟以获也；蚕起且眠矣，而雨不得老以簇也。岁且尽矣，稻不可以复种，而蚕不可以复育也，农夫桑妇，将无以应赋税继衣食也"。过量的雨水使得韩愈焦虑不已，他为自己无力救灾而深感愧疚："非神之不爱人，刺史失所职也。百姓何罪，使至极也！……刺史不仁，可坐以罪；惟彼无辜，惠以福也。"炽诚竣切，跃然纸上。

此后不久，韩愈还进行了一场别开生面的祭祀鳄鱼的活动。潮州鳄鱼的残暴酷烈，韩愈途经粤北昌乐泷时，即有耳闻。但鳄害之严重，在到达潮州之后，他才真正了解："初，愈至潮阳，既视事，询吏民疾苦，皆曰：'郡西湫水有鳄鱼……食民畜产将尽，以是民贫。'"鳄鱼之患，实则比猛虎、长蛇、封豕之害有过之而无不及。

为了解除民瘼，救百姓于水火之中，韩愈断然采取了措施："居数日，愈往视之，令判官秦济砲一豚一羊，投之湫水，祝之……"这就是"爱人驯物，施治化于八千里外"的祭鳄行动。为此，韩愈写了《祭鳄鱼文》，文字矫捷凌厉，雄健激昂。一篇檄文，数次围剿，常年困扰百姓的鳄鱼被驱逐，韩愈迅速赢得了百姓的信任。

唐代流行的潜规则是，朝廷大员被贬为地方官佐，一般都不过问当地政务。韩愈的弟子皇甫湜在《韩文公神道碑》中写道："大官谪为州县，薄不治务，先生临之，若以资迁。"鳄害如此严重，前任官员或无动于衷或束手无策，任其肆虐泛滥。韩愈却不甘老迈，恭谨谦逊，恪尽职守。《韩昌黎文集》中，共收有五篇"祭神文"，韩愈之砥砺勤勉，可见一斑。

韩愈在潮州还有修堤凿渠之举。《海阳县志·堤防》引陈珏《修堤策》曰，北堤"筑自唐韩文公"。潮州磷溪镇有一道水渠叫金沙溪，当地传说是韩愈命人开凿的。清澈的渠水，至今仍在滋润着两岸的田畴。碧堤芳草，遏拒洪流；银渠稻海，扬波叠翠。潺潺的水声，奔涌的水流，千百年来，似乎在不断地诉说着韩愈当年奖劝农桑的功绩。

三

韩愈初抵潮州，即作《潮州刺史谢上表》。刘大櫆点校《韩昌黎文集》，评其"通篇硬语相接，雄迈无敌"。其实，居庙堂之高则忧其民，处江湖之远则忧其君——这恰是韩愈的忠贞与坦诚。偏居一隅的韩愈，勤于王事，忠于职守，不敢以州小地僻而忽之，不敢以体弱多病而怠之，其呼天、呼地、呼父母之连天悲号，皆为忠悌者之举，尽是贤达者之为。

《韩昌黎文集》还收录了《应所在典贴良人男女等状》一文。这是元和十五年（820年）十一月，韩愈从袁州调回长安任国子监祭酒时写下的，叙述他在袁州时放免男女奴婢731人，故历来史志均将释奴一事系于他任袁州刺史之时。

其实早在潮州时，韩愈已经注意到岭南"没良为奴"的陋习。唐代杜佑在《通典》中写道："五岭之南，人杂夷獠，不知教义，以富为雄……是以汉室尝罢弃之。大抵南方遐阻，人强吏懦，豪富兼并，役属贫弱，俘掠不忌，古今是同。"有唐一代，尽管较之前代已有明显的进步，奴隶问题在不同的阶段仍有不同程度的浮沉反复。当时的一个潜规则是"帅南海者，京师权要多托买南人为奴婢"。代买奴婢成为被流放官员向京师当权者献媚取宠的捷径。在这样的社会氛围中，获罪远贬的韩愈，何尝不希望京师当权者施以援手，以便早日回朝？可是他并没有以此谋取进身之阶，而是施以德政与人道，大举赎放奴婢，这恰是韩愈的刚正廉明。

韩愈不是潮州乡学的创办者，但对潮州文化教育却有不可磨灭的功绩。韩愈认为，国家治理须"以德礼为先，而辅以政刑"，用德礼即推行儒家的"仁义"之道，"未有不由学校师弟子者"。为了办好潮州乡校，"刺史出己俸百千，以为举本，收其赢余，以给学生厨馔"。

百千之数，其值几何？唐代币制混乱，很难做出标准。据李翱著《李文公集》所载，元和末年，一斗米合五十钱，故百千可折合米两百石，数目可谓不少。如此算来，百千相当于韩愈八个多月的俸金。也就是说，韩愈把治潮八个月的俸金，全数捐给了学校。

韩愈对潮州文化的贡献，还在于他大胆起用当地人才，推荐地方隽彦赵德主持州学。相传赵德是唐大历十三年（778年）进士，早韩愈14年登第。唐代登进士第者还要通过吏部主持的"博学鸿词"科考试，合格方能授官。但赵德未能顺利通过此考试，所以韩愈刺潮时，他还是一个"婆娑海水南，簸弄明月珠"的庶民。但是，赵德"心平而行高，两通诗与书"的品行学识，终于被韩愈发现，他对赵德的评价是"沉雅专静，颇通经，有文章，能知先王之道，论说且排异端而宗孔氏，可以为师矣"！于是毅然举荐他"摄海阳县尉，为衙推官，专勾当州学，以督生徒，兴恺悌之风"。起用当地人才主持州学，这是一项意义重大、影响深远的决策。

树一代之新风，斯有万世之太平。苏轼因此在《潮州韩文公庙碑》中感喟不已："始潮人未知学，公命进士赵德为之师。自是潮之士，皆笃于文行，延及齐民，至于今，号称易治。"

四

元和十四年，这艰辛的一年终于浩荡地行至岁末。

韩愈接到圣旨，"于其年十月二十五日准例量移袁州"。次年，韩愈以袁州刺史身份，重蒙圣宠，"为朝散大夫、守国子监祭酒，复赐金紫"。此后一年，韩愈的官职经历了五次变动：由国子监祭酒转兵部侍郎，由兵部侍郎转吏部侍郎，由吏部侍郎转京兆尹兼御史大夫，由京兆尹兼御史大夫转兵部侍郎，由兵部侍郎再转吏部侍郎。他欢喜地写道：

> 莫道官忙身老大，
>
> 即无年少逐春心。
>
> 凭君先到江头看，
>
> 柳色如今深未深。

韩愈一生为文工整，为诗严谨，难得有这样浪漫的心境、飘逸的诗句。接连不断的迁徙、接踵而至的任命蚀空了韩愈的身体，他哪里还有闲心闲暇去欣赏江边的柳色？壮年时韩愈便自嘲，“吾年未四十，而视茫茫，而发苍苍，而齿牙动摇”；及至中年，“苍苍者或化而为白矣：动摇者或脱而落矣”。可是，灾难又怎能击垮他的乐观和刚毅？怎能改变他舍身报国的使命与决心？任潮州刺史不足八月，农、工、学、商等皆视韩愈为“不祧之祖”,“溪石何曾恶,江山喜姓韩”。任袁州知府七个月，韩愈“治袁州如潮”。任国子监祭酒八个月，“韩公来为祭酒，国子监不寂寞矣”。任兵部侍郎一年有余，韩愈宣抚镇州，平定内乱，“旋吟佳句还鞭马”，“风霜满面无人识”。任吏部侍郎不足一年，韩愈周旋于各种政治集团之中，仍“涉艰危，树功业”。任京兆尹兼御史大夫半年余，哀矜百姓，京城“盗贼止，遇旱，米价不敢上”，“禁军老奸，宿恶不摄，尽缚送狱，京理恪然”。这就是韩愈——修身、齐家、治国、平天下，一生抱负，尽付家国。

长庆四年（824 年），韩愈病重，卒于长安。知道自己势将远行，韩愈召群朋曰：“吾不药，今将病死矣。汝详视吾手足肢体，无诳人云韩愈癞死也。”质本洁来还洁去，莫教污淖陷沟渠。这就是韩愈——一生光明磊落，不愿染半点尘埃，韩愈死后被追赠礼部尚书，谥号为“文”，后世始称其为韩文公。

以元和十四年为起点，时光向后翻过 273 年——这是公元 1092 年，另一个失意文人苏东坡在不远处的扬州独自徘徊，气贯长虹的《潮州韩文公庙碑》横空出世。绝世的才情，慷慨的悲歌，雄壮的回响，两代文豪凌越三百年在潮州“相会”。“文起八代之衰，而道济天下之溺；忠犯人主之怒，而勇夺三军之帅”，苏东坡凛然发问：韩愈一介布衣，何以“匹夫而为百世师，一言而为天下法”？何以“参天地、关盛衰，浩然而独存"？

答案其实很简单——人无所不至，惟天不容伪。

有了韩愈的视民如伤，才有了百姓的风调雨顺；有了韩愈的横扫异端，才有了百姓的笃信文行；有了韩愈的知学传道，才有了百姓的耕读传家；有了韩愈的忠诚耿直、浩然正气，才有了百姓的德润古今、道行天下；有了韩愈的乐于天下、忧于天下，才有了百姓的安身立命、安居乐业；有了韩愈的精诚所至，才有了百姓的金石为开。韩愈没有把自己刻在潮州的石碑上，却留在了百姓的口碑里。

天地不言，万物生焉。感戴韩愈在潮州的所作所为，潮州百姓将此地江山以韩愈命名：韩江、韩山、韩堤、韩文公祠、景韩亭、昌黎路、祭鳄台、侍郎亭……草木如有知，能不忆韩郎？自古乐民之乐者，民亦乐其乐；忧民之忧者，民亦忧其忧。信夫，诚哉！

谁也未曾料想，一个卑微行者捧出的虔诚心肠，在此后的1200年，紧贴着大地，散播成中华民族的气度和风骨：

——沿着这道浩浩汤汤的历史文脉，走来了白居易、李商隐、柳宗元、刘禹锡、杜牧，走来了范仲淹、黄庭坚、欧阳修、文天祥、杨万里、归有光、顾炎武、朱彝尊、黄宗羲、林则徐……这是中华民族千百年来的文化理想，也是中华民族千百年来的家国诗篇。

——沿着这道枝繁叶茂的历史文脉，与韩愈一起沉吟低回的，是"些小吾曹州县吏，一枝一叶总关情"的忧患，是"从来治国者，宁不忘渔樵"的叮咛，是"稳暖皆如我，天下无寒人"的祝愿，是"我亦曾糜太仓粟，夜闻邪许泪滂沱"的相许相知，是"苟利国家生死以，岂因祸福避趋之"的披肝沥胆，是"但令四海歌声平，我在甘州贫亦乐"的祈求和冀望。

——沿着这道光明朗照的历史文脉，曾经生长过灾难、战争、荒蛮、杀戮，重要的是，还繁衍着富庶、光辉、璀璨、梦想。

元和十四年，韩愈于潮州还曾亲手栽植橡木。而今，这些橡木已蓊郁成林，环绕韩文公祠，状如华盖，遮天蔽日。此树含苞不易，着花更难，时或春夏之交偶放一枝，熊熊若火莲，肃穆端庄，异常美丽。

（原载于《人民日报》2015 年 10 月 29 日）

水调歌头·明月几时有

（宋）苏轼

丙辰中秋，欢饮达旦，大醉，作此篇，兼怀子由。

明月几时有？把酒问青天。

不知天上宫阙，今夕是何年。

我欲乘风归去，又恐琼楼玉宇，高处不胜寒。

起舞弄清影，何似在人间。

转朱阁，低绮户，照无眠。

不应有恨，何事长向别时圆？

人有悲欢离合，月有阴晴圆缺，此事古难全。

但愿人长久，千里共婵娟。

一蓑烟雨任平生

——关于苏轼的十个关键词

2000 年千禧年伊始，法国巴黎，有一家报纸——《世界报》，它的主编叫作"让－皮埃尔·朗日里耶"。他和他的同事们决定用一种创新的方式，迎接新千年的到来。

怎么庆祝呢？他们决定用专栏的形式，写一批专栏文章，讲述在公元 1000 年至公元 2000 年这一千年中生活的世界知名的重要人物的生活故事，覆盖北美洲、拉丁美洲、欧洲、亚洲、阿拉伯－伊斯兰世界。

这家报纸用了六个月的时间，整理公元 1000 年一直影响到公元 2000 年的重要人物的备选名单，这真是一份浩如烟海的名单。他们在这份名单里，整理出 12 位重要人物，并编辑成册，名为"千年英雄"。这些文章于 2000 年 7 月份发表。

中国的苏轼（1037 年—1101 年）就是这些"千年英雄"中的一位，是其中唯一的一位中国人。

苏轼有一百余万字的诗词、杂记、随笔、亲笔题书和私人信函，以及大量的同时代的朋友和学者评论他的随笔、传略。当然，苏轼本人不写日记，这不符合他的性格——苏轼同时代的很多人都有写日记的习惯，司马光、王安石、刘挚、曾布等——写日记这事对他来说太有条理、太扭扭捏捏了。苏东坡一生写过数千首诗词、八百余封私人信件。他写过一本杂记，是他对各种思想、旅行、人物、事件的记载——没有时间，但是他有他自己的逻辑。他有一句很有名的话，是写给他的弟弟子由的，也是写给他自己的：

　　吾上可陪玉皇大帝，下可以陪卑田院乞儿，眼前见天下无一个不好人。

　　苏轼，生于宋仁宗景佑三年（1037年），死于宋徽宗建中靖国元年（1101年），也就是华北被金人攻占，北宋灭亡前二十五年。

　　在他短短64岁的生命里，苏轼由于坦率而付出了沉重的代价。在权力阴影下，他的政敌非常多。他既是各个阵营对抗的参与者，也是受害者。用我们今天的话来说，他的一生都是在动荡中度过的"大起大落"，就像"坐过山车一样"。在他职业生涯中，他一共有三十次委任，十七次失宠或者被流放。今天他还是受人尊敬的高官，明天却什么也不是，被人蔑视，并受到责罚。

　　苏轼的命运在朝廷和皇帝的心情中摇摆不定。他行千里路，经历过荣耀与不幸，担任过太守，也曾经是阶下囚，从中国的最西北到中国的最南端，从寒冷气候带到海南岛的热带气候带。

　　1079年，他甚至因为"欺君之罪"的罪名而坐牢一百三十天。他走出御史台监狱的时候，已经43岁，这一年，他被流放到黄州，即湖北的一个小城市，在那里他开始了新生活。

　　没有职务，也没有薪水，他成了农民，需要养家糊口。他找了一块坡地开垦，这块坡地被他称为"东坡"。这就是苏轼称为"苏东坡"的来历。在千年来的时光中，百姓更喜欢称呼他"东坡居士"。

一 豪放

联合国曾经评出 100 个影响世界的名人，苏东坡是其中唯一的中国人。

在中国文化史上，李白是诗仙，杜甫是诗圣，只有苏东坡被称为文豪，他是古今第一文豪。

说到文豪，我们能想到谁呢？荷马，但丁，歌德，莎士比亚，雨果，托尔斯泰，巴尔扎克，博尔赫斯。在中国，我们最先想到的，应该就是苏东坡。

美国西华盛顿大学东亚文化研究中心教授唐凯琳："接触了苏东坡的文章之后，我被他的那种自由自在、想象丰富的思想所吸引。"唐凯琳认为，诞生于中国的宋代文学家苏东坡，如今是西方汉学家们探讨最多的中国重要人物之一，他留下的文化遗产已成为全世界人民共同的精神财富。

文豪，首先在于苏东坡的广博。诗词文书画，苏东坡无所不能，以词论，他与辛弃疾并称"苏辛"；以文论，他与欧阳修并称"苏欧"；以书法论，他与黄庭坚并称"苏黄"。

苏东坡仁慈慷慨，光明磊落，浪漫开明，单纯真挚，快乐欢愉，无忧无惧。他去世后大约一百年间，无数的文人为他立传，只有自由驰骋、无拘无束的灵魂才能够享受到他那份纯真。

如果说有宋一朝是中国文明的一座高峰，那么毫无疑问，苏东坡是中国文明高峰中的高峰。

1061 年，24 岁的苏东坡被任命为大理评事，签书凤翔府判官。他写出了《和子由渑池怀旧》：

人生到处知何似，应似飞鸿踏雪泥。

泥上偶然留指爪，鸿飞那复计东西。

老僧已死成新塔，坏壁无由见旧题。

往日崎岖还记否，路长人困蹇驴嘶。

文豪，其次在于苏东坡的文风。他具有非凡的天分，敢于破除一切语言和体制的障碍，这种勇往直前的精神，又体现为其诗词文的豪放。

关于苏词的总体风格，在苏东坡生前，论说甚多，见仁见智，有"清丽舒徐"（张炎《词源·杂论》）、"韶秀"（周济《介存斋论词杂著》）、"清雄"（王鹏运《半塘遗稿》）等多种说法。

绍兴辛未（1151 年），也就是苏东坡辞世的半个世纪左右，"豪放"一词始流行。最有影响的当属豪放说，始见于曾慥跋《东坡词拾遗》："豪放风流，不可及也。"

明代张綖在《诗馀图谱》中坚定地论述："苏子瞻之作，多是豪放。"清代郭麟有言："（词）至东坡，以横绝一世之才，凌厉一代之气，间作倚声，意若不屑，雄词高唱，别为一宗。"（《灵芬馆词话》卷一）蒋兆兰也说："自东坡以浩瀚之气引之，遂开豪放一派。"（《词说》）

苏词之豪放精神首先体现在追求一种奔放不羁、纵情放笔、适性作词的创作境界，恰如他在《晁错论》所述："古之立大事者，不惟有超世之才，亦必有坚忍不拔之志。"

在词的创作中，苏东坡一任性情，或者说"气"的抒发，因此其词体现出的风格形式难免与传统观念——诗庄词媚——相左。苏词的豪放并不在于内容有多少豪壮的成分，而在于能超越固有观念，从而直抒胸臆，自诉怀抱，能"新天下耳目"（王灼《碧鸡漫志》卷二）。

明月几时有，把酒问青天。

不知天上宫阙，今夕是何年。

我欲乘风归去，又恐琼楼玉宇，高处不胜寒。

起舞弄清影，何似在人间。

转朱阁，低绮户，照无眠。

不应有恨，何事长向别时圆？

人有悲欢离合，月有阴晴圆缺，此事古难全。

但愿人长久，千里共婵娟。

——苏轼《水调歌头》

莫听穿林打叶声，何妨吟啸且徐行。

竹杖芒鞋轻胜马，谁怕？一蓑烟雨任平生。

料峭春风吹酒醒，微冷，山头斜照却相迎。

回首向来萧瑟处，归去，也无风雨也无晴。

——苏轼《定风波》

苏词豪放精神的另一个方面是吐纳百川、冲决一切、淋漓直泻的气势。这一点，陆游在《御选历代诗余》中的注解最为形象："试取东坡诸乐府歌之，曲终，觉天风海雨逼人。"

苏词的豪放精神不同于后来的某些豪放派词人，像陈亮、刘过等人，他们作品中的豪放气息过于粗豪浅易，且缺乏内敛少余韵。而我们读苏词除感受到"天风海雨"般气势外，还能深刻地体会到苏东坡至真至浓、至深至广的人情味道，或曰"情味"——苏词的豪放精神如果没有这种情味，那其艺术感染效果必然大打折扣。

他写给妻子的词《江城子》："十年生死两茫茫，不思量，自难忘。

千里孤坟，无处话凄凉。纵使相逢应不识，尘满面，鬓如霜。"一片深情缱绻。

他写送别词《临江仙·送钱穆父》。这首词是在宋哲宗元祐六年（1091年）春苏东坡知杭州（今属浙江）时为送别自越州（今浙江绍兴北）徙知瀛洲（治今河北河间）途经杭州的老友钱勰（穆父）而作。当时苏东坡也将要离开杭州。

> 一别都门三改火，天涯踏尽红尘。依然一笑作春温。
>
> 无波真古井，有节是秋筠。
>
> 惆怅孤帆连夜发，送行淡月微云。尊前不用翠眉颦。
>
> 人生如逆旅，我亦是行人。

这首词一改以往送别诗词缠绵感伤、哀怨愁苦或慷慨悲凉的格调。苏东坡批评吴道子的画说："出新意于法度之中，寄妙理于豪放之外。"这首道别词里，苏东坡宛如立在纸面之上，议论风生，直抒性情，写得既有情韵，又富理趣。这种旷达洒脱的个性风貌，恰恰是苏东坡的豪放之处。

苏东坡之情又是一种超越平常人的天才之情、旷达之情、豪放之情，因此在表达这种高情时，苏东坡作词便如李白作诗，天才横放，纵笔挥洒，自然流露而又无具体规范可循。这样一来，词就成为抒发其人生豪情的"陶写之具"，我自为之，横放杰出，"自是曲子中缚不住者"（《苕溪渔隐丛话·后集》引晁补之语）。

苏词的豪放，可谓从心所欲不逾矩，在艺术规律的容许之下，让创造力充分自由地活动，既如行云流水般自在活泼，同时又很严谨地"行于所当行，止于所不可不止"。钱锺书说，李白之后，古代大约没有人赶得上苏东坡这种"豪放"。

苏东坡曾经用四个字来概括自己，或者说要求自己："生、死、穷、达，不易其操。"今天，我们敬慕他的豪放，首先要理解他的豪放。这种豪放，不是一种完全无底线的无拘无束，而是一种有操守，有坚持，有定力、能力、魄力的放达。

二　博喻

苏子诗词的一大特色，莫过于比喻的丰富、新鲜和贴切：用一连串五花八门的形象来表达一件事物的一个方面或一种状态。汪师韩《苏诗选评笺释》："用譬喻入文，是轼所长。"

《百步洪》就是公认的反映他这一特色的杰作：

> 长洪斗落生跳波，轻舟南下如投梭。
>
> 水师绝叫凫雁起，乱石一线争磋磨。
>
> 有如兔走鹰隼落，骏马下注千丈坡。
>
> 断弦离柱箭脱手，飞电过隙珠翻荷。
>
> 四山眩转风掠耳，但见流沫生千涡。
>
> 险中得乐虽一快，何异水伯夸秋河。
>
> 我生乘化日夜逝，坐觉一念逾新罗。
>
> 纷纷争夺醉梦里，岂信荆棘埋铜驼。
>
> 觉来俯仰失千劫，回视此水殊委蛇。
>
> 君看岩边苍石上，古来篙眼如蜂窠。
>
> 但应此心无所住，造物虽驶如吾何！
>
> 回船上马各归去，多言诐诐师所呵。

这首古风作于元丰元年（1078 年），苏轼当时官知徐州军事，其中赋百步洪的部分是历来最为人所称赞的。诗在起首用了"轻舟南下如投梭"这个比喻后，在接下来的四句中，接连用了七个比喻，把长洪斗落奔流直下的声势、速度不断地以新的面目提供给读者，使人目不暇接。博喻其实是散文修辞概念，因为文章中不避"若""像"一类字，而诗中往往忌讳用词与句式的雷同。在宋朝，苏轼在很大程度上打破了诗与文的界限，以散文笔法作诗，使人耳目一新。

苏轼善于设譬，不仅从这首诗得以体现，他的很多诗都以比喻精切而令人刮目。如《石鼓歌》中，他这样写石鼓："模糊半已隐瘢胝，诘曲犹能辨跟肘。娟娟缺月隐云雾，濯濯嘉禾秀稂莠。"以四个比喻，写石鼓文奇特形状的字体。

又如《读孟郊诗》中这几句："孤芳擢荒秽，苦语余诗骚。水清石凿凿，湍激不受篙。初如食小鱼，所得不偿劳。又似煮彭越，竟日嚼空螯。"集中表现了孟郊诗"寒"的特征。这些比喻，都从各个方面描写，没有重叠烦琐的弊病。

苏轼的诗词文在西方影响深远。20 世纪 30 年代，英国人李高洁出版了《苏东坡文轩》，翻译苏轼的十六篇名作及前后《赤壁赋》《喜雨亭记》，也包括苏轼生平、作品和文化背景的简介。

曾经任职英国驻福州领事馆的韦纳先生为此书作序。他在序言中说："本书的读者，一定会经验到当年济慈初读却泼门译荷马的那种惊喜的感觉。"

三　瞬息

苏轼在散文中，特别善于把握生活、生命中一个瞬间的感受、领悟，用极轻快的笔调写出，为人世间留下种种欣悦的飘忽一瞬。

那是元丰五年（1082 年）七月十六日仲夏之夜，苏轼和同乡道人杨世昌，舟行江面之上，见明月出东山，白雾笼大江。苏轼发思古之幽情，写下《前赤壁赋》。三个月之后，又写下《后赤壁赋》。现录前赋如下。

　　壬戌之秋，七月既望，苏子与客泛舟游于赤壁之下。清风徐来，水波不兴。举酒属客，诵明月之诗，歌窈窕之章。少焉，月出于东山之上，徘徊于斗牛之间。白露横江，水光接天。纵一苇之所如，凌万顷之茫然。浩浩乎如冯虚御风，而不知其所止；飘飘乎如遗世独立，羽化而登仙。

　　于是饮酒乐甚，扣舷而歌之。歌曰："桂棹兮兰桨，击空明兮溯流光。渺渺兮予怀，望美人兮天一方。"客有吹洞箫者，倚歌而和之。其声呜呜然，如怨如慕，如泣如诉；余音袅袅，不绝如缕。舞幽壑之潜蛟，泣孤舟之嫠妇。

　　苏子愀然，正襟危坐，而问客曰："何为其然也？"客曰："'月明星稀，乌鹊南飞。'此非曹孟德之诗乎？西望夏口，东望武昌，山川相缪，郁乎苍苍，此非孟德之困于周郎者乎？方其破荆州，下江陵，顺流而东也，舳舻千里，旌旗蔽空，酾酒临江，横槊赋诗，固一世之雄也，而今安在哉？况吾与子渔樵于江渚之上，侣鱼虾而友麋鹿，驾一叶之扁舟，举匏樽以相属。寄蜉蝣于天地，渺沧海之一粟。哀吾生之须臾，羡长江之无穷。挟飞仙以遨游，抱明月而长终。知不可乎骤得，托遗响于悲风。"

　　苏子曰："客亦知夫水与月乎？逝者如斯，而未尝往也；盈虚者如彼，而卒莫消长也。盖将自其变者而观之，则天地曾不能以一瞬；自其不变者而观之，则物与我皆无尽也，而又何羡乎！且夫天地之间，物各有主，苟非吾之所有，虽一毫而莫取。惟江上之清风，与山间之明月，耳得之而为声，目遇之而成色，取之无禁，用之不竭。是造物者之无尽藏也，而吾与子之所共适。"

客喜而笑，洗盏更酌。肴核既尽，杯盘狼藉。相与枕藉乎舟中，不知东方之既白。

宋朝唐庚《唐子西文录》："东坡《赤壁》二赋，一洗万古，欲仿佛其一语，毕世不可得也。"罗大经《鹤林玉露》："东坡步骤太史公者也。"谢枋得《文章轨范》："非超然之才，绝伦之识，不能为也。"

元朝方回《追和东坡先生亲笔陈季常见过三首》："前后赤壁赋，悲歌惨江风。江山元不改，在公神游中。"明代的茅坤甚至感喟："予尝谓东坡文章仙也。读此二赋，令人有遗世之想。"

对瞬息的准确把握，对深思的精致描述，让前后《赤壁赋》成为千古绝唱。这两篇文章，奠定了苏轼作为文豪的江湖地位。

转过年来，苏轼还写有短短的月下游记《记承天寺夜游》，同样是瞬息间快乐动人的描述，所记只是刹那间一点儿飘忽之感而已，因其即兴偶感之美，成为散文名作。

苏轼主张在写作上，内容决定外在形式，也就是说一个人作品的风格只是他精神的自然流露。若打算写出宁静欣悦，必须先有此宁静欣悦的心境。唯此，一瞬方能成就永恒。

"风月不死，先生不亡也。"

清代吴楚材、吴调侯《古文观止》所言，正是我们今天对苏轼的致敬。

谈到苏轼，不能不谈谈他所在的宋朝。有宋一朝是公元 10 世纪中叶在中原和南方建立的一个以汉族为主体的封建王朝。从建隆元年（960 年）周殿前都检点赵匡胤陈桥兵变，废周称帝，到靖康二年（1127 年）金兵俘虏徽宗、钦宗二帝北去，其间共 168 年，历九帝，因定都于东京开封，史称北宋。从当年五月，康王赵构即帝位于南京，改元建炎，重建宋王朝，到祥兴二年（1279年）元朝水军进陷南海崖山（今广东新会南海），陆秀夫抱幼帝投海而死，其间152年，亦历九帝，因迁都临安，史称南宋。

我们知道，宋朝立国三百余年，虽然遭遇两度倾覆，但是皆缘于外患，是中华民族历史上唯独没有亡于内乱的王朝，西方与日本史学界中认为宋朝是中国历史上的文艺复兴与经济革命的学者不在少数。陈寅恪言："华夏民族之文化，历数千载之演进，造极于赵宋之世。"

两宋共320年，在中国文明史上书写了光彩夺目的篇章。这样的文化高峰，正是苏东坡成为"高峰上的高峰"的前提。

日本文人对东坡十分崇敬，甚至在东坡游览赤壁的时间，举行"拟赤壁游"会。享和壬戌年（1802年）前后，出现过以"宽政三博士"之一柴野栗山（1736—1807年）为中心的赤壁游会。柴野栗山是"东坡癖"。"柴野栗山常钦慕苏公，每岁十月之望，置酒会客，以拟赤壁游。"江户时代的人不只是欣赏绘画中的赤壁游，而且把日本某地方当作"东坡赤壁"，造出东坡赤壁的气氛，在那里泛舟，亲身体验赤壁游。

文久壬戌年（1862年）的七月既望，天下大乱，即使在这样的社会环境中，也有热心赤壁游、欣赏赤壁游的风流人物，在游船上开茶会，乘船体验《赤壁赋》的境界。其欣赏方式是唱和诗文。唱和的方法有几种，如用《赤壁赋》的一句大家分韵作诗，全部用《赤壁赋》中的字作"集字诗"，甚至把《赤壁赋》中的句子放在句首。他们在自己的诗文中常说："我们虽然没有在赤壁夜半泛舟赏月的机会，但是良友聚会，一起喝酒，欣赏美丽风景，在日本也完全可以欣赏东坡赤壁游之境界。"

在明治（1868—1912 年）和大正（1912—1926 年），长尾雨山（1864—1942 年）和富冈铁斋（1836—1924 年）是"东坡迷"文人的代表。长尾雨山的赤壁会就是最盛大的"摹拟东坡赤壁游"会。他收集了大量的有关赤壁的画和其他有关东坡的东西，都摆在赤壁会的每个会场里，"怀念永垂不朽的伟大高尚人物东坡先生"。

在东坡生日（十二月十九日）那天，举行"寿苏会"，这是长尾雨山、富冈铁斋独创的。他们收集有关东坡的书、画、文具等东西，摆在寿苏会的会场里。他们于 1916 年、1917 年、1918 年、1920 年、1937 年分别开过五次"寿苏会"，还把在寿苏会上所作的诗文编成《寿苏集》。

1922 年 9 月 7 日（阴历七月十六日），东坡《赤壁赋》作后的第十四个"壬戌既望"，这样敬慕苏轼的长尾雨山等人模仿苏轼，广纳好友，举办了轰动一时的"京都赤壁会"，隔着日本海，穿越时间和空间，向苏轼致敬。

四　信笔

宋代的四大书法家，"苏黄米蔡"，排名第一的就是苏轼。苏轼的书法，后人赞誉颇高。最有发言权的莫过于黄庭坚，他在《山谷集》里说："本朝善书者，自当推（苏）为第一。"

苏轼则自称："吾书虽不甚佳，然自出新意，不践古人，是一快也。"

他曾经遍学晋、唐、五代的各位名家之长，再将王僧虔、徐浩、李邕、颜真卿、杨凝式等名家的创作风格融会贯通后自成一家。

苏书给人的第一直观感就是丰腴，以胖为美。赵孟頫评苏轼的书法是"黑熊当道，森然可怖"。黄庭坚也认为苏轼书法用墨过丰。正因如此，在苏轼的书法中，极少看到枯笔、飞白，而是字字丰润。如《次辩才韵诗帖》。

但这只是表象，苏轼的作品表面看起来很随意，很柔软，可是他的刚硬都在里面。

这柔中带刚，来自苏轼一生坎坷——使得他的书法风格跌宕。所以黄庭坚称他："早年用笔精到，不及老大渐近自然。"

例如《黄州寒食诗帖》，写于宋元丰五年（1082 年），当时苏轼因"乌台诗案"被贬至黄州，生活上的穷困潦倒和政治上的失意，让他感到落寞无比，于是在黄州第三年的寒食节，他写下了两首五言诗：

一曰：

自我来黄州，已过三寒食，

年年欲惜春，春去不容惜。

今年又苦雨，两月秋萧瑟。

卧闻海棠花，泥污燕支雪。

暗中偷负去，夜半真有力。

何殊少年子，病起须已白。

二曰：

春江欲入户，雨势来不已。

小屋如渔舟，濛濛水云里。

空庖煮寒菜，破灶烧湿苇。

那知是寒食，但见乌衔纸。

君门深九重，坟墓在万里。

也拟哭途穷，死灰吹不起。

书写此卷的时间大约在翌年。其诗苍劲沉郁，饱含着生活凄苦、心境悲凉的感伤，富有强烈的感染力。其书也正是在这种心情和境况下有感而出的，故通篇起伏跌宕，迅疾而稳健，痛快淋漓，一气呵成。苏轼将诗句心境情感的变化，寓于点画线条的变化中，或正锋，或侧锋，转换多变，顺手断联，浑然天成。其结字亦奇，或大或小，或疏或密，有轻有重，有宽有窄，参差错落，恣肆奇崛，变化万千。笔酣墨饱，神完气足，恣肆跌宕，飞扬飘洒，巧妙地将诗情、画意、书境三者融为一体，体现了苏轼"我书意造本无法，点画信手烦推求"的创作状态。难怪黄庭坚叹曰："试使东坡复为之，未必及此。"

苏轼"无意为书家"的书法作品，其信笔处往往是情在胸中、意在笔下、心手相畅的结果。其酣畅淋漓表现出来的"烂漫"，清代书法家包世臣认为："在东坡，病处亦觉其妍，但恐学者未得其妍，先受其病。"正所谓东坡信笔处，在在藏乾坤。

五 戏墨

2018 年 11 月 26 日晚，苏轼水墨画《木石图》在香港佳士得专场拍卖中，以 4.636 亿港币拍出，约合人民币 4.112 亿元。

该画作画面内容很简单，是一株枯木状如鹿角，一具怪石形如蜗牛，怪石后伸出星点矮竹。用笔看似疏野草草，不求形似，其实行笔的轻重缓急，盘根错节，都流露出苏轼很深的写意功底。

苏轼自幼年即仰慕吴道子，他在黄州那些年，一直致力于绘画。苏画是典型的文人画，重写意，主张将艺术家主观印象表达出来，所谓"论画以形似，见与儿童邻"。在评论写意派画家宋子房时，苏轼说："观士人画如阅天下马，取其意气所到。乃若画工，往往只取鞭策皮毛槽枥刍秣，无一点俊发，看数尺许便倦。"

关于绘画要突出其中意理，苏轼在很多文章里都有论述。

《净因院画记》：

余尝论画，以为人禽宫室器用皆有常形。至于山石竹木，水波烟云，虽无常形，而有常理。常形之失，人皆知之。常理之不当，虽晓画者有不知。

《宝绘堂记》：

君子可以寓意于物，而不可以留意于物。寓意于物，虽微物足以为乐，虽尤物不足以为病。留意于物，虽微物足以为病，虽尤物不足以为乐。

《文与可画筼筜谷偃竹记》：

竹之始生，一寸之萌耳，而节叶具焉。自蜩蝮蛇蚹以至于剑拔十寻者，生而有之也。今画者乃节节而为之，叶叶而累之，岂复有竹乎？故画竹必先得成竹于胸中，执笔熟视，乃见其所欲画者，急起从之，振笔直遂，以追其所见，如兔起鹘落，稍纵则逝矣。

《传神记》：

吾尝见僧惟真画曾鲁公，初不甚似。一日，往见公，归而喜甚，曰："吾得之矣。"乃于眉后加三纹，隐约可见，作俯首仰视眉扬而额蹙者，遂大似。

法国作家克劳德·罗伊（Claude Roy）于1994年写了一本关于苏东坡的书，里面介绍了1092年苏东坡和他的学生米芾（永州太守）比赛的故事。克劳德·罗伊这样写道："人们准备了两张桌子、三百张最好的纸、美酒和小吃。两名仆人负责磨墨。他们只需要安心比赛。苏东坡和门徒选择了永远不会厌倦的主题：竹子。苏东坡喝了一点酒。等到天色变暗，夜晚来临的时候，三百张纸全部画完。"

"宁可食无肉，不可居无竹。"这是苏东坡的诗，也是他的信念和追求。

在宋代，欧阳修、王安石都确立了文人画论的主调，但在苏东坡手上，文人画的理论才臻于完善。他放弃形似，强调精神的表达，认为"论画以形似，见与儿童邻"。在艺术风格上，"萧散简远""简古淡泊"，被苏东坡视为一生追求的美学理想。千年之后，我们依然可以从古文运动的质朴深邃，宋代山水的宁静幽远，以及宋瓷的洁净高华中，体会那个朝代的丰赡与光泽。

这是一场观念革命，影响了此后中国艺术一千年。

徐复观说："以苏东坡在文人中的崇高地位，又兼能知画作画，他把王维推崇到吴道子的上面去，岂有不发生重大影响之理？"

文人画固然一脉相承，但在每一个世纪里都有不同的表现。在11至12世纪，李公麟以春蚕吐丝般的细线表达古意；米芾以平淡含蓄的烟云世界与世俗对抗；米芾的公子米友仁是一个可以画空气的画家，在他的笔下，空气有了密度和质感，与宋纸的纹路摩擦浸润，产生了一种迷幻的效果。而在之前若干个世纪的绘画中，空气是完全透明的，或者说是不存在的，画家的视线，更多地被事物本身的形状所控制。

尽管"文人画"始终没有一个明确可行的定义，苏东坡的论述也是零散、随意的，但它作为一种观念，已经深深地沁入千年的画卷中，提醒画家不断追问艺术的最终本质。后世的艺术评论家把这概括为"永远的前卫精神"，认为"这个前卫传统之存在，无可怀疑的是中国绘画之历史发展中一个十分重要的动力根源"。

驸马都尉王诜请善画人物的李公麟，创作一幅传世之作《西园雅集图》，讲述当时文人的雅集。这幅画的画面上，有主人王诜，有客人苏轼、苏辙、黄鲁直、秦观、李公麟、米芾、蔡襄、李之仪、郑靖老、张耒、王钦臣、刘泾、晁补之，以及圆通和尚、陈碧虚道士。主友16人，加上侍姬、书童，共22人。

松桧梧竹，小桥流水，极园林之胜。宾主风雅，或写诗，或作画，或题石，或拨阮，或看书，或说经，极宴游之乐。李公麟以他创造的白描手法，用写实的方式，描绘当时16位社会名流，在驸马都尉王诜府邸做客聚会的情景。画中，这些文人雅士风云际会，挥毫用墨，吟诗赋词，抚琴唱和，打坐问禅，衣着得体，动静自然，书童侍女，举止斯文，落落大方。不仅表现出不同阶层人物的共同特点，还画出了尊卑贵贱不同人物的个性和情态。

米芾为此图作记，即《西园雅集图记》：

> 水石潺湲，风竹相吞，炉烟方袅，草木自馨。人间清旷之乐，不过如此。嗟呼！汹涌于名利之域而不知退者，岂易得此耶！

有评论家曾将苏东坡的艺术称赞为具有印象派色彩的艺术观念。这样算来，苏东坡在绘画上的创新特质和革命精神，比西方领先了整整八个世纪。直到19世纪中后期，西方艺术才逐渐在塞尚、梵高、高更、马蒂斯、毕加索那里，开始脱离科学的视觉领域，转向内心的真实性。他们不再对科学的透视法亦步亦趋，而是重视自己内心的感觉，从而为西方开启了主观艺术的大门，印象派、野兽派、立体派、未来派等艺术派别应运而生。

苏东坡所领导的这场艺术革命，与宋代文化的内向型发展有关。唐的气质是向外的、张扬的，而宋的气质则是向内的、收敛的——与此相对应，宋代的版图也是收缩的、内敛的，不再有唐代的辐射性、包容性。

唐朝的版图可以称作"天下"，但宋朝的版图只能说"中原"，北宋亡后，连中原也丢了，变成江南小朝廷，成为与辽、西夏、金并立的列国之一。

今年是长安建都 1400 年。1400 年前也就是公元 618 年的大唐王朝，那一天是那一年的端午节，唐玄宗李隆基将唐都建立于隋代大兴城基础上，兴建了长安。

一千余年后，20 世纪 70 年代的某一天，日本作家池田大作见到英国历史学家汤因比，两位风云人物抵膝畅谈。池田大作问道："假如给你一次机会，你愿意生活在中国这五千年漫长历史中的哪个朝代？"汤因比毫不犹豫地回答："要是出现这种可能性的话，我会选择唐代。"池田大作哈哈大笑："那么，你首选的居住之地，必定是长安了！"

这时的长安，是世界的中心，是中国精神的文化符号。开放的胸怀、开明的风尚、包容的气度，纵使今天的美国纽约、日本东京、英国伦敦、法国巴黎，都无法与之比肩。

没有有唐一代的恢宏，就没有有宋一代的深沉。如果说唐朝推动中国向广度延展，宋朝则推动中国向深度夯实。

六　佛老

宋代的佛教思想很盛行，苏轼的母亲程氏就信佛，苏轼本人对佛家思想也有一定程度的接受。当时的士人、诗人多有僧人朋友，所谓"宰宦多结空门友"（杨亿语），苏轼的朋友中比如佛印、惠崇、参寥子等都是出家人，他们在苏轼的人格构建上也起了一定影响。

在黄州半监禁的时候，苏轼开始深入地钻研佛学，作为排遣苦闷的精神武器，以后的作品也就比较多地染上了佛家思想的色彩。

苏轼在《黄州安国寺记》中自白：到黄州后"归诚佛僧"，"间一二日辄往，（安国寺）焚香默坐，深自省察，则物我相忘，身心皆空，求罪垢所从生而不可得。……且往而暮还者，五年于此矣"。当然他这并不是真的"痛改前非"，"归诚佛僧"，事实上，苏轼一生都没有陷入宗教迷狂，一直以理性的态度对待宗教。他焚香安国寺，主要是将"佛为我用"，是为了达到"期于静"，"物我相忘"，"解烦释懑"和修炼自身道德品性的目的。

道，有两重含义，一为道家思想，一为道教，二者既有联系又互相区别，是颇为复杂的问题，简单说，道教是宗教，追求长生、成仙；道家是哲学思想。苏轼八岁入小学时即以道士张易简为师；自幼喜读《老子》《庄子》，曾云："吾昔有见于中，口未能言，今见《庄子》，得吾心矣。"（苏辙《亡兄子瞻墓志铭》）有人统计过，苏轼的文集中引用《庄子》的地方有1000多处。苏轼从道家这种讲全生避害的哲学中汲取了养料，但并不消极逃避，同对待佛家思想一样，只是为我所用，而不拘牵。

在贬谪黄州期间，佛老思想成为苏轼在政治逆境中的主要处世哲学。佛老思想是中国的士大夫们应对贬谪的哲学武器，大凡士大夫遭贬，都用以排遣。佛老思想以清静无为、超然物外为旨归，但在苏轼身上起了复杂的作用：一方面，他把生死、是非、毁誉、得失看作毫无差别的东西；另一方面佛老思想又帮助他把问题观察得更通达了，在一种旷达的态度背后，他坚持着对人生、对美好事物的执着与追求。

宋徽宗即位后，苏轼相继被调为廉州安置、舒州团练副使、永州安置。元符三年（1100年）四月，朝廷颁行大赦，苏轼复任朝奉郎。

北归途中，苏轼于建中靖国元年七月二十八日（1101年8月24日）在常州（今属江苏）逝世。这一年，他64岁。苏轼留下遗嘱葬汝州郏城（今河南郏县）钧台乡上瑞里。次年，其子苏过遵嘱将父亲灵柩运至郏城县安葬。

据说，最后陪伴苏轼的，除了他的家人之外，还有他的好朋友维琳方丈。大和尚建议他在不多的日子里，多念念佛经。苏轼笑了，这些年，他见过了太多的大德高僧，但是，他们最后都不免一死的结局。鸠摩罗什也不免一死，对吗？公元4世纪，鸠摩罗什从印度来到中国，将三百本佛经译为中文，然而，他也不免一死。

——想想来世吧！（"端明宜勿忘西方"）维琳方丈建议苏轼说。

——西天也许存在，不过到了那里又能怎么样呢？苏轼说。

——这个时候，你不妨试试看。维琳方丈建议。

——试，就不对了。

这是苏轼留给维琳方丈的最后一句话，也是他留给世界的最后一句话。在他看来，西方的极乐世界跟自己的现状不是脱节的。两周前，他写信给维琳方丈说："岭南万里不能死，而归宿田野，遂有不起之忧，岂非命也夫！然生死亦细故尔，无足道者。"

> 回首向来萧瑟处，
>
> 归去，
>
> 也无风雨也无晴。

现在，我们重读苏轼的这句词，是否心中有别样的感伤、忧思？

苏轼的这首词写于公元1082年，也就是宋神宗元丰五年的春季。三年前，苏轼因"乌台诗案"被贬为黄州（今湖北黄冈）团练副使。三月七日，苏轼与友人出游，在沙湖道上，风雨忽至。拿着雨具的仆人先离开了，同行的友人都因进退困难深感狼狈，只有苏轼毫不在乎，泰然处之，吟咏自若，缓步而行。过了一会儿天晴了，于是写下词《定风波·莫听穿林打叶声》。

公元1101年3月，苏轼由虔州出发，经南昌、当涂、金陵，五月抵达真州（今江苏仪征），六月经润州拟到常州居住。此时，他仿佛预感到自己的生命已经走到尾声，在真州游金山龙游寺时作《自题金山画像》：

> 心似已灰之木，
>
> 身如不系之舟。
>
> 问汝平生功业，
>
> 黄州惠州儋州。

这样一份萧瑟之中的云淡风轻，风雨之中的光明朗照，不为世事所累的大从容、大自由，只有那些纵使整个世界被放逐，也永远不自我放逐的人，才能够领悟。

七 手足

苏轼和苏辙关系很好，两兄弟不论在什么地方、什么环境，都挂念着对方。兄弟二人在人生的旅途中，诗文酬唱寄赠很频繁。据不完全统计，如果不包括文章书信的话，两人仅诗词唱和就近两百首。

苏轼中秋怀人之作，大多是为苏辙所作，其中《水调歌头·明月几时有》是千古绝唱。"但愿人长久，千里共婵娟"，将手足之怜念，离别之伤感，人生宇宙之哲理写成极品。更有人说："中秋词，自东坡《水调歌头》一出，余词尽废。"兄唱弟随，在苏轼写了这首词的第二年，兄弟二人在徐州相聚，苏辙也作了《水调歌头·徐州中秋》回赠其兄，写欢聚的喜悦和即将离别的伤感。

> 离别一何久，七度过中秋。
>
> 去年东武今夕，明月不胜愁。
>
> 岂意彭城山下，同泛清河古汴，船上载凉州。
>
> 鼓吹助清赏，鸿雁起汀洲。
>
> 座中客，翠羽帔，紫绮裘。
>
> 素娥无赖，西去曾不为人留。
>
> 今夜清尊对客，明夜孤帆水驿，依旧照离忧。
>
> 但恐同王粲，相对永登楼。

兄弟二人志趣相投，都以文章名天下。苏辙说："少年喜为文，兄弟俱有名。世人不妄言，知我不如兄。"（《题东坡遗墨卷后一首》）苏轼则说："子由之文实胜仆，而世俗不知，乃以为不如。其为人深不愿人知之，其文如其为人，故汪洋澹泊，有一唱三叹之声，而其秀杰之气，终不可没。"（《答张文潜书》）

在仕途上，兄弟二人大道相同，进退一致。苏轼恃才傲物，不合时宜。苏辙恭谨内敛，深沉稳重。苏轼一生数迁，一次牢狱之灾，数次贬官远地。苏辙多次为兄补台，一生基本平稳，曾官至副宰相。

公元 1079 年，因"乌台诗案"，苏东坡罹祸下狱，被关入御史台的监狱，走出已是漫天飞雪，在这里他被关押了 130 天。这期间，苏辙倾其所有，上下打点。苏辙呈上去的《为兄轼下狱上书》这份奏折，不断地为兄长做无罪辩护。这篇文章，字字惨淡经营，堪比李密的《陈情表》。苏辙说："子瞻何罪？独以名太高。"也因为这一文章，苏东坡幸运地保住了性命，最终被发配黄州，这是心高气盛的苏东坡在人生中第一次遭遇如此大的落差。在黄州，没有人理解他，他给朋友写信，但是都石沉大海。苏辙与兄同遭惩治，被贬官外放。之后，苏辙升官至尚书右丞，而苏轼又遭人排挤，心灰意冷，乞求外任。苏辙因此也连上四札，同乞外任，以追陪兄长左右。

公元1097年，苏轼被贬谪到海南儋州，苏辙被贬谪到广东雷州。五月十一日，两人相约于广西滕州见面，这一年，苏轼六十岁，苏辙五十八岁。相处一个月后，六月十一日，兄弟二人分手，从此作别，直至苏轼五年后病殁常州，再无缘相见。苏轼去世前，因为见不到苏辙而大憾大恸，苏辙接到噩耗则"号乎不闻，泣血至地"。苏轼去世后，苏辙安葬兄嫂，照顾两家家小，史称"二苏两房大小近百余口聚居"。

苏轼去世后，苏辙满怀深情地怀念兄长："我初从公，赖以有知。抚我则兄，诲我则师。"（《亡兄子瞻端明墓志铭》）《宋史·苏辙传》中也说："辙与兄进退出处，无不相同，患难之中，友爱弥笃，无少怨尤，近古罕见。"兄弟二人就是这样互相推重，互引为知己。

在御史台的监狱里，苏轼给苏辙写了一首诗，在这里真实地表达了他对苏辙的手足之情：

> 是处青山可埋骨，
>
> 他时夜雨独伤神。
>
> 与君世世为兄弟，
>
> 又结来生未了因。

如此深情，令人感伤不已。

八　涅槃

苏东坡是一个生活家，他爱玩、爱吃、爱旅游、爱交友，无所不爱，纵使在最艰难、潦倒之时。

他一次次遭遇劫难，却一次次在劫难中涅槃重生，最根本的原因是他热爱生活，他的身边有一群与他一样热爱生活但又同生共死的朋友和家人。

他的家庭生活很幸福，他在《次韵和王巩六首》其一中说："子还可责同元亮，妻却差贤胜敬通。"他在注脚里说："仆文章虽不逮冯衍，而慷慨大节乃不愧此翁。衍逢世祖英容好士而独不遇，流离摈逐，与仆相似，而其妻妒悍甚。仆少此一事，故有胜敬通之句。"

苏轼最有名的悼亡词——《江城子·十年生死两茫茫》，是他在第一任妻子去世十年后的一个夜晚梦到她，想到两人的隔绝，内心十分悲伤，而写下的。他写出了"相顾无言，唯有泪千行"的千古名句，写出了自己的深情。

公元 1093 年 8 月，苏轼第二任妻子病逝，苏轼悲恸万分地写下《祭亡妻同安郡君文》，表达对妻子的万千情感，言"泪尽目干"，"惟有同穴"。苏轼死后，苏辙满足了他的这一心愿，将他与第二任妻子同穴安葬。

正室贤德，小妾贴心。朝云说苏轼"一肚皮不合时宜"，足见二人心意相通。苏轼在杭州三年，之后又官迁密州、徐州、湖州，颠沛不已，又因"乌台诗案"被贬为黄州团练副使。这期间，朝云始终紧紧相随，布衣荆钗，无怨无悔。

在苏轼 61 岁的时候，朝云去世了。苏轼很是感到悲伤，同样写了一首悼亡词：

> 马趁香微路远，沙笼月淡烟斜。
>
> 渡波清彻映妍华。倒绿枝寒凤挂。
>
> 挂凤寒枝绿倒，华妍映彻清波。
>
> 渡斜烟淡月笼沙。远路微香趁马。

这首词的题目是《西江月·咏梅》，是一首回文词，上下片用字完全一样，只不过改变了汉字的顺序。

苏轼自己善于做菜，也乐意自己做菜吃。林语堂说，他太太一定颇为高兴。根据记载，苏轼认为在黄州猪肉极贱，可惜"富者不肯吃，贫者不解煮"，他颇引为憾事。他告诉人们一个炖猪肉的方法，极为简单，就是用很少的水把肉煮熟之后，再用文火炖上数小时，当然要放酱油。这就是东坡肉。

苏轼做鱼的方法，是今日中国人所熟知的。先选一条鲤鱼，用冷水洗，擦上点儿盐，里面塞上白菜心。然后放在煎锅里，放几根小葱白，不用翻动，一直煎，半熟时，放几片生姜，再浇上一点儿咸萝卜汁和一点儿酒。快要好时，放上几片橘子皮，趁热端到桌上吃。

苏轼还发明了一种青菜汤，就叫作东坡羹。方法就是用两层锅，米饭在菜汤上蒸，饭菜同时全熟。下面的汤里有白菜、萝卜、油菜根、芥菜，下锅之前要仔细洗好，放点儿姜。在中国古时，汤里照例要放进些生米。在青菜已经煮得没有生味道之后，蒸的米饭就放入另一个漏锅里，但要留心莫使汤碰到米饭，这样蒸汽才能进得均匀。

你看，苏轼就是这样一种神奇的存在。经他之手，普通的肉变成东坡肉，普通的汤变成东坡羹，普通的烧饼变成东坡饼，苏轼"自笑平生为口忙"，光是以他的名字冠名的菜肴就可以摆满一桌宴席。甚至，原本普通的帽子变成了子瞻帽（"乌台诗案"后，苏轼把乌纱缝在帽子上，以与他人区别），原本普通的竹笠变成了东坡笠，原本普通的西湖变成了西子湖。

点石成金，化腐朽为神奇，这是苏轼的过人之处，同时，这也更显示了人们对他的喜爱。苏轼是一个感伤的人，又是一个能够化解悲伤的人，正是这种性格，使得他始终能超越苦难、保持着快乐。

他年轻的时候，喜欢喝姜茶，吃瓜子，炒蚕豆。中年的时候，他写过一篇《老饕赋》，大意是说：世上顶级的一顿饭，要最好的刀具、餐具、水源、柴火；最新鲜的肉、螃蟹、樱桃蜜、杏仁糕、半熟蛤蜊；最美的美女弹琴悟道；最精酿的葡萄美酒和雪花茶。这样一篇通篇讲吃的文章，我们不妨称之为《美食家赋》，然而，在文章末尾，苏轼写道："先生一笑而起，渺海阔而天高。"那么，你现在还认为苏轼所写，仅仅是简单的美食吗？

苏轼请客，会自告奋勇去取他自己酿制的酒。有一次，客人饭都吃完了，他还没回来，大家都去找他，最后发现他直接醉倒在了酒窖里。

苏轼晚年，被仇人章惇放逐到海南儋州。原因是章惇听说苏轼在惠州待得还挺惬意，气急败坏地说，那就让他去儋州吧，据说苏子瞻的"瞻"和儋州的"儋"更搭配。

在宋朝，放逐海南是比满门抄斩仅轻一等的处罚。苏轼把儋州当成了自己的第二故乡，"我本海南民，寄生西蜀州"。62 岁的苏轼意识到这可能是一场生离死别，于是把身后之事，向长子苏迈做了托付，只带着小儿子苏过一人，前往儋州。朝廷对贬谪后的苏轼还有如下三条禁令：一不得食官粮，二不得住官舍，三不得签书公事。儋州市市长（军使张中）看他可怜，悄悄违抗宰相的命令，给了他一间漏水的官舍。但还是被人告发，赶了出来。没有房子，就自己盖。

于是他白手起家，在山上修了一栋草屋，取名叫"槟榔庵"。

儋州古称儋耳，在北宋时期，是极为荒蛮凶险之地，古称"南荒"，"非人所居"。两父子经常热得面面相觑，像两个苦行僧。苏轼呼气吐气呼气吐气，没有吃的，他就在山里采摘苍耳和青菜熬汤。然后，他张开嘴巴朝着阳光的方向，说能解饿。

吃的问题解决了，还有一件大事，苏轼无事可做，无书可读，便与儿子苏过抄书。在《答程全父推官六首》中他说道：

儿子比抄得《唐书》一部，又借得《前汉》欲抄。若了此二书，便是穷儿暴富也。呵呵。

多么超前的苏轼！我们今天在微信里常用"呵呵"这样一个词，表示开心，也表示无奈，"呵呵"，其实，这个词的发明权在苏轼，他在儋州给朋友们写信，据说用了四十多个"呵呵"。

如此"呵呵"，其实是人生的达观和幽默。苏轼到处都能快乐满足，就是因为他持有一种达观和幽默的态度。

"乌台诗案"中，妻子和儿女送苏轼出门，都大哭。苏轼回头对妻子说："你难道不能像杨朴的妻子一样，也作一首诗送给我？"

原来杨朴是位草根诗人。宋真宗泰山封禅以后，遍寻天下隐士，得知杞地人杨朴能作诗。皇上把他召来问话的时候，他自己说不会作诗。皇上问："你临来的时候有人作诗送给你吗？"

杨朴说："没有。只有臣的妻子作了一首诗，'更休落魄耽杯酒，切莫猖狂爱作诗。今日捉将官里去，这回断送老头皮。'"

皇上大笑，放他回家，并赐给他的儿子一个官职来奉养双亲。

后来苏轼被贬谪到海南岛，当地无医无药，他还不忘自我调侃说："每念京师无数人丧生于医师之手，予颇自庆幸。"

眼花缭乱地贬谪，马不停蹄地迁移。宋代士大夫多有过贬谪的经历，而且多能以较坦然的态度来面对。洪迈在《容斋随笔》中记载："见纷华盛丽，当如老人之抚节物；……遭横逆机，当如醉人之受骂辱。"但苏轼无疑是他们中最杰出的代表，真正做到了"扬弃悲哀"（日本学者吉川幸次郎语）。

苏轼在漫长而又坎坷的人生道路上，深刻品味到了命运的诡谲、官场的蹭蹬。他在人生的得意与失意的巨大落差间，仍然能够"扬弃悲哀"，构建超然自适的精神家园。恰恰是这种适情适性的达观精神、随遇而安的襟怀，让他一次次如凤凰一般，在火中涅槃，死而复生，甚至是永远在路上，永远在人间。

九　为官

有人将苏轼一生的活动足迹做成了地图，发现他竟然走出了一个"中"字。换成城市分布图，可以看出苏轼去过大概 90 座城市，可以说一生都在路上。

除了出生地，苏轼走过的主要的地方有 18 个：栾城（祖籍地）——眉山——开封——凤翔（今宝鸡附近）——杭州——密州（今山东诸城）——徐州——湖州——黄州——宜兴——金陵（南京）——登州——颍州（今安徽阜阳）——扬州——定州——惠州——儋州（今海南省儋州市）——常州——郏县（归葬地）。

在这些地方中，杭州给苏轼带去了一生中最快活的时光。苏轼曾于熙宁四年（1071 年）通判杭州，又于元祐四年（1089 年）知杭州，共到杭州两次，前后加起来五六年，做了如下事：

——清理运河淤泥。京杭大运河与钱塘江交汇，钱塘江的水带进许多淤泥，杭州城内运河里的淤泥每隔四五年就要挖一次，否则河床升高，影响船运。淤泥一挖出来就被堆在居民门口，脏乱不堪。

苏轼想办法把钱塘江的水先引入周边人口稀少的茅山运河，经茅山运河流过三四里地，淤泥沉淀下来，再流到市中心的运河里的水就是干净的了。市中心运河的河位比茅山运河低四尺，苏轼又在余杭那里开了一条新运河，让它与西湖的水相通，这样就永久性地保证了运河的水位。这套办法使得运河的水深到八尺，老百姓说这是从来没有的事情。

——解决吃水问题。杭州人民的供水是个主要问题，在此之前，历代也想过很多办法，如修建水库，把西湖的水引入城中，但是管道损坏严重，居民们只能吃带咸味的水，西湖的淡水则需要花钱买。苏轼新建两个水库，用陶瓷管代替以前的竹子管道，淡水由一个水库引向另外一个水库，这个工程建成以后，杭州居民家家都有淡水吃。

——清理西湖。苏轼第一次来杭州时，西湖上杂草丛生，淤泥阻塞的面积已经有十分之三，第二次来杭州，西湖上的淤塞已经有一半了。

苏轼非常伤心，他上表高太后，说如果再不治理，20 年以后西湖就会被野草遮蔽，而城中的居民再没有淡水可以吃。高太后一直非常支持苏轼，她立马批准并且拨钱与他。苏轼和工人费时 4 个月，将西湖的杂草淤泥清理干净。为了让西湖不再杂草丛生，苏轼让居民在西湖种菱角，从而发挥了西湖的食用价值。

——筑造苏堤。但是这么多的草和淤泥要运到哪里去？苏轼想到了一个办法，他用这些水草和淤泥在湖面上筑了一道长堤，这样既解决了垃圾的问题，又缩短了湖岸南北之间的距离，更留给后世一道杨柳阴阴、风景如画的苏堤。后来苏轼的政敌还因为此事弹劾他，说他为了观赏美景，劳民伤财。

——兴建三潭印月。准确地说，如今的"三潭印月"并非苏轼修建的，却是因他而起。当年苏轼让居民在西湖种菱角，划分了一些区域，有些地方可以种，有些地方不能种。苏轼在西湖里修了三个石塔，塔以内的区域不能被菱角侵占，因为种菱角会形成淤泥，淤泥会再次阻塞西湖。明代一位县令仿苏轼把西湖的淤泥捞出来筑了一个环形堤，专门用来放生，又在湖中原苏轼建塔的附近，重新建了三个石塔。这就是"三潭印月"。

——赈济灾民。苏轼来杭州的第一年，收成不好，米价开始猛涨。苏轼颇有远见地筹米存放在仓库，以抑制米价或应付荒年。第二年五月份，暴雨开始倾泻，且没有停止的意思。苏轼到处买米，并且写信奏请朝廷拨米给杭州，还请求朝廷同意他们用绸缎来代替大米完成每年的进贡。

苏轼深信一分预防胜过十分救济，所以他不停地呼吁买米、存米，甚至七次上表朝廷请求拨款。朝廷的款是拨下来了，只是在下方官僚执行的过程中，被层层剥夺。苏轼痛心疾首、忧思甚重，他曾写信给好朋友倾诉："谁可以帮帮我？"

——建医院。苏轼在杭州当太守时，会把一些药方贴出来，让老百姓用。他吩咐搭建粥棚，为穷苦的病人煮粥；派医生一个坊一个坊地跑，给人治病；还给无钱治病的人免费熬药。后来他在众安桥那里建了一个医院，名字叫"安乐坊"。安乐坊是中国最早的公立医院，三年之内治疗了一千多个病人。他还亲自主持配制了"圣散子"这味药方，价格便宜，疗效显著，救了不少传染病人。后世也用于临床。

爱民如子，视民如伤。

苏轼在任时，经常会帮助老百姓做一些实事。有一次，有人控告一个卖扇子的欠钱不还。苏轼把这个人带回来询问。卖扇子的诉苦说:"不是我不还钱,是我真的还不起,今年天老下雨,人们不需要扇子,我的扇子都卖不出去呀!"

苏轼让卖扇子的给他拿一些扇子过来,提起笔就在扇子上题字作画,花了一个小时,画了 20 把扇子。然后丢给卖扇子的:"拿去卖吧!"卖扇子的还没走出官衙,扇子就已经被闻讯赶来的人抢购一空了。

十 担当

苏轼一生,不是被贬官,就是奔走在被贬官的路上。他在《自题金山画像》中自我品评:

心似已灰之木,

身如不系之舟。

问汝平生功业,

黄州惠州儋州。

苏轼写过一首《咏桧》诗:"凛然相对敢相欺,直干凌空未要奇。根到九泉无曲处,世间惟有蛰龙知。"有人到皇帝那里告状,说这是暗喻皇帝昏庸,皇帝分明是真龙,他到地下求真龙,这不是谋逆吗?好在神宗还很明白,说这分明写的就是桧树,跟我有什么关系呢?此事最终不了了之。

每次,他写一首诗、一阕词,世间便争相传颂,同时也有人争相注解,总有人从里面看出他的皮里阳秋、暗度陈仓、皮笑肉不笑的反动言论。

他到底会做官吗?如果按照官场规则来看,我认为他不会,但是如果按照爱民如子、造福一方来说,我认为他是一个好官。

不能否认，苏轼是我们今天所称的"高智商"天才。他是北宋时期（960年—1127年）最为杰出的"学者型官员"之一。在北宋，知识被视为获取权力的关键，成功和威信往往通过高级职务得以实现。根据我们的考证，他在20岁的时候在当时京城开封参加了最难的考试（即举人考试），由皇帝亲自监考。随后，苏轼在四百名举人中名列第二。

然而，"低情商"让他一生注定不识时务、不懂世故。他的一生，可以说是在两个极端里往复——飞黄腾达和倒霉透顶。在这两个极端里，他的气质、性格、才华、禀赋展现得淋漓尽致。

先说他飞黄腾达的时候。

苏轼曾在密州当知府。知府乃一州之长，是可以直接进入朝廷当宰相的大官。但密州是穷乡僻壤，苏轼到这里工资就减少一半，家里粮食也不够吃，每年还要做四件事：消灭蝗虫，赈灾救灾，捉拿盗匪，绕城拾婴。"绕城拾婴"，就是每天带着衙役在城里走一圈，把穷人家丢在路边的婴儿拾回来，搁在衙门里养着。他为此颁布一条政令：凡愿意领养弃婴的人家，可以免除三年赋税。这是在密州当知府，和百姓患难与共、休戚相关的苏轼！

徐州，本是繁华之地。可苏轼运气不好。他到这里当知府，就遇着黄河决堤，水困徐州，满城百姓，仓皇出逃。眼看徐州人的房屋等产业将被大水冲刷，等他们回来时，都将是一无所有的乞丐了，苏轼当即表示：愿与徐州共存亡。他动员百姓留下，和自己一起抗洪。他每天身披蓑衣、手执铁铲，和青壮男子一起，开河道引水，筑河堤挡水。洪水围困徐州，整整三个多月。三个多月里，苏轼没有一天离开过抗洪工地。最终，徐州秋毫无损地渡过了百年不遇的水灾。这是在巨大灾难面前，甘与百姓共生死的苏轼！

苏轼还在定州当过知府。定州乃北宋的边陲重地。苏轼在这里整顿军务，组织民兵，加固城墙，重铸大炮，像一个地道的军事家，建起了一道抵抗外敌入侵的防线。

苏轼在杭州，大家都知道他疏浚运河、治理西湖等。但是，他在杭州建立了中国第一家官办医院"安乐坊"，免费为穷人治病疗伤，这事可能有的人并不知道。

湖州，是个水患连年之地。苏轼到这里当知府仅仅四个月，就准备好了治水方案。但这时，朝廷派人来逮捕他。苏轼得到消息后抢在被捕之前，把治水工程布置了下去。这时的苏轼，是个大难当头首先想到百姓利益的苏轼！

以上时期，苏轼在各州当行政一把手，有时还兼任各路兵马钤辖（也就是军区司令），手握军政大权。这些时候，都是苏轼飞黄腾达的时候。他不仅做到了自身的清正廉明，还做到了"为官一任，造福一方"。

从两千多年前的春秋战国时期起，中国就有一句流传至今的经典名言，那就是："穷则独善其身，达则兼济天下。"

所谓"达"，指的是仕途顺利、手中有权；或者说生意兴隆、手中有钱；或者说声名卓著、具有影响力。有权、有钱、有名，人处于顺境，就是"发达了"。中国传统文化要求"发达"的人要"兼善天下"。就是说，你的处境改善了，就要尽你所能，让别人、让社会、让国家和民族的情况也有所改善。

"达则兼济天下"，是中国人的传统美德。不仅掌权者应该"兼济天下"，每个具有某种条件的"达人"，都应该根据自己的能力"兼济天下"。苏轼，不仅"达则兼济天下"，在他穷困潦倒、穷途末路的时候，他依然不忘"兼济天下"。

苏轼在黄州当农民,不仅耕田种地养活了自己一家,还成立了"育儿会"（也就是"孤儿院"）。因黄州贫瘠,百姓穷苦,一家养活两个孩子都很困难。倘若还有第三、第四个孩子出生,这家人就会把婴儿摁在水里淹死。面对这样的残忍,苏轼带头出钱又向人募捐,让有钱人家每家每年捐出一千钱作为会费,成立了中国历史上第一家"孤儿院",挽救了许多的小生命。

苏轼被流放惠州,因其声名卓著而具有影响力,于是设法把闹水患的沼泽地改造为西湖,又在湖上架起两座桥以方便人们往来。帮助当地改革纳税制度,以利百姓。又教会农民使用新农具"秧马"种稻,以减轻辛苦、提高效率。苏轼还助当地严肃军纪、安定民居,解决长期存在的军民纠纷。其间,苏轼去广州待了几天,就发明了中国历史上第一管"自来水":他用竹筒连接法,把罗浮山清泉引入城中,让广州人的饮水再也没有苦涩味。

62岁高龄时,苏轼被流放到海南儋州。这时他年老体衰,生活无着,语言不通,政敌们以为他必死无疑。可是,苏轼不但顽强地活了下来,还在瘟疫来袭时,说动当地开办医院。这是继杭州的官办医院"安乐坊"之后,经苏轼努力而创办的、面向百姓的、中国医疗史上的第二个官办医院。

当时的海南,是所谓的蛮夷之地,除了黎人,很少有汉人踏足此地。然而,凭借自己的知识,苏轼在儋州讲学授课,传播中原文化,培养出海南岛历史上第一个进士——姜唐佐。

苏轼在诗中写道:

> 沧海何曾断地脉,
>
> 白袍端合破天荒。

身为"流放犯"的苏轼,可谓"穷"到极点。但这时他不但能"独善其身", 还能够"兼济天下"。这样的苏轼, 怎不让人着迷?

这位"学者型官员"表现出了实干和行动精神。在六十四年的人生中, 苏轼经历了各种考验, 他是诗人、词人、书法家、画家、音乐家、文学家, 而且是美食家、生活家, 还是地方官、裁判官、工程师、水利专家、建筑师。

苏轼也是一千年之后我们认为的"有担当"的文学家。他的事业就是保卫贫苦人民的利益。他表达了对于平民, 尤其受苦的人, 以及由于欠债或者走私而在押人员的同情。他了解农民的艰难处境, 了解蝗虫灾害, 明白饥荒的威胁, 明白国家垄断造成缺盐的现实。他主张延缓农民偿还债务的期限, 并取得了成效。

无论身处何方, 他总是保持自己的个性: 有勇气, 好交际, 对他人仁慈, 热情慷慨, 冷静庄重而又幽默诙谐, 热爱生活和家人。他对每件事都很认真。不寻求晋升, 并且尽量避免晋升。

苏东坡的诗有时候也是悲情的, 但同时也很巧妙地表达了对子女的爱、夫妻之间的爱或者对故乡的眷念。

苏东坡将其父亲埋葬在眉山之后, 于1069年回到了开封。那个时候他三十二岁, 刚好度过人生一半的光阴。此后他再也没有回过四川。随着年龄的增长和知名度的提高, 他不断感叹家乡四川, 想念眉山。

西方人对他是什么印象呢? 半个世纪以来, 苏东坡的命运和作品在欧洲, 特别是在法国, 激起了专家和"学识渊博的读者"的兴趣, 他们将苏东坡视为不仅推动中国, 更推动世界进步的思想家。

法国最出名的汉学家成安妮(Anne Cheng)女士说, 苏东坡体现了"文化和道义方面的人道精神", 而这正是"极具批判精神并富有渊博学识的、不再是苛刻的评论家而更是对万物都好奇的智者"

的文人所追求的精神。

还有一位法国作家、著名汉学家帕特里克·卡雷（Patrick Carré），他很喜欢苏东坡，他将苏东坡被流放到黄州时期的那段经历写成了小说，书名为《永垂不朽》。

正是因为这一点，苏东坡不仅是中国的，更是世界的。

结语

如果在古代的名人中选一个作为自己的朋友，我不会选择李白，他太自负；不会选择杜甫，他太凄苦。

我们还是把范围缩短，就在宋朝这三百年里——

——我不会选赵匡胤。他纵然霸气十足，开一代江山，但是他以一己之私度天下，泯灭了一个民族的尚武精神。

——我不会选范仲淹。他廉洁，勤政，自律，博学多才，有人情味儿，终生为"和谐"这个崇高事业操劳，先天下之忧而忧，后天下之乐而乐。他慷慨激昂的出征诗，直接为数十年后苏轼"豪放"一脉指明了方向，连朱熹评价他时都满口地说："有史以来天地间第一流人物。"但是，他所有的事业还在等待比他小 42 岁的苏轼继承和发扬。

——我不会选择王安石。尽管他刚正峭拔，擅辩论，擅演讲，擅游说，或许他的改革计划于朝廷有功，但是他一意孤行，刚愎自用，他排斥异己，不容异见，他是个无趣的人。

——我不会选择程颐、程颢。他们存天理，灭人欲，灭绝了基本人性，灭绝了自由精神，从此中华民族的人文主义精神在泥淖中跋涉。

——我不会选择黄庭坚。尽管他开创了江西诗派，他写诗讲究学杜、学韩，讲究"无一字无来处"，可正是这些他试图用来成就他的东西，反而阻碍了他，让他生硬晦涩，甚无趣味。

　　——我不会选择辛弃疾。他一生抗金，满纸诗歌皆是满腔忠愤。他虽然寡言少语，但是为人为文，气势凌厉，一言不合，就开始写。他的忠就是他的直，而他的正直就是他的脆弱，他的英明韬略就是他的穷途末路。辛弃疾无一遮拦，不留退路，只可惜他未逢其时，未得其主，纵然他把栏杆拍遍，纵然挑灯看剑，也依然守护不住大宋王朝的残山剩水，他的人生太多遗憾。

　　只选一人，我会选择苏东坡。

　　评价历史人物，我们常常爱用一句话：他的缺点是，他没有超越时代的局限性。但是，毫无疑问，苏东坡超越了他的时代，而且在千年之后的今天，我们仍然感觉得到他的超越、超迈、超拔。

（原载于《作家》2020 年 9 期）

答袁宏道《别龙湖诗》

（明）李贽

多少无名死，
余特死有声。
只愁薄俗子，
误我不成名。

山山记水程

——李贽在晚明

"啪！"

一滴血滴在地上。

"啪！"

又一滴血滴在地上。

"啪，啪，啪，啪……"

血流像一根凝重的红丝线，不，红丝线比这要纤细得多，这分明是一条曾经丰盈现已濒临干涸的溪流，曾经鼓荡的生命，正渐渐变成无限的哀婉和叹息。

血，滴在冰冷的地面上。

死神在不远处纵声大笑。他常年游走在监狱的高墙之内，看惯了刽子手砍下犯人的头颅，麻利得如探囊取物。他不相信这个衣衫褴褛、像乞丐一样的糟老头子能挺很久。可是，这一次，他竟然在这里等了整整两天。这个苟延残喘的躯壳里到底有着怎样顽强的意志？他揣摩不透。李贽躺在冰冷的地面上，他用最后残余的力气凝视着死神，以及死神身后遥远的远方。巴掌大的窗口里，只有巴掌大的蓝天，枯索的双眸里，满是慈悲和傲岸。这不屈服的眼神，逼得死神偃旗息鼓，节节后退。死神怀着从未有过的惊恐向后张望，仿佛自己的身后，还站着另一个死神。

李贽早已说不出话来，他的喉咙被割断了，伤口溃烂得像残败的罂粟，腐败的气息游荡在这残败的躯体里。苍蝇嗡嗡叫着一群一群地飞过来，吃得脑满肠肥。血，快要流尽了，从喷涌而出，到干涸如斯。

前不久，有消息传到狱中，某个内阁大臣建议，既然不能将李贽处以死刑，不妨将其递解回原籍，借以羞辱之。李贽闻之大怒："我年七十六，作客平生，死即死耳，何以归为！"

士可杀，不可辱！

两天前，李贽要侍者取来剃刀为他剃头。花白的头发披散着，如同废弃的麻绳，他要理一理这三千烦恼丝。可是，侍者未曾料到，稍不留意，李贽便抢过剃刀，用力割开了咽喉。他已经年逾古稀，狱中的粗茶淡饭、离群索居，耗尽了他最后的元气，包括力气，否则，他会一剑毙命，哪怕剑锋指向自己。

颈上血流喷涌而出，整整两天，血流不止。

朝廷无人过问，只有年轻的侍者守在身边，痛哭不止。

"和尚，痛否？"侍者握住他干枯的手，颤抖地问他。

"不痛——"李贽气若游丝。

"和尚何自割？"侍者哽咽。

李贽黯然神伤，他已经说不出话来。

李贽用尽力气，牵过侍者的手，在掌中一笔一画写道："七十老翁何所求！"

袁宏道记载，李贽在自刎后两天，方才死去。

血泊中辗转两日，这究竟是怎样撕心裂肺的痛苦？悲恸中一心向死，这又该是怎样一往无前的决绝？袁宏道不敢想象，只能饱蘸笔墨，奋力写下两个大字："遂绝"。

遂！绝！

李贽的慷慨刚烈，尽在这真气淋漓的两个字中。

李贽想要用自己枯瘦的双肩托住黑暗的闸门，放久被压抑的人到宽阔光明的地方去，可是，过于沉重的闸门却非李贽的双肩所能承受。这一刻，这黑暗的闸门终于重重地落了下来。

天寒夜长，风气萧索。鸿雁于征，草木黄落。

一颗耀眼的流星，划破暗夜沉沉的天际，倏尔陨落。

一　志士在沟壑，勇士丧其元

将头临白刃，一似斩春风。

其实，李贽早就准备好了，将"荣死诏狱"作为最后归宿。

多少个贫病交加的惨淡黄昏，多少个辗转反侧的不眠之夜，多少个彻夜参悟的饮露清晨……李贽拖着羸弱的身躯，在逼仄的狱室里走着，椎心泣血，思绪万千。

他要以死明志，用死来了结这场官司。是的，士可杀，不可辱！

万历三十年的春天，乍暖还寒，御河桥边的冰凌开始融化，棋盘街旁的杨柳开始吐绿。可是，春的讯息藏不住北京城的波诡云谲、杀机四伏。

一场政治阴谋在悄悄酝酿着，这阴谋直指李贽和他的异端思想，株连他的朋友们，扫荡他的追随者，甚至祸及利玛窦之类西方传教士。

从都察院礼科给事中张问达向万历皇帝神宗上疏弹劾李贽、要求逮捕高僧达观，到礼部尚书冯琦上疏焚毁道释之书、厉行科场禁约，再到礼部上疏要求驱逐西方传教士，这些事，都紧锣密鼓地发生在二月下旬到三月下旬之间短短一个月内。有明一朝逾二百年矣，政治机器运转得如此高效、如此整齐划一，这或许还是第一次。

去年的这个时候，曾经写《焚书辨》声讨李贽的蔡毅中在辛丑科的会试中了进士，被选为翰林院庶吉士。蔡毅中心中恨恨，他的老师耿定向对李贽太多隐忍，现在，他终于有机会了，他要效法孔子诛少正卯，要置李贽于死地而后快。

于是，各种流言蜚语开始在京师流传，其中之一就是李贽公然著书诋毁内阁首辅沈一贯。沈一贯闻知此事，大光其火，却苦于找不到李贽的把柄。他思虑再三，决定以"辨异端以正文体"为名，发动一场清除以李贽为代表的思想异端的政治运动，先从李贽下手，再逮捕高僧达观，进而驱逐利玛窦等西方传教士。

如果你认为，迫害李贽的都是宵小之徒，那你就错了。

在这个向李贽投出匕首和刀剑的队伍中，不仅有观风派，有保守派，有激进派，而且有担当社会进步之责的贤达先驱、治世能臣。

张问达，东林党中享有盛名的君子之一。《明史》记载，张问达与东林领袖顾宪成乃同乡。万历十一年（1583 年）中进士，历官知县、刑科给事中、工科左给事中、礼科都给事中、右佥都御史巡抚湖广、吏部尚书等职。当万历皇帝派矿监税史对商民进行掠夺时，张问达上疏"陈矿税之害"，为民请命。万历三十年（1602 年）十月，他又乘天上出现星变之机，再次上疏请"尽罢矿税"。巡抚湖广时，正值万历皇帝大兴土木建造宫殿，要湖广出资 420 万两皇木银两费，张问达又"多方拮据，民免重困"。

闰二月乙卯（廿二日）这天，张问达呈送的这份奏疏便摆在了神宗的案头：

李贽壮岁为官，晚年削发，近又刻《藏书》《焚书》《卓吾大德》等书，流行海内，惑乱人心。以吕不韦、李园为智谋，以李斯为才力，以冯道为吏隐，以卓文君为善择佳偶，以司马光论桑弘羊欺武帝为可笑，以秦始皇为千古一帝，以孔子之是非为不足据。狂诞悖戾，未易枚举，大都刺谬不经，不可不毁。

尤可恨者，寄居麻城，肆行不简，与无良辈游庵院，挟妓女，白昼同浴，勾引士人妻女，入庵讲法，至有携带衾枕而宿庵观者，一境如狂。又作《观音问》一书，所谓观音者，皆士人妻女也。后生小子，喜其猖狂放肆，相率煽惑。至于明劫人财，强搂人妇，同于禽兽而不之恤。迩来缙绅士大夫，亦有诵咒念佛，奉僧膜拜，手持数珠，以为律戒，室悬妙像以为皈依，不知遵孔子家法，而溺意于禅教沙门者，往往出矣。

康丕杨，以贤能著称，先后任宝坻县（今宝坻区）知县、密云县（今密云区）知县、陕西道监察御史监管河东盐政、辽阳巡按兼学政，后署理两淮盐课。他中进士后，先于万历二十二年（1594年）任宝坻县知县，后调密云县知县。他在宝坻、密云六年间，清理垦田，裁撤县内不必要的建设项目；清丈土地安置回乡灾民，平反冤假错案，重修白檀书院。万历二十七年（1599年），康丕杨在赴京等待重新安排职务期间，根据密云的战略地位与地形，写出《千秋镜源》六十卷，为山海关一带的治乱和战备，提出诸多颇有建树的见解。

三月乙丑（初三日），陕西道监察御史康丕杨向神宗递上了参劾李贽及僧人达观的奏疏：

僧达观狡黠善辩，工于笔术，动作大气魄以动士大夫。……数年以来遍历吴、越，究其主念，总在京师。……

深山尽可习静，安用都门？而必恋恋长安，与缙绅日为伍者何耶？昨逮问李贽，往在留都，曾与此奴弄时倡议。而今一经被逮，一在漏网，恐无以服贽之心者，病望置于法，追赃遣解，严谕厂卫五城查明党众，尽行驱逐。

如此密集的箭矢让李贽无处躲藏。神宗见张问达、康丕杨等人奏疏，批复道：

李贽敢倡乱道，惑世诬民，便令厂卫五城严拿治罪。其书籍已刊未刊者，令所在官司尽搜烧毁，不许存留。如有党徒曲庇私藏，该科及各有司访参奏来，并治罪。

李贽旋即被捕入狱。他已经做好了准备，可是他还是没有料到，他将在狱中度过人生的至暗时刻。袁中道在《李温陵传》中记录了李贽被捕时的情况：

至是逮者至，邸舍匆匆，公以问马公。马公曰："卫士至。"公力疾起，行数步，大声曰："是为我也。为我取门片来！"遂卧其上，疾呼曰："速行！我罪人也，不宜留。"马公愿从。公曰："逐臣不入城，制也。且君有老父在。"马公曰："朝廷以先生为妖人，我藏妖人者也。死则俱死耳。终不令先生往而己独留。"马公卒同行。至通州城外，都门之腠尼马公行者纷至，其仆数十人，奉其父命，泣留之。马公不听，竟与公偕。明日，大金吾置讯，侍者掖而入，卧于阶上。金吾曰："若何以妄著书？"公曰："罪人著书甚多，具在，于圣教有益无损。"大金吾笑其倔强，狱竟无所置词，大略止回籍耳。

落难狱中一个月，李贽陆续写下《系中八绝》，不妨看看他在这八首诗背后的情感历程。第一首题为《老病初苏》："名山大壑登临遍，独此垣中未入门。病间始知身在系，几回白日几黄昏。"遍历名山大川，却独独未曾进入监狱的大门。刚刚入狱的李贽，将坐牢也视为人生的体验，这是何等的超然！然而，随着时间的流逝，李贽在狱中愈来愈绝望，他用《不是好汉》为第八首题名："志士不忘在沟壑，勇士不忘丧其元。我今不死更何待？愿早一命归黄泉。"

从第一首的超拔淡薄，到第八首的唯求速死，难以想象他中间经历了怎样的情感变迁。时间，像一把钝刀，一下又一下，割着他的感觉，也割着他的灵魂。走笔至此，李贽已经明白，寄希望于皇恩浩荡，那无异于白日做梦。他下定决心——

以身殉道，唯求速死。

李贽的学说使他处于万历年间中国社会时代矛盾的焦点上，这就是——继续维护传统的泛道德主义、用"死的"来拖住"活的"，还是冲破传统的泛道德主义、用"新的"突破"旧的"、为朝气蓬勃地创造自己的新生活的人们打开一条新路？

破旧不堪的青布直身宽大长衣，早已看不出原来的颜色，边角磨圆了的黑色纱罗四角方巾，折叠得整整齐齐，码放在一边。原以为对人生还有所留恋，可是，这些天写完这部《九正易因》最后一个字，李贽明白了，"未甘即死"是因为这部著作还未完成。周文王的易经、孔子的易传，被后人穿凿附会到不成文理，如此这般，何谈修身齐家治国平天下？现在，书稿终于完成，他此生了无遗憾。

可是，《九正易因》撰成，李贽的病却更重了。他写过一篇谈论生死的短文，题目叫《五死篇》，列举了人的五种死法："人有五死，唯是程婴、公孙杵臼之死，纪信、栾布之死，聂政之死，屈平之死，乃为天下第一等好死。"为义而死，死得壮烈。谈到自己的死，他写道："第余老矣，欲如以前五者，又不可得矣。……英雄汉子，无所泄怒，既无知己可死，吾将死于不知己者以泄怒也。"李贽对即将到来的死亡早有预感，"春来多病，急欲辞世"，二月初五，他提笔写下遗言：

> 倘一旦死，急择城外高阜，向南开作一坑：长一丈，阔五尺，深至六尺即止。既如是深，如是阔，如是长矣，然复就中复掘二尺五寸深土，长不过六尺有半，阔不过二尺五寸，以安予魄。既掘深了二尺五寸，则用芦席五张填平其下，而安我其上，此岂有一毫不清净者哉！我心安焉，即为乐土，勿太俗气，摇动人言，急于好看，以伤我之本心也。虽马诚实老能为厚终之具，然终不如安余心之为愈矣。此是余第一要紧言语。我气已散，即当穿此安魄之坑。

> 未入坑时，且阁我魄于板上，用余在身衣服即止，不可换新衣等，使我体魄不安。但面上加一掩面，头照旧安枕，而加一白布中单总盖上下，用裹脚布廿字交缠其上。以得力四人平平扶出，待五更初开门时寂寂抬出，到于圹所，即可妆置芦席之上，而板复抬回以还主人矣。既安了体魄，上加二三十根椽子横阁其上。阁了，仍用芦席五张铺于椽子之上，即起放下原土，筑实使平，更加浮土，使可望而知其为卓吾子之魄也。周围栽以树木，墓前立一石碑，题曰："李卓吾先生之墓"。字四尺大，可托焦漪园书之，想彼亦必无吝。

遗言如此冷静，仿佛不是在谈论自己，而是谈论旁人的日常琐事，读来却让人五内俱焚。李贽担心自己的死给大家平添烦恼，在遗言中特地叮嘱，用五张芦席安顿他的魂魄就可以了，不要用板材，不要用棺木，落葬的时候穿着平时的旧衣服即可，不需要更换新衣。甚至，他还不忘提醒朋友，一定记得将抬尸骨的木板还给主人。他了无挂碍，不希望朋友们因为他的离去而痛苦，更不希望自己的离开给朋友们留下任何烦扰，"我心安焉，即为乐土"。

遗言行至后半部，李贽愈加冷静、清醒："我生时不著亲人相随，没后亦不待亲人看守，此理易明。"他希望干干净净，了此一生，生生死死都无牵挂。在遗言的结尾，李贽又反复叮嘱："幸勿移易我一字一句！……幸听之！幸听之！"

呜呼！卓吾远矣！

一身犹在，乱山深处，寂寞溪桥岸。

二　回头十万里，举目九重城

原来，万历三十年对李贽的迫害，只是万历二十八年那场迫害的继续。

今天，我们站在五百年历史的这端，发现李贽回湖北麻城，无疑是一个重大失策。但是身处彼岸，他怎会料想，一时间，上下左右前后的势力竟然合谋对他下手？他年老多病，赶回麻城，原本只想找个偏远僻静的地方聊度余年。

这样看来，或许这不是李贽的失策，而是他在劫难逃。

这一年，李贽寓居南京永庆寺，此间，他还编辑了《阳明先生道学钞》八卷、《阳明先生年谱》二卷。对于这件工作，他至为得意，骄傲地写道："我于《阳明先生年谱》，至妙至妙，不可形容，恨远隔，不得尔与方师（方时化）同一绝倒。"

好朋友都力劝李贽不要回麻城。远在北京的袁宏道致信南京好友，请他们一定留住李贽，不要让他离开南京："弟谓卓老南中既相宜，不必撺掇去湖上也。亭州（麻城）人虽多，有相知如弱侯老师者乎？山水有如栖霞、牛首者乎？房舍有如天界、报恩者乎？一郡巾簪势不相容，老年人岂能堪此？愿公为此老计长久，幸勿造次。"

在南京的那几个月，或许是李贽风烛残年里最欢喜的时光。这期间，六十八卷本《藏书》付刻，他还见到了诸多新老朋友：杨起元、焦竑、马经纶、潘士藻、梅国桢、汤显祖、佘永宁、吴世征、李登、李朱山、吴远庵、徐及、无念、程浑之、方沆、曹鲁川、杨定山、袁文炜……这是一份长长的名单，李贽与朋友往来应和，切磋琢磨。二十一年前，他曾寓居南京，那时，他还鲜为人知，而此时，他已是名震四方的大学者。

未几，河槽总督刘东星以漕务的身份巡河到南京，将李贽接到山东济宁，寓居济宁漕署。在这里，李贽受到刘星东的礼遇，却也受到更多人的攻击。著名闽派诗人、博物学家谢肇淛大肆挞伐："近时吾闽李贽，先仕宦至太守，而后削发为僧，又不居山寺，而遨游四方以干权贵，人多畏其口，而善待之。拥传出入，髡首坐肩舆，张黄盖，前后呵殿。余时客山东，李方客司空刘公东星之门，意气张甚，郡县大夫莫敢与君茵伏。"他毫不吝惜笔墨，以表达对李贽的极度反感："余甚恶之，不与通。"

这一次，向李贽频频出击的又是正人君子。万历四十年（1612年）——李贽逝后十年，天大旱，谢肇淛上疏神宗为民请命。他痛陈宦官搜刮民众的行为，指责国家诸多浪费的弊端，语气恳切。神宗虽然感其诚，传旨嘉奖，但是最终还是没有采纳他的谏言。天启元年（1621年）谢肇淛任广西右布政使，他痛恨吏治腐败至极，屡屡力挽时弊。他设法抑制土司的权力，增兵边境，以抵御安南侵扰，整顿盐政，发展经济。

这个谢肇淛，可谓博学多才，更是爱憎分明。他与李贽一样，同为闽中翘楚，叙年齿，他还年少李贽四十岁。也是这个谢肇淛，却也不顾乡谊与人伦，眼里就容不下一个落拓的书生，频频向李贽发难，频频向李贽投出利刃和各种污言秽语。一个耿直博学的人，不能容忍他的耿直博学的前辈，这到底是因为什么？

正是在这个时候，李贽准备取道潞河回麻城。他知道，麻城人还记恨着他，随时想滋生是非。他出游在外的时候，就叮嘱守院众僧关门闭户，慎而又慎，可是这些年，还是有人不停到龙湖芝佛院寻衅滋事。

李贽是带着病回到麻城的。此次回来，李贽原想安心编书著述，完成选注《法华经》，编辑《言善篇》，继续改正《易因》。自落发至今已有十多年了，朝朝暮暮唯有僧众相伴，他们随他奔波劳碌，驱驰万里，吃了太多的苦，他实在难以忘记他们的友情，李贽想给跟随自己多年的这些朋友和弟子留下点什么。他在《与友人书》中写道："俾每夕严寒或月窗檐下长歌数首，积久而富，不但心地开明，即令心地不明，胸中有数百篇文字，口头有十万首诗书，亦足以惊世而骇俗，不谬为服侍李老子一二十年也……"

可是，他发现，麻城开始出现"僧尼宣淫"的风言风语，也有人开始称他为"说法教主"。这到底是怎么回事？他写信给焦竑辩解：

生未尝说法，亦无说法处；不敢以教人为己任，而况敢以教主自任乎？……关门闭户，著书甚多，不暇接人。亦不暇去教人，今以此四字加我，真惭愧矣！

他曾经一再抨击耿定向及一些以救世自命的大人先生的好为人师，却从不愿以导师自居。也曾经有人要追随他，他觉得其人有骨有志，方才予以启发开导，当然，这都是出于友情，怎么能称为"说法教主"呢？他不接受。

紧接着，又有风声传出，因为李贽诲淫诲盗，官方要将他递解回原籍福建泉州，以免他危害风气教化。李贽无疑也听到了这些风声，在同一封给焦竑的信中，他写道："若其人不宜居于麻城以害麻城，宁可使之居于本乡以害本乡乎？是身在此乡，便忘却彼乡之受害，仁人君子不如是也……"他更不接受。

李贽不接受，可是，这些需要他接受吗？他想讲理，可是，他又跟谁讲理去呢？

焦竑回信中以诗寄情，邀请李贽再往南京相聚："独往真何事，重过会可期。白门遗址在，相为理茅茨。"

然而，还没等李贽思考，又一件大事发生了。这年冬天的一个深夜，龙湖芝佛院燃起了熊熊大火，顷刻间，下院、上院、塔屋……全部被大火吞噬。人们在大火中奔跑、逃命。有人说，这是新上任的湖广按察司金事冯应京放的火。冯应京，他的确是最大的嫌疑人，甫一到任，便扬言要"毁龙湖寺，置从游者法"。冯应京放火烧了龙湖的芝佛院，砸毁了李贽为百年之后准备的藏骨塔，抓住寺中的小沙弥，要他们交代妖僧李贽现藏何处，又下令麻城县学行查李贽是否藏匿在杨定见等人家中。墙倒众人推，当地的暴民趁机作案，一时间，麻城乱作一团。

此时，李贽还是享受着四品官员待遇的社会名流，为何麻城人敢蔑视王法、向李贽施暴？我们发现，这纷繁复杂的事件背后，还藏着心思缜密的铁腕人物冯应京。

冯应京，安徽人，进士出身，累官至湖广监察御史。冯应京出任湖广按察司金事时，遇税监陈奉是当地一霸，在这里百般搜刮，甚至掘坟毁屋，剖孕妇，溺婴儿。受害者上诉，从者万人，哭声动地。然而此案一直被纵容包庇。陈奉也试图将黄金放在食物中贿赂冯应京，被其揭露。陈奉恼羞成怒，焚民居，碎民尸，支可大不敢出声，冯应京却大义凛然，上疏列陈奉十大罪。此案最后以冯应京被捕入狱结束。令人感叹的是，冯应京于狱中著书，朝夕不倦。他死后，赠太常少卿，谥"恭节"。

冯应京，一个眼里容不得沙子的好官，那些在他治下企图发横财的土豪恶棍，听闻他的名字，纷纷逃窜。"绳贪墨，催奸豪"，一时间，冯应京"风采大著"。

又一个正人君子、治世能臣！这些被封建体制裹挟、又推动着体制巨轮的正人君子、治世能臣，一次又一次冲出帷帐，向试图挑战体制的李贽射出暗箭，充当了剿杀叛逆者的凶手。

李贽在哪里？

更多的朋友们冲出来，试图替他挡住时代的暗箭。在火灾之前，麻城城关以及四乡已有人张贴《驱李贽文》，扬言为麻城人除害。一年前，北通州前御史马经纶在京郊结识了李贽，担心他的安危，致信湖广当局："卓吾今何在？弟盖奉之寓商城黄檗山中耳。"他得到李贽在麻城的遭遇，立即南下冒雪入楚，想要迎接李贽到通州。

倔强的李贽岂肯服输远去？他来到离麻城不远的商城，在无念和尚所在的黄檗山法眼寺暂避一时，随时准备回湖广讨回公道。正是在商城，李贽写下了反对盲从、提倡独立思考的《圣教小引》，重申他对于孔子的态度："果有定见，则参前倚衡，皆见夫子；忠信笃敬，行乎蛮貊决矣，而又何患于楚乎？"也就是，无论处在什么场合都可以见到孔子，不论是南北边远地区还是楚地，都可以通行忠实信用、诚恳恭敬。

然而，这一年十二月，武昌爆发了历史上少见的城市民变，李贽的生命历程就此改变。

万历二十九年（1601 年）春，李贽依依惜别了相交二十多年的无念和尚，在心中默默辞别所有与他相濡以沫、相知相敬的"此间相识人"，离开湖广，北上通州。

一路跟随李贽的有不少老朋友。通州马经纶、新安汪本钶、麻城杨定见，以及僧众十余人。杨定见家中还有堂上老母、枕边妻子，曾因窝藏李贽受到县学的追查，李贽不想再连累他和他的家人，执意请他返回麻城。杨定见依依不舍，执手相望泪眼。沿途不时有久慕李贽之名的学人士子拜会、加入。李贽感慨——

> 岁晚登黄山，言此是蓬瀛。
>
> 我为何病来，君胡自商城？
>
> 惭非白莲社，误作苦寒行。
>
> 赠我七言古，写君雪里青。
>
> 古木倚孤竹，相将结岁盟。

麻城，是李贽前世注定的心灵故乡，也是他此生归不得的地方。这次惜别，李贽有多少哀恸，多少无奈，已经无从得知了。可是，他一定知道，这一辈子，他不会再有机会回到这里了。像他这般志向高远的人，从来都是四海为家的吧！

三　古来聪听者，或别有知音

上一次从麻城龙湖踏上北往山西的道路，还是万历二十四年（1596 年）的秋天。入楚十六年以来，这是李贽第一次离开湖广。

毕竟是七十高龄的人了，每一次启程长途跋涉，李贽都深感悲凉，老来病多，形销骨立，留给他的时间不多了，他的诗里充满了"三秋度沁水，九月到西天"的彻骨之寒。这年秋天，他在《秋怀》中吟咏：

> 白尽余生发，单存不老心。
>
> 栖栖非学楚，切切为交深。

远梦悲风送，秋怀落木吟。

古来聪听者，或别有知音。

三年前——万历二十一年（1593年）春，李贽从武昌回到麻城。

正是在麻城的龙湖芝佛院，李贽好友、浙江道监察御史梅国桢的三女梅澹然落发为尼。梅澹然称李贽为"卓吾师"，李贽也尊称其为"澹然师"。梅澹然可谓李贽的红颜知己，他在不久前回复她的信中谈及自己治学的志向和感受，不愿意再钻故纸堆。又说，自己年老体衰，病苦渐多，希望早日回到麻城，麻城是他的第二故乡，哪怕他死也要死在麻城。如今，他在武昌完成了《藏书》的修订，终于回来了。

梅国桢为澹然落发事，特地从北京赶回麻城。李贽亦自觉来日无多，开始思考身后事。他请梅国桢为自己的藏骨塔作记，梅国桢欣然命笔，作《书卓吾和尚塔》。梅国桢在文中说："卓吾之爱其身可谓至矣。余窃怪世人之爱其身者，必享富厚之乐，有妻子之奉，以快意生前，而后为生后计。卓吾捐家屋，守枯寂，厌甘毳，就恶口，且精洁其藏，而又不比于牛眠马鬣之习尚也。卓吾可以寻常比拟乎？余亦不知所为书矣。"

就在世人皆"快意生前，而后为身后计"之时，李贽却坚持"捐家屋，守枯寂，厌甘毳，就恶口"，这是怎样一个苦行僧，怎样一个逆行者！

可是，也正是这样的坚忍执着，李贽又成为某些人的眼中钉，麻城掀起了一轮又一轮迫害李贽的风暴。这些人，这些事，李贽都看在眼里，"改岁以来，老病日侵"，他豫立戒约，以使侍者日后有所遵循。李贽的《豫约》共有七条，前五条是戒律式的约言，后两条是遗嘱和生平自述。其中《感慨平生》一文，是后世研究李贽的重要文献。在这部分，他申诉为官的艰难处境，"来而迎，去而送；出分金，摆酒席；出轴金，贺寿旦。一毫不谨，失其欢心"；总结"缘我平生不爱属人管"的桀骜性格，是以"宁漂流四外，不归家也"：

> 虽然，余之多事亦已极矣。余唯以不受管束之故，受尽磨难，一生坎坷，将大地为墨，难尽写也。

朱熹、苏轼、苏辙、邵雍、司马迁这些大儒的命运给了李贽巨大的鼓励。"晦庵婺源人，而终身延平；苏子瞻兄弟俱眉州人，而一葬郏县，一葬颍州。不特是也，邵康节范阳人也，司马君实陕西夏县人也，而皆终身流寓洛阳，与白乐天本太原人而洛阳居洛一矣。""盖世未有不是大贤高品而能流寓者"，这个世界上就没有品行不清净高洁而流落他乡的贤者。此时，李贽回望自己的一生，悲喜交集——那些磨难曲折，那些崎岖坎坷，纵使以大地为墨，又怎能书写得明白？他叹息说："我愿尔等勿哀，又愿尔等心哀，心哀是真哀也。真哀自难止，人安能止？"

《藏书》的写作、修订是个巨大的工程，李贽好像放下了背在身上的巨石，松了一大口气。他在给焦竑的信中写道：

> 山中寂寞无侣，时时取史册批阅。……自古至今，多少冤屈，谁与辩雪！故读史时真如与百千万人作对敌，一经对垒，自然献俘授首，殊有绝致，未易告语。今不敢谓此书诸传皆为妥当，但以其是非堪为当前人出气而已。

《藏书》不藏。《藏书》未经刊印，便在师友间广为传抄阅读，万历二十八年（1600 年）在南京公开刊印，更如巨石投水，波浪滔天，一时"金陵盛行"，洛阳纸贵，"海内又以快意而歌呼读之"（陈仁锡《无梦园集》）。尽管李贽自言："藏书者何？言此书但可自怡，不可示人，故名曰藏书也。"可是，天真的李贽不知道，这又怎么可能？

得知李贽回到麻城，"公安三袁"袁氏三兄弟宗道、宏道、中道开心不已，他们立即邀请朋友王以明、龚散木一行五人自荆州泛舟而下，前往龙湖拜访李贽。

这一天，正值端午，皓月当空，李贽与袁氏三兄弟、王以明、龚散木六人在堂上饮酒赏月。李贽兴致大发，道："今日饮酒无以为乐，请诸君各言生平像何人。"

袁宗道在三兄弟中最长，他沉默了一会儿，说："我最爱苏东坡，但我又不像他，我看自己还是最像白居易吧！"

王以明接着袁宗道说："庄周。"明朝开国二百余年，崇尚儒家之道，老庄之学一度荒凉。李贽曾著《庄子解》，他对庄子"以真为贵"的精神气质大为赞赏。可是，庄子所贵之真，是万物的本相和人的自然本性，而王以明与庄子之间仍差距甚远。李贽坦率地说："庄子太高了，你且说个近似的。如果说是庄子的话，恐怕你还不知道他的学说的着落处。"

李贽又问袁宏道。袁宏道说："我最喜欢竹林七贤中的嵇康。"李贽想了想说："似乎也不大像。"

于是李贽便问袁氏三兄弟中最小的袁中道，中道大笑回答说："我从来只爱齐人，家有一妻一妾，又中日觅得酒肉。"对这玩世不恭的回答，李贽并不以为忤逆。他评点道："你却有廉耻，不会说像古书中说的那个齐国人，白日在外乞讨，晚上回家哄妻妾说是整日与达官贵人在一起喝酒吃肉。我看，你最是谨慎周密。你的疯癫放浪，都是装出来的，诸位不要信他。"大家都大笑，开怀不已。

李贽再问龚散木，散木说："我最爱李太白。"

少顷，李贽半是顽皮半是认真地说："诸位来评一评我，如何？"袁宗道说："李耳。"李贽连连否认："我怎么能跟老子相比呢？"袁中道说："你就是盗跖。"李贽闻之大笑："盗跖也不容易啊！昔日在黄安时，亦有友人对我说，你就是林道乾，是泉州的大海盗，横行各郡县，无人敢惹。你们了解林道乾吗？他亦有趣。有一次他回到家中，被官兵团团围住，他照样与众人高饮不顾。到了天亮，官兵打杀进去，却不见了他的踪影。你们看，他耍戏朝廷命官如同小儿，亦算胆大包天了！"

袁宏道则说，李贽还是像东汉时的太学生领袖李膺。

接着，李贽请众人互评，又为这次"龙湖雅会"做了总结："袁宗道气量像黄书度，学识似管宁。袁宏道像刘禹锡和柳宗元，他二人相扶相持，柳宗元被放逐到柳州，刘禹锡则被放逐到更僻远的播州，柳宗元要求以柳州换播州，可见其患难真情。袁中道像袁彦通，一掷百万，倚马万言。"李贽又说："凡我辈人，这一点情，古今高人个个有之；若无此一点情，便是禽兽。"

李贽也不客气地品评自己："我骨气也像李膺，然李膺事，我却有极不肯做的。"东汉李膺以天下名教之是非为己任，被视为传统的伦理至上主义者。李贽认为李膺虽有骨气，但是自己绝对不会像李膺那样维护名教。袁中道闻之，说："古人有者，我不必有；我所有者，古人未必有。大约风神气骨，略有相肖处耳。"李贽很欣慰，高兴地回答："善。"

五月十五的龙湖，夜凉如水，月映四野。众人谈兴甚浓，话语遂长。不觉时光流逝，已是夜半时分，寒意入骨生凉，六人方才散去。

这场前无古人后无来者的"龙湖雅会"，被袁中道记录在《柞林纪谭》中，今人得以一窥究竟。正是缘于这次"龙湖雅会"，李贽对"公安三袁"有了足够的了解和认知：袁宗道沉稳忠实，袁宏道、袁中道二人英武奇特，不愧为天下名士。若论胆识与魄力，袁宏道迥绝于世，是真英灵男儿也！也正缘于这次"龙湖雅会"，李贽发现，袁宏道有能力从哲理的高度把握自己的学说精髓，可以交付重任。

在李贽离经叛道思想的启迪下，袁宏道视野大开，"始知一向掇拾陈言，株守俗见，死于古人语下，一段精光不得披露"。从此，他决心改变诗文创作之风，"能为心师，不师于心；能转古人，不为古转。发为语言，一一从胸襟流出"。他受李贽"童心说"影响，在《叙小修诗》一文中提出公安派的文学主张"性灵说"，在文风凋敝的晚明，举起了文学革新运动的旗帜，自此卓然独立。

这一天，李贽终于准备离开他无比眷恋、又无比伤心的麻城了。金秋九月，金桂飘香，李贽抵达山西沁水。也就是在这里，李贽在回复朋友的来信时第一次提到了自己的结局——"荣死诏狱"。"吾当蒙利益于不知我者，得荣死诏狱，可以成就此生。"言罢，鼓掌大笑，"那时名满天下，快活快活！"

谁料想，此言一语成谶。

在山西，李贽真正感到茫然无归的痛苦，可是，他决意无怨无悔。此间，他听闻焦竑被贬为行人，继而被谪为福建福宁州同知，写信劝慰：

> 世间戏场耳，戏文演得好和歹，一时总散，何必太认真乎？觇笔亦有甚说得好者："乐中有忧，忧中有乐。"夫当乐时，重任方以为乐，而至人独以为忧；正当忧时，众人皆以为忧，而至人乃以为乐。此非反人情之常也，盖祸福常相倚伏，惟至人真见倚伏之机，故宁处忧而不肯处乐。人见以为愚，而不知至人得此微权，是以终身常乐而不忧耳，所谓落便宜处得便宜是也。

人生如戏，聚散有时。

李贽天生异禀，冰雪聪灵，他明明看懂了这些，掏心掏肺地劝导焦竑，在信的结尾还贴心地问："兄以为然否？"可是，他却在自己的戏场里入戏太深，衷肠百结，以致付出生命的代价。

刊刻《藏书》时，李贽在《藏书世纪列传总目前论》中，反复强调写作动机——人人都有不同的是非标准，"人之是非，初无定质。人之是非人也，亦无定论。无定论则此是彼非，并育而不相害。无定论则是此非彼，亦并行而不相悖矣"。在书中，他提出疑问："后三代，汉唐宋是也，中间千百余年而独无是非者，岂其人无是非哉？"并做出结论："咸以孔子之是非为是非，故未尝有是非耳。"

历史就像一盘大棋，风云变幻，高手云集，千百年来，这些高手将孔子学说打造为封建道德理论的基石。可是，李贽偏偏不以孔子之是非为是非。不仅不以孔子之是非为是非，还按照自己的理解和判断，对千百年来的人物重新做了评估和分类——从来都被认为是"草寇"的陈胜、项羽、公孙述、窦建德、李密，李贽将他们堂而皇之地列入了《世纪》里，与唐太宗、汉武帝等并列。他将评语也重新做了修正，称誉陈胜"古所未有"、项羽"自是千古英雄"；秦始皇"自是千古一帝"，然焚书坑儒，终致覆灭；而汉惠帝呢？仅作附录，因为"无可纪"。他还在《大臣传》中《容人大臣传》末评论："后儒不识好恶之理，一旦操人之国，务择君子而去小人，以为得好恶之正也。夫天有阴阳，地有柔刚，人有君子，小人何可无也。君子国有才矣，小人独无才乎？君子固乐于向用矣，彼小人者独肯甘心老死于黄齑乎？是皆不可以无所而使之有不平之恨也。"将人作为他的出发点，只有人的现实才是真正的现实，这就是李贽的学术之道。

他自信《藏书》定是"万世治平之书，经筵当以进读，科场当以选士"，而他，会在这本书中获得永生。自春秋战国时期百家争鸣时代结束，西汉"罢黜百家，独尊儒术"，此后千百年来封建伦理秩序井然，中国思想文化定于儒教，李贽偏要捅破这严严密密的天空，大喊一声："执一便是害道！"

这还了得？怎容他如此大逆不道！

四 寂寞从人谤，疏狂一老身

"天下嗜卓吾者，祸卓吾者也。"

《藏书》刊刻之后，秉性耿直、富贵显赫的翰林院编修陈仁锡在他的《无梦园集》中这样写道。

若干年后，恰是这个陈仁锡，协助崇祯皇帝朱由检除掉了魏忠贤，惩治了阉党。明王朝建国历二百七十余年，也许，这样的人和事，都是最后的光辉了。

翰林院编修之后，陈仁锡以右春坊右中允出任武举会试主考官，升为国子监司业，再直经筵讲官，以预修神宗、光宗二朝实录，升右谕德，直至黯然退场。

回到这部书，陈仁锡在其中记录了很多亲身经历的有趣事情，涉猎颇广，所记颇详，包括契丹国情、边防地理、屯田茶海，卷端有他手绘的《山海关内外边图》。此部书还被列入了清朝的《禁书总目》《违碍书目》。也是在这部书中，他如此评价李贽和身边的林林总总。离经叛道、肆无忌惮的《藏书》在知识文化界越是受到欢迎，就越是引起卫道者的恐慌。

聪明如李贽者，怎会不知道"嗜卓吾者"与"祸卓吾者"都是何许人也？

越来越多的人走进了他的朋友圈，相知的心灵不需要手臂就可以相拥。可也有越来越多的人加入了猎杀他的队伍，他们虎视眈眈，气势汹汹，枕戈待旦，等待着李贽走进他们精心织就的天罗地网。对于那些磊落君子譬如耿定理的哥哥耿定向者，李贽不惜用一辈子时间与他论战。可是，对于那些鸡鸣狗盗的宵小之徒，李贽直接抛出白眼，把不屑写在脸上，最大的蔑视就是连眼珠都不错一错。

自万历十八年（1590年）始，整整八年时间，他一直在四处避难，自麻城到武昌，从武昌到汉阳，由汉阳到武昌，又自武汉赴麻城，从麻城至沁水，由沁水到大同。

其实，早在万历十六年（1588年），李贽便住进了龙湖芝佛院。这次搬家，他希望躲开那些让他烦恼的人。

龙湖，端的是个好地方！李贽开心极了，他兴致勃勃地在《初居湖上》一诗中写道："迁居为买邻。"

四年后——万历二十年（1592年），"公安三袁"同访龙湖。在《龙湖记》中，袁宗道对这里怡情养性的风物大加赞赏："万山瀑流，雷奔而下，与溪中石骨相触，水力不胜石，激而为潭。潭深十余丈，望之深青，如有龙眼，而土之附石者，因而夤缘得存。突兀一拳，中央峙立，青树红阁，隐见其上，亦奇观也。"他发现自己被美景所惑，忘记来意，自嘲道："余本问法而来，初非有意山水，且谓麻城僻邑，当与孱陵、石首伯仲，不意其泉石幽奇至此也。"

龙湖，距麻城三十里，倚山抱水，风光旖旎。此时，李贽已逾耳顺之年，在芝佛院这个简朴的寺院，他找到了家的感觉。李贽将芝佛院右边的"聚佛楼"做起居的精舍，在"寒碧楼"侧辟一洞为藏书所，"闭门下键，日以读书为事"，准备在这里安居乐业、了此残生了。

李贽不仅把芝佛院当作了家，还煞有介事地做起了主人。袁中道评价这个爱干净、有洁癖、性耿直，志合则不以山海为远、道不同则不相为谋的老头儿说："性爱扫地，数人缚帚不给。衿裙浣洗，极其鲜洁，拭面拂身，有同水淫。不喜俗客，客不获辞而至，但一交手，即令之远坐，嫌其臭秽。其忻赏者，镇日言笑，意所不契，寂无一语。滑稽排调，冲口而发，既能解颐，亦可刺骨。"

这是怎样一个视书如命，为书而生亦为书而死的人？他读书如痴，他能为之哭，也能为之笑。他的朋友周友山记录了他读书的趣事：手捧书卷，常常读着读着就感动不已，"感激流涕"。

李贽将自己的读书观写成了一篇《读书乐》：

天生龙湖，以待卓吾。天生卓吾，乃在龙湖。

龙湖卓吾，其乐何如。四时读书，不知其余。

读书伊何，会我者多。一与心会，自笑自歌。

歌吟不已，继以呼呵。恸哭呼呵，涕泗滂沱。

歌匪无因，书中有人。我观其人，实获我心。

哭匪无因，空潭无人。未见其人，实劳我心。

弃置莫读，束之高屋。怡性养神，辍歌送哭。

何必读书，然后为乐。乍闻此言，若悯不谷。

束书不观，吾何以欢。怡性养神，正在此间。

世界何窄，方册何宽。千圣万贤，与公何冤。

有身无家，有首无发。死者是身，朽者是骨。

此独不朽，愿与偕殁。倚啸丛中，声震林鹘。

歌哭相从，其乐无穷。寸阴可惜，曷敢从容！

尽管书中没有黄金屋，也没有颜如玉，却有歌哭相从，李贽乐在其中，其乐无穷。

麻城，李贽把生命中思维最活跃、生命最旺盛的岁月交付给了这里，《说书》《焚书》《藏书》的个别文章相继在麻城刻行。他在《自刻〈说书〉序》中说："以此书有关于圣学，有关于治平之大道……倘有大贤君子欲讲修、齐、治、平之学者，则余之《所书》，其可一日不呈于目乎？"他在《焚书自序》里写道：

> 独《说书》四十四篇，真为可喜，发圣言之精蕴，阐日用之平常，可使读者一过目便知入圣之无难，出世之非假也。信如传注，则是欲入而闭之门，非以诱人，实以绝人矣，乌乎可！其为说，原于看朋友作时文，故《说书》亦佑时文，然不佑者故多也。

为何取名《藏书》《焚书》呢？李贽说：

> 自有书四种：一曰《藏书》，上下数千年是非，未易肉眼视也，故欲藏之，言当藏于山中以待后世子云也。一曰《焚书》，则答知己书问，所言颇切近世学者膏肓，既中其痼疾，则必欲杀我矣，故欲焚之，言当焚而弃之，不可留也。《焚书》之后又有别录，名为《老苦》，虽同是《焚书》，而另为卷目，则欲焚者焚此矣。

《焚书》是他万历十八年以前所写的书信、杂著、史论、诗歌等。李贽之所以不顾"逆耳者必杀"的危险，毅然决定在麻城刻行书稿，是因为他认定此书是"人人之心"，必将存之长久。而这些，会将那些宵小之徒照出原形的。

麻城，也将李贽一生中最好的知音留在这里。只要李贽开坛讲学，不管哪座寺庙，不管哪个衙门，不论是庙堂之上还是江湖之远，官员、商贾、和尚、樵夫、农民，甚至连女子也勇敢地推开绣住了的闺门，他们纷纷跑来听李贽讲课，一时间，满城空巷，路无拾遗。

李贽寓居龙湖，可他还惦记着外面的世界。万历二十年，李贽接到朋友陆思山来信，始知二月间发生了震撼朝野的"西事"——宁夏兵变。临近三月，朝廷多次接到倭寇"谋犯天朝"的告急情报，此是李贽所言的"东事"。东西夹击，朝廷焦头烂额。李贽虽处江湖之远，却心忧天下。

对于这一东一西的紧急情况，李贽和刘星东的看法并不相同。《续焚书》收录了这篇《西征奏议后语》：

> 刘子明（东星字）宦楚时，时过余。一日见邸报，东西二边并来报警，余谓子明："二俱报警，孰为稍急？"子明曰："东事似急。"盖习闻向者倭奴海上横行之毒也。余谓："东事尚缓，西征急耳。朝廷设一公任西事，当若何？"子明徐徐言曰："招而抚之是已。"余时嘿然。子明曰："于子若何？"余即曰："剿除之。无俾遗种也。"子明时亦嘿然，遂散去。

然而，这一次，李贽或许错了。

"西事"，也就是宁夏兵变，从二月己酉（十八日）开始，到九月壬申（十六日）才平定。"东事"，则越演越烈。

16世纪中期，日本除时常寇掠明朝沿海外，还不断地侵扰朝鲜。朝鲜迫不得已，乃派兵将其根据地对马岛肃清。嗣后日本又要求与朝鲜通商，但受到了严格限制。丰臣秀吉在平定各部诸侯，统一日本后，便开始积极整顿内政。丰臣秀吉是一个毫不掩饰野心的人，在给小妾浅野氏的信中说："在我有生之年，誓将明之领土纳入我之版图。"

几千年来，朝鲜是中国东边的屏障，丰臣秀吉侵略中国必须先摧毁朝鲜，万历二十年一月，丰臣秀吉正式发布命令出征朝鲜。五月，日军十数万大军挥师越过对马岛，进犯朝鲜，攻陷王京，准备进一步侵略中国。朝鲜国王弃城北奔鸭绿江边义州，遣使向明廷求救。

七月，神宗派副总兵祖承训率师援朝。

这场历史上著名的抗日援朝战争，历经七年时间，最后以中朝联军的胜利而告终。

历史何其相似乃尔？三百余年后，这一幕又以另一种方式重演。

宁夏兵变事态日渐严重，朝廷天天在征兵选将，李贽也为此焦虑不已。浙江道监察御史梅国桢上疏，推荐李如松为总兵官，表示自己愿以御史监军。四月十七日，梅国桢获准以监军前往宁夏平叛。李贽听到这个消息，"喜见眉睫"，走告刘东星，对平叛充满信心。

李贽对"西事"格外关注，又愤而写下《二十分识》和《因记往事》两篇文章，表达对"国事"和"人才"的迫切关心。

> 有二十分见识，便能成就得十分才，盖有此见识，则虽只有五六分才，便成十分矣。

> 有二十分见识，便能使发得十分胆，盖识见既大，虽只有四五分胆，亦成十分去矣。是才与胆皆因识见而后充者也。空有其才而无其胆，则有所怯而不敢；空有其胆而无其才，则不过冥行妄作之人耳。盖才胆实由识而济，故天下唯识为难。有其识，则虽四五分才与胆，皆可建立而成事也。然天下又有因才而生胆者，有因胆而发才者，又未可以一概论。然则识也、才也、胆也，非但学道为然，举凡出世处世，治国治家，以至于平治天下，总不能舍此矣，故曰"知者不惑，仁者不忧，勇者不惧"。智即识，仁即才，勇即胆。蜀之谯周，以识胜者也。姜伯约以胆胜，而无识，故事不成而身死；费祎以才胜而识次之，故事亦未成而身死，此可以观英杰作用之大略矣。三者俱全，学道则有三教大圣人在，经世则有吕尚、管夷吾、张子房在。空山岑寂，长夜无声，偶论及此，

亦一快也。怀林在旁，起而问曰："和尚于此三者何缺？"余谓我有五分胆，三分才，二十分识，故处世仅仅得免于祸。若在参禅学道之辈，我有二十分胆，十分才，五分识，不敢比于释迦老子明矣。若出词为经，落笔惊人，我有二十分识，二十分才，二十分胆。呜呼！足矣，我安得不快乐！虽无可语者，而林能以是为问，亦是空谷足音也，安得而不快也！

在《因记往事》中，李贽更加愤慨地写道：

嗟乎！平居无事，只解打躬作揖，终日匡坐，同于泥塑，以为杂念不起，便是真实大圣大贤人矣。其稍学奸诈者，又摇入良知讲席，以阴博高官，一旦有警，则面面相觑，绝无人色，甚至互相推诿，以为能明哲。盖因国家专用此等辈，故临时无人可用，又弃置此等辈有才有胆有识之者而不录，又从而弥缝禁锢之，以为必乱天下，则虽欲不作贼，其势自不可尔。

设国家能用之为郡守令尹，又何止足当胜兵三十万人已耶！又设用之为虎臣武将，则阃外之事可得专之，朝廷自然无四顾之忧矣。唯举世颠倒，故使豪杰抱不平之恨，英雄怀罔措之戚，直驱之使为盗也。余方以为痛恨，而大头巾乃以为戏；余方以为惭愧，而大头巾乃以为讥：天下何时太平乎？故因论及才识胆，遂复记忆前十余年之语。吁！必如林道乾，乃可谓有二十分才，二十分胆者也。

李贽在这篇文章中不惜笔墨称赞巨盗林道乾横行海上三十余年至今犹安然无恙，"其才识过人，胆气压乎群类"，"有二十分才，二十分胆"。他又说："设使以林道乾当郡守二千石之任，则虽海上再出一林道乾，亦决不敢肆，设以李卓老权替海上之林道乾，吾知此为郡守林道乾者，可不数日而即擒杀李卓老，不用损一兵费一矢为也。……则谓之曰二十分识亦可也。"

如此狂妄之言，也只有李贽说得出来。

今天，我们已经很难想象李贽在当时的一言一行所引起的震荡，更难以想象他所遭受的来自方方面面的巨大压力。毫无疑问的是，不论是在思想道德、在知识建构，还是在公共舆论上，他都引发大明王朝前所未有的山崩地裂、山呼海啸。

五　不见舍利佛，复隐知是谁

万历十六年夏，大饥，黄梅义民梅堂起义。

六月，苏州、松江等府大旱，太湖水涸。

九月，甘肃兵变。

十二月，吏科给事中李沂上疏，极言神宗贪财坏法。神宗震怒，将李沂廷杖六十，削职为民。

年底，工匠刘汝国领导农民起义，自称"顺天安民王"。

有明一朝，山崩地裂、山呼海啸时时浮现。这一年，格外不太平。

然而，这一年，对李贽来说，却是自得自重、收获满满的一年。他从维摩庵搬到芝佛院，生活变得简单、富足。春夏之间，李贽写成了他的《藏书》初稿，评说数千年历史，"颠倒千万世之是非"。袁中道在《李温陵传》中记录道："与僧无念、周友山、丘坦之、杨定见聚，闭门下键，日以读书为事。……所读书皆钞写为善本，东国之秘语，西方之灵文，离骚，马、班之篇，陶、谢、柳、杜之诗，下至稗官小说之奇，宋元名人之曲，雪藤丹笔，逐字雠校，肌襞理分，时出新意。其为文不阡不陌，摅其胸中之独见，精光凛凛，不可迫视。

诗不多作，大有神境。"

这一年，还有一件事，一件今天看来小得不能再小的事，在当时却引起了轩然大波。

时令已是夏季，万历十六年麻城的夏天格外酷热。抄录完书稿，李贽派人专程送到南京请焦竑审阅并为之作序。完成了这件大事，李贽顿时觉得轻松许多。这个夏天，李贽以"有饭吃而受热，比空腹受热者"总好过些为理由，为暑热辩护，为自己解凉。可是完成了这件大事以后，他发现，毒日愈发当空，溽热愈发难耐。

这一日，李贽只觉得热得头皮发痒，浑身难受。汗臭蒸腾，头屑飞扬，这让李贽难以忍受。搔而复痒，痒而复搔，不胜其烦，李贽自觉秽不可当。他是个有洁癖的人，此情此景，更是难受。放眼望去，侍候他的无念和尚的弟子在剃头，不禁眼睛一亮。李贽叫来侍者，命其为自己落发。

侍者手艺不凡，转瞬之间，李贽就剃了个干净利落的光头，自是凉快了许多，也痛快了许多。

李贽在《与曾继泉书》中谈到落发的原因：

> 其所以落发者，则因家中闲杂人等时时望我归去，又时时不远千里来迫我，以俗事强我，故我剃发以示不归，俗事亦决然不肯与理也。又此间无见识人多以异端目我，故我遂为异端以成彼竖子之名。兼此数者，陡然去发，非其心也。

李贽在给焦竑的复信中，也谈到了毅然落发的原因，那就是："今世俗子与一切假道学，共以异端目我，我谓不如遂为异端，免彼等以虚名加我，何如？"简单说来，就是——既然你们把我看作异端，我就索性做出异端的样子让你们看看！

落发之后，李贽反复总结自己落发原因，可见这在当时的的确确是一件天大等事。他说，自己落发的另一个原因是不愿受地方官的管束。他在《豫约·感慨平生》中写道，落发实在是不得已的事情：

> 缘我平生不爱属人管。夫人生出世，此身便属人管了。幼时不必言；纵训蒙师时又不必言；既长而入学，即属师父与提学宗师管矣；入官，即为官管矣。弃官回家，即属本府本县公祖父母管矣。来而迎，去而送；出分金，摆酒席；出轴金，贺寿旦。一毫不谨，失其欢心；则祸患立至，其为管束至入木埋下土未已也，管束得更苦矣。我是以宁漂流四外，不归家也。其访友朋求知己之心虽切，然已亮天下无有知我者；只以不愿属人管一节，既弃官，又不肯回家，乃其本心实意。

李贽描述了一幅人们无不生活在枷锁之中的近乎恐怖的画面，而这些，恰恰又正是儒家仁义道德的基本内容。李贽断然落发，是他的"本心实意"，他虽然落发，却并未受戒，照样可以吃肉喝酒，照样可以用"本心实意"说些似乎疯疯癫癫的真话。所以，他在这篇文章的结尾写道："故兼书四字，而后作客之意与不属管束之情畅然明白，然终不如落发出家之为愈。盖落发则虽麻城本地之人亦自不受父母管束，况别省之人哉！"

李贽落发的事情惊动了好朋友。袁中道在李贽落发的第二年见到了他，为他的形象大吃一惊，他认真记录下这件事情："岁己丑（万历十七年），余初见老子（李贽）于龙湖。时麻城二三友人俱在，老子秃头带须而出，一举手便就席。……余曰：'如先生者，发去须在，犹是剥落不尽。'老子曰：'吾宁有意剥落乎？去夏头热，吾手搔白发，秽不可当，偶见侍者方剥落，使试除之，除而快焉，遂以为常。'爰以手拂须，曰：'此物不碍，故得存耳。'众皆大笑而别。"任情适性，率意而为，这就是李贽。

李贽落发的事情不仅惊动了好友，还惊动了那些暗地里张开罗网伺机而动的人。从堂堂四品知府变成闹市中的一个狂禅，这简直是丑闻，简直是骇人听闻！

李贽又一次为旧势力所不容。数千年来，中国男人以长发盘于头顶。那个时候，长发有着特殊的象征意义，特别是男人，甚至把头发看得比生命还重要，头可断，发不可断。

知县邓鼎石亲自登门恳请李贽留发，他是如此情真意切，以至"泣涕甚哀"，他是一县之长，是父母官，有责任维护本地"风化"。为了说服李贽，邓鼎石甚至抬出他的老母亲，说此行是"奉母命"劝"李老伯"蓄发："你若说我乍闻此事，整整一天不吃饭，饭来也吞咽不下，李老伯必定会留发的。你若能劝得李老伯蓄发，我便说你是个真孝子，是个第一好官。"

可是，李贽不为所动。

他落发的原因是复杂的，他落发所面对的外部环境更加复杂。然而，李贽不想因为重重压力便退缩，而将自己打扮成一个殉道者："则以年纪老大，不多时居人世故耳。"此话甚真。他既有任情适性不惹事不怕事的一面，也有深谋远虑计较利害的一面，终以余年不多，一无所求，决计豁出老命一搏。

其实，李贽的所作所为与他的思想观念是密切联系的，这就是他的《童心说》。何为"童心"？李贽说：

> "夫童心者，真心也。若以童心为不可，是以真心为不可也。夫童心者，绝假纯真，最初一念之本心也。若失却童心，便失却真心；失却真心，便失却真人。人而非真，全不复有初矣。童子者，人之初也；童心者，心之初也……"

李贽用他的"童心"来生活，便有了他的"任情适性"，落发自然。他将这种观念用在了文学思想上，便有了他的"标新立异"，自成一格。他在《童心说》中这样写道：

> 诗何必古《选》，文何必先秦，降而为六朝，变而为近体，又变而为传奇，变而为院本，为杂剧，为《西厢曲》，为《水浒传》，为今之举子业，皆古今至文，不可得而时势先后论也。
>
> 故吾因是而有感于童心者之自文也，更说什么六经，更说什么《语》《孟》乎？

李贽有一个知识渊博、学养深厚的隐士朋友叫作周晖。李贽辞世八年后，周晖从其稿本《尚白斋客谈》中精选相关内容，编成了四卷本《金陵琐事》，记录了那个时代各种趣人趣事。他在《金陵琐事》中写道："（李贽）常云：'宇宙有五大部文章：汉有司马子长《史记》，唐有杜子美集，宋有苏子瞻集，元有施耐庵《水浒传》，明有李献吉集。'余谓：'《弇州山人四部稿》更较弘博。'卓吾曰：'不如献吉之古。'"

李贽认为，天下有五大名著，分别是司马迁的《史记》、杜甫的诗集、苏东坡的文集、施耐庵的《水浒传》、明朝李梦阳的诗文集，他将此并称为"五大"。

以此"童心"而论古人文章，李贽极为推崇苏轼。他在给焦竑的《复焦弱侯》一文中说："苏长公何如人，故其文章自然惊天动地。世人不知，只以文章称之，不知文章直彼余事耳，世未有人不能卓立而能文章垂不朽者。"从前，人们只会夸东坡文章写得惊天动地，其实他们不知道，与文章相比，苏东坡其人更是卓然不群。只有顶天立地的人物，才能写出永垂不朽的文章。

更有意思的是，李贽把历史上的大诗人分成"狂者"和"狷者"两类，且引一段如下：

李谪仙、王摩诘,诗人之狂也;杜子美、孟浩然,诗
人之狷也。韩退之文之狷,柳宗元文之狂,是又不可不知也。
汉氏两司马,一在前可称狂,一在后可称狷。狂者不轨于道,
而狷者几圣矣。

李贽还把苏轼和苏辙两兄弟分为了两类,他认为苏轼是"狂者",
而苏辙是"狷者"。李贽推崇杜甫,他认为杜甫有真性情,并且说杜
甫的人格比其诗更好。当年李贽在杜陵池畔写过《南池二首》:

济漯相将日暮时,此间乃有杜陵池。

三春花鸟犹堪赏,千古文章只自知。

水入南池读古碑,任城为客此何时。

从前秪为作诗苦,留得惊人杜甫诗。

李贽把杜甫的诗视为千古文章,并且以"惊人"来形容杜甫的
诗作,可见其对杜甫是何等的夸赞。同时他还认为古人中只有谢灵
运、李白和苏轼能够称为"风流人物",他在《藏书·苏轼》中写道:
"古今风流,宋有子瞻,唐有太白,晋有东山,本无几也。必如三子,
始可称人龙,始可称国士,始可称万夫之雄。用之则为虎,措国家
于磐石;不用则为祥麟,为威凤。天下后世,但有悲伤感叹悔不与
之同时者耳。孰谓风流容易耶?"这三人,真可谓"人中龙"。

人是不是总会活成自己偶像的样子?此时的李贽,也许不会想
到,短短五年之后,他将要与朋友们在麻城有一场惊天动地的"龙
湖雅集",在群星璀璨、酣畅淋漓的夜晚,他们纵评天下,臧否古今。
他更不会知道,在他身后的某一天,袁中道在《跋李氏遗书》中写
了一句掷地有声的话:

卓吾李先生,今之子瞻也。

袁中道将李贽与苏东坡做了全面的比较，得出结论："才与趣，不及子瞻；而识力、胆力，不啻过之。"

李贽虽然有"童心"，逼视道貌岸然的虚伪，欣赏返璞归真的朴拙，但是以他的智慧和聪敏，他也有看透人生的一面，他在《评三国志演义》中称：

> 曹家戏文方完，刘家戏子又上场矣，真可发一大笑也。
> 虽然自开辟以来，那一处不是戏场？那一人不是戏子？那一事不是戏文？并我今日批评《三国志》亦是戏文内一出也。
> 呵呵。

戏如人生，人生如戏，所以一切都用不着认真。所以不难理解他落发之后，何以一如既往喝酒吃肉。这就是李贽的"童心"。于是，他在《焚书》中感慨："出家为何？为求出世也。"

由此，琼州守周思久评价李贽和耿定理："天台重名教，卓吾识真机。"天台指的是耿定理，卓吾自然是李贽。周思久解释说，"重名教"就是"以继往开来为重"，"识真机"就是"以任真自得为趣"。

不管怎样，李贽落发后的心情是复杂的，却也是平静的，宛如一场暴风雨过后，大地一片安宁，万物一片安详。可是，这安静的背后，焉知不是又一场暴风雨即将来临？

六　歌罢击唾壶，旁人说狂夫

最令人不解的是，姚安知府李贽在官运亨通的时候决定辞官。

李贽的生命，也许注定了一场暴风雨接着另一场暴风雨。

第一场暴风雨是什么时候开始的？李贽已经不记得了。可是，让历史刻骨铭心的那场暴风雨，发生在万历八年（1580年）的春天。

三月，李贽在云南姚安府的任期即将满三年。再稍待一些时日，他即可有望升迁。官场的秘诀就是一个字——"熬"，熬过了山重水复，就迎来了柳暗花明，最终将抵达前程似锦。这个时候，全中国的官吏加起来还不到两万人，李贽已经是四品知府，像他这样四品以上的官员不足五千人，可谓凤毛麟角。在平常人眼里，跻身这样的群体，是多么荣耀、多么尊贵啊！

初春的滇北，已是春意盎然。奔放不羁的九重葛开遍山野，五彩缤纷的虞美人高傲圣洁，晚风吹拂，残霞似血。

李贽身穿粗布便衣，在姚安府衙署庭院的小路上，焦虑地踱步。此时，他站在生命的十字路口，未来的路该怎么走？他有两个选择——顺着原来的路安然走下去，是高官厚禄、光宗耀祖，也是卑躬屈膝、放弃自我；转身离开，走向自由自在、无拘无束的世界，迎来的是随心所欲，却也可能走向清贫、苦难、凶险，甚至死亡。他时而彷徨，时而坚定，时而蹙眉沉思，时而果决坚毅。

自出仕以来，迭经世事变故，如今已是知天命之年，可是，天命何在？清议辩学，与众人相左，就已经危险重重；见之于行，施之于政，与上官衙门尽相违逆，就更加巢幕游釜，祸变莫测。

况且，朝廷如今的制度有个不成文的规定：非进士出身不入翰林院，非翰林院士不入内阁。李贽不过是举人出身，纵然"既有大才，又能不避祸害，身当其任，勇以行之，而不得一第，则无凭，虽惜才，其如之何"！加之，"才有巨细，巨才方可称才也。有巨才矣，而肯任事者尤难"。如李贽这般千里马，又从不见所谓伯乐，如此这般，徒唤奈何！

在递交这份辞呈之前，他再三权衡，这决定是否明智。往事一幕幕闪现，让他心痛不已。云南地方官吏至今提起云南布政使徐樾之死，仍让他齿寒心凉。徐樾年轻时即追随王阳明的心学。王阳明的弟子、泰州学派创始人王艮对徐樾极为欣赏，曾对内人说："彼五子乃尔所生，是儿乃我所生。"将徐樾视为亲生。王艮考察徐樾前后达十一年之久，逝世前授徐樾以大成之学。可是，如此这般天降大任之才，却死于非命。嘉靖年间，元江府土舍那鉴杀土知府那宪，攻州劫县，诱杀了前往议降的徐樾，姚安土官高鹄往救时亦战死，世宗兴兵讨伐不克，便允许那鉴纳象赎罪。时人作歌谣唱道："可怜二品承宣使，只值元江象八条。"如徐樾者，不过如此，人在乱世，犹能奈何？行路难，行路难，多歧路，今安在？

历尽万般红尘劫，犹如寒风再拂面。

李贽下定决心，不再犹豫。这天，正值侍御刘维巡按楚雄，李贽谢却簿书，封了府库，携家离开姚安到楚雄去见刘维，"乞侍公一言以去"，要求刘维批准他辞官退休。

刘维却不同意："姚安守，贤者也。贤者而去之，吾不忍。非所以为国，不可以为风，吾不敢以为言。即欲去，不两月，所为上其绩而一荣名终也，不其无恨于李君乎？"

李贽回答："非其任而居之，是旷官也，贽不敢也。需满以幸恩，是贪荣也，贽不为也。名声闻于朝也，而去之，说钓名也，贽不能也。去即去耳，何能顾其他？"

刘维坚持不允。

既如此，执拗的李贽独自去了大理的鸡足山，在那里静静地读佛经。

李贽去意已决，刘维知道已经难以挽回，便将他的辞呈上交朝廷，终获批准，得致其仕。此时，已是七月。

李贽得知，如释重负，他性爱山水，在云南的奇山异水中肆意地徜徉数月，尽览滇中之胜。浮世万千，繁花落尽，可是，李贽的心中却依然有花开花落的声音。一朵，一朵，又一朵，在无人的山间静静开放、轻轻飘落。

有客开青眼，无人问落花。暖风熏细草，凉月照晴沙。

万历九年（1581 年）春，李贽由云南而至四川，买舟东下，直奔湖广黄安。

很多年后，李贽追忆这段往事说，他总是与顶头上司发生矛盾，甚至发生冲突。他之所以弃官而去，本质上是他"不愿受人管束""居官怕束缚"的缘故。云南巡抚王凝是个下流之辈，不足以为道，李贽与他顶顶撞撞，势在必行，理所必至。然而，李贽的另一位顶头上司骆守道，与李贽最为相知。这个人有水平，有能力，有操守，文章也写得不错，而且踏实能干。但是，李贽终不免与他发生了冲突，李贽总结说，原因就在于："渠（骆守道）过于刻厉，故不免成触也。渠初以我为清苦敬我，终反以我为无用而作意害我，则知有己而不知有人，今古之号为大贤君子，往往然也。"

李贽信奉的是佛老之治，他对当时官场的"君子之治"相当反感，这是他不为世间所容的根本原因。而他之所以有"归老名山"的想法，与他的出身和经历有着极大的关联。李贽曾写道："独余连生四男三女，惟留一女在耳。……惟此一件人生大事未能明了，心下时时烦懑，故遂弃官入楚，事善知识以求少得。"辞官这年，李贽已经五十三岁，他的妻子黄宜人也是个淡泊名利、甘守贫困的人，她愿与他一道同隐深山，支持他辞官回家。很多年后，黄宜人辞世，耿定力在为她作的墓表中讲述了这段故事："卓吾艾年拔绂，家无田宅，俸余仅仅供朝夕。宜人甘贫，约同隐深山。"有此贤妻拔绂相助，与他相依为命，这也是李贽的福气吧？可是，"冀缺与梁鸿，何人可比踪。丈夫志四海，恨汝不能从"。李贽一生含辛茹苦，四海为家，抛头颅洒热血亦在所不惜，却独对妻子有着亏欠。

李贽辞官这年的早些时候，巡按刘维报请上司奖励群吏，李贽为姚州知府罗琪写作《论政篇》，表达他的政治理念。在这篇文章中，他坚决反对"本诸身"的"君子之治"，提倡"因乎人""因性牖民"的"至人之治"。李贽认为，一切条教之繁和刑法之施，有智愚贤不肖之别和君子小人之分，导民使争，都是"君子之治"的恶果。而"至人之治"则不然，"因其政不易其俗，顺其性不拂其能"，无须求新知于耳目，也无须加之以桎梏，"恒顺于民"，社会自然可以治理得很好。李贽治姚安三年，"一切持简易，任自然"，就是这种理念的具体实践。

这篇《论政篇》，引发了骆守道的极大憎恶和反对。他迅速写出了《续论政篇》与李贽辩争："使君儒者而尤好佛老，宜其说如此，无语刺史素不谙佛老说，礼乐刑政，未敢以桎梏视之也。"信仰之异催生了人性之恶。

李贽说，自己不能像汉朝的东方朔那样含垢忍辱、游戏仕途，又不能做到中庸之道、八面玲珑，所以为官二十余年，"贪禄而不能忍诟其得免于虎口，亦天之幸耳！"所以，这官是决然不能做下去了。

回想三年前，李贽初来姚安，但见承历代之乱、当兵事之后的边塞，满目疮痍，哀鸿遍野。面对贫瘠的土地、凋敝的民生、惊慌失措的百姓，李贽将他的施政纲领放在了一个字上：宽。至道无为，至治无声，至教无言。此时此刻，他想到的是尚宽大、务简易、循自然、不知而治、休养生息。从这样的观念出发，李贽在姚安府任上，"律设大法，礼顺人情"，尽可能息事宁人，化干戈为玉帛，让边塞的各民族百姓和睦相处，宽厚安定。

如此这般，姚安终于有了宝贵的三年时间，这三年里，百姓休养生息，地方局势稳定，军民各安其业。

回顾在云南为官的经历，李贽最怀念当时在云南任洱海道佥事的顾养谦。顾养谦是南直隶通州（江苏南通）人，比李贽小十岁。万历六年（1578 年），顾养谦调任云南佥事，与李贽相识。当时，李贽正在与云南巡抚王凝、参政骆守道发生冲突，以致云南的官场里，无人不痛斥李贽、无人敢搭理李贽。作为李贽直接上司的顾养谦，却不顾一切与李贽成为挚友，给李贽以最大的安慰和支持。这些支持如此重要，以至王凝、骆守道企图加害李贽的阴谋最终流产。

朝廷批准李贽辞官的消息传出，顾养谦正在北京。听到此事，他立即动身，赶赴云南，一路打听李贽的行踪，希望能在李贽向东行进的道路上与他相会。这种深厚的友谊在等级森严的官场，非常难得，也让李贽终生难忘。直到生命的最后一刻，李贽仍然对顾养谦充满感激。李贽辞世之前，曾经在给顾养谦的信中，无比感激地写道："其并时诸上官，又谁是不恶我者？非公则其为滇中人，终不复出矣。"在另一封信中，他写道："求师访友，未尝置怀，而第一念实在通海。"海通就是南通，是顾养谦的家乡。

李贽写给顾养谦的信，是他心迹的真实体现。他在云南官场的处境可谓相当险恶，如果不是顾养谦的帮助，他真可能生死未卜，因为他得罪的是云南巡抚和云南参政。因为有了顾养谦的帮助，他才得以从险境中脱身，而且还有了升官的机会。可是，李贽厌恶了这一切，这一次坚决不干了。

李贽为人，清廉简朴，狷介疏狂，爱憎分明。他在姚安府三年，姚安大治，而他自己，"禄俸之外，了无长物"，深得百姓爱戴。此番离开姚安，老百姓对他恋恋不舍，"士民攀卧道间，车不得发。车中仅图书数卷。巡按刘维及藩臬两司汇集当时士绅名人赠言为《高尚册》，以彰其志。金事都御史顾养谦亦撰序以赠"。清贫如李贽者，仅有一车书卷相随，这已是他生命中最大的财富了。

李贽的好朋友方沆写作《送李卓吾致仕归里》三首，道尽李贽其人其志其事，其中一首道："歌罢当尊击唾壶，旁人指点说狂夫。休言离别寻常事，万古乾坤一事无。"

然而，并不是所有的人都夹道欢送，那些王凝、骆守道等伺机猎杀李贽的人早就虎视眈眈，暗藏杀机了。穿越五百年的时光，这股杀气至今未散。

可是，李贽义无反顾地走了。他要把所有的白日还给太阳，把所有的夜晚还给星河，把所有的春光还给绿野，把所有的肃杀还给昨天，期待明天——

胸中藏丘壑，笔下有山河。

七　听政有余闲，做官无别物

李贽幼年丧母，很小的时候就随父亲辗转于大海之上，颠沛流离中勉强糊口。七岁的时候，李贽开始随父亲读书歌诗，学习礼文。父亲名钟秀，号白斋。白斋先生是位有名的塾师，李贽在文中称："吾大人何如人哉？身长七尺，目不苟视，虽至贫，辄时时脱吾董母太宜人簪珥以急朋友之婚，吾董母不禁也。此岂可以世俗胸腹窥测而预贺之哉！"白斋先生闲暇时，便送李贽到训蒙之馆读书，李贽聪慧好学，每学必有斩获。

嘉靖十七年（1538年），十二岁的李贽写出了《老农老圃论》，不满孔子对学生樊迟问农事的指责，把孔子视种田人为"小人"的言论大大挖苦了一番，轰动乡里。《卓吾论略》记载：

> 年十二，试《老农老圃论》，居士曰："吾时已知樊迟之问，在荷蒉丈人间。然而上大人丘乙已不忍也，故曰'小人哉，樊须也。'则可知矣。"论成，遂为同学所称。众谓"白斋公有子矣"。居士曰："吾时虽幼，早已知如此臆说未足为吾大人有子贺，且彼贺意亦太鄙浅，不合于理。此谓吾利口能言，至长大或能作文词，博夺人间富与贵，以救贱贫耳，不知吾大人不为也。吾大人何如人哉？身长七尺，目不苟视，虽至贫，辄时时脱吾董母太宜人簪珥以急朋友之婚，吾董母不禁也。此岂可以世俗胸腹窥测而预贺之哉！"

十二岁的孩子，能写出这样有见地的文章，实属不易。这篇习作，得到了父亲的赞扬，亲友们也纷纷祝贺李贽父亲："白斋公有子矣！"泉州，海上丝绸之路的起点，马可·波罗笔下的刺桐城，她的包容、开放、文明、进步，白斋先生坦荡的胸怀、自由的意志、乐善好施的精神，都给李贽以人生宝贵的启蒙。李贽晚年回忆自己幼时性格，说道："余自幼倔强难化，不信学，不信道，不信仙、释，故见道人则恶，见僧则恶，见道学先生则尤恶。"

青年时代的李贽，"糊口四方，靡日不遂时事奔走"。他"糊口四方"的地点和职业今天已经无从考证。二十一岁，李贽迎娶十五岁的黄宜人，妻子温厚、贤惠。

二十六岁，李贽参加福建乡试，中黄昇耀榜举人。次年春，李贽在京参加会试，不第而归。三年后，李贽又在北京参加会试，再次不第而归。尽管如此，李贽却对科举制度充满厌恶。《卓吾论略》记载：

> 稍长，复愦愦，读传注不省，不能契朱夫子深心。因自

怪。欲弃置不事。而闲甚，无以消岁日。乃叹曰："此直戏耳。但剽窃得滥目足矣，主司岂一一能通孔圣精蕴者耶！"因取时文尖新可爱玩者，日诵数篇，临场得五百。题旨下，但作缮写眷录生，即高中矣。

这一年，李贽已经三十岁，而立之年，他厌倦了八股文章、科举制度，于是向吏部提出申请，就任河南卫辉府教谕：

"吾初意乞一官，得江南便地，不意走共城万里，反遗父忧。虽然，共城，宋李之才宦游地也，有邵尧夫安乐窝在焉。尧夫居洛，不远千里就之才问道。吾父子倘亦闻道于此，虽万里可也。且闻邵氏苦志参学，晚而有得，乃归洛，始婚娶，亦既四十禩。使其不闻道，则终身不娶也。余年二十九而丧长子，且甚戚。夫不戚戚于道之谋，而惟情是念，视康节不益愧乎！"

他将这段经历记录为"丐食于卫"：

某生于闽，长于海，丐食于卫，就学于燕。

李贽的青年时代几乎无可记录，他三十三岁升南京国子监博士，到任数月，即丁父忧，守制东归。五年后，任北京国子监博士。这时，正逢河南大旱，管理河槽的官员因勒索财物不遂，竟挟恨把所有泉水引入河槽，不许百姓灌溉。他安置在河南的家眷遭遇灾难，他的两个儿子两个女儿相继病死。他在卫辉写了不少诗，例如这首《途中怀寺上诸友》从中可以一窥他的心境：

世事何纷纷，教予不欲闻。

出郊聊纵目，双塔在孤云。

雨过山头见，天晴日未曛。

骑驴觅短策，对酒好论文。

"觅短策""好论文"的李贽开始接触王阳明的著作，他从小就不满于朱熹的传注，因而更加同情王阳明的易简工夫："乃知得道真人不死，实与真佛、真仙同，虽倔强，不得不信之矣。"李贽在礼部司务任上，因一次生活经历，受饥而望食道启发，认识到对孔、老之学不存在选择谁的问题，于是"自此专治《老子》"，并经常读北宋苏辙所注《老子解》。专治《老子》和崇信《金刚经》及广泛听取各学者讲学，这便是后来李贽所说的"就学于燕"。

在北京礼部任职的五年中，李贽"不愿受人管束""居官怕束缚"的个性开始崭露，这令他与上司时有矛盾和抵触。"司礼曹务、即与高尚书、殷尚书、王侍郎、万侍郎尽触也。高殷皆入阁……高之扫除少年英俊名进士无数矣，独我以触迕得全，高矣人杰哉！"

高尚书，即高仪，嘉庆四十五年任礼部尚书，至隆庆二年致仕，隆庆六年诏兼文渊阁大学士入阁。殷尚书，即殷士儋，隆庆二年任礼部尚书，隆庆四年入阁。王侍郎，即王希烈，隆庆二年任右侍郎，隆庆四年转礼部左侍郎。万侍郎，即万士和，隆庆二年任右侍郎，同年转左侍郎。尚书、侍郎，是礼部的最高长官，李贽与他们都有抵触，抵触后还能对他们给予很高的评价，说明了他的任性，也说明了他的坦荡。性格就是命运，李贽的经历再次证明了这个真理。

隆庆五年（1571 年），李贽转任南京刑部员外郎。正是在南京，他认识了耿定理，他们相见恨晚，遂成至交。也是因为耿定理，李贽又结识了耿定理的兄长耿定向，从此开始了被天罗地网追捕和构陷的生活。

也是在南京，李贽接触到泰州学派，并开始从事著作。这一年，李贽已经四十八岁，他也许还不知道，他真正的人生即将开启。

万历四年（1576 年），李贽就任南京刑部郎中。这一年，李贽五十岁，人生到达知天命之年，他想对自己做一个深刻的回顾，写下了《圣教小引》：

　　　　余自幼读《圣教》不知圣教，尊孔子不知孔夫子何自可尊，所谓矮子观场，随人说研，和声而已。是余五十以前真一犬也。因前犬吠形，亦随而吠之。若问以吠声之故，正好哑然自笑也已。五十以后，大衰欲死，因得友朋劝诲，翻阅贝经，幸于生死之原窥见斑点，乃复研穷《学》《庸》要旨，知其宗贯，集为《道古》一录。于是遂从治《易》者读《易》三年，竭昼夜力，复有六十四卦《易因》镂刻行世。呜呼！余今日知吾夫子矣。不吠声矣；向作矮子，至老遂为长人矣。虽余志气可取，然师友之功安可诬耶！既自谓知圣，故亦欲与释子辈共之，盖推向者友朋之心以及释子，使知其万古一道，无二无别，真有如我太祖高皇帝所刊示者，已详载于《三教品刻》中矣。

　　　　夫释子既不可不知，况杨生定见专心致志以学夫子者耶！幸相与勉之！果有定见，则参前倚衡，皆见夫子；忠信笃敬，行乎蛮貊决矣，而又何患于楚乎？

　　李贽将五十岁作为人生的一个重要转折点，"余五十以前真一犬也"，五十岁以前的生活就是一条狗啊！他的思想观念在这一年都发生了翻天覆地的变化，他对传统、对历史进行了更深刻的剖析，他的深刻思考引发了晚明社会思想的巨大变革，这巨大变革一直延伸到今天，犹有回响。

　　万历五年（1577年），李贽由南京刑部郎中出任云南姚安府知府。又是一个春天——或许是命中注定，李贽总是在春天启程，又在春天辞别。这次，李贽携妻将子取道湖广，一路南行，准备开启一段新的生活。他在楚地流连忘返，这里与他深相契合，此时，他已经有寓安之意。

三年之后，他将以另一种心情，返回这里，这个让他又爱又恨的麻城。

八　天台重名教，卓吾识真机

嘉靖六年（1527年）十月二十六日凌晨，滨海古城泉州。

一阵鞭炮响声将四邻八乡惊醒。

原来，这家昨晚添了一件大喜事——长房长孙呱呱坠地。这家的父亲是秀才兼塾师白斋先生林钟秀，这个孩子就是李贽。

李贽原名林载贽，考上秀才入泉州府学后，归宗李姓，为回避明穆宗朱载垕名讳，李载贽改名为李贽。

谁也不会想到，这个孩子日后将因其桀骜不驯的性格、离经叛道的才华而饱受争议，被视为"明朝第一思想犯"。谁也不会想到，这个自甘"堕落"的孩子、这个被时代放逐的"异端"，其实怀抱着惊世骇俗的文化理想和道德判断，并终将成为名震华夏的一代宗师。

夜里一场霜冻陡降，满塘秋荷顷刻间残败枯索。又是异木棉最绚烂的花季了，千手岩、碧霄岩上的枫叶鲜艳如血，远远望去，像一片片晚霞。栾树的果实渐渐由青转黄，又由黄转红，那深绿的树叶簇拥着青黄红的累累硕果。

五个世纪光影转换，当年泉州府晋江县南门外的浯江祖居，变成了今天的泉州市鲤城区万寿路123号。高高的院墙阻隔了外面的热闹和喧嚣，五个世纪似乎从未老去，高墙外是车水马龙、红尘万丈，高墙内是绿荫环绕的素朴庭院，有谁还记得这道大门里曾经发生的翻天覆地的一切？

　　庭院后面那条清清浅浅的小河，河水淙淙，河里的鱼儿欢快地畅游。时光倒转，仿佛一切都未曾远逝，往事尽在眼前。

　　泉州，背靠巍峨的武夷山，面向着辽阔的东海，滔滔晋江从小城的西北流向东南，绕过古城流入泉州湾，成就了这个得天独厚的天然良港。

　　自唐代始，泉州就是中国的对外通商口岸，海上丝绸之路从这里开启。唐太宗继位后，对州、县大加并省，并依据山河形势、地理区域分全国为十道，丰州（治所在今泉州）、泉州（治所在今福州）、建州（治所在今建瓯）同属岭南道。海市的便利、人丁的兴旺、商业的繁荣，使得泉州成为名副其实的国际化大都市，在这里，不同文化背景、不同宗教信仰、不同民俗习惯的人互敬互爱，许许多多波斯商人在这里繁衍生息，许许多多摩尼教徒和伊斯兰教徒和平共处。

　　唐僖宗光启年间，李氏人家逃离河南光州固始，跋涉至闽南避乱。尽管大海风波莫测，经商盈亏难定，李氏家族仍以不畏艰险的姿态履危蹈险，出生入死，此后祖祖辈辈定居泉州，靠海为生。终元之世而迄明初，李氏跃为泉州巨贾。自李贽上溯，第八代祖李闾承借先人蓄积之资，尝以客航泛海外诸国。李贽第七代祖李弩，壮年时航吴泛赵，亦是商界巨子。

　　明洪武十七年（1384 年），李弩被征为官商航行西洋，途中遭遇"忽鲁谟斯"（伊朗）纷争，被困于异国他乡，只好皈依伊斯兰教，并在当地娶色目人女奴成家。这就是李贽有阿拉伯血统和伊斯兰教文化背景的原因。明朝光绪年间编写的《荣山李氏族谱》中写道，林弩"奉命发舟西洋，娶色目人，遂习其俗，终身不革，今子孙繁衍，犹不去其异教"。此后，李弩历尽千辛万苦携家眷归国。为免受歧视，李弩改姓为"林"。

李贽六世祖林仙保通晓外语，被录为"通事"（翻译官），后不乐随侍官差，于广东经商。五世祖林恭惠，亦通晓外语，被荐为"通事"，伴引日本诸国使者入贡京师。然而，如此非官非吏不得承接祖上家业，家道由此一蹶不振。至四世祖即曾祖父，家业衰败，举家沦落为平民，以致曾祖父母死后五十多年无钱入土落葬。李贽的祖父竹轩林公总结几代家史，明白"士农工商"是中国不可突破的阶层痼疾，"商"只能居于末位，而要儿子也就是李贽的父亲白斋林钟秀改习"学而优则仕"的正途。

这就是大明王朝一个南方家族的生存和繁衍。世世代代为生计的辛苦奔忙，将他们修炼成"航海世家"。蔚蓝色的大海给予了这个家族超拔雄健的力量、无与伦比的想象。李贽从祖祖辈辈那里了解到的中国国情，也许比他在学堂庙堂里受到的所有教育和教化，更真实，更深刻。

这一年，是明世宗嘉靖六年，丁亥之岁。

如果我们放眼看，还可以看到更多。这一年，是张居正十年改革失败的二十周年。这一年，在遥远的西方，哥白尼出版《天体运行论》，西班牙和神圣罗马帝国军队攻入罗马，灿若云霞的文艺复兴就此终结。

四十年后，历史上第一次成功的资产阶级革命——尼德兰革命在遥远的西方爆发；明朝蓟州镇总兵戚继光率官兵完成蓟、昌两镇1200多里长城加固改造工程，加筑1489座空心敌台，边备整饬一新，雄心勃勃地准备将敌人挡在关外。

如果我们将眼光再放远点，可以看到那个时代更多上上下下罔顾的事实——

万历二十六年（1598年），宦官陈增监山东矿税，凿山民夫多死，又逮及代纳税款稍缓的吏民，民众大哗。

万历二十七年（1599年），临清民变，聚众四千，驱逐税监马堂，毙其爪牙三十七人，沙市和黄州团风镇民众轰走税监陈奉的徒党；武昌、沈阳一万人，反对湖广税监陈奉，发生武昌民变、沈阳民变。

万历二十八年（1600年），京畿兵民苦于连年旱灾、矿税，群起而盗；浙江流民结党，伺机举旗造反。

万历二十九年（1601年），武昌民众数万人围攻税监陈奉官舍，投其徒党16人于长江；苏州市民包围税监衙门，乱石打死税使孙隆大参随黄建节，焚毁帮凶汤华大居室。

万历三十年（1602年），腾越（今腾冲）人民暴动，他们不胜税监杨荣之肆虐，遂愤而烧厂房，杀官吏；两广以矿税害民，激起民变，言官请罢矿使，神宗不理。

因缺乏张居正这样的贤士应对督导，加之国本之争等问题，神宗倦于朝政，愈发荒于政事。李贽辞世的第二年——万历三十一年（1603年），神宗诏谕洛阳老君山为"天下名山"。自此不再上朝，累二十多年，国家运转几乎停摆。明神宗执政晚期，付万事于不理，导致朝政日益腐败，百官不修职业，内外多变，政以贿成。

朝廷党争趋于白热化，逐渐形成两大政治派别：一派是由京、宣、昆、齐、楚、浙等地方宦官、王公、勋戚、权臣组成的联合阵营，他们坚持维护秩序，努力延续正统，坚持国家大义，固守传统伦理；一派是以江南士大夫为主的东林党，他们讽议朝政、评论官吏、廉正奉公，振兴吏治，开放言路，革除朝野积弊，反对权贵贪赃枉法。

政争党争无处不在，从小到大，从暗到明，从分散到聚集，从观念到日常，从政治主张到生活态度——于是，国本案、梃击案、红丸案、移宫案、京察案……一件小得不能再小的事情，都会演变成一件又一件天大的事情，整个国家被裹挟着，像滚雪球一样身不由己滚下坡去。

万历四十二年（1614年），福州万余人，抗议恶税，终致福州民变。

万历四十七年（1619年），明军在萨尔浒之战中被努尔哈赤击溃，从此明朝在辽东的控制陷于崩溃。

万历四十八年（1620年）七月二十一日，神宗驾崩，终年58岁，庙号神宗，谥号范天合道哲肃敦简光文章武安仁止孝显皇帝，葬十三陵之定陵。

神宗逝后，长子朱常洛继位。仅仅二十四年后，历光宗、熹宗、思宗三帝，大明王朝灭亡。

大明王朝行至此时，已经两百七十七年了。或许，命运的拐点便是王朝的终点，街坊里巷无处不萦绕着末日气象——暮霭沉沉取代了朝气蓬勃；开国时的"天子守国门，君王死社稷"，变成了"昨日入城敦，归来泪满襟。遍身女衣客，尽是读书人"；从前鲜衣怒马、饱读诗书、治家安国的读书人，变成了脂粉罗裙、寻花问柳、行为乖张的花间男儿；党争与私仇夹杂于宫廷政治，处处是以邻为壑、党同伐异，动不动便连坐罪死者无数，不论是朝廷还是民间，邀名取誉，相互攻讦，高度撕裂，突破下限。

历史上，有"秦以任刀笔之吏而亡天下"之说。明朝刀笔之吏亦为天下大害。谢肇淛在《五杂组》中说："从来仕宦法网之密无如今者，上自宰辅，下至驿递、巡宰，莫不以虚文相酬应。而京官犹可，外吏则愈甚矣。大抵官不留意政事，一切付之胥曹。而胥曹之所奉行者，不过以往之旧牍、历年之成规，不敢分毫逾越。而上之人既以是责下，则下之人亦不得不以故事虚文应之。一有不应，则上之胥曹又承隙而绳以法也。"

神州板荡，宗社丘墟。国将不国，败象渐露。

这一年，距李贽割颈自刎，已经过去四十二年了。

魂魄已化为袅袅青烟的李贽不会知道，他逝后第十四年——万历四十四年（1616年），就在明王朝内部纷争不已、党争日趋激烈之时，关外的白山黑水之间，一支叫作女真的部落正在成长壮大。这一年，一个叫作努尔哈赤的部落首领在赫图阿拉称汗建元天命，国号大金。努尔哈赤卧薪尝胆，窥伺中原，二十年后，势如破竹，一举入关。

再向前回溯至嘉靖六年（1527年）。仲秋的一天，泉州一个普普通通的院子里，一声啼哭打破了清晨的宁静。

鞭炮噼里啪啦炸响，浓郁的硫黄味道飘浮在空中。祝福纳吉声中，谁也不会想到，这个孩子的一生将是个悲剧。他以极其刚烈的方式出生，又以更加暴烈的方式辞世，他在千古流芳的作品——《焚书》《藏书》《续焚书》《续藏书》中，将人们供奉了几千年的圣人拉下圣坛，将人们遵守了几千年的道德准则放在审判台上。在他死后，他的著作被列为禁书，全部被烧毁。《明史》没有为李贽立传，只是在他相爱相杀的死敌耿定向的传记中提及他。时至今天，耿定向早已在浩瀚的历史里化为尘烟，每每被提及，也只有在李贽的传记中。世界如此荒谬，令人啼笑皆非。假若李贽地下有知，他又该怎样评价这荒谬至极的世界？

李贽的一生，与大明王朝紧密相连。李贽明白这一切，更鄙夷这一切。他在《自赞》一文中，毫不谦虚也毫不掩饰地说：

其性褊急，其色矜高，其词鄙俗，其心狂痴，其行率易，其交寡而面见亲热。其与人也，好求其过，前不悦其所长；其恶人也，既绝其人，又终身欲害其人。志在温饱，而自谓伯夷、叔齐；质本齐人，而自谓饱道饫德。分明一介不与，而以有莘借口；分明毫毛不拔，而谓杨朱贼仁。动与物迕，口与心违。其人如此，乡人皆恶之矣。昔子贡问夫子曰："乡人皆恶之何如？"子曰："未可也。"若居士，其可乎哉！

毁李贽者几多？知李贽者几何？恨他的人恨得咬牙切齿，爱他的人爱得刻骨铭心。

因创办东林学院而被称为"东林先生"的顾宪成，或许知道一二。李贽逝后，对于这个"性褊急""色矜高""词鄙俗""心狂痴""行率易""交寡而面见亲热"的狂人，他坚持送上他的狼牙棒："李卓吾大抵是人之非，非人之是，又以成败为是非而已。学术到此，真是涂炭，惟有仰屋窃叹而已！如何如何！"

袁中道则在《李温陵传》中对李贽极尽赞美："……骨坚金石，气薄云天；言有触而必吐，意无往而不伸。排拓胜己，跌宕王公，孔文举调魏武若稚子，嵇叔夜视钟会如奴隶。鸟巢可复，不改其凤味，鸾翮可铩，不驯其龙性，斯所由焚芝锄蕙，衔刀若卢者也。嗟乎！才太高，气太豪……"

更有肝胆相照如马经纶者。李贽落难麻城，马经纶冒着风雪，长途跋涉三千里，赶赴湖北黄柏山中救援。李贽入狱，马经纶除千方百计照料他，还上书有司，为他辩诬，替他申辩，"平生未尝自立一门户，自设一藩篱，自开一宗派，自创一科条，亦未尝抗颜登坛，收一人为门弟子"。

听闻李贽狱中自刎的消息，马经纶悲愤至极，顿足捶胸，连声呼号：

天乎！天乎！天乎！先生妖人哉！有官弃官，有家弃家，有发弃发，其后一著书学究，其前一廉二千石也。

真正的诗人在做梦的时候也是清醒的。漫游在理想国的圣林里，他会沿着思念走回故乡。可是，李贽回不去他的故乡了。李贽死后，马经纶将他的遗骸葬于通县（今通州区）北门外迎福寺侧，在坟上建造了精美的浮屠。

"李贽的悲剧不仅属于个人，也属于他所生活的时代。"李贽辞世380余年后，学者黄仁宇创作了别具一格的《万历十五年》，试图从中找到大明王朝从兴盛走向衰颓的原因，乃至整个中国古代社会成功和失败的根由。

黄仁宇在这本书中，单独辟出最后一章专论李贽。大明王朝行至晚期，天道陵夷，气脉衰微，他对于这个"传统的政治已经凝固，类似宗教改革或者文艺复兴的新生命无法孕育"的环境百感交集："社会环境把个人理智上的自由压缩在极小的限度之内，人的廉洁和诚信，也只能长为灌木，不能形成丛林。"

黄仁宇最终得出结论说："中国两千年来，以道德代替法制，至明代而极，这就是一切问题的症结。"

李贽，生于公元1527年，卒于公元1602年。字宏普，号卓吾。

（原载于《十月》2021年1期）

杂诗

（明）王夫之

悲风动中夜，边马嘶且惊。

壮士匣中刀，犹作风雨鸣。

飞将不见期，萧条阴北征。

关河空杳霭，烟草转纵横。

披衣视良夜，河汉已西倾。

国忧今未释，何用慰平生。

南岳一声雷

——王夫之与船山精神

　　王夫之，世称"船山先生"，是中国哲学思想的集大成者，与黄宗羲、顾炎武并称为明末清初的三大思想家。王船山是中国精神的剪影，也是中国文化的名片。王船山主张"知而不行，犹无知也"，"君子之道，力行而已"，治学当为国计民生致用，反对治经的烦琐零碎和空疏无物。

　　近代以来，王夫之的学术思想对后辈学人影响极大，今天对我们治国理政尤其具有现实意义。如何认识船山先生、把握船山思想？在实现中华民族伟大复兴的壮丽征程中，如何对船山思想进行创造性转化和创新性发展？这些问题，尤其值得我们深思。

——题记

　　衡阳县金兰乡高节里，距离湘西草堂四公里，有一座孤独了千万年的山——大罗山。此山荒凉凋敝，良禽过而不栖，山头巨石阴沉黄褐，其状如船，当地人叫它"石船山"。虎形山梁上，与孤山做伴的，还有一座孤独的坟茔。坟茔两边的石柱上刻着两副对联，其中一副写道：世臣乔木千年屋，南国儒林第一人。

　　这便是一代大儒王夫之的墓庐。

远古的风，像一把无情的利刃，挑落了时间的面纱，还原了历史的嶙峋真相，更剥落出岁月的铮铮铁骨。

王夫之，字而农，小字三三，号姜斋，亦号南岳卖姜翁，1619年生于衡州府衡阳县，1692年逝于衡州府衡阳县。

一

1690年的一天，斜阳如血，清癯的王夫之伫立在湘西草堂前，面对着石船山，久久地与之对视。四野里，衰草连天，乱石穿空，荆棘丛生。冷冷的秋风掠过他寒瘦的面颊，将他的长衫吹得啪啪作响。

孤镫无奈，向颓墙破壁，为余出丑。

秋水蜻蜓无着处，全现败荷衰柳。

画里圈叉，图中黑白，欲说原无口。

只应笑我，杜鹃啼到春后。

当日落魄苍梧，云暗天低，准拟藏衰朽。

断岭斜阳枯树底，更与行监坐守。

勾摄指天，霜丝拂项，皂帽仍黏首。

问君去日，有人还似君否。

这是王夫之写于暮年的一首词《念奴娇·孤镫无奈》。"秋水蜻蜓无着处，全现败荷衰柳。"这，何尝不是他生命的写照？

他缓缓地转过身，走进湘西草堂，挥毫写下"船山者即吾山"，光影淋漓，墨汁淋漓，心迹淋漓。王夫之自忖来日无多，早已为自己作下墓志铭。这篇短文通篇只有144个字，序和铭都极其简短，但真情澎湃、真气四溢，船山风格如在眼前，船山风骨跃然纸上。

有明遗臣行人王夫之，字而农，葬于此。其左则其继配襄阳郑氏之所袝也。自为铭曰：

拘刘越石之孤愤，而命无从致，希张横渠之正学，而力不能企。幸全归于兹丘，固衔恤以永世。

墓石可不作，徇汝兄弟为之，止此不可增损一字。行状原为请志铭而作，既有铭不可赘。若汝兄弟能老而好学，可不以誉我者毁我，数十年后，略记以示后人可耳，勿庸问世也。背此者自昧其心。

这篇墓志铭言简意赅，翻译过来就是：明朝遗臣王夫之葬在这里，左侧是续娶之妻襄阳郑氏的合葬墓。我为自己写下墓志铭曰：我与刘越石怀有同样的复国之志，怎奈未能达成，我希望能达到张横渠提出的治学高度，怎奈能力不济。唯一值得庆幸的是，我得以全身而死，永世心怀忧伤。王夫之将他的一腔热血倾洒在这篇墓志铭里，他交代，墓石可以不立，但如果立碑，此墓志铭"不可增损一字"，否则视为"自昧其心"。王夫之在墓志铭中念念不忘"明遗臣"的身份，字里行间尽是复国无望后的悲壮。

两年后——康熙三十一年（1692 年）的二月十八日，王夫之走完了最后的人生路。

王夫之晚年久病喘嗽，却吟诵不绝。一天，他喘嗽稍缓，倚窗远眺，回首平生，思绪万千，写下了人生的最后一首诗："荒郊三径绝，亡国一臣孤。霜雪留双鬓，飘零忆五湖。差足酬清夜，人间一字无。"短短六句诗，将王夫之亡国孤臣埋首荒野的忧愤之情，写得淋漓尽致。

正如王夫之在他自撰的墓志铭中所写："抱刘越石之孤愤而命无从致，希张横渠之正学而力不能企。"此时，明王朝已经消亡近半个世纪，在已经剃发易服多年的有清一朝，王夫之落葬时却依旧身着明王朝的衣冠。他走得何等的孤独，何等的落寞，何等的凄凉。就是在这最后的孤独、落寞、凄凉里，他怀抱着对旧国的思念，依依不舍地辞别了人间。

王夫之在墓志铭中提到了两个人：刘越石、张横渠。刘越石，晋代将领刘琨，字越石，少年时以俊朗闻名，以雄豪著称。刘琨忠于晋室，与刘聪、石勒相对抗，最终却壮志未酬，惨遭杀害。"枕戈待旦，志枭逆虏"的典故，说的就是他。张横渠，北宋大儒张载，字横渠，他提出了著名的横渠四句："为天地立心，为生民立命，为往圣继绝学，为万世开太平。"刘越石的忠贞、张横渠的哲思，对王夫之影响很大。"抱刘越石之孤愤"，表达的是王夫之对明王朝的忠诚。"希张横渠之正学"，何尝不是王夫之对国家治理的深刻思考？

天下事，少年心，分明点点深。

王夫之始终强调"幸全归于兹丘"。何为"全"？即把头发完整地带进了坟墓，此处是说王夫之终身未剃发，保全了作为汉人的尊严。生逢天崩地裂的明清之际，他面临着前所未有的大变局，也做出了前所未有的大抉择。他历尽忧患，孤心独抱，担当大义，舍生忘死。如果要用一句话概说他的人生，那就是：一生寻梦，卓绝奋斗。

三百年后，章太炎评价王夫之说："当清之季，卓然能兴起顽懦，以成光复之绩者，独赖而农一家而已。"他在辛亥革命胜利后再赞曰："船山学说为民族光复之源，近代倡义诸公，皆闻风而起者，水源木本，瑞在于斯。"王夫之贵在学问、贵在思想、贵在精神，他是民族光复之源，是真正的民族脊梁、国之大者。

谁也不曾料想，就是这个孤独、落寞、凄凉的老者，在两个多世纪后，却在中国闹出了天大的动静。他遗留下的"船山思想"，仿佛一桶滚热的油，在华夏大地上，掀起此起彼伏的革命烈火，那个他一生不肯承认且最终落后挨打的清王朝，终于在这滚滚洪流里灭亡。以至于，那个年代的诸多风云人物，异口同声地说道：这个在湘西草堂守望中原、瞭望未来的船山先生，就是二百年后选择用思想做武器去战斗的我们、你们、他们。

訓诂笺注，六经于易犹专，探義文周孔之精，汉宋诸

儒齐退听；

节义文章，终身以道为准，继濂洛关闽而起，元明两

代一先生。

晚清思想家郭嵩焘对王夫之给予了极高的赞誉。

王夫之，中华民族历史上伟大的英雄、中国思想史上重量级的巨匠。正是因为有了他，中华民族得以构筑起共同的精神家园。

二

1644 年，是一个闰年，也是一个猴年。

这一年正值大明、大清、大顺、大西四个政权交替，年号有点复杂：明思宗崇祯十七年、清世祖顺治元年、大顺朝永昌元年、大西朝大顺元年，算上黄帝纪年，或许还可以加上黄历四三四二年。

这一年，王夫之不满 25 岁。

在这之前的王夫之，生活是简单的、纯净的、快乐的、充实的。他的父亲王朝聘毕业于明朝最高学府国子监。王夫之之所以聪颖过人，与父亲的遗传不无关系。三岁起，他就和长兄王介之一起学习十三经，历时 3 年。父亲南归时，他才 9 岁，便随父学习经义。4 年之后，王夫之应科举，高中秀才。随后，又两次与其兄一道应考，虽未得中，却饱读诗书。1637 年，17 岁的王夫之与 16 岁的陶氏成婚。此时，他在家乡已经小有名气，参加了不少文酒之会，结识了不少

肝胆之交。次年，离开家乡，负笈长沙，求学于岳麓书院，师从山长吴道行，与同窗好友邝鹏升结"行社"。

今天的岳麓书院，依然绿荫蔽日，书声琅琅，我们不难想象400多年前"会讲"的盛景——唯楚有材，于斯为盛。其时，张南轩得五峰先生之真传，让思想与学问冲决了科场应试的形格势禁，开创出"传道济民"的雄健气象。远在福建的朱熹从武夷山起程，来到岳麓山下、湘水之滨。"朱张"曾就《中庸》展开会讲，历时两个多月，思想的余音，绕梁不绝。四方士子莫不喜出望外，奔走相告：为天地立心，为生民立命，为往圣继绝学，为万世开太平！

18岁的王夫之沐浴着这些圣贤的光辉，如切如磋，如琢如磨。在这里，他读周易老庄，孔孟程朱，读《春秋》经史，思想贯穿于先秦与汉宋，精神悠游于儒、道、释之间。他以经史为食粮，却又从不止于经史的疏笺。他喜欢与古人神交，与历史对谈。从那时起，湖湘学派所特有的原道精神和济世品格，恰如一枚饱满的精神种子，撒在王夫之朝气蓬勃的岁月里。

岳麓书院如同王夫之的一个生命驿站。他从这里出发，同当时的年轻学子一样，试图奔向科举考试之途，却奔向了中国文化的巅峰。

1639年，其兄中副榜。是年，他与郭凤跹、管嗣裘、文之勇发起组织"匡社"。有明一朝，文人结社风气盛行，起初是为了研究八股作文，慢慢具有了政治色彩。"匡社"的"匡"意为匡正、匡救，也就是纠正朝廷的错误，挽救国家于危亡。

王夫之此时的诗作，充满了对民间疾苦的深刻反思，这种切肤之痛可以从他残存的《忆得》诗篇中探其端末。1640年，王夫之的长兄王介之将赴北京国子监读书，临别时王夫之写下《送伯兄赴北雍》：

北过河济郊，白骨纷战垒。

连岁飞阜螽，及春生嗺子。

盈廷腾谣诼，剜肉补疮痏。

痛哭倘上闻，犹足愧唯诺。

持以慰亲忧，勿为歌陟岵。

　　王夫之在诗的前两句"北过河济郊，白骨纷战垒"中，悲声地回忆自己早年北上时见到的，满人贵族沿河侵入山东、济河一带，肆意屠杀百姓，沿途白骨纷纷、横尸遍野。当此之时，河南、山东等地连年灾荒，百姓饥饿，呼号而亡，可是朝廷对此视而不见，将屠刀伸向人民，剜肉补疮。王夫之为此肝肠寸断，痛心疾首。他写道："痛哭倘上闻，犹足愧唯诺。持以慰亲忧，勿为歌陟岵。"倘若皇上知道这些情况，那他就尽到了为国尽忠的职责，也可以用来安慰家中的父母，而不必唱《诗》中的"陟彼岵兮，瞻望母兮"之类思念父母的歌谣了。王夫之为黑暗的现实而苦痛焦灼，他将所有的希望寄托在皇帝身上，期待皇恩浩荡，泽被天下。

　　1641 年，王夫之与两位兄长同赴武昌乡试，王夫之以《春秋》第一，中湖广乡试第五名。1642 年，王夫之的长兄王介之也高中第四十名，好友夏汝弼、郭凤跹、管嗣裘、李国相、包世美亦皆中举。王夫之深受考官欧阳霖、章旷、蔡道宪的器重，他们将他引为知己，并以救国的志向和不屈的风节相互砥砺，相互鼓舞。秋，王夫之与王源曾等百余人在黄鹤楼结盟，称为"须盟大集"。

　　那是一段多么美好的读书时光啊！王夫之常常回忆自己这段倥偬而逝的青春岁月，明如山间新月，静如涧外幽兰。令天下士子欣然向往的古老书院，悄然绽放着这些年轻的读书人的灿烂青春。

　　然而，厄运开始了。这是社会矛盾重重叠加的大动荡时代——

国势式微，明王朝已经开始敲响丧钟，可他们依旧穷奢极欲，宫中开支巨大，只好压榨民间。朝廷派出由宦官充任的矿盐税使，到各地去征收矿税、商税和织造收入，太监又趁机任情放纵，到处搜刮。值此之时，李自成、张献忠等揭竿而起，渐成燎原之势。崇祯十五年（1642年）十一月，王夫之与长兄王介之北上参加会试。1643年，因李自成军攻克承天，张献忠军攻陷蕲水，道路被阻，王夫之兄弟自南昌而返。

几乎是一夜之间，杀人如麻的张献忠所部攻克了王夫之的家乡衡州。烧杀抢掳，杀声四起；鸡飞狗跳，尸横遍野。原本安稳的土地，顿时笼罩着血腥与惊恐。村庄陷入死一般的寂静，唯有那昏弱的灯火，如同凄迷的眼睛。王夫之的父亲王朝聘，原本一介书生，此时却成为张献忠手里的人质。命入虎口，生死一线，王夫之与长兄心急如焚。情急之下，王夫之自己刺伤面孔，敷以毒药，乔装为伤员，命人抬入敌阵。凭着智慧，他终于救出父亲，趁着月黑风高，父子逃至南岳莲花峰下，藏匿在黑沙潭畔。

1644年，崇祯十七年。这一年。李自成改西安为西京，定国号为"大顺"，自称"大顺王"，并大封功臣，开科取士，平物价，减赋税，发布讨明檄文，随后率领起义军东征，百万雄师出潼关，继而渡河北上，破宁武，下大同，攻居庸，一路势如破竹，仅一个多月时间便打到北京城下，浩浩荡荡攻进北京城。崇祯皇帝在煤山自缢，王夫之听闻大恸，作《悲愤诗》一百韵，可惜，这首诗今天已经散佚，我们无法窥知王夫之的泣血之作。

天下已然大乱，被切断的不仅仅是北上的交通，还有平静的生活、浪漫的梦想。当时的学者吕坤描绘道："民心如实炮，捻一点而烈焰震天；国势如溃瓜，手一动而流液满地。"（《去伪斋文集》）

绝望的王夫之用饱蘸血泪的笔墨在《更漏子·本意》中写道：

斜月横，疏星炯。不道秋宵真永。

声缓缓，滴泠泠。双眸未易扃。

霜叶坠，幽虫絮，薄酒何曾得醉。

天下事，少年心。分明点点深。

三

国忧今未释，何用慰平生？

王夫之与父亲躲在南岳莲花峰，哀恸不已，惊慌不已。在哀恸、惊慌中，他们从1644年中秋躲到次年正月。东躲西逃的日子过了没多久，大难又一次降临，他的父亲、叔父、叔母、兄长在战乱中悉数遇难。擦干眼泪的王夫之明白，日子不能再这样过了。

国恨家仇，在他的内心燃起了熊熊火焰。这个曾经迷茫的书生，经过这场家国巨变之后，变成了坚强的战士。两年后的1646年，清兵南下进逼两湖，王夫之只身赴湘阴上书南明监军、湖北巡抚章旷，提出调和南北督军矛盾，并联合农民军共同抗清，未被采纳。又两年后的1648年，他与同道好友管嗣裘、李国相、夏汝弼一起，募集当地乡勇。然而，这支微小的武装力量，又怎敌强悍的清兵？王夫之等旋即兵败。主事者管嗣裘全家遇难。

金瓯残缺的乱世，到处是贪生怕死、投降变节，到处是党争内讧、抢权夺利。王夫之却不然，他日夜兼程，经耒阳，往兴宁，由桂阳度岭下浈江；又冒着危险，忍着饥饿，攀越清远一带的高山峻岭，历数月终于抵达永历政权的都城——肇庆。

疾风知劲草，板荡识诚臣。桂林留守瞿式耜荐王夫之于永历皇帝，永历感慨这一路劳顿的清瘦书生"骨性松坚"。板荡守节的忠臣义士王夫之怀着慷慨蹈死的信念，同诸多怀抱相同信念的战友一起战斗，在军营里奔波，保家卫国。然而，守着大明的残山剩水，南国瘴气带给他的是更深的失望。纲常不振，人心思变，纵然视死如归，又当如何？又能如何？又该如何？王夫之从征战疆场到守护内心，他着汉服，不剃发，头戴斗笠，不顶清朝的天，脚着木屐，不踏清朝的地，以示与清朝"不共戴天"——王夫之能够守护的，只有心底的这点净土了。在这种氛围里，他努力思考何为正义。何为正义？王夫之道："有一人之正义，有一时之大义，有古今之通义。"他所追求的，是古今之通义。正是在肇庆，王夫之目睹在这抗清复明的紧急关头，永历小朝廷的官员们还在醉生梦死、结党营私、争权夺利，他忧愤不已，作《桂林偶怨》诗以抒写自己的哀怨，又作五言《杂诗》四首以遣怀。其中一首写道：

> 悲风动中夜，边马嘶且惊。
>
> 壮士匣中刀，犹作风雨鸣。
>
> 飞将不见期，萧条阴北征。
>
> 关河空杳霭，烟草转纵横。
>
> 披衣视良夜，河汉已西倾。
>
> 国忧今未释，何用慰平生。

此时的王夫之希望自己能像匣中之刀，化作风雨中的长鸣。他哀叹国家之大，却没有像西汉李广那样的飞将出现，因而至今无人北征，使广阔的土地变得更加烟草迷离，荒凉遍野。面对星河西下的夜空，王夫之思绪万千，披衣长叹："国忧"至今还没有解除，我用什么来慰藉自己的平生呢？

哀哉！清光拂剑碧天秋，情寄一杯浊酒。

然而，末世的动荡与威胁，从未给王夫之带来生命的平静。王夫之在肇庆看到的小朝廷同明王朝那些昏聩的皇帝一样糜烂腐败，他心里不由得一阵阵悲凉，一阵阵幻灭。孙可望把持永历朝政之后，将军李定国曾击败清兵，收复衡阳。他想再邀王夫之出山，以挽南明残局。而此时的王夫之，泪已干，心也冷，他婉言谢绝。于续梦庵隐居两年后，再避难于姜耶山。这里，漫山多为野姜。他就像一个浪人，自命姜翁，以野姜充饥。此后，他再度隐姓埋名，化身为一介瑶民，于兵匪浩劫中逃过一命。

王夫之是多么想要倾诉，想要表达，可环顾周遭，何人可诉衷肠？日日陪伴他的，只有老庄、孔孟、程朱，只有《尚书》《春秋》《周易》，只有文明与历史的千百年演绎。兵荒马乱之际，王夫之得到母亲病重的消息，只得离开，赶回家去。一路上，他几次险些被乱兵杀死。途经永福县洛清江上游时，曾幽困于水寨，"卧而绝食者四日"。山路崎岖，泥泞难行，等他赶到家里，母亲早已经离开人世。

这一年是1651年，33岁的王夫之回到家乡。此时国势衰微，王夫之心怀悒郁，四处流亡避居。在这段流亡的日子里，王夫之与隐居在祁、邵之鲤鱼山旁白云庵的明朝旧臣刘惟赞相距不远，时有往来。王夫之这段日子辗转流徙，四处隐藏，最后定居于衡阳金兰乡高节里，他先住茱萸塘败叶庐，继筑观生居，又于湘水西岸建湘西草堂。

1656年，37岁的王夫之终于在耒阳乡下的兴宁寺里找到一张安静的书桌，潜心研索《周易》和《老子》。他的《周易外传》《老子衍》正是这段时间的心得。王夫之在《周易外传》中，借《周易·系辞》关于"形而上者谓之道，形而下者谓之器"的命题，提出了"天下唯器而已矣""无其器则无其道"的观点。他在《老子衍》

的自序中说，对于老子及诸家注释，他要"入其垒，袭其辎，暴其恃，而见其瑕"。也就是说要深入到老子及诸家的内部，像夺取敌人的辎重一样，获得它有用的资料，暴露其根据的虚伪性，指出它的瑕疵。他毫不客气地指出老子哲学的三大缺点：

> 天下之言道者，激俗而故反之，则不公；偶见而乐持之，
> 则不经；凿慧而数扬之，则不祥。三者之失，老子兼之矣。

王夫之认为，老子哲学的第一个缺点是片面性，老子为了反对世俗见解，矫枉过正，以片面性对片面性（"激俗而故反之"），所以"不公"；老子对真理偶有所见，而洋洋得意，所以"不经"；老子把他的哲学过分地穿凿宣扬，给社会带来不幸的后果，所以"不祥"。

五年之后，他重回金兰乡，筑败叶庐，以读书隐居。在这里，他以为可以找到余生的安宁，哪知道，造化还在弄人。次年，妻子郑氏溘然病逝，经历了太多的死别生离，他老泪纵横，默默地承受了这一切。

继《老子衍》之后，王夫之手不释卷，笔耕不辍。哪怕饥寒交迫，哪怕生死当前，都不曾有一日改变。他相信历史终将回望，也相信在那千年回望里定能看见这未绝的薪火。深沉的忧伤，让刚过不惑之年的王夫之早早地出现了白发，他在《迎秋八首》里慨叹："青山秋缓缓，白发鬓匆匆。"

1662 年，康熙元年，王夫之 44 岁。这年九月，王夫之完成了他的另一部重要著作《尚书引义》初稿。在这部著作中，王夫之通过阐释《尚书》的意义，引申《尚书》的某些观点，抨击明代政治，批判老庄、程（程颢程颐）、朱（朱熹）、陆（陆九渊）、王（王阳明）和佛教"惟心惟识"之论。也正是在这种批判的立场上，他深刻反思了明朝覆灭的教训，认为其中最重要的原因就是"蹈虚空谈"（脱

离实践，崇尚空谈），蹈宋明理学和佛、道滥觞。如此这般，"民岩之可畏，小民之所依，耳苟未闻，目苟未见，心苟未虑，皆将捐之，谓天下之固无此乎"。也就是说，对于民情险恶的可怕，以及对于百姓赖以生存的物质需要等客观事实，只要自己的耳朵没有听到，眼睛没有看到，心里没有想到，就都可以置之不理，说世界上本来就没有这些事实的存在。

在悲愤交加之中，王夫之奋笔写下二十六卷本《永历实录》，将明永历元年明昭宗朱由榔登基到永历十六年明昭宗被吴三桂弑杀之间十六年的史事逐一记载。这一部史书，极大地弥补了明史的不足。在这部书中，他还大胆地为南明抗清名臣瞿式耜、严起恒、何腾蛟、金堡以及农民抗清领袖李定国、高一功、李过、李来亨等，一一立传。写到李定国之死，王夫之哀伤不已：

> 永历十三年，承畴兵薄贵阳，定国保毕节，扼关索岭，沿菁涧设伏，连战二十余日，杀（清）兵万计。而泗城兵已达临安，川南兵侵腾越、大理，定国三面受敌。可望又遣人赍手书，招诸将帅，言："已受王封，视亲王，恩宠无比，诸将降者皆得予厚爵，非他降将比，惟定国一人不赦。"刘文秀之子及马维兴、马宝等皆为所诱，先后举兵降。定国军大溃，乃退师，奉上奔永昌。追兵益至，定国奉上奔缅甸。上至缅甸，定国自出收兵。缅甸人叛，逼上，送诣吴三桂所。三桂犯顺，上崩于云南府。是日，烈风黑雾大集，飘屋瓦翔空如鸟，满、汉兵十余万皆震悼悲号。三桂杀数百人乃定。定国闻变，还兵至缅甸，已无及，因缟素发哀。定国披发徒跣，号踊抢地，吐血数升。遂杀妻子，焚辎重，举兵攻缅甸，屠之。率其军居徼外，两年，愤恚呕血，卒。

在清王朝大兴文字狱之时，王夫之将生死置之度外，敢于直面历史、直面真相，可见其忠诚担当。他在《即事有赠》诗中，欣慰地对朋友说："咏史已惊开竹素，挑灯无事话沧桑。"王夫之这种设帐开庭、复兴旧朝的讲学方式，不可能不引起清朝政府的注意。果然，1667年，康熙六年，他数度被人控告，幸得老朋友刘象贤的营救，他才免于一死。

过了知天命之年，王夫之遇到了更大的苦难和动荡。

这一年，他先后写成了《春秋家说》三卷、《春秋世论》两卷。王夫之依父亲遗训，借《春秋》这部古老的著作加以引申而作此书。在这部书中，王夫之明确提出自己的政治主张，借古喻今，以此遣怀。在《春秋家说》的"国君死社稷"一节中，他提出，如果国君不能奋发有为，而只是消极地"死其社稷"，那便只是"怀土而弃天下"。在这里，他委婉地对于崇祯皇帝"死其社稷"的做法提出了批评。他在《春秋世论》的"自序"中强调，治国者不可不知《春秋》之义，否则必然会"守经事而不知宜，遭变事而不知权"，这更是他对于崇祯皇帝"守经处常"错误的猛烈抨击。

回望中国历史，有明一朝，是唯一一个没有和任何国家签订不平等条约的朝代。明朝无论是遇到多大压力，既没有屈膝投降，也没有割地赔款。即使到了晚明内忧外患的时代，明朝依然兵分两路顽强对付清朝和李自成，对关外的国土自始至终没有放弃"全辽可复"的愿望。从明英宗到崇祯皇帝英勇壮烈的北京保卫战，明朝至死不忘"天子守国门，君王死社稷"，这在中国历史上都是极其罕见的。唯其如此，也才有了王夫之的英勇刚烈，宁死不屈。

"君王死社稷"这句话典出春秋时代的《礼记》。《礼记·曲礼下》记载："国君死社稷，大夫死众，士死制。"意思是，国君与国家共存亡，官员与百姓共存亡,士族与国君的号令共存亡。而此时,国破家亡,"君王死社稷"也只能是王夫之对于故国、故帝的一个遥远的念想了吧。

这些年,王夫之于学术之余,诗兴大发。他写下了《拟古诗》十九首、《拟阮步兵咏怀》二十四首,又因缅怀"甲申国变（1644年）",入山以来所栖伏帝三百里林谷中小有丘壑,畅然欣感而写成小诗二十九首。此后,他又辑近年来所作《题芦雁绝句》十八首、《前雁字诗》十九首、《后雁字诗》十四首,为一卷。这些诗歌,完整记录了他当时的心路历程。这首《拟古诗》是他这一时期诗歌创作及心境的代表:

> 日落登崇冈,顾望青天高。
>
> 四维何茫茫,浮云但萧骚。
>
> 群动既非一,吾身若秋毫。
>
> 自非精诚彻,蠕动徒巳劳。
>
> 精魄无固存,奄忽成焄蒿。
>
> 及今百年内,何者终吾操。

1672 年,康熙十一年,王夫之听闻好朋友方以智病殁于赣江上万安城外的惶恐滩,不禁为之狂哭不已。方以智同王夫之一样不甘为清廷所用,四处流亡,临死之前还被人告发与永历朝大臣瞿式耜交往密切,图谋反清复明。将心比心,王夫之无限哀恸,他疾笔写下"哭方诗":

其一为:

> 长夜悠悠二十年,流萤死焰烛高天。
>
> 春浮梦里迷归鹤,败叶云中哭杜鹃。
>
> 一线不留夕照影,孤虹应绕点苍烟。
>
> 何人抱器归张楚,馀有南华内七篇。

其二为：

> 三年怀袖尺书深，文水东流隔楚浔。
>
> 半岭斜阳双雪鬓，五湖烟水一霜林。
>
> 远游留作他生赋，土室聊安后死心。
>
> 恰恐相逢难下口，灵旗不奢寄空音。

未曾哭过长夜的人，不足以语人生。在漫漫长夜里煎熬的王夫之与方以智，人生之语，岂不悲哉？

1673年，降清的吴三桂又开始反正，杀死云南巡抚，攻打湖南。旋占衡阳，妄图称帝。吴三桂派人四处搜捕王夫之，以便其用。这对一直心怀天命与大道的王夫之来说，无异于奇耻大辱。他宁愿受死，藏身于麋鹿山洞，日日与麋鹿为伍，亦决不屈从。

1674年，王夫之再建三间茅草屋，且耕且读。

其时，明清政权交接已历三十年。还有谁知道，在这偏僻的石船山下，一间遮不住瑟瑟寒风的贫寒草屋？还有谁记得，在这青灯黄卷之侧，一个掩卷深思抚案长叹的瘦弱而又坚定的身影？还有谁明白，王夫之字里行间、孜孜矻矻寻找的，是国家兴盛的亘古真理？

日夜不息的湘江，从草屋之西流过，王夫之将草屋命名为"湘西草堂"。

很多年以后，东西方学者不约而同地称王夫之为十七八世纪与黑格尔齐名的伟大思想家。王夫之逝世一百年后，黑格尔用鹅毛笔饱蘸墨水，写下了一句至今令我们深思的话："一个民族有一群仰望星空的人，他们才有希望。"

在这间寒陋的草屋，王夫之足不出户，却是思想的行者；他蹇蹇匪躬，却是未来的信使。尽管站在黑夜之中，他却用另一种方式，为中华民族仰望星空。

1678年，吴三桂在衡州称帝，其党强命王夫之写《劝进表》，遭到愤然拒绝。王夫之对吴三桂派来的幕僚说："我安能作此天不盖、地不载语耶！"事后，逃入深山，仿屈原《九歌》，作《祓禊赋》，抒发自己的感想："思芳春兮迢遥，谁与娱兮今朝，意不属兮情不生，予踌躇兮倚空山而萧清。阒山中兮吾人，蹇谁将兮望春？"对吴三桂极尽蔑视。1689年，衡州知府崔鸣鷟受湖南巡抚郑端之嘱，携米来拜访这位大学者，想赠送些吃穿用品，请其"渔艇野服"与郑"相晤于岳麓"，并图索其著作刊行。此时的王夫之已年逾六旬，身患重病，饥寒交迫，但仍不欲违素心。他写了一封信，婉拒米币，以明心迹，自署"南岳遗民"。在信中，他写了一副对联，有意以"明""清"两字嵌入：

　　清风有意难留我，

　　明月无心自照人。

六经责我开生面，七尺从天乞活埋——难得的是，除了打仗，他也没有放下笔，很多南明王朝的历史真相，都在他的书中有完整的记录。那虽然悲情失败，却始终不屈不挠抵抗的南明历史，因为他，才不曾被清朝御用文人们抹黑。早在康熙元年，当永历皇帝殉国的消息传来时，深感希望破灭的王夫之悲愤难忍，便已留下了诸多诗篇。

咏史已惊开竹素，挑灯无事话沧桑。他开始隐居在湘西草堂，埋头于经济学问之中，这位科举的多年失败者，矢志不移的抗清志士，终于找到了走向未来的最佳路径。他用了数十年的时间，重新反思了明朝灭亡的教训，正因他身世坎坷，扎根底层，所以他看到了时间之外的历史真相，那蛰伏于平静的水面下的湍急细流，那隐藏在繁华背后的人性的丑恶、制度的弊端，他比好些人都看得深刻，看得明白。

可是，他真的老了，饥寒交迫，贫病交加，白发稀疏，瘦骨嶙峋，连他的儿子都说他"迄予暮年，体羸多病，腕不胜砚，指不胜笔"。他一边咳喘，一边叹息："吾老矣，惟此心在天壤间，谁为授此者？"这年五月，他仿照杜甫的《八哀诗》写下《广哀诗》十九首，以悼念他的十九个故去的朋友：他一直追随的前辈瞿式耜，青年时代的好朋友管嗣裘，他衷心敬佩的学者方以智……他们都有一个共同的特点，为追求理想，不惜牺牲生命。

> 谁信碧云深处，
>
> 夕阳仍在天涯？

病中的王夫之，即便"药炉烟逼珠丝重，消受蛾眉老病翁"，也从未放下手中的笔。王夫之后半生四十余年中，著述百余种，内容涉及哲学、政治、法律、军事、历史、文学、教育、伦理、文字、天文、历算及至佛道等，尤以哲学研究成就卓著，其主要著作有《周易外传》《张子正蒙》《尚书引义》《读四书大全说》《老子衍》《庄子通》《思问录》《读通鉴论》《宋论》《黄书》《噩梦》《楚辞通释》《诗广传》等。清末汇刊成《船山遗书》，凡70种，324卷。每一本，都是一声追问，一道印痕，一段坚忍卓绝的生命。

1689年，王夫之已是古稀之年，他听力渐渐丧失，甚至连草堂外面的杜鹃啼鸣也听不到了。然而，他存心如昔，依然劳其筋骨，苦其心志，笔耕不辍。1691年4月，王夫之在咳喘中完成生命最后的思想典籍：《读通鉴论》30卷，《宋论》15卷。

从37岁回乡到73岁辞世，近四十年时光，王夫之由青年而壮岁而老年，人生由清晨到正午到黄昏，他的生活，变得简单、干净、从容，不再有享乐、欢娱、交游、饮酒、酬唱，他余生的全部岁月，只有一件事，只做一件事，著书。生活中的王夫之是寂寞的，文字里的王夫之却未曾寂寞。他在历史中溯游的时候，也在与未来对望。这些数百万字的巨著，凝聚着王夫之一生的思考和心血。他一直写到生命最后时刻，终于在临终前完成定稿。这些著作集千古之智，博大精深，吞吐古今，包括了中国历史的教训和反思，更包含着中国政治文明未来走向的预言。

翻开这厚重的书卷，我们不难发现，其中有一句石破天惊的呐喊，在王夫之辞世的 250 年后，震惊了在内忧外患、丧权辱国中苦苦思考的中国人：

平天下者，均天下而已。

四

王夫之的心中，生长着两个"中国"。

一个中国是王朝中国，一个中国是文化中国。王夫之认为，王朝中国是一姓之私，代兴代废。唯有文化中国，从炎黄至今，贯穿中国历史始终，只要守住中国文化，捍卫了中国文化价值，中国就永远不会败亡。

王夫之的文化中国，有着丰富的含义——追溯中国文化的本真本源，寻找中国文化的基本价值，梳理中国文化的历史脉络，并最终以中国文化推动国家强盛、民族复兴，这才是真正的文化中国。国家强盛、民族复兴是贯穿中国历史一个宏大的主题。中国士大夫从来都有着家国情怀，家亦是国，国亦是家，难得的是，王夫之从理论高度定义了国家立场，总结和开掘了传统爱国主义，让这种情感具有了现代精神。

1656 年冬，38 岁的王夫之从常宁返回衡阳，这一年，他创作了对后世影响至深的《黄书》。

所谓《黄书》，顾名思义，是关于黄帝文明的书。王夫之忠君爱国，泣血扶倾，坎坷从政失败后，在流亡湘南期间，开始从理论上思考明亡的原因，探求中国的兴盛之道。他在《黄书》中写道：

> 中国财足自亿也，兵足自强也，智足自名也。不以一
> 人疑天下，不以天下私一人。休养励精，士饶粟积，取威万
> 方，濯秦愚，刷宋耻，足以固其族而无忧矣。

这是何等的文化自信和民族自豪！王夫之倡言从经济上、军事上和文化上去强盛中国，华夏民族便可以永固于天下。船山这种强烈的民族复兴和中国自强思想贯穿于一生的追求。他断言："公其心，去其危。尽中区之智力，治轩辕之天下。"

《黄书》何尝不是王夫之一份饱含家国情怀的"民族宣言"？在《黄书》的跋中，王夫之回应当时的种种质疑，坚定地写道：

> 孔子著春秋，定、哀之间多微辞。言之当时，世莫我知。
> 聊忾寤而陈之，且亦以劝进于来兹也。昔在承平，祸乱未臻，
> 法祖从王，是为俊民。虽痛哭流涕以将其过计，进不效其言，
> 而退必灾其身矣。天下师师，谁别玉珉，荏苒首解，大命以
> 沦。于是哀其所败，原其所剧，始于嬴秦，沿于赵宋，以自
> 毁其极，推初弱丧，具有伦脊。故哀怨繁心，于邑填膈，矫
> 其所自失，以返轩辕之区画。延首圣明，中邦作辟，行其教，
> 削其辟，以藩扞中区，而终远口口，则形质消陨，灵爽亦为
> 之悦怿矣。

王夫之在结尾补充道：今年岁德在丙，当属火运，北斗柄指东辰，春天已经到了。中国命运，原是秉承上天的。他期待中国"俟之方将，须永年也"，期待这本满蘸心血的著作"黄书之所以传也，意在斯乎"！

看透了明、清两朝的积弊，在国家危亡、人民流离的背景下，王夫之向往一个政治清明、社会进步、经济腾飞、文化繁荣的世界。"新故相推，日生不滞。"他在《尚书引义》中写道。新旧事物变相更替，事物每天都在新生变化之中，这是事物的发展规律，也是世界的发展规律。他描绘了一个崭新的国家，这个国家在政治思想方面，"以天下论者，必循天下之公"，"不以一人疑天下，不以天下私一人"；在选贤用人方面，"以天下之禄位，公天下之贤者"；在文化建设上，"天下唯器"，"理不先而气不后"，躬行实践，知行统一。王夫之是中国历史上难得的大百科全书式的思想家、哲学家，不论是面对战争还是灾难，不论是遭遇绝望还是悲伤，不论在怎样艰难的环境中，他都怀着无限的憧憬，怀抱无限的生机。他以前无古人的卓识和担当，以"埋心不死留春色"的奋斗、"残灯绝笔尚峥嵘"的理想、"六经责我开生面"的气概、"留千古半分忠义"的精神，坚守着中国文化的精神家园，捍卫了文化救国的历史使命，为中华民族埋下了伟大复兴的燎原火种，这正是他超越以往思想家、哲学家的地方。

可是，在那些雾霭沉沉的日子里，王夫之的理想又怎能变为现实？他作《噩梦》一书，从田制、赋役、吏治、科学等方面提出改革主张。但是，王夫之也深深知道，他向往的"有其力者治其地"的土地制度难以实现，只好在《噩梦》序言中写道：

> 教有本，治有宗，立国有纲，知人有道，运天下于一心而行其典礼，其极致不易言也。所可言者，因时之极敝而补之，非其至者也。如衡低而移其权，又虑其昂；虽然，亦有其平者。卑之勿甚高论，度其可行，无大损于上而可以益下，无过求于精微而特去流俗苟且迷复之凶，民亦易从，亦易见德、如大旱之得雨，且破其块，继之以霹霂者，亦循此

而进之。鲁两生曰，"礼乐必百年而后兴。"百年之始，荡涤烦苛，但不违中和之大端而已。天其欲苏人之死，解人之狂，则旦而言之，夕而行之可也。呜呼！吾老矣，惟此心在天壤间，谁为授此者？故曰"噩梦"。玄默阉茂之岁，阳月朔旦甲戌，船山遗老识。

"吾老矣，惟此心在天壤间，谁为授此者？"这是多么无奈的感叹啊！王夫之哀叹，我已经老了，只是这颗忧国忧民的心还留在天地之间，但是我的主张又能够交给谁呢？这大概只能是梦想吧，所以王夫之无奈地将这本书命名为"噩梦"。

王夫之曾作《更漏子·本意》，后世流传甚广：

> 斜月横，疏星炯。
>
> 不道秋宵真永。
>
> 声缓缓，滴泠泠。
>
> 双眸未易扃。
>
> 霜叶坠，幽虫絮。
>
> 薄酒何曾得醉。
>
> 天下事，少年心。
>
> 分明点点深。

直至今日，王夫之在这首词里沉吟不已的悲凉，仍然令人心恸。漫漫秋夜，星斗稀疏，寒雾生凉，忧思无限。以酒求醉，不得，以酒求眠，更不得。薄酒一杯，怎能解我心愁？又怎能浇灭我心中块垒？少年之时，胸怀大志，精忠为国，心怀黎民。然而，天下大事、少年壮志，只能深深埋藏在心中。

中华自强，民族复兴——这是王夫之的政治宣言书，何尝不是现代中国的政治启蒙书？

王夫之也许已经预料到，在他身后，他点燃的星星之火，已经成燎原之势。王夫之故去两个世纪后，晚清政治家、思想家、革命家谭嗣同将对王夫之的由衷敬佩写进一首诗里："万物昭苏天地曙，要凭南岳一声雷。"

这位戊戌变法的斗士，是在王夫之思想的直接影响下走向革命之路。他服膺并信仰王夫之，坦言："为天地立心，为生民立命，以续衡阳王夫之绪脉。"他怀抱船山精神，大义凛然地走向断头台，以死唤醒中国，成为民族复兴的英烈之士。

王夫之在《黄书》中所宣示的中华民族复兴和中国自强思想，直接成为辛亥革命的先声。走在时代前列的知识分子以王夫之名义迅速掀起了一场波澜壮阔的尊黄大潮。推动社会进步、书写中国近现代史的一代大儒王夫之，由此而被人们称为"近现代精神领袖"。

1911年，孙中山主持制定《中国同盟会本部宣言》。宣言宣示，以史可法、黄道周、倪元璐、顾炎武、黄宗羲、王船山等志士仁人作为民族复兴的精神领袖。"当今之世，卓然而能兴起顽懦，以成光复之绩者，独赖而农一人而已。"刘献廷感喟：王夫之学无所不窥，于《六经》皆有说明。"洞庭之南，天地元气，圣贤学脉，仅此一线。"章太炎分析辛亥革命成功的思想源头时说："船山学术，为汉族光复之原。近代倡议诸公，皆闻风而起者，水源木本，端在于斯。"

不愿成佛，愿见船山——这是人们对王夫之的最高评价。

毛泽东的恩师杨昌济一生景仰王船山。杨昌济对王船山的认识深深影响到毛泽东、蔡和森为代表的一大批五四时期的进步青年。1921年，中国共产党创立伊始，毛泽东便利用船山学社的经费和社址创办湖南自修大学，为新民主主义革命培养了一批又一批栋梁之材。这些进步的种子，如星火燎原般，从这里走向全国、走向世界。

门外黄鹂啼碧草，他生杜宇唤春归。

王夫之一生贫困潦倒，甚至书籍纸笔多用故旧门生的旧账簿之类，然而，他死后，却留下了无尽的精神财富。今天，王夫之的学术资源已经成为人类共同的思想财富。不仅在中国，在日本、新加坡、韩国都成立专门机构聘请专家学者研究王夫之思想，在美国、俄罗斯和欧洲其他各国都有王夫之的论著、诗文译本。美国学者布莱克说："对于那些寻找哲学根源和现代观点、现代思想来源的人来说，王夫之可以说是空前未有地受到注意。"

1985 年，美国哲学社会科学界评出古今八大哲学家，其中有四位是唯物主义哲学家。他们依次是：德谟克利特、王夫之、费尔巴哈、马克思。

时光荏苒，岁月如梭。四百年后冬日的一天，太阳在天边喷薄欲出，晨露澄澈，朝霞璀璨。衡阳县金兰乡高节里，距离湘西草堂四公里，清癯的王夫之石像伫立在湘西草堂前，无所凭依却浩然正气，瘦骨嶙峋却坚韧真挚。清冷的寒风掠过他寒瘦的面颊，将他的长衫高高扬起。

这个四百岁的老人面对着石船山，久久地、久久地与之凝视。

新的一天开始了。

（原载于《光明日报》2020 年 1 月 3 日）

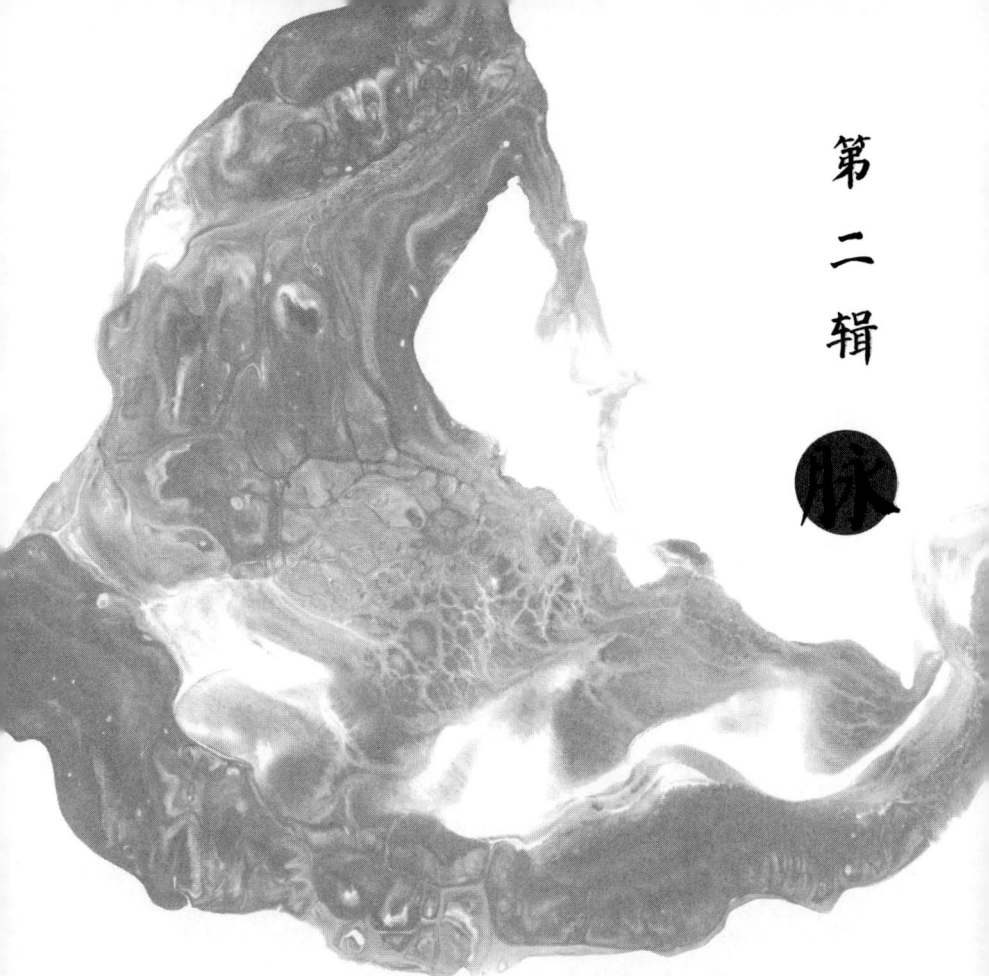

第二辑

仰韶，从远古走来，激越浪漫，以沧桑之姿开启农耕文明的源流；

呼伦贝尔，自亘古辽阔，丰饶从容，是摇篮孕育出游牧民族的蓬勃与雄壮；

巫峡，南北在此碰撞，东西在此交融，点燃火种之后，飘泊中永恒；

长安、成都、杭州，丝绸之路的荣耀与传奇仍在延续；

凉山、壤塘，贫瘠之域正在传承与创造中实现华丽转身；

如果说中国的地图像一只昂首高歌的雄鸡，毫无疑问，沿江而治的"吉林乌拉"

　　便是这只雄鸡明亮的眼眸……

这是大国之脉的律动。

在粼粼如火的亿万期盼中，脉动坚实，始终昂扬向前，奔腾不息。

和子由渑池怀旧

（宋）苏轼

人生到处知何似，应似飞鸿踏雪泥。

泥上偶然留指爪，鸿飞那复计东西。

老僧已死成新塔，坏壁无由见旧题。

往日崎岖还记否，路长人困蹇驴嘶。

飞鸿雪泥

——百年仰韶的人和事

河南省渑池县仰韶村。

东经 111°—112°，北纬 34°—35°。黄土高原自西向东缓缓轻垂，高耸的崤山灵巧地托起了高原的余脉。崤山高山绝谷，峻坂迂回，形势险要，是陕西关中至河南中原的天然屏障。满是褶皱的断块山脉自西南向东北逐渐低缓，将蜿蜒在黄河、洛河之间的崤山整齐地切割为东崤、西崤。

东西二崤巍峨耸峙，中间一泓清澈，便是渑池。

渑池之名来源于古水池名，本名黾池，以池内注水生黾（一种水虫）而得名。黾池，上古属豫州，西周时为雒都（今洛阳）边邑，春秋时属虢国、郑国。战国时，韩国灭郑，渑池归属于韩。

1921 年 4 月 18 日，瑞典地质学家安特生从渑池县城徒步来到仰韶村，在村南约一公里的地方，他发现了一些被流水冲刷露出地面的陶片和石器，还有夹杂着灰烬和遗物的地层，其中就有引人注目的彩陶片。他想起了西方的安诺文化中的彩陶，产生了比较研究的兴趣。

这一年的 10 月 27 日，他和中国的地质学家袁复礼、奥地利的古生物学家师丹斯基等一道，再次来到仰韶遗址。他们在这里一待就是数月，经过深入发掘，发现了大量精美彩陶，还在一块陶片上发现了水稻粒的印痕。

正是安特生、袁复礼、师丹斯基这些无意之中的发现，结束了"中国无石器时代文化"的历史，揭开了中国田野考古第一页、中国新石器考古事业第一页、中国考古学研究第一页、中国原始社会研究第一页。

1921 年——由此成为中国考古学的原点。

安特生将他在渑池县仰韶村发现的华夏文明沧桑遗存——距今7000 年到 5000 年的中国新石器时代文明形态，命名为仰韶文化。

一

一场突如其来的大雪顷刻之间将渑池带进冬天。

穿越茫茫雪原，从渑池县城一路向北，不到十公里便是安特生发现彩陶遗址的仰韶村。

燕山雪花大如席，李白的诗句不是夸张。如席大的雪片从天而降，天地一片混沌，山河银装素裹，往事在风中一一重演：

公元前 279 年（周赧王三十六年），秦国与赵国会盟于西河外黾池。秦王饮酒酣，曰："寡人窃闻赵王好音，请奏瑟。"赵王鼓瑟。秦御史前书曰："某年月日，秦王与赵王会饮，令赵王鼓瑟。"蔺相如前曰："赵王窃闻秦王善为秦声，请奏盆缻秦王，以相娱乐。"秦王怒，不许。于是相如前进缻，因跪请秦王。秦王不肯击缻。相如曰："五步之内，相如请得以颈血溅大王矣！"

公元 1061 年（嘉祐六年），苏轼赴陕西凤翔做官，苏辙送苏轼至郑州，分手回京途中作诗寄苏轼。苏辙十九岁时，曾被任命为渑池县主簿，未到任即中进士。他与苏轼赴京应试路经渑池，同住县中僧舍，同于壁上题诗。而今，苏轼赴任途中再次经过渑池，睹物思人，应和苏辙寄诗，写出了《和子由渑池怀旧》："人生到处知何似，应似飞鸿踏雪泥。泥上偶然留指爪，鸿飞那复计东西。"

两千多年的时光倥偬而逝，赵国上大夫蔺相如正气凛然的呐喊仿佛还在此地回响；一千年的日子蹉跎至今，东坡居士那前尘往事的深情眷念、来去无定的人生怅惘，似乎还在这里飘荡。

雪花飘飘，落在沉睡的大地上，厚厚的黄土堆积着岁月的痕迹。黄河边凛冽的北风，愈加凛冽，未有一刻停歇。我们的祖先究竟怀着怎样的情感、怎样的心绪在这里生活、劳作？日出而作，日落而息。我们的祖先——那些身着褐衣的劳作者，他们用粗糙的双手搅拌着泥浆，将泥浆做成半干半湿的泥坯，再用半干半湿的泥坯做成各式各样的陶罐——这或许是人类最原始、最朴素的生产生活器具。他们在太阳下挥洒着汗水，叮叮当当石块与石块的声音、扑哧扑哧泥坯与泥坯的声音、哗哗啦啦泉水冲进溪流的声音——汇成了一曲恢宏的乐章。那些简陋、质朴却曼妙、智慧的乐章终归平静，时间留给了未来，历史帷幕上镂刻着我们的祖先自豪而自信的身影。

这是偶然，可也是必然吧？安特生一次偶然的漫步，成就了一场我们和祖先暌隔数千年的会晤，多么值得大书特书的一桩趣事！当年的挖掘现场，已经成为今天的仰韶遗址。仰韶村南部的缓坡台地上，被各种符号和数据整齐标记的遗址，更像是一个巨大舞台的巨大后台，纷纭复杂中，一场大戏刚刚结束，另一场大戏正要拉开帷幕。仰韶村北依韶山，东、西、南三面环水，所谓仰韶，当地人说，就是"仰望韶山"。仰韶村遗址由北而南，地势由高向低，呈缓坡状。

半岛形状的遗址地面，已经被当地农民因势造型地整修成梯田。在梯田的地堰断面，留下了很多裸露在外的文化层断面。长约900米，宽约300米，面积仅仅30万平方米的遗址区，文化层堆积竟然厚达5米。

由于被发源于韶山的两条自然冲沟不断下切，遗址两边形成了东西两条深沟。这两条沟在遗址南部相交，汇成小寨沟向下直达南部的涧河，使遗址呈半岛状。两条沟从两侧到沟底，形成了乔、灌、草结合的自然立体形生态植被地貌。亲切的场景让人顿生好奇，7000年到5000年前的祖先们，怎样用满是老茧的双手，建设了一个繁衍生息温暖如斯的家园？历尽沧桑的石块，从雪野里挺立起高昂的头，见证着我们的祖先对于韶山的仰望，诉说着今日的我们对祖先的仰望。阳光，从地平线上炸开一丝缝隙，将耀眼的光明送到雪后人间。对天堂的渴盼是从神道开始的，石阙、石碑、石柱、石人、石虎、石马、石牛、石羊、石椁、石棺、石阙、石祠……笨重的石雕，紧贴大地的皇皇匠心；对人间的诉说是从彩陶出发的，陶罐、陶瓶、陶碗、陶盘、陶盒、陶瓮、陶灯、陶枕、陶篮、陶俑、陶马、陶豆、陶鼎、陶鬲……笨拙的花纹，展示着中华民族先祖在平凡生活中的浪漫热烈与汪洋恣肆。

在20世纪初，西方学者认为中国没有石器时代。这也是安特生发现仰韶遗址时感慨万千的原因。他以欧洲著名的丹麦遗址为例，"长为100至300公尺，其广50至150公尺，厚1至3公尺"，而仰韶南北为960公尺，东西480公尺，灰土层厚1至5公尺不等。"则可知在石器古人时代其地当为一大村落无疑矣。"1923年安特生的《中国远古之文化》正式发表，把仰韶文化确立为中国史前文化，这不仅使中国无石器时代的论调不攻自破，而且让仰韶文化走向了世界。安特生先后在中国的甘肃、青海、陕西等地，系统发掘了约50个文化遗迹，并获得了一个赫赫有名的称号——"仰韶文化之父"。

此后，中国考古学家对仰韶村遗址先后进行了三次发掘。遗址出土的大量的石器、骨器、陶器、蚌器，为中国社会发展史、世界考古史的研究，提供了丰富的实物资料。

二

仰韶村遗址——

这是将中国历史与文明的基础和源头追寻到文献与传说边界之外的实证。

在仰韶村，安特生和他的团队挖掘了大量精美的彩陶。但是，在一百年前考古发掘几乎为零的中国，安特生找不到进行对比研究的其他参照物，他由此得出结论，这些彩陶不可能原发于中国本土，而是受西方的安诺文化的彩陶影响而产生的。安特生依据仰韶彩陶与西亚、东欧彩陶的某些相似性，提出了"中国文化西来说"："余意以为仰韶纪土层属于石器及金属器时代之过渡期，与地中海左右之所谓石铜时代者相吻合。"（《中国远古之文化》）

安特生的"中国文化西来说"，在相当一段时间影响了世界考古学界，让中国考古学家很受打击。他们努力开展更多考古工作，寻找仰韶文化的来源与去向。1926年考古学家李济在山西夏县西阴村发现一处仰韶文化遗址。1931年，考古学家梁思永发现了著名的后岗三叠层，它的下层是以红陶和少量彩陶为代表的仰韶文化遗存，中层是以黑陶为代表的龙山文化，上层是以灰陶和绳纹陶为代表的商代晚期文化遗存。这个三叠层证明了文化的连续性，华夏文明终于从仰韶文化中得以实证。

新中国成立后，中国考古学家对多个仰韶文化遗址——陕西西安半坡、临潼姜寨、宝鸡北首岭、河南淅川下王岗、洛阳王湾、郑州大河村——进行了正规的考古发掘。考古结果证实这些遗址大多在距今7000年到5000年间，前后延续了约两千年，从而进一步印证了中华文明史前重要的发展阶段——仰韶时代。

一条黄河，贯连着仰韶文化，黍与粟，则标记着黄土高原文化圈的典型特征。仰韶时代，华夏文明自我认知的时代。从散布黄河岸边的遗址群落中不难看出，中华民族的祖先们乐观自信、青春浪漫，他们沿着黄土高原，沿着黄河两岸，士气高昂、开疆拓土。

这是中华民族早期文明的旋律和回声。仰韶文化，为突破血缘、超越部落和部族的国家的诞生创造了前提条件。从仰韶文化不同的遗址中，考古学家逐步了解到仰韶时期人们的生存环境、居住模式、村落形态、经济手段、日常生活，乃至社会组织、意识形态、婚姻关系、丧葬习俗等内容，将这些内容叠加，几乎可以完整再现母系氏族社会的生活方式。

仰韶文化早期工具以发达的磨制石器为主，常见有刀、斧、锛、凿、箭头、纺织用的石纺轮等，动物骨制作的骨器也相当精致。各种水器、甄、灶等日用陶器以泥红陶和夹砂红褐陶为主，主要呈现红色，红陶器上常彩绘有几何形图案或动物形花纹，或者浪漫恣肆、奇异诡谲，或者厚重质朴、憨态可掬，散发着中华民族"独与天地精神往来"的文化气质。

仰韶文化是一个以农业为主的文化，是刀耕火种的代表，那些带着泥土的石器——石斧、石铲、磨盘——标记着中华民族农耕文明的典型特征。可以想象，除农耕外，仰韶文化时期的先民们已经掌握了渔猎的技巧。出土文物中骨制的鱼钩、鱼叉、箭头等，以及陶器上大量的与鱼相关的图案，诉说着那个时代的秘密。从这些图案中不难看出，先民们过上了比较稳定的定居生活。中华文明在早期的古拙天成、艰苦卓绝中，已经有着浑厚沉雄的精神特质，我们的祖先们一步一个脚印，踏实前行，历史的风霜雪雨，尽在这些回肠荡气的命题里。这些具有一定规模和布局的村落或大或小，村落外散布着墓地和制陶的窑场，房屋的墙壁是泥做成的，零零碎碎的草茎混在里面，有些已经开始用木头制作骨架，墙的外部多被裹草燃烧过，来加强其坚固度和耐水性——古人的智慧远远超出了我们的想象。

仰韶文化极其丰富多彩，不同地区的仰韶文化，由于来源不同，去向也不一样，被学者命名为不同的文化——半坡文化、庙底沟文化、西王村文化、大河村文化、下王岗文化、后冈一期文化和大司空文化。一百年来，随着中国考古学界认识的深入，原来单一命名的仰韶文化，现在成了既有联系又有区别且名字各自不同的仰韶文化群。这些不同的仰韶文化大致可以分为早中晚三期，半坡是早期的代表。中期则以庙底沟文化为代表。晚期的仰韶文化以山西芮城县西王村遗址上层为代表，彩陶数量已经减少，带状网格纹成为基本图案。

中期的庙底沟文化是当时中国文化圈中最强势的文化。它不仅遍布整个黄河中游地区，在黄河下游的大汶口文化、长江中游地区的大溪文化和西辽河流域的红山文化中，都有发现；它的影响，向西远抵青海，西南则深入川西北，向北越过河套，东南则进入苏北，范围之大，差不多遍及半个中国，是任何中国史前文化所不及的。庙底沟的彩陶是其标志性器物，在传播的过程中，携带了文化传统，将广大区域居民的精神聚集到了一起，标志着华夏历史上的一次文化大融合，是一个伟大文明的酝酿与准备。

从 1999 年开始，中国社会科学院考古所和河南省文物局先后七次对河南灵宝西坡进行了考古发掘。在 2004 年至 2006 年的发掘中，更是发现了我国史前时期规模最大、建筑面积达 516 平方米的超大型房屋，说明聚落内部结构已由仰韶早期的向心式布局开始转变为开放式布局，大型公共建筑和公共场所的出现，也昭示着仰韶文化晚期社会复杂化程度的提高。

虽然有数以千计的仰韶文化遗址被发现，有数以百计的仰韶文化遗址被发掘，总体看，不同地区的仰韶文化，在距今 5000 年前，大致都演变成龙山文化，而龙山文化则是夏商文明或者说华夏文明形成的基础。有一段时期，也有部分学者将仰韶文化认定为夏文化，不过随着二里头等与夏文化更为贴近的遗址的出现，这一观点就被放弃了。

必须强调的是，中国文明起源的探索，一直伴随着对仰韶文化的不断认识。从二十世纪二十年代的仰韶文化西来说，到后来的仰韶文化和龙山文化的东西二元对立说，再到二十世纪六七十年代的仰韶、龙山一元发展说，发展到现在的多地区多元起源说，应该说是一个不断进步的过程。

三

一百年过去了，对于仰韶文化，中国考古学界的新发现、新进步不断刷新世界对中国早期文明的认识。仰韶文化——距今 7000 年至 5000 年左右、以黄河中游地区为中心、吸收广阔地域的早期文化因素融合形成、自身演变脉络相当复杂、辐射广泛甚至可以说是同时期东亚地区规模最大人口最众的一支史前农业文化体系——正在逐渐丰富，而关于仰韶文化的源头和中国文明的起源，也经过西方学者的西来说到举世公认的本土说，从安志敏、夏鼐的中原中心说，到苏秉琦的满天星斗说和严文明、张光直的多元一体说，认识日趋丰富，思考渐趋细密。

仰韶初早期农业稳步发展，推动了仰韶文化厚积薄发、从量变到质变的过程，它是黄河流域自然条件下文化和社会发展的结果。进入仰韶中晚期，仰韶文化开始丰富化、复杂化。中华民族在长期生产生活中积淀下来的憨厚淳朴、务实重农、兼收包容、尊重世俗等诸多中原文化的基本品质，在这个时期得以完成。

仰韶文化社会复杂化的特点、发展模式，符合中原地区的生存条件、文化传统、社会背景，其分布区域正是中原龙山文化和夏商周三代的地域舞台。因此，仰韶文化开启了中国早期文明化进程，其文化特质被继承和发展。

一条黄河，串联起仰韶文化——河南、陕西、山西、河北、甘肃、青海、湖北、宁夏。黄河发源于青海省巴颜喀拉山，全长5464公里。作为中华民族的母亲河，黄河时而温柔时而强悍，历史中黄河下游决口达千次之多。上古时期大禹治水，将高山劈开疏通河道，形成人门、鬼门和神门，三门峡因此而得名，仰韶文化便位于三门峡的渑池县。

西看黄河卷沙而来，东送黄河平稳入海。黄河沿岸，特别是以黄河中游为中心的广大地区，遗址数量众多，仅河南就有3000余处，它充分吸收了黄河上下游及南北邻近地区的文化因素。湖北枣阳雕龙碑、河南邓州八里岗、淅川龙山岗、南阳黄山遗址，都发现有仰韶中晚期带先进木质推拉门的套间房址，这真的是一个奇迹。

陕西高陵杨官寨仰韶中晚期聚落面积80余万平方米,大型环壕、大片墓地、制陶作坊区规划显著,中部发现大型池苑遗迹,可带给附近的排水设施1000立方米的储水量。甘肃秦安大地湾仰韶晚期中心聚落有一座特大型复合体宏伟建筑,具有"前堂后室、东西厢房"的独特结构,占地290多平方米,主室地面抗压强度相当100号水泥,出土重要公共用器,显系殿堂。

凡此表明,各地、各时期的仰韶文化,或正壮大,或已形成文化体系,共同构成仰韶文化的丰富内涵。

仰韶文化,作为具有强大生命力的文化,它向外更具有强大的辐射力、影响力。没有黄河文明的海纳百川,就不会有那些富有特色、线条柔美流畅、色泽艳丽的彩陶的大范围传播;没有仰韶文化的吞吐八荒,就不会有华夏文明史中的第一次艺术浪潮、第一次艺术高峰。

值得一提的是,中国史前文化有多个文化圈,而仰韶文化圈与其他文化圈的互动从未停止,中华文明就是在这样的互动中逐渐出现的。

与此同时,以仰韶文化为代表的黄河文明,与长江文明一样,中间隔着在古代难以逾越的地理障碍——与距离相对最近的印度文明之间,也隔着帕米尔高原、青藏高原,喜马拉雅山脉、横断山脉,印度洋和南中国海,无论是陆路还是海路都极其艰难。这样的地理环境,使中华文明在大航海和工业化之前,一直没有受到来自西方其他文明的武力入侵和经济、文化、宗教等方面的压力。波斯帝国只到达帕米尔高原,亚历山大止步于开伯尔山口,阿拉伯帝国与唐朝仅仅是在中亚偶然遭遇一次交战,铁木尔也还来不及入侵明朝;伊斯兰的东扩止于西北,基督教只在唐朝有过短时间小范围的传播,十字军东征从未以中国为目标……这使得中华文明没有被外来因素干扰或者中断，并能够独立地延续和发展。

这是乐章，更是史诗。这激越雄浑的仰韶文化，从远古走来，一刻不曾停息。中华民族，用血泪、用汗水、用陶土、用铁磨写出了不可磨灭的历史，血脉的偾张，心灵的绽放，天地间仿佛听得到我们先祖的呼喊，看得到我们先祖的奔跑。岁月，如同一道神秘幽深的隧道，它的深处，是中华民族雄健的肌肤、伟岸的骨骼。

"黄河之水天上来，奔流到海不复回。"坚忍，顽强，雄浑，苍劲，这就是仰韶文化中透射出的雄壮之风、凛冽之气，这是中华民族的丰碑。无数缤纷的陶片、无数灵动的碎石、无数无言的沙砾，占领了惊涛轰鸣的历史河岸，带来激越浩荡的时代气象，横亘在千山暮雪，绵延在万里长空。

伟哉，仰韶！

（原载于《散文》5期）

诗经·邶风·击鼓

这是一位远征异地、长期不得归家的士兵唱的一首思乡之歌。

击鼓其镗，踊跃用兵。

土国城漕，我独南行。

从孙子仲，平陈与宋。

不我以归，忧心有忡。

爰居爰处？爰丧其马？

于以求之？于林之下。

"死生契阔"，与子成说。

执子之手，与子偕老。

于嗟阔兮，不我活兮。

于嗟洵兮，不我信兮。

死生契阔，与子成说

呼伦贝尔的名字滥觞于美丽的呼伦湖和贝尔湖，数千以至数万年来，呼伦贝尔以其丰饶的自然资源孕育了中国北方诸多的游牧民族，从而被称为"中国北方游牧民族成长的历史摇篮"。

两千年如流水般远逝，不胜唏嘘多于无限惊喜，河水带走了两岸，流光氤氲了旧年，在这里，量词暴露了它的局促，形容词变得无力。如烟的往事、天籁般的青葱岁月，让我在喧嚣和躁动的世界里，懂得驻足远望，懂得凝神静听。

时间将使得时间得以生存，岁月却因岁月而灰飞烟灭。

——题记

今天的我，似乎再也无缘相逢 2200 年前的那场大雪。

而今天的我，似乎比 2200 年前更看得清那场雪。雪花就在我的身畔，铺天盖地，倾情挥霍残冬的凛冽，我听到它们沉重的脉搏、沉重的呼吸、沉重的脚步，而我的心，像接过一副重担一样，接过它们的欢喜与疼痛。

这是我遥远的故乡，呼伦贝尔。

两千年因缘未断，此生却素未谋面，这是我的呼伦贝尔。岁月倥偬，时光轮转，我的心却与我的故乡渐行渐远。去乡多年，最怕听到的是王维的那首诗："君自故乡来，应知故乡事。来日绮窗前，寒梅着花未？"时间，就像卑微的西西弗斯，每个凌晨推巨石上山，每临山顶随巨石滚落，周而复始，不知所终。

很多时候，遥望天边飘逸着的云朵，遥望时间空洞里的未来，我都在设想，自己就是一个穿着树皮、钻木取火的扎赉诺尔人，与另一个手执木棍、惕然鹤立的扎赉诺尔人，相呴以湿，相濡以沫，日出而作，日落而息。

很多时候，俯身大地之上，侧耳倾听从荒原深处传来的远古的雷声在头顶轰然作响，倾听凛冽的寒风吹拂着雪花的飒飒细语，倾听过冬的獾子、麋鹿、野兔、狐狸在坚硬的泥土之下倾诉着的无尽呢喃，我想象着自己站在古老草原的敖包旁放眼远眺，想象着自己跟随强大的匈奴部落征服东部、统一北方，从此逐水草而居，以狩猎为生。

很多时候，跋山涉水，优游卒岁，我驾车驶过了大大小小乡村的心脏，徒步走过了充溢着泥土芳香的田野，心情一直处于欢愉与漂流之中。可是，想到再也不会钻木取火、再也不会俯听雷声、再也找不到遥远的故乡时，我的心里便充满了哀伤。

很多时候，我等待着，等待着2200年前的那场大雪将我尽情覆盖，等待着我的扎赉诺尔人来找到我，抚摸着我的胎记，对我说：看！这就是我走失的亲人。我是一个流落人世间的孩子，不知冷暖，不知困乏，不知家在哪里，我迷失在这个世界上，如同困兽在丛林般的世界里徘徊。我就这样，等待着那个人裹挟着雪花找到我。他没来的时候，我的一部分还没有复活；有一天他走了，我的另一部分也开始死去。

更多的时候，我却是在一世又一世的世俗中辗转，一次又一次在这个喧嚣的世界里轮回。两千多年来，为着不同的目的，我东奔西走南征北战，在饥饿中厮杀，在厮杀中奔逃，在奔逃中绝望，在绝望中坚守。在风调雨顺、风情万种的时日里，我曾经短暂地扎下根来，并无数次幻想，周围的平静就是我永远的家。

　　然而，我错了。

　　每一次，怀着失望和怅惘，匆匆挥别我曾经无限向往并一度驻留的驿站时，那种巨大的恐惧就会像阴影一般笼罩下来，融化着我的原本并不坚强的神经，压迫并阻挠着我的越来越犹疑的脚步。从北向南，由东到西，一次又一次，我试图让我的脚步变得从容一点、再从容一点，沉着一些、更沉着一些，然而，我愈来愈宿命般地发现，面对着这个无限异化的世界，我的任何努力都是徒劳的。每一次，徘徊于五彩缤纷的霓虹灯的光影里，徜徉在鳞次栉比的摩天大楼间，跻身于形形色色沉默的面孔中，扑怀的寒意便席卷而来，那种赫然有序的冰冷的感觉无时无刻不环绕着我，心底总有些隐隐的牵痛。

　　直到有一天，一个偶然的机会，一切重新开始。

　　想必有一些东西冥冥之中自有安排，让我们在最狂妄的时候学会宽容，在最悲观的时候懂得淡泊，在最绝望的时候懂得希望，在最骄傲的时候，洞悉任何用优雅的道貌岸然来反抗放荡与堕落的行为同样廉价，在最寒冷的时候，找到温暖的胸膛。

　　仲夏的草原，天高气爽。天空晴朗得让人心碎，草原的风在耳畔猎猎作响，野雏菊铺满了山坡。阳光明亮，澄净，神秘，将远方重重叠叠的山巅炼化为一层又一层金光耀眼的轮廓。从地面喷涌上来的热浪，让这些金色的轮廓微微起伏。我们摇下车窗，在风驰电掣的速度中感受风的力量。风很硬，空灵而有力，清新中有些微的苦涩，把我们的衣衫吹得鼓荡起来。云却很平静，一朵一朵点缀在蓝天上，松松蓬蓬，像一大片一大片弹散的棉花。远山连绵起伏，像一大队扎缚得当的少年武士，更像一大队桀骜不驯的奔马，一代天骄成吉思汗驰骋厮杀的呐喊声犹在耳边回荡。

恺撒大帝曾经呐喊："我来了！我看见了！我胜利了！"

我来了，我看见了，我胜利了——这就是呼伦贝尔。

骑着马，我在山间穿行、在风中驰骋。山的余势束成一道小溪，溪水奔流，波光潋滟，好似藏在草丛中的一面面形状各异的小镜子。鸟音踏水而来，宛如梦里的浮雕，温润如玉，湛然无思。云朵在辽阔而寂静的大地上投下巨大的阴影，低矮的沙蒿星星点点地分布，将阳光的影子固执地盘踞在自己的脚下；一队队洁白的羊群悠然漫步，在沙蒿间穿行，远远地，仿佛天地间冷冷对峙的残局，白方步步紧逼，黑方壁垒森严——在这一刹那，在这充满神奇的寂静之中，谁能说这片刻不就是永恒？谁能不领悟这巨大的空间中所蕴含的深厚的时间？所有的悲伤和困惑，就像一抹染色的轻烟，一撮破碎的残云，悠悠地飘远，淡淡地飘散。

不走进呼伦贝尔，就永远不会读懂我们自幼已经烂熟于心的"天苍苍，野茫茫，风吹草低见牛羊"那苍凉雄浑的意境，体味不出飘荡在草原上空悠扬缠绵的歌声中的蓬勃葱郁之气，明白不了蒙古人刚毅、淡泊、豪爽、粗粝的性格何以得生，更无法理解这个逐水草而居的草原民族无视万丈红尘的自信与从容。

呼伦贝尔，没有一个地方能够像这里一样，抚慰一个个颠沛流离的身躯；呼伦贝尔，没有一个地方能够像这里一样，疗治一颗颗千疮百孔的心灵；呼伦贝尔，没有一个地方能够像这里一样，修葺一簇簇支离破碎的梦想；呼伦贝尔，没有一个地方能够像这里一样，让人流连忘返，魂牵梦绕。

夜空下，星星冷漠而忧伤，远山蒙眬而柔和，千万萤火明明灭灭，万千思绪起起伏伏。我的呼伦贝尔，此生此世，我该怎样与你相逢，又该怎样与你挥别？光阴的底子暗淡下去，岁月的蛰须缠上来，勒得我发痛。草原深处的灯光细弱而具有穿透力，月色如水，穿窗而过，映照我的欢欣和悲恸，映照我的无眠。

时光雕刻的草原，如同海底失落的光，而我，则是在海底失掉尾鳍、焦急等待变成人类的小人鱼。也许，我的命运就是在某个清晨，化作泡沫，浮上海面，在咸涩的海水和泪水中挥别我永远的挚爱。

夜已阑珊，草原寂静如洗。风悄悄过树，月苍苍照台。这条曾疯狂肆虐、斩岸湮溪的河水，此时温驯、孱弱、沉默，似乎仅赢地寸表。萤火虫停泊在水面的腐叶上，远远地漂来，打了个转，继续前进，照亮了好长的一段水路。宿鸟呜咽着，低低地掠过。夜晚在我们的脚步声中轰然作响，令我沸腾的思绪陡然生凉。岁月无敌，天曷言哉？天曷言哉？就在那一刻，不期然地，我找到了我童年的那颗星，好低，好沉，像一盏明亮的油灯，触手可及。我奇怪为什么几十年来我一直找不到它。想到那些流逝的岁月，那些流逝的音容笑貌，我的心里充满了寂寂的哀伤。岁月是一条流淌的河，不论在哪个转角掀起波澜，在哪个转角平静安谧，都不容人忽视。

历史的不公道常常以个人痛苦的形式出现，好在历史的负重和生命的强大是无可估量的。对于人类来说，仅有这份力量已经足够。批判的锋芒、反讽的情绪、圆熟的心态、浮躁的信念、犹疑不安的呐喊，固然能使人痛快一阵子，但作为牢固而成熟的维系社会前进的精神纽带，却远远不够。

那些晴朗的午后、那些不眠的深夜，许多东西慢慢温暖我在寒冬中业已冻僵的灵魂，让我发现在我的心底，不泯的回忆仍在以异质的形态与岁月苦苦对峙。一刹那的拥抱，一刹那的分飞；瀼瀼的朝露，粼粼的水波；都市繁密的脚印，群山裸露的脉络；残灯耿然的夜晚，筚路蓝缕的行程……许多时候，完美恰恰在于破碎。感知生命的捷径，不仅在于面对面的彻悟，更在乎背后的引得。

时间将使时间得以生存，岁月却因岁月而灰飞烟灭。

难道不是吗？

远离故乡的日子里，故乡，是我们生命的圣地，也是我们推石的动力。而今，走在故乡浩荡的变革中，我们却时时绝望地发现，那些被喧嚣遮蔽的废墟、被繁花粉饰的凌乱，以及被肆意破坏的传承密码，它们切断了我们还乡的心路，让我们在迷失中一路狂奔。记忆中的故乡，是不灭的灯塔，现实中的故乡，却是已沉没于黑暗水域的岛屿。

启明星渐渐地升起来，这就是陪伴了我两千多年的那颗星，它曾经伴随我，一次又一次照亮在黑暗中匍匐前行的道路。我知道，是到了我应该回去的时候了。

感谢那些如启明星般带我寻路的朋友。是他们，陪伴我找到心灵的故乡，每于黑暗时刻、每于彷徨时分，便如神助般出世，助我从沉沦中浮上岸来。

纵使化作泡沫，我也心甘情愿。

呼伦贝尔——

死生契阔，与子成说，执子之手，与子偕老。

（原载于《人民文学》2014 年 6 期）

巫峡

（唐）杨炯

三峡七百里，惟言巫峡长。

重岩窅不极，叠嶂凌苍苍。

绝壁横天险，莓苔烂锦章。

入夜分明见，无风波浪狂。

忠信吾所蹈，泛舟亦何伤！

可以涉砥柱，可以浮吕梁。

美人今何在，灵芝徒自芳。

山空夜猿啸，征客泪沾裳。

飘泊中的永恒

西起奉节白帝城，东到宜昌南津关，三条大峡谷气势如虹，一路昂首东去。大自然用两百万年的耐心和伟力，打造出数不清的神秘与神奇，从而成就了长江三峡这幅迤逦诡谲的风情画卷。

——题记

放舟下巫峡，心在十二峰。

两百余年前的清康熙某年，穷困潦倒的诗人徐夔越高唐、穿龙门、过巫峡，兴之所至，慨然写道。

徐夔，字龙友，号西塘。现存徐夔的资料不多，《清诗别裁集》收录其诗只有九首。他初学韩愈，后学李商隐，曾与沈德潜结诗社，诗趣相投，颇多唱和。徐夔少时家贫，馆谷不足供母，游京师僻处萧寺，不谒贵人，终无所遇而归——其率性真情、孤傲不驯，由此可见一斑。

我们不妨设想——这一天，清风徐来，水波不兴。徐夔衣袂飘飘，荡舟而来，他或许孤身一人，或许结伴城南诗社诸友，煮酒青梅，指点江山，兴之所至提笔赋诗，激扬文字，心逐巫峡。

一江碧水，两岸青山，三峡红叶，四季云雨，千年古镇，万年文明。

在中国的历史版图上，从没有哪道山湾水景，像巫山巫峡这般鼓荡旅人的情思、放纵行者的想象。

一

山高，壁陡，流急。

长江裹挟岁月风尘，浩浩汤汤，呼啸而至，像一把利刃，切开了巫山坚实的腹地，造就了巫峡的壮美。

美国总统罗斯福曾说，每个美国人都一定要去看看科罗拉多大峡谷，因为峡谷是用时间缓慢雕刻出的惊心动魄。

巫峡何尝不是如此？时间缓慢地推动着历史，雕琢着历史，也记录着历史，缓慢中的尖锐锋利让人惊心动魄，缓慢中的一往情深令人荡气回肠。根据现有资料的地貌分析，三峡地区的峡谷主要是通过溯源深切与河流袭夺而成。地质学家推断，在长江三峡贯通以前，四川盆地的水流本是汇入藏南地带的古特提斯海，之后又汇入云贵地区一些沿断裂带分布的湖泊。但由于新第三纪以来青藏高原及云贵高原的强烈隆起，藏东形成向东倾斜的大斜坡，从而开始出现大面积汇水的向东流，它横截了一条条原向南流的水系，又经三峡地区向东入海，从而形成现在这条长约 6400 公里的长江。

西起奉节白帝城，东到宜昌南津关，三条大峡谷气势如虹，一路昂首东去。大自然用两百万年的耐心和伟力，打造出数不清的神秘与神奇，从而成就了这幅迤逦诡谲的风情画卷。

巫峡山高谷深，湿气蒸郁不散，易成云雾，故有"云锁巫山十二峰"之称，这也是徐霞诗中"十二峰"的由来。今天，这句诗被当地人改成"放舟过巫峡，心在神女峰"。其实，绵延不息的巫峡群山，白壁苍岩无数重，还有零星百万峰，峰峰不同，各美其美，岂是神女峰等十二峰就能够尽展其美？古事流传至今，附会之说杂糅了太多的世态炎凉。

连绵七十余公里，巫峡奇峰嵯峨，烟云氤氲缭绕，景色清幽迂回。巫峡阴晴雨雪各有其美。晴时，白雾悬浮于峰峦之巅，似烟非烟，似云非云，如雾非雾。雨时，宛若沧海巨流，云从天降，呼啸而至，铺天盖地。雨歇，云雾在峡谷间游弋，忽飘忽荡，忽升忽降，忽聚忽散。

三峡是风与水的杰作，是美与真的童话，曾经有山与山绵绵不绝的心手相拥，而今却任由风的蹂躏、水的侵蚀，铺陈出这傲岸的嶙峋、巨大的坚硬。旷世的宁静之中，是生命的飘逝和生命的接续。三峡风格迥异。瞿塘山势雄峻，斧削而成，可是多了些悬陡的稚嫩、初生的鲁莽。西陵怪石横陈，滩多水急，可是多了些草率的刚愎、青春的犹疑。也许巫峡的幽深奇秀、峰峦跌宕最适合疲惫的诗人搁置桀骜的灵魂，所以才有了徐夔的放舟巫峡吧。地质学家论证，三个峡谷的各自特点，表明它们的形成时代与发展阶段大不一样。巫峡的支流，截断面多呈 V 字形，仅在小支流口有岩坎跌水；谷壁多呈垂立三角面状；峡谷切深大且多起伏——他们据此大胆推测，如果说瞿塘峡处于青年期，西陵峡处于青春发育期，那么巫峡则处于生命中最宝贵、最稳定的壮年期。青春的暗潮已过，逆袭的可能已无，巫峡正沉浸在生命最美好的时光里，欢喜地等待与它迎面相逢的有缘人。

即从巴峡穿巫峡，便下襄阳向洛阳。杜甫在诗中写道——这是漫卷诗书的喜悦。

曾经沧海难为水，除却巫山不是云。元稹在诗中写道——这是悼念亡妻的哀伤。

而今，流光散去，岁月渐老，漫卷诗书的愉悦定格为砥砺风雨的雷霆万钧，悼念亡妻的凄凉幻化为阅尽沧桑的悲歌传响。这是巫峡的至大至美、至幻至真、至柔至刚、至性至情，这才是真正的巫峡。

万峰磅礴一江通，锁钥荆襄气势雄。田野纵横千嶂里，人烟错杂半山中——万峰磅礴、幽深曲折、田野纵横、人烟错杂，这是壮年巫峡的气势与气韵。雄踞长江中游，巫峡为川东门户，沿途滩多水急，南北两岸山峦耸峙，群峰如屏，壁立千仞，最狭窄处，两江之距不及百米。壮哉巫峡！一夫当关，万夫莫开。

二

巫峡，是中华文明的心灵故乡。

某一天，一位老人过河时无意间踩到一个奇怪的物件，他将这个物件辗转交给考古学家。考古学家发现，这竟然是一件罕见的殷商遗物——"鸟形铜尊"。此器物与中国国家博物馆"羊头方尊"器形极为相似，尊上精美的饕餮纹饰令考古学家啧啧称奇。为了复制一份相同的"鸟形铜尊"，考古学家和科学家做出了种种假设，也遭遇了重重难关。一次又一次的失败使他们对 3000 年前的能工巧匠充满敬畏和疑惑："他们究竟怎样完成这件杰作？"

茫茫莫辨的时间彼岸，在此成了一个永久的谜。

今天，这座铜尊与其他铜镜、铜剑、铜币及汉砖、唐三彩、巴式兵器等许多不可多见的文物，静静地陈列在重庆中国三峡博物馆，述说着沉淀了 3000 年的迷思与荣耀。

巫峡及其周边地区，历来是中国历史上南北文化长期碰撞与融合的区域，也是长江流域东西部文化的交汇地带。在这片神奇的土地上，200 万年前的"巫山猿人"和 5000 年前的"大溪文化"留下了许许多多的千古之谜，悬棺、栈道、野人……正是这些难以破解的千古之谜，激发了无数专家、学者和探险者前来探秘。

"世人都健忘，遗忘了世人。"面对岁月的消逝与世事的更迭，英国诗人蒲柏喟然长叹。众所周知，蒲柏有着惊人的想象力，他曾为牛顿写下著名的墓志铭："自然和自然的法则在黑暗中隐藏，上帝说，让牛顿去吧。于是一切都被照亮。"

铭文中的深意值得沉思。当自然的法则隐匿于自然的浩瀚，人类的智慧之光将照亮无边的暗夜。在历史上，黄河流域被誉为"中华民族文化的摇篮"。华夏儿女从亘古绵延的黄土高原沿黄河两岸向东迁徙，一直将人类文明的火种播向中原大地。而位于长江中游的巫峡地区则是这类文明的主要成长地，在几百上千万年的沧桑变化中，日出而作、日落而息的巫峡人民创造了源远流长的历史文化。

然而，遗憾的是，至今还有许多秘密仍埋藏在泥土之下。

在所有的记载和传说中，巴人留给人们最深的印象，就是劲勇尚武。在出土的巴式器物上，考古学家发现了大量的象形图语和难以破解的异样铭文，因为缺乏相关考古学实物的证明，"巴人之谜"一直是中国考古学的一大悬案。正如许多古代文明一样，他们的文明早已失落，他们的形象只能在我们拼凑出的想象中还原。

无边的暗夜之中，时间发出断裂的声响。

历史的格局是，当时在巴国的东面有强大的楚国，北面是雄踞关中的秦国，秦楚都是当时最强大的国家。问题是，国力相对处于弱势的巴国靠什么与之抗衡？史书记载巴人相继与秦楚发生过大规模的战争，并几度进逼楚国的都城江陵。二十世纪二三十年代，美国学者格尔阶·纳尔逊、传教士埃德加先后来到这里实地考察，获得大量的标本和资料，这些资料今天仍珍藏在美国纽约自然博物馆里。他们的考察拉开了巫峡考古的序幕。

二十世纪末，世界上最大的水利枢纽工程在长江三峡地区破土动工，世界上最大的考古工地在这里出现，巨大的巴人聚落遗址、宽阔的遗址面积、丰富的文化堆积令考古界为之震撼。青铜剑、青铜钺、青铜矛、青铜戈……成群的战国士兵恍若一夜之间携兵器走入墓群，长眠地下。这里究竟发生过一场怎样血腥残暴的厮杀？沉积着一个怎样惊天动地的故事？史书上没有只言片语的记载。

我们不妨设想，当秦楚等大国庞大的战车在平原上冲突酣战时，在巫峡不远处的峡谷沟壑间，巴人的军队却靠他们强健的四肢翻峰越岭、跋山涉水，特殊的地形成为他们御敌的天然屏障。人们猜测，作为世界上最骁勇善战的部落，巴人也许是唯一用战争书写自己历史的民族。然而，每一件兵器都如同锁链，宛若谜语，锁住了岁月的云烟，让我们参不透历史的谜题。

一切复归沉寂。

三

北魏郦道元在《水经注》中说道：

> 两岸连山，略无阙处，重岩叠嶂，隐天蔽日，自非亭午夜分，不见曦月。至于夏水襄陵，沿溯阻绝。或王命急宣，有时朝发白帝，暮到江陵，其间千二百里，虽乘奔御风，不以疾也。春冬之时，则素湍绿潭，回清倒影。绝𪩘多生怪柏，悬泉瀑布，飞漱其间，清荣峻茂，良多趣味。每至晴初霜旦，林寒涧肃，常有高猿长啸，属引凄异，空谷传响，哀转久绝。故渔者歌曰："巴东三峡巫峡长，猿鸣三声泪沾裳。"

极言三峡之壮景。

顽强的地壳运动堆砌了巫山的雄浑，柔弱的流水作用雕刻了巫峡的隽秀，蛰伏的光阴之须不时地缠绕过来，于是便有了两岸云雾缭绕的尖峭高峰，有了十二峰的变幻莫测、奇崛峥嵘。晨曦澄澈之时，随轻舟飘荡，云霞缥缈的群峰静静卧在云雾之间，连绵的山峦是一缕又一缕悄无声息的翠黛。挥别天边落日，肃静神秘的山林一下子收敛起白日里的喧嚣，奔涌的江河是一道又一道万马嘶鸣的金紫。

正是这不言的壮美，吸引了无数骚人墨客来此直抒胸臆。"宾客纵能齐摈斥，文章终不废江河。鹭鸶飞上石杵去，犹听沧浪水上歌。"徐夔英年早逝，他的诗作没来得及走进文学的册页，却刻进了巫峡的历史。徐夔的诗，气象空灵，晴响高远，不染纤尘，难得的是其优游山水之外的悲苦孤寂，悲苦孤寂之后的怒剑出鞘。巫峡坦诚地将自己的山山水水交付于擦肩而过的寂寥之人，寂寥的诗人也尽情地将扣人心弦的诗句揉入了巫峡的骨骼。

巫峡之美，是留给得志者的熨帖，更是留给失意者的慰藉，是厚重、凄婉、磅礴、空灵组成的真美。"美是显现真理的一种方式。"一个多世纪前，海德格尔说。他的断言，仿若旷野中的呼告。

世界因希望的坚守者而免于沉陷，历史因黑夜的拉纤者而持续向前。

奔腾不息的峡江是中华民族的智慧之源，巍峨耸峙的群山是华夏文明的座座丰碑。资料表明，巫峡文化是一种流传有序的始源性文化，从巫山猿人到长阳智人，从旧石器时期到新石器时期，直至今天的文明社会，源远流长，生生不息，像长江一样无从中断。每一山，每一水，每一村，每一树，每一户，每一人，都赓续着远古的血脉，传承着新生的冲动。弃舟登岸，置身栈道，让薄雾和露珠稍润衣衫，听枯枝在脚下噼啪作响，听莫名的精灵在树枝间穿梭掠过，看无畏的野蛇在草丛中傲然游走，用心灵触摸巫峡的凝重与空灵，触摸她仍未被现代文明玷污的粗野与奔放、清纯和朴拙，如同触摸沉睡千年万年的人类童年。

位于巫峡上口的大宁河和巫峡下口的神龙溪，坡陡水急，溪中有一种头尾上翘的"尖尖船"。逆水行舟，船夫肩负纤索，奋力向前；顺水行舟，任由急流推涌，犹如漂流。上行三个多小时的航程，下行只需三四十分钟。放眼回望，我们似乎看到徐霞迎风而立，驾舟远行，仿佛漂泊在巫峡悠长的历史中。

飘泊中的永恒，没有一个词能够比这更恰当地道出巫峡百万年来的生命本色。寂寞而不空虚，痛苦而不挣扎，沉潜而不窒息，飘泊而不放佚。"尖尖船"渐行渐远，船上，那幽微的烛火正是点燃人类文明之灯的希望火种。

巫峡的故事，才刚刚开始。

（原载于《人民日报》2014 年 1 月 16 日）

和贾舍人早朝大明宫之作

（唐）王维

绛帻鸡人报晓筹，尚衣方进翠云裘。

九天阊阖开宫殿，万国衣冠拜冕旒。

日色才临仙掌动，香烟欲傍衮龙浮。

朝罢须裁五色诏，佩声归向凤池头。

长相思，忆长安

——写在长安建都 1400 年之际

距今 1400 年的公元 618 年，唐朝建都长安。随着"丝绸之路"的日益繁荣，中外经济文化交流空前频繁，长安城繁华一时，堪称世界第一大都会。这时的长安，是世界的中心，是中国精神的文化符号。

千百年来，长安一直为人们津津乐道，魂牵梦萦。长相思，忆长安，忆唐诗故里，忆盛唐气象。

——题记

绛帻鸡人报晓筹，尚衣方进翠云裘。

九天阊阖开宫殿，万国衣冠拜冕旒。

日色才临仙掌动，香烟欲傍衮龙浮。

朝罢须裁五色诏，佩声归到凤池头。

——王维《和贾舍人早朝大明宫之作》

一

数不清的诗词歌赋、数不清的纪事本末，从数不清的侧面记载

218

了开元十七年的那场盛宴。

这是公元729年，八月五日，唐玄宗李隆基为自己40岁大寿举行了盛大的庆贺活动，并诏令四方，以每年八月五日为千秋节。

夏末秋初的长安，刚刚从淋漓溽暑中走来，像丰韵的少妇，更像成熟的智者，美得雍容华贵，美得不可方物。红尘紫陌，斜阳暮草，朝元阁峻临秦岭，羯鼓楼高俯渭河，难得的天高云淡、满城的普天同庆。在沟壑纵横的黄土高原上，这座城堪称是一个奇迹——它有红墙、碧瓦、金吾卫；也有霓裳、胭脂、堕马髻。它有宫阙九重，廊腰缦回；也有渊渟岳峙，马咽车阗。它有宫苑依傍着山明，也有夜弦追逐着朝歌。

这是大唐的长安，也是长安的大唐。一个充满自信的大唐王朝，一个万种风流的大唐皇都。

一千余年后，20世纪70年代的某一天，日本作家池田大作见到英国历史学家汤因比，两位风云人物抵膝畅谈。池田大作问道："假如给你一次机会，你愿意生活在中国这五千年漫长历史中的哪个朝代？"汤因比毫不犹豫地回答："要是出现这种可能性的话，我会选择唐代。"池田大作哈哈大笑："那么，你首选的居住之地，必定是长安了！"

"九天阊阖开宫殿，万国衣冠拜冕旒。"被后世誉为"诗佛"的王维在一首奉和中书舍人贾至的诗中，无比自豪地写道。凭借着过人的音乐天赋和一手好书画，王维15岁时已名动长安。《唐国史补》记载了这样一段故事：一次，一个人弄到一幅奏乐图，但不知题名为何，王维见后答曰："这是《霓裳羽衣曲》的第三叠第一拍。"此人请来乐师演奏，果然分毫不差。开元十七年，王维28岁，他还不知道，两年之后，他将要状元及第。此时，他自豪于自己置身的伟大恢宏的时代，唱出无比真挚热忱的歌吟。

这一年，"诗仙"李白同样 28 岁了。5 年前，23 岁的青年才子满怀抱负，离开故乡江油，踏上远游的征途。他由德阳至成都、眉州，然后舟楫东行，下至渝州。次年，李白出蜀，"仗剑去国，辞亲远游"。再次年，李白春往会稽，秋病卧扬州，冬游汝州，抵达安陆。途经陈州时与李邕相遇，结识孟浩然。越明年，全国 63 州水灾，17 州霜旱，吐蕃屡次入侵，唐玄宗诏令"民间有文武之高才者，可到朝廷自荐"，天下慨然应者云集。

开元十六年早春，李白走到了江夏，在这里，他与孟浩然欣然相逢，开怀畅饮。此时的李白，摩拳擦掌，踌躇满志，他将要发出"天生我材必有用，千金散尽还复来"的长啸。开元十七年，李白终于来到了江汉平原北部的安陆。这里离他向往的长安还很远、很远，然而，西北望长安，不夜城的音讯比鸿雁飞得还快——暗闻歌吹声，知是长安路。对于李白来说，暗夜之旅不啻一条光明大路。

又一年过去了，李白终于从安陆长途跋涉来到心中的圣地——长安。他欢呼雀跃，欣喜若狂，腹中已经酝酿着"幸陪鸾辇出鸿都，身骑飞龙天马驹。王公大人借颜色，金章紫绶来相趋"这样的诗句。可惜，此时的长安，车水马龙，人才浩荡，政治、经济、文学、艺术、农桑、军事、人口、外交……世界各地的能人才子皆聚于此，与造化争锋。小小一个李白，还只是一个无名之辈。

这一年，京兆望族的纨绔子弟杜甫不满 17 岁，还在写着"庭前八月梨枣熟，一日上树能千回"的顽皮诗句。14 岁的岑参刚刚经历父丧之痛，正准备举家从晋州移居嵩阳。作为关中望姓之首韦家的重要接班人，豪放不羁的少年韦应物才满 8 岁，他同样不知道，7 年之后，他将以三卫郎身份作为唐玄宗近侍，趾高气扬地出入宫闱，扈从游幸。

再过 40 余年，古文运动倡导者、被苏东坡评价为"文起八代之衰，而道济天下之溺"的韩愈，共同倡导新乐府运动的白居易与元稹，被欧阳修赞为"投以空旷地，纵横放天才"的柳宗元……才会接踵而至。李贺、杜牧、温庭筠、李商隐、皮日休、陆龟蒙、刘禹锡……这些将要在中国文学长河中熠熠发光的名字，还都是漫天飘洒的尘埃。然而，在未来的两个多世纪里，他们将络绎不绝地聚集在同一个城市——长安。

二

长安周边，八水环绕。泾水、渭水、灞水、浐水、沣水、滈水、潏水和涝水相互依傍，形成密布的水道。

时光，如夤夜的水波，诡谲又鬼魅。

开元十七年，这是大唐王朝近三百年中平凡而又不平凡的一年，是注定被时光湮没又注定被时光铭刻的一年。

——这一年，天才佛学家、思想家、翻译家、旅行家、外交家玄奘法师驾鹤西去已逾 65 载。这位出身于书香世家的行者历经 17 年，行程 5 万里，在印度学经交流，并带回来经论 657 部，开创了一条从中国经西域、波斯到印度全境的文化之路。玄奘回到长安，又潜心翻译经书近 20 年，留下 1000 多卷佛经译本和《大唐西域记》一书，使得源于印度的佛教，在大唐发扬光大。如今，中国佛教八大宗派中的六个祖庭都在长安。玄奘不安于现状，历经千辛万苦去寻求真理、追求卓越，从而不断超越自我的精神，是那个时代的写照，也是大唐王朝走向辉煌的动力之源。

——这一年，唐玄宗加封66岁的宋璟为尚书右丞相，授开府仪同三司，晋爵广平郡公。此时，天才政治家姚崇已驾鹤西去，文武双全的张说、忠耿尽职的张九龄即将登场。开元元年，姚崇密奏"十事要说"，此后力排众议灭蝗救荒，他将为政之道归结为简单的四个字"崇实充实"，襄助唐玄宗打开开元初期的艰难局面。姚崇、宋璟、张说、张九龄，作为有唐一代四位名相，他们各尽其才，忘身殉难，终于辅佐唐玄宗成就盛世伟业。

——这一年，大唐王朝的天才书法家张旭早就过了知天命之年。史料典籍无从显示这一年的张旭是否在唐玄宗的盛宴嘉宾名单里，然而，"草圣"的名号早已传遍长安的大街小巷——醉辄草书，点画之间，旁若无人，挥毫落纸如云烟，以头濡墨而书之，天下呼为"张颠"。这个姓张的天才加疯子，满街狂叫，狂走，狂书，醒后狂赞自己的作品。不在这个海纳百川的时代，焉得有这样的俊杰脱颖而出？不说今日，纵是当时，人们只要得到张旭的片纸只字，都视若珍品，奔走相告，世袭珍藏。张旭逝后，杜甫入蜀曾见其遗墨，万分伤感巨星之陨落，挥毫写下："斯人已云亡，草圣秘难得。及兹烦见示，满目一凄恻。"

——这一年，大唐王朝的天才音乐家李龟年已过而立之年。在这场盛宴中，他是唐玄宗当之无愧的座上客。作为宫廷御用的乐工，李龟年常在贵族豪门歌唱。唐玄宗时，李龟年、李彭年、李鹤年兄弟三人都有文艺天分，李彭年善舞，李龟年、李鹤年则善歌，李龟年还擅吹筚篥，擅奏羯鼓，擅长作曲。他们创作的《渭川曲》是那个时代的绝唱，在数千年音乐史中也堪称绝响。

——这一年，大唐王朝的天才军事家王忠嗣还不满23岁。数年前，唐玄宗将在"武阶之战"中牺牲的烈士王海宾的幼子接入宫中抚养，收为义子，赐名忠嗣。此时，当年的孩童已成长为勇猛刚毅、富于谋略的猛将。寡言少语的王忠嗣一定不会知道，这场盛宴的翌年，唐玄宗便将重担交付他，派他出任兵马使，随河西节度使萧嵩出征。初出茅庐，王忠嗣便锋芒毕露，以三百轻骑偷袭吐蕃，斩敌数千。此后20余年，王忠嗣北出雁门关讨伐契丹，大败突厥叶护部落，大破吐蕃，决战青海湖，一时间勇猛无双，威震边疆。正是缘于无数个忠心耿耿、征战边陲、不惜抛洒一腔热血的王忠嗣，才有了大唐王朝的和平崛起，有了中华民族的赓续绵延。

无数的天才会聚到唐都长安。他们往来穿梭，尽情讴歌这座伟大的城市，礼赞这个伟大的时代。岑参写道，"花迎剑佩星初落，柳拂旌旗露未干"；刘禹锡说，"莫道两京非远别，春明门外即天涯"；骆宾王则挥毫，"三条九陌丽城隈，万户千门平旦开。复道斜通鸂鶒观，交衢直指凤凰台"。

这时的长安，是世界的中心，是中国精神的文化符号。开放的胸怀、开明的风尚、包容的气度，纵使今天的美国纽约、日本东京、英国伦敦、法国巴黎，都无法与之比肩。全盛时期的长安，正如唐代诗人时常吟咏的"长安城中百万家"，总人口超过了100万，是无可争议的国际第一大都会，其中各国侨民、外国居民超过5万人，仅仅是流寓在长安的西域各国使者就有4000余人。哥伦比亚大学历史学教授卡林顿·古德里奇在《中国人民简史》中感慨："长安不仅是一个传教的地方，并且是一座有世界性格的都城，内中叙利亚人、阿拉伯人、波斯人、达旦人、朝鲜人、日本人、安南人和其他种族与信仰不同的人都能在此和平共处，这与当时欧洲因人种及宗教而发生凶狠的争端相较，成为一个鲜明的对照。"

的确，长安是"一座有世界性格的都城"，它不是一个人的长安，却是每一个人的长安，它是中国的长安，更是世界的长安——君王、美人、使者、名士、商贾、游侠、僧侣、王侯、将相。满城金甲的征战武士，夜夜笙歌的勾栏瓦肆，日暮云沙的边塞烽火，皎洁月色里的万户捣衣声……长安的记忆何尝不是中国的国家记忆？夜半不敢眠，忽然追忆起——秦川人家的炊烟，是怎样的遥袅？异域青冽的酒香，是怎样的醉人？江湖侠客的芙蓉剑，应该何时出鞘？西市胡姬的紫罗裙，又是何等妖娆？

这是真正的盛世气象。

百花齐放，姹紫嫣红。在政治上，整顿武周以来的弊政，择贤臣为良相，整饬腐败吏治，建立完善的考察制度，精简官僚，裁减冗官；在经济上，推崇节俭，加强义仓制度，通过括户等手段缓解土地兼并导致的逃户弊端；在军事上，改府兵制为募兵制，兴复马政，对外收复了辽西营州、河西九曲之地，并再次降服契丹、奚、室韦、靺鞨等民族，吞并大小勃律并且攻灭突骑施，降服复国的后突厥。

在唐玄宗李隆基的带领下，大唐王朝休养生息，春种秋收，正在沉稳地走向它的巅峰。毫无疑问，开元盛世——这是中国历史最傲岸挺拔的时刻，是中国社会最繁华鼎盛的时期，是中国文明最光辉璀璨的时代。

三

让我们将时间的指针再向前拨动111年。公元618年6月18日，唐朝建都长安。

这一天，恰值端午，满眼所见，皆是情不自禁的歌舞与欢语。

时光宛若一条柔软的丝线，隔着1400年的风尘，隔着遥远的山河与旧梦，我们在这一端的遥望，便会牵动那一端的驻守，牵动那一刻的长安、那一端的大唐。沉淀在岁月深处中的辉煌、荣耀、骄傲和尊严，清晰地浮出水面，又被曝晒在干涸的河床。

> 秦川雄帝宅，函谷壮皇居。
>
> 绮殿千寻起，离宫百雉余。
>
> 连薨遥接汉，飞观迥凌虚。
>
> 云日隐层阙，风烟出绮疏。

唐太宗李世民一首《帝京篇》，以其君临天下的豪迈气魄，写意挥洒的笔触，描摹了唐代都城长安的盛景。

长安是中国古代数个朝代的建都之地，而大唐长安更是作为中国历史最鼎盛时期的都城，曾经以东方最大最繁华都市的身份，尽享全世界的荣耀，美誉数千年。

实际上，大唐长安是在隋大兴城基础之上兴建而成的。

杨坚建立隋朝后，因沿袭下来的汉城城区狭小，无法适应新建的大隋王朝之需，而且"水皆咸卤，不甚宜人"，于是在公元582年6月18日这一天，下令宇文凯在原汉城的东南侧修建新城。宇文凯参考了北魏洛阳和北齐邺都的建筑布局，只用了一年多时间，新的隋大兴城便竣工了。

谁料想，短暂隋王朝历30余年而亡。武德元年（618年），于晋阳起兵的唐国公李渊，逼迫隋恭帝禅位，建立唐朝。他对集隋唐两代建筑的都城进一步扩建，将大兴城改为长安城。

唐都长安基本保留了旧城的布局，但后来在郭城、街坊、道路及东西两市进行了改造和扩建，以适应这个东方大帝国政治、经济、文化各方面的需要。整个长安城坐北向南，布局极为规整，正南正北，左右对称。正如白居易所写："百千家似围棋局，十二街如种菜畦。"

长安城中包括外郭城、皇城和宫城。唐代延续了汉代"左祖右社"

的制度，即祖庙在宫殿左侧（东），社稷在宫殿的右侧（西）。城内分为110个坊，东西共14条大街，南北共11条大街。城中以朱雀大街为界，将长安城分为东西两半，街西辖55坊，归长安县（今西安市长安区）管；街东辖55坊，归万年县管。朱雀大街宽达150米，南北走向，宽广平坦。这是大唐帝国都城的博大气势。

唐长安的主要宫殿是太极宫、大明宫和兴庆宫。前两宫在城内北侧。太极宫在长安正中偏北，皇城之内，沿用了隋代的大兴宫。太极宫是唐高宗、唐太宗当年理政之处，"贞观之治"的很多诏令都出自太极宫，这里也有不少唐太宗和魏征君臣之间进谏和纳谏的故事，后来高宗时将理政移至大明宫。

大明宫建于贞观八年（634年），在城北的龙首原上，地势较高，"北据高原，南望爽垲"。大明宫的正门是丹凤门，门前是宽达176米的丹凤门大街。丹凤门正北方向是大明宫的中轴线，由南向北依次建有含元殿、宣政殿、紫宸殿、蓬莱殿、含凉殿、玄武殿。丹凤门和含元殿、紫宸殿建在龙首原最高点，高大雄伟。遥望1400年前的长安，这些规制严谨的建筑、含义隽永的名字，展示了唐王朝的威严和强大。

大明宫中由龙首渠引水入内，修太液池。这样不但解决了宫内吃水问题，也大大改善了环境园林。后来高宗皇帝令增修麟德殿，在大明宫北部偏西，另建有殿和观、亭、楼诸如拾翠殿、跑马楼、斗鸡台等设施30余处，供自己和后宫享乐。

长安城共有12座城门，即东面的延兴门、春明门、通化门，南面的启夏门、明德门、安化门，西面的开远门、金光门、延平门，北面的玄武门、方林门、光化门。其中明德门为南面正门。

杜甫在诗中吟道："秦中自古帝王州。"唐朝是一个辉煌的时代，长安是一座伟大的城市。再没有一座城能像大唐的长安那般让人心驰神往。唐都长安不仅在当时创造了巨大的物质财富，而且积淀了自信自豪、开明开放、创新创优、卓越超越、求实务实的精神财富。

这是中国历史上真正文化自信的时代。

四

公元 717 年，19 岁的日本贵族士子阿倍仲麻吕以遣唐留学生的身份来到长安，进入当时的国立大学——国子监太学学习。

阿倍仲麻吕聪明勤奋，成绩优异，太学毕业后参加科举考试，一举就考中了进士。之后他一直在唐朝做官，73 岁在长安去世，生前最高官职是光禄大夫兼御史中丞，是国家最高监察机构中权力仅次于御史大夫的高官。

像阿倍仲麻吕这样在唐朝做官的外国人数以百计。唐玄宗创造的大唐极盛之世，国力强盛，中外交往异常频繁，高丽、新罗、百济（均在朝鲜半岛）、日本、林邑（今越南）、泥婆罗（今尼泊尔）、骠国（今缅甸）、赤土（今泰国）、真腊（今柬埔寨）、室利佛逝（今印尼苏门答腊）、诃陵（今印尼爪哇）、天竺（今印度、巴基斯坦、孟加拉国）、狮子国（今斯里兰卡）、大食（今阿拉伯）、波斯（今伊朗）等国都与唐朝有广泛的经济文化交流。长安城内包括做官、求学、经商的外国人，曾超过 10 万人，留学生最多的时候有 8000 多人。朝廷允许其他民族的人在唐朝居住、结婚，也极大地促进了民族融合、文化交流。

当时的唐都长安，有东市、西市两个繁荣的市场，东市主要从事国内贸易，西市主要从事国际贸易。西市占地 1600 多亩，有 220

多个行业、4 万多家固定商铺，聚集了世界各地的客商，从酒店到药店，从食店到粮店，可谓名副其实的"自由贸易区"。不能不承认，早在一千多年前，长安人就已经过上了"买全球、卖全球"的生活。

西市不仅是商贸的平台，也是创业的舞台。唐代中期的窦乂，从西市起步，务实经营，不断创新，从种树、卖树的小生意，发展到"商业地产开发"，不仅成为长安首富，还把商铺"窦家店"开到了遥远的罗马城。

特别值得一提的是，随着"丝绸之路"的日益繁荣，中外经济文化交流空前频繁，长安城经济繁华一时。作为当之无愧的世界的政治中心、经济中心、时尚中心、商贸中心，长安的中国读本早已经成为世界读本了。

由长安出发的"丝绸之路"把世界的东方与西方联系了起来；航海事业蓬勃发展，三条水路可以直达日本，还有从广州、泉州等地越南海到东南亚、西亚及埃及和东非的海上交通。通过绵延万里的"丝绸之路"而来的西域、西亚乃至欧洲、非洲的客商或官员，来自日本、朝鲜半岛的客商及留学生、留学僧们，在长安的大街上三五成群，悠闲漫步。当时像阿倍仲麻吕这样在朝廷做官的外国人比比皆是，正是大唐对外开放、包容的态度，引得万邦来朝。据记载，当时与唐朝交往的国家有 70 多个，外国贵族委派子弟到长安的太学学习中国文化，不少僧人在唐长安的寺院里学习佛学。

世界各地的游客以造访长安为荣耀。爱尔兰记者、摄影师、人类学家基恩在《北亚和东亚》中描述说，长安是维系鞑靼斯坦、西藏和四川与中国其他地区贸易的要地，向甘肃运送陶器和瓷器、棉花、丝绸、茶叶以及小麦，接受兰州的烟草、豆油、毛皮、药材与麝香，宝石也通过这里输送到西藏与蒙古。

大唐长安，不仅是世界上第一个人口超过一百万的国际化大都市，而且城市面积超过 80 平方公里，相当于 6 个巴格达、7 个拜占庭、7 个古罗马。有唐一朝不仅经济发达，而且文化繁荣，影响遍及世界，直到今天余音依然绕梁不绝，海外华人聚集区仍被称为"唐人街"，中国传统服饰仍被称为"唐装"。

五

开元十七年那场盛宴，端的是绣衣朱履，觥筹交错，开琼筵以坐花，飞羽觞而醉月。然而，酒香未散，弦歌未尽，华灯依旧，岁月却已经走过了 20 余个春秋。

承平日久，国家无事，唐玄宗沉溺宫闱，渐生懈怠之心，公元 742 年，将年号由开元改为天宝。天宝十四年（755 年）11 月，手握重兵的胡人安禄山趁朝廷政治腐败、军事空虚之机发动叛乱，次年 12 月，攻入洛阳，唐玄宗率众仓皇出奔。

历史上将这场长达 8 年的叛乱称为"安史之乱"。这次叛乱，让大唐王朝元气大伤，一蹶不振，为其衰落埋下了伏笔。尽管贞观之治、开元盛世之后还有过元和中兴、会昌中兴、大中之治等短暂的复苏，大唐却始终未能回到曾经的巅峰。

其兴也勃焉，其亡也忽焉。

繁华的长安，于晚年的唐玄宗而言，不仅是遥远的往昔，更是不可追悼的故乡。一代中兴之主，终生未归长安。此前，唐玄宗领养的义子王忠嗣，数次上书奏言安禄山将大乱天下，唐玄宗始终置之不理。对于大唐的危机，唐玄宗没有丝毫察觉，听闻王忠嗣之言，却暴跳如雷，对其严加审讯，意欲处以极刑。昏聩若此，国家怎不危机四伏？忠言逆耳，岂止忠嗣一人？

大唐建都长安，到今天，已经整整 1400 年。寂寥扬子居畔的桂花芬芳犹然在侧，金阶白玉堂前的青松仍是昔时模样，时光却似流水，一去不复返了。永远的荣耀，变成了深长的忧叹。

长安，依旧繁华如梦。但是，这里不再是唐玄宗的长安，也不再是李白的长安了。抽刀断水水更流，举杯消愁愁更愁，豪放不羁的诗仙终于厌倦了长安的生活，远走他乡，仗剑遍游天下。多年以后，李白一反其诗词的豪迈飘逸，用汉乐府歌辞的寄寓手法，写下了缠绵悱恻的《长相思》：

> 长相思，在长安。
>
> 络纬秋啼金井阑，微霜凄凄簟色寒。
>
> 孤灯不明思欲绝，卷帷望月空长叹。
>
> 美人如花隔云端！
>
> 上有青冥之长天，下有渌水之波澜。
>
> 天长路远魂飞苦，梦魂不到关山难。
>
> 长相思，摧心肝！

（原载于《光明日报》2018 年 10 月 19 日）

春夜喜雨

（唐）杜甫

好雨知时节，当春乃发生。

随风潜入夜，润物细无声。

野径云俱黑，江船火独明。

晓看红湿处，花重锦官城。

成都的七张面孔

土耳其诗人纳齐姆·希克梅特（1902—1963 年）说，人的一生有两样东西是不会忘怀的，一个是母亲的脸庞，一个是城市的面孔。

然而，随着城市更新的不断推进，越来越多伴随着我们成长的记忆在渐次远去。隔过浩荡的时光，回望疾驰的岁月，能够留在我们记忆深处的城市面孔还有多少？

毋庸置疑，其中一定有成都。

成都外揽山清水秀，内胜人文丰赡，是一座迷人的城市。成都有着 4500 年城市文明史，她的源头可以追溯到 2500 年以前。公元前五世纪中叶，古蜀国开明王朝九世时（前 367 年）将都城从广都樊乡（华阳）迁往成都，构筑城池。《太平寰宇记》记载，"成都"这个名词，是借用了西周建都的历史（周王迁岐）一年而所居成聚，二年成邑，三年成都而得名蜀都。在四川话里，"成都"两个字的读音就是"蜀都"的意思。所谓成者，毕也、终也。成都的含义，其实就是蜀国建完的都邑，或者说最后的都邑。

千年时光倥偬而过，到今天，成都留下了无数让人回味的瞬间，这无数的瞬间婀娜多姿、顾盼生辉，串联起成都令人怦然心动的回忆。成都，给我们留下了各种各样的侧面，我们不妨从中撷取七个。

成都的七个面孔就是：诗歌成都、神秘成都、生态成都、美食成都、安逸成都、财富成都、创新成都。

一　诗歌成都

我们知道，成都是中国文化的一块高地，是最有文化积淀、最有人文底蕴、最有开放精神、最有书香气息、最适合居住的城市，也是世界闻名的国际化大都市。当然，成都还是举世闻名的"诗歌之城"，是中国诗歌不可忽视的地标。成都具有丰厚的诗歌资源，历代文学巨匠大多游历过成都，留下了大量的翰墨珍藏。杜甫草堂不仅是当代中国，更是整个世界范围内诗人祭拜的圣地。

2017年成都国际诗歌节上，诗人吉狄马加赞誉成都是一座"诗歌和光明涌现的城池"。他说："当我们把一座城市与诗歌联系在一起的时候，这座城市便在瞬间成为一种精神和感性的集合体，当我们从诗歌的维度去观照成都时，这座古老的城市便像梦一样浮动起来。"此言不虚。

古诗人皆入蜀，入蜀必然入成都。我们翻开历史，不难发现，著名的诗人，大都曾经在成都留下足迹，留下传诵后世的名诗名句。成都是属于诗歌的，是无数诗人的精神远方——

被称为中国诗歌黄金时代的唐朝，拥有一个又一个伟大的诗人，李白、杜甫、白居易、岑参、刘禹锡、高适、元稹、贾岛、李商隐、温庭筠、王勃、杨炯、卢照邻、骆宾王，等等。唐代诗人杜甫写过《成都府》："翳翳桑榆日，照我征衣裳。我行山川异，忽在天一方。但逢新人民，未卜见故乡。大江东流去，游子日月长。"蜀地诗歌称霸中国，杜甫功不可没。杜甫与成都风景，已经是浑然一体、不可分离，提到成都,我们会联想到这位伟大的诗人。我们从杜甫诗中了解成都、怀念成都、赞美成都。成都伴随着杜甫,一同走进中国历史的光辉岁月。

中唐诗人张籍(约 766 年—约 830 年),崇拜杜甫已经到了近乎疯狂的地步。他曾经把杜甫的诗集焚烧成灰烬,再以膏蜜相拌,全数吃下,之后抹嘴大叫:我的肝肠从此可以改换了。张籍在《送客游蜀》诗中写道:

> 行尽青山到益州,
>
> 锦城楼下二江流。
>
> 杜家曾向此中住,
>
> 为到浣花溪水头。

白居易(772 年—846 年)称赞"诗家律手在成都"。史称杜元颖长于律诗,不过《全唐诗》仅存其诗一首。而白居易的好友元稹(779 年—831 年)在《送东川马逢侍御使回十韵》一诗中开篇就说"风水荆门阔,文章蜀地豪"。

在宋朝,与成都结下深厚情谊和缘分的诗人、词人,甚至更多,他们不约而同来到成都,在这里逗留,在这里居住,在这里生活,放飞梦想,放飞心灵。柳永初来成都,便被这里繁荣、壮丽的景象震住了,他填了一阕《一寸金·井络天开》的词,以赋体形式极力铺陈,将宋朝的自然风光、风土人情描绘得淋漓尽致。柳永离开成都二十余年后,写出名句"红杏枝头春意闹"的宋祁,到成都担任益州知州。

苏家父子赴京师赶考,从成都出发,那时苏洵 47 岁,苏轼 19 岁,苏辙 17 岁。尽管苏轼在成都停留的时间不长,但对成都一直念念不忘，他在《临江仙·送王箴》词中写道："忘却成都来十载，因君未免思量。凭将清泪洒江阳。故山知好在，孤客自悲凉。"苏轼直到47岁时，还追忆眉山老尼讲述蜀主孟昶与花蕊夫人在摩诃池上夜间纳凉的故事，填词《洞仙歌》，留下"冰肌玉骨，自清凉无汗"的美妙辞章。南宋中期，著名诗人陆游与范成大相继入蜀，书写了宋代成都最夺目的篇章，范成大认为成都的繁华与扬州很是相似，将成都万岁池与杭州的西湖相提并论。离开成都的范成大，心心念念总是成都的花事，他在词作《念奴娇》中倾诉衷肠："十年旧事，醉京花蜀酒，万葩千萼。"

陆游对于宋代成都的意义，堪比唐代杜甫。他热爱城市、园林、山水、民俗、物产、花草、饮食、文化，涉及世俗生活的所有方面。陆游47岁到成都，作《汉宫春》两阕，他初来已经被成都的繁盛惊住了："看重阳药市，元夕灯山。花时万人乐处，欹帽垂鞭。"陆游在《风入松》中总结蜀中生涯，说道："十年裘马锦江滨。酒隐红尘。万金选胜莺花海，倚疏狂、驱使青春。吹笛鱼龙尽出，题诗风月俱新。"陆游还写过一首《成都行》："倚锦瑟，击玉壶，吴中狂士游成都。成都海棠十万株，繁华盛丽天下无。"

我们知道，发生在二十世纪七八十年代的中国当代诗歌运动，深切体现了其中所隐藏的当代中国人生存体验的思考和颖悟。以成都和重庆两地为中心的巴蜀诗人群体是中国当代诗歌运动的重要组成部分，其在历史上的意义，与首都北京的诗人群体不相上下。环视当下中国诗坛最活跃、最具有影响力的诗人，我们可以数出几十位，他们都是从成都走出来的。成都毫无争议地被公认为中国当代诗歌运动最重要的城市之一，成都又一次穿越了历史，成为中国诗歌史上始终保持"诗歌地标"的重镇。

成都不仅盛产诗歌和诗人，还产生了许许多多震古烁今的文学家。司马相如、扬雄、王褒、陈寿、陈子昂、李白、苏洵、苏轼、苏辙、杨升庵、李调元、郭沫若、李劼人、巴金、沙汀、艾芜……非川籍而进入第二故乡，在安逸之地继续挥洒诗意、锐进升华者，有文翁、杜甫、王勃、岑参、李商隐、薛涛、黄庭坚、陆游，以及抗战八年、长期流寓四川的茅盾、叶圣陶、朱自清、老舍、张恨水、曹禺、吴祖光等。不止诗人、作家，正如古人所说，"天下才人皆入蜀"。

从某种意义来讲，成都成了不同历史时期的许多诗人在诗歌上的栖居地，成为文学家精神上的故乡。在漫长的中国历史上，成都一直是一个在文学的繁荣史上从未有过低落、有过衰竭，甚至一直保持在高峰姿态的城市，这是文化的奇迹。

一个直观的原因是，与中国别的地域相比，甚至与不远的"巴蜀"中的"巴"相比，蜀地更加丰衣足食，少有自然灾害发生，政治局势和平民百姓的生活都趋于稳定，特别是以成都为中心的千里沃野的平原地带，可以说是中国农耕文明最精细发达，同时也是存续时间最长的地方。正因为此，古代的许多中国诗人都把游历、寻访成都作为自己的一个夙愿和向往。其中还有一个重要原因，就是千百年来成都似乎孕育了一种诗性的气场，它凭特殊的地理环境和能把时间放慢的市井与乡村生活，毫无疑问是无数诗人颠沛流离之后灵魂和肉体所能获得庇护的最佳选择。

二　神秘成都

历史和地理的双重因素，铸就了成都许多不可言说的神秘。成都的地理位置是东经 102° 54′ ～ 104° 53′、北纬 30° 05 ～ 31° 26′。

曾经有科学家提出，这条 30° 纬度线，贯穿了世界上一切不可言说的神秘，是一条地地道道的神秘之线，它穿起了一系列世界奇观以及难以解释的神秘现象，比如，埃及的金字塔、大西洋的百慕大三角、英国的巨石阵、马耳他的车轨，甚至是公元前六世纪在古巴比伦王国建成的巴比伦通天塔……这些人类文明中具有神秘色彩的地域全都集结这个纬度。

如果再把这条线所在区域扩大，我们会发现，四大文明古国（位于西亚的古巴比伦、位于北非的古埃及、位于南亚的古印度、位于东亚的中国），世界五大宗教（基督教、伊斯兰教、佛教、儒教、道教），也都发源于此。

成都的神秘之处还不止于此。在中国乃至全世界，有谁不知道成都的大熊猫吗？相信没有。作为来自 800 万年前的远古使者，大熊猫是成都最有亲和力也是最有影响力的名片。

大熊猫是历史的"活化石"。根据记载，人类不过 150 万年到 200 万年的进化历程，大熊猫却在 800 万年前就已经生活在地球上。研究表明，300 万年前的大熊猫，它的毛色、体态、体形跟现在是差不多的，300 万年如一日。难道生物演化规律没有发挥作用？为何全球万千物种，独独大熊猫历经 800 万年而不灭？科学家无法给出答案。800 万年以来，与大熊猫同时生活的动物，比大熊猫晚期的动物，它们都在漫长演化过程中被淘汰，不论是瘦弱还是强壮，不论是温驯还是凶猛，不论适应性强还是不强，灭绝动物的名单越来越长：剑齿象、剑齿虎、剑齿马……近年来，随着环境的恶化，这份名单还在不断拉长：渡渡鸟、大海牛、恐鸟、大海雀、开普狮、阿特拉斯棕熊、南极狼、斑驴、圣诞岛虎头鼠、旅鸽、墨西哥灰熊、得克萨斯红狼……然而，幸运的是，大熊猫顽强地生活到了今天。

800万年来，到底是什么样的生存机制，让某些动物消失，又让某些动物顽强地生存到今天？生物学家没有给出答案，这就让大熊猫这种来自远古的使者显得愈加神秘。

800万岁的大熊猫从远古走到今天，带给我们无数至今无法解开的谜。首先，大熊猫是食肉动物，经过演化变成以竹子为主要食物的动物。可是竹子的营养成分非常低，连草都不如。大熊猫为什么要放弃高蛋白高营养的食物，转而选择低蛋白低营养的竹子？生物学家试图寻找答案，甚至对死亡大熊猫进行解剖，研究大熊猫的消化系统，但是他们至今没有找到答案。

"素食主义者"大熊猫也没有一般食草动物细长的肠道和复杂的胃或发达的盲肠，它的消化道粗短而又简单。此外，在大熊猫的基因序列于2009年公布之后，科研人员还发现大熊猫消化道内缺乏一些帮助食草动物消化纤维素和半纤维素的酶。这更让他们非常困惑，缺乏这些必要条件的大熊猫是如何消化竹子的呢？魏辅文课题组进一步研究发现，大熊猫的消化道内确实含有微生物，而且和一些食草动物体内的微生物非常类似。不过尽管如此，大熊猫为什么喜欢吃素这个问题，迄今为止，仍然没有一个完美的或者是简单的解释。

其次，大熊猫毛色只有黑白两色，每一只大熊猫的黑白花纹都不尽相同。但是这黑白两色的简单搭配之间，似乎蕴藏着无穷的玄机。黑白两色是最基础的颜色，有人称之为宇宙色，有人认为其中有道家八卦图的玄机，非常难调配的两个颜色在大熊猫身上却非常和谐，让它们显得憨态可掬又灵动可爱。

第三，大熊猫的生活习性也很神秘。人们往往认为大熊猫较懒惰，一天到晚不怎么动，笨笨的，憨态可掬。专家们说，大熊猫其实不懒，大熊猫在树林的奔跑速度超过人类，150公斤的大熊猫比150公斤的人爬树可快多了；大熊猫的平衡性非常好，它可以睡在很高、很细的树枝上不会跌落；大熊猫据说也可以游泳。

《纽约时报》曾登过一篇文章，从基因的角度分析，哪些动物能够使人改变内分泌、产生悦感，不要太凶猛，颜色不要太刺眼，形状圆滚滚，等等，十大标准不一而足，大熊猫符合每一条标准。

成都的神秘还有很多，比如金沙遗址。

金沙遗址是2001年在施工中被偶然发现的，这其实是公元前十二世纪至公元前七世纪的古蜀国都城遗址。金沙遗址是继三星堆文明之后，商代晚期至西周时期古代蜀国的都邑所在，它与成都平原的史前古城址群、三星堆遗址、战国船棺墓葬共同构建了古蜀文明发展演进的四个不同阶段。金沙遗址的发现，极大地拓展了古蜀文化的内涵与外延，对蜀文化起源、发展、衰亡的研究有着重大意义，特别是为破解三星堆文明突然消亡之谜找到了有力证据。金沙文明就是直接秉承三星堆文明的精髓，并在此基础上进一步发展壮大，辉煌的金沙文明实是三星堆王国政权迁徙南移的结果。

此外，在三星堆遗址和金沙遗址出土的数以亿计的陶器残片，以及这些陶器上不规则的图形符号，即所谓的"巴蜀图语"。它们是文字，是族徽，是图画？还是地域性宗教符号？也许其中某些部分具有文字意味？虽然这是一部千古难解的"天书"。

考古学家陆续发现，四川盆地及周边地区同时存在的几十处文化遗存，如同满天星斗，围绕在金沙遗址周围，烘托出金沙遗址在这一时期不可动摇的中心地位。金沙遗址的发现，同时也带来了一连串千古之谜。遗址中有一件文物最能代表金沙遗址的神秘，这就是金沙遗址博物馆的镇馆之宝"太阳神鸟"。太阳神鸟是古蜀国太阳崇拜的最直接的信物，古蜀先王认为，太阳的运动是由鸟驮而行，因此才将鸟与太阳联系在一起，十二道光芒代表了十二个月，四只鸟代表了一年四季。

2006 年，我国第一个文化遗产日，将太阳神鸟图案作为中国文化遗产标志，不仅因为太阳神鸟图案寓意深远、构图严谨、线条流畅、极富美感，是古代人民"天人合一"的哲学思想、丰富的想象力、非凡的艺术创造力的完美结合，还因为太阳神鸟里面包含着今天我们都无法破解的谜题——这件金箔，至少采用了热锻、锤揲、剪切、打磨、镂空等多种工艺，外径 12.5 厘米，重 20 克，只有一张复印纸那么薄，含金量达到 94.2％，这些指标，即便放在今天，无论是艺术设计还是工艺水平，都难以实现。那么我们禁不住要发问，在 3000 年前的古代，人类还没有开始大规模使用铁器等锋利工具，如何完成如此轻灵薄透的金饰？又怎样锤揲金箔变成天衣无缝的圆环标记？金沙遗址的发现使 3000 年前一段辉煌灿烂的文明奇迹般地展示在世人眼前，人们不禁要问，是谁创造了这段历史？是谁铸造了这个奇迹？他们何以如此辉煌？他们来自哪里，又去向何方？

金沙遗址中，有 1400 多件精美的玉器，成功搭建起了金沙文明的祭祀体系中一件重达 3918 克的"玉琮王"，经考古学家证实，它是遥远的良渚文化的产物。

前不久，"良渚古城遗址"被联合国教科文组织纳入世界文化遗产名单。良渚，发源于浙江余杭长江下游的环太湖地区，比古蜀文明早近 2000 年，是中华文明的黎明时代，是实证中华五千年文明的圣地。然而，在金沙遗址中，竟然出土了良渚的礼仪重器，这让人百思不得其解。这件玉琮是如何跨越了近 2000 年的历史长河，辗转流离到了古蜀金沙？是国破后重器的迁播，还是商品交换的结果？我们不得而知。我们知道的是，一块神秘的玉琮之王，就这样连接起了两个伟大的文明。

尽管金沙仍是迷雾重重，但通过一些文物和记载，考古学家和历史学家仍然能够清晰勾勒出金沙古国的轮廓：它是一个强大的古国，它的疆域最大时覆盖了如今的中国西南数省；它是一个悠久的古国，延绵近千年；它是一个文明的古国，创造了独特而灿烂的文化；它是一个开放的古国，通过各种艰难坎坷的蜀道，与全世界发生着关联。

三　生态成都

作为长江上游一道生态屏障，"窗含西岭千秋雪，门泊东吴万里船"的成都，自古以来，绿色就是这座城市的鲜明底色。今天，成都市贯彻落实"绿水青山就是金山银山"理念，加强顶层设计，通过铁腕治霾、科学治堵、重拳治水、全域增绿，把经济社会发展同生态文明建设统筹起来，建设美丽宜居公园城市，一幅宜居宜业的城市画卷正在徐徐展开。

生态成都，首先是山水成都。细数成都的好山好水，我们发现，不仅仅是都江堰、青城山，以山而言，成都西部大邑县境内，有杜甫笔下"窗含西岭千秋雪"的西岭雪山，最高海拔 5300 多米，集林海雪原、险峰怪石、奇花异树、珍禽稀兽、激流飞瀑于一体，冬可滑雪，夏可滑草，是人们休闲的好去处。而市东则有横卧逶迤的龙泉山，山虽不高，但果木繁多，一到春天，满眼桃花梨花，一片锦绣，自然是农家乐的必选场所。再说那川西坝子，绿意幽幽竹林深处，一团团，一簇簇，不时传来咿呀人声，冒起缕缕炊烟，这就是中华大地独一无二的农居景致——"川西林盘"。林盘由林园、宅院和外围耕地组成，宅院隐于林丛中，绿水绕着竹林走。据统计，成都有9万个林盘，恰似9万颗珍珠，镶嵌在巨大的绿地之上。

老舍曾经在一篇名为《青蓉略记》的文章中记载成都：

> 灌县的水利是世界闻名的。在公园后面的一座大桥上，便可以看到滚滚的雪水从离堆流进来。在古代，山上的大量雪水流下来，非河身所能容纳，故时有水患。后来，李冰父子把小山硬凿开一块，水乃分流——离堆便在凿开的那个缝子的旁边。从此双江分灌，到处划渠，遂使川西平原的十四五县成为最富庶的区域——只要灌县的都江堰一放水，这十几县便都不下雨也有用不完的水了。

我们在今天，难以想象两千年前的李冰父子是怎样掌握了在中国乃至世界上都是非常先进的水利思想，巧借地利，疏通水道，兴建水利。都江堰工程之所以与众不同，在于其顺乎水情，更在于其善于利用成都平原的自然地理特征，利用各种不同的地势、水脉、水势、地形，采取无坝分水，壅水排沙，继而自流灌溉。这一切无不透着一种顺应水的自然特性，譬如鱼嘴、百丈堤、飞沙堰等均是顺应水势，而非逆水阻水，更非拦坝蓄水之类的做法。两千多年来，都江堰水利系统一直滋润着成都平原的百姓，养育着他们的生活生产。这在高科技日益发达的今日仍有非常现实的启示意义。

望得见山，看得见水，记得住乡愁。山水成都，成都山水。走遍中国，大概再也找不到一个如此清闲安逸的地方了。在城市生态文明建设发展中，成都正在以更多优质生态产品供给，让人们深切感知成都的美，这是一种沉甸甸的获得感、幸福感。

四 美食成都

2010 年，成都被联合国教科文组织授予亚洲首个世界"美食之都"称号。

成都，是毫无争议的美食之都。2018 年，成都全市餐饮业零售额销售收入就达 900 亿元，占成都市 GDP 总值的 5.87%，同比增长 13.7%。

明代傅振商曾经编辑《蜀藻幽胜录》，他在开篇写道："蜀之位，坤也。"《周易》之"坤"位，与乾所代表的"天"相对，属阴，代表"地"。万物并育而不相害，道并行而不相悖。大地孕育万物，万物秉坤而生，世界上很多民族将大地视为母亲，不无道理。

有专家研究指出，成都气候温和，年平均气温在 15～16 度，加之成都平原的土质大部分是微酸性灰色沙质土壤，土质疏松，含有多种肥料成分，渗透性好，保温力强，通气易碎，涵水力很好，适宜农作物的生长。复次，成都平原的地势是西北高而东南偏低，平均坡降度为千分之四，为都江堰进行自流灌溉提供了极其便利的条件，水旱从人，沃野千里，物产丰饶，绝非溢美之词。李实的《蜀语》在"沃土曰鱼米之地"条引载田澄诗"地富鱼为米，山芳桂是樵"作注，充足的食物，温润潮湿的气候，使成都形成"尚滋味、好辛香"的饮食风尚。一句话，"成都形成独特的饮食文化，究其根本，乃山川地利之功"（《从历史的偏旁进入成都》）。

成都拥有着大自然最神奇的厚爱，物华天宝，琳琅满目。蔬菜、瓜果，应时而生；家禽、家畜，应势而长。成都不仅盛产各种食材，还盛产各种调料，我们似乎很难在其他地方找到如此丰富的佐料了——自贡贡盐、汉源花椒、太和酱油、保宁醋醋、郫县豆瓣、资中冬菜、叙府芽菜、夹江豆腐乳、涪陵榨菜、永川豆豉……每一种佐料都有数种甚至数十种选择。我们不难理解何以川菜能够走出成都，走出四川，走出中国，走向世界。走遍全世界的唐人街，哪一条街上没有川菜？走遍全世界的大小城市，哪一个城市没有川菜馆？

双流兔头、夫妻肺片、担担面、龙抄手、钟水饺、韩包子、串串香、三大炮、酸辣豆花、肥肠粉……菜单上的川菜，毫无疑问已经是中华料理的基本菜品。麻辣味是川菜的招牌，然而，你如果认为川菜都是麻辣味，那你就狭隘了。川菜里有一半甚至一半以上是不沾海椒、花椒、胡椒、辣椒的美味菜品。智慧、乐观、热爱生活的成都人，用大自然赐予他们的神奇植物和动物，将他们的餐桌经营得红红火火，也将他们的生活经营得红红火火。

成都盛产美食，重要的原因在于成都的普及能力、变革能力、包容品性。如果你熟悉川菜，你会发现，成都人不论是家常还是酒店餐桌上的菜单，都是与时俱进、日日常新的。成都美食，有容乃大，无远弗届，天下无敌。山珍海鲜，飞禽走兽，野菜时蔬，辛辣清淡，红鸳白鸯，只有你想不出来，没有成都人做不出来的。

成都美食之所以能够遍布全球，还有一个重要的原因就是从古至今数不胜数的名人雅士甘心情愿做成都美食的俘虏，做美食成都的粉丝。到了美食遍布的成都，再优雅的儒士都不能抵抗这份诱惑。

宋代诗人陆游自号放翁，以彰显其达观豪放的品格，可是纵然收放自如能如此翁者，在成都美食里，也只好乖乖就缚。他曾经写过一首《蔬食戏书》："新津韭黄天下无，色如鹅黄三尺余；东门彘肉更奇绝，肥美不减塞羊酥。贵珍讵敢杂常馔，桂炊薏米圆比珠。还吴此味那复有，日饭脱粟焚枯鱼。人生口腹何足道，往往坐役七尺躯。膻荤从今一扫除，夜煮白石笺阴符。"

吃完了他还会跃跃欲试，自己动手，他曾经写道："东门买彘骨，醯酱点橙薤。蒸鸡最知名，美不数鱼鳖。"采买食材的乐趣尽览无余。陆游还曾作《饭罢戏作》："南市沽浊醪，浮蛆甘不坏。东门买彘骨，醯酱点橙薤。蒸鸡最知名，美不数鱼蟹。轮囷犀浦芋，磊落新都菜。欲赓老饕赋，畏破头陀戒。况予齿日疏，大脔敢屡嚼。杜老死牛炙，千古惩祸败。闭门饵朝霞，无病亦无债。"给远方的朋友写信，谈到的还是吃（陆游《成都书事》）：

> 剑南山水尽清晖，濯锦江边天下稀。
>
> 烟柳不遮楼角断，风花时傍马头飞。
>
> 芼羹笋似稽山美，斫脍鱼如笠泽肥。
>
> 客报城西有园卖，老夫白首欲忘归。

陆游在成都宦游多年，在这里，他惊奇地发现，新津的韭黄，彭山的烧鳖，成都的蒸鸡，新都的蔬菜，都是难得的美味；他还发现了，排骨用加有橙薤等香料拌和的酸酱烹制或蘸美味至极。除此之外，他津津有味地写道，用新鲜竹笋炖的菜羹，就像从稽山上挖下来的竹笋炖的一样，味极鲜美；从锦江里打捞、垂钓上来的鱼儿，就像从笠泽江里打捞、垂钓上来的一样，壮实肥大。后来离开成都多年，陆游还对这里的美食念念不忘，津津乐道。

五　安逸成都

有一个城市的一个广告语，响亮地传遍大江南北：成都，一个来了就不想走的城市。

为什么来了成都就不想走？一个最重要的原因就是："因为成都

安逸得很嘛！"接待我们的市政府新闻办小徐，一脸怡然自得。

　　什么是安逸？诗经曰："安之逸之，适之豫之。"指的是一种从内到外、通体舒泰的精神感受。而在四川方言里，"安逸"则有着更丰富的含义，不仅仅是指从内到外、通体舒泰的精神感受，还有那种自信从容、悠闲巴适的精神气度。

　　香港作家黄裳在《闲》中曾写到成都的安逸："一个在上海住惯了的人初到成都，一定会有一种非常鲜明的感觉，就是这个城市的悠闲。"他在文章中写了自己经历的几个有趣的故事。他从成渝铁路终点站走出来，天正好下雨。手里提了两件行李站在泥泞的空地上，想找车子，可是只看到几位悠闲地坐在那儿休息的三轮车、人力车工友同志。向他们提出请求，他们就摆摆手，摇摇头，发出悠长的声音来，说道："不——去——喽！"

　　黄裳喜欢在成都大街小巷漫步，人民公园里临河的茶座、春熙路上有名的茶楼、由旧家花园改造的三桂花园，都曾留有他的足迹。"只要在这样的茶馆里一坐，是就会自然而然地习惯了成都的风格和生活基调的。"黄裳说，"这里有唱各种小调的艺人，一面打着木板，一面在唱郑成功的故事。卖香烟的妇女，手里拿着四五尺长的竹烟管，随时出租给茶客，还义务替租用者点火，因为烟管实在太长，自己点火是不可能的。卖瓜子花生的人走来走去，修皮鞋的人手里拿着缀满了铁钉样品的纸板，在宣传、劝说，终于说服了一个穿布鞋的人也在鞋底钉满了钉子。出租连环图画的摊子上业务兴隆。打着三角小红旗，独奏南胡，演唱流行时调歌曲的歌者唱出了悠徐的歌声。"

　　在成都，你会发现，所谓安逸，其实是从人们内心里悄悄散发出来的文化自信和文化自觉。鬼才作家魏明伦用十二字概括成都：

文采之城,安逸之地,成功之都。他毫不克制地写下对成都的赞美:"文史丰厚,生活精美,经济发达,三足鼎立。成都的特征是综合优势!"

让魏明伦颇为不解的是,何以如此安安逸逸的成都人,却发明了一个轰轰烈烈的口号——"雄起!"在体育场上,比赛正在胶着之际,成都观众席里喊起的不是"加油",而是感天动地的"雄起"!在生活场里,人生遭遇坎坷和挫折,成都这个城市的角角落落里喊起的不是"加油",而是撼天动地的"雄起"!魏明伦对这个问题思考了很久而未得要领,他猜测,成都人也许在选择用另一种方式来"安逸",成都人慢悠悠享受生活、追求娱乐的生活,泡茶馆是一种舒缓的娱乐,看球赛则是一种激烈的娱乐,有什么不同呢?目的都是"安逸"。魏明伦还用四句话来说明成都人对于"安逸"的把握——"好逸而不恶劳,好吃而不懒做,玩物而不丧志,享乐而不苟安",这种分寸的拿捏,也许只有安逸成都里的百姓才做得到吧!

成都为什么安逸?

道理也许并不复杂。

四川乃天府之国,成都,恰似镶嵌其中的一颗明珠。四围皆群山,中间一块硕大的绿色盆地,这仿佛是老天赐予的"飞来之地"。生活在这样的地方,想不安逸都不行。

每个城市都有自己的城市性格。成都的城市性格是什么?恬淡,冲和,包容,幽默。在成都,男人怕老婆不是缺点,而是优点,丈夫常常在妻子面前以"粑耳朵"自居,为的就是——尽我绵薄之力,博你红颜一笑。而妻子呢?深谙进退自如的法则,夫妻之道,尽在一笑之中。武侯祠"三顾园"有一道菜,一盘炸鸡,周围码有八粒大蒜。用餐之前,服务员会请宾客猜菜名,谁都猜不到,原来是"神机妙算"——这就是成都的幽默与诙谐。

今天，让我们不妨用四川话喊出我们心底的安逸：

"在成都过日子，硬是好安逸哟！"

"成都，一个来了就走不脱的城市！"

六 财富成都

在成都，我们会不时听到一个词，慢生活。

成都给人的感觉慢慢的，似乎经济并不活跃，成都人跟财富无关。然而事实并不如此。从中国第一张纸币——交子诞生在成都，就可以看出，从古至今，成都的经济金融活动，一直都在快速运行着。我们举目四望，不难发现花旗、汇丰、渣打、摩根大通、友利、东亚……这些来自全球五大洲的银行随处可见。在成都繁华的高楼大厦间穿梭，时不时地会以为自己是在某个著名的世界金融中心。凭借着自身庞大的市场以及巨大的城市魅力，成都吸引大量资本和创业者纷纷涌入。

作为南方丝绸之路的起点，2300多年前，成都已与金融有着深厚的渊源。两汉时期，有"五都"之谓——指的是长安以外的五个大都市，它们分别是成都、洛阳、邯郸、临淄、宛（南阳），成都是当时著名的五都之一。从汉代开始，成都就一直是中国乃至世界的商业和金融中心。最令人瞩目的是成都诞生了世界上最早的纸币——交子，比西方还早了600余年。从汉代开始，成都还是中国最重要的纺织业中心之一，丝绸制品、蜀锦蜀绣正是从这里走向欧洲，引领欧洲的时尚生活。

唐代，全国城市经济有"扬一益二"之说，"扬"指的是扬州，"益"就是成都，说的就是经济发展在全国数一数二。在唐代，成都还出现了新的支柱性产业：造纸业和雕版印刷。欣欣向荣的文化产业，是与成都繁荣的文化创作息息相关的。成都的造纸质量非常高，政府有一个规定，皇帝的诏书和官府文书必须用成都出品的麻纸来书写。唐代皇家图书馆里的抄书，也指定用成都的麻纸。与此同时，成都不仅率先把雕版印刷术产业化，而且其印刷品远销海内外，今天国内外的许多博物馆所收藏的世界上最早的印刷品，都是成都出品。

从秦汉一直到南宋末年的一千多年时间里，成都一直处于持续性的繁荣阶段。北宋时期，成都诞生世界上最早的纸币——交子。交子的产生，有着时代的契机。交子产生于成都，离不开唐代之后产生并领先于时代的造纸术和雕版印刷术，它们为交子的出现解决了最后的技术性难题。交子是宋代四川地区经济发展及其需要的必然产物。值得一提的是，当时的统治者曾试图在与四川毗邻的地区如陕西推行交子，其结果是交子"可行于蜀，而不可行于陕西，未见竟罢"（《宋史·食货志》）。

货币的使用和流行是人类社会的一大发明。法国历史学家费尔南·布罗代尔还为我们提供了一个货币使人感到有魔鬼在背后操纵、使人瞠目结舌的例证。18世纪中叶，英国不少著名哲学家、史学家、经济学家等坚决反对"新发明的票证""股票、钞票和财政部凭证"，建议取消纸币在英国的流通，以使新的贵金属大量流入英国。幸好这一提议并未在英国得到实施，否则英国在经济发展上会有很大的退步。

20世纪90年代，成都首设新中国第一家股票场外交易市场——"红庙子"，这是成都试水证券的一次大胆尝试。我们知道广东、深圳是改革开放的前沿重镇，却忽视了成都是带领西南地区发展的马前卒。

2019 年 1 月 8 日，成都向全世界发布了一个令人振奋的消息：2018 年，成都市加快建设西部金融中心，金融业占地区生产总产值提高到 12% 左右，金融综合实力保持全国第六、中西部第一。

今天的成都，站在了建设国家中心城市的新起点，迈步新的跨越，期待新的崛起，这更加凸显成都作为财富之都的金融发展战略定位，那就是肩负建设西部金融中心的重大使命。

作为中国西部金融竞争力强和金融资源聚集度高的城市，成都金融业在全国金融版图中扮演着日益重要的角色。一直致力于西部金融中心建设的成都，无论是在金融组织体系，还是在金融市场规模等方面，拥有众多叠加的第一。此前，中国综合开发研究院发布的"中国金融中心指数"显示，成都金融中心综合竞争力排名中西部第一。世界五百强中的近三百家企业已经落户成都，随着成都世界影响力和国际知名度的不断提高，越来越多的财富正在如潮水般向成都涌来，财富成都正在成为当下年轻人创业创新的首选之地。

七　创新成都

"为什么是成都？"

"为什么在成都？"

"为什么去成都？"

进入新时代以来，人们常常在各大国际会议、各种国内媒体见到成都的频频亮相，见到人们的惊奇发问，这是新时代的"成都之问"。

在北京、上海、广州、深圳以后，谁将成为中国第五大城市？世界在关注，杭州、成都、南京、厦门、青岛……各大城市也在悄悄发力、暗暗较劲。2019年7月23日，世界文化名城论坛再次在成都举办，世界的目光聚焦成都，这无疑也是对成都的肯定、激励和鞭策。

数千年来，成都一直是中国西南的中心。但是，近年来，成都阔步创新、奋力奔跑的姿态，早已经超出了她作为西南中心的定位。每每提到成都，你联想到杜甫、熊猫、火锅时，或许未必想到，这座具有3000年历史的西南古城，如此古老又如此现代，她不仅已经与全中国，更与全世界人民的生活、工作发生着紧密的联系。

不难想象，当我们开始早餐，厨房的电器可能产自成都；当我们来到公交车站，发现一辆氢燃料电池公交车正缓缓驶出车站，这辆公交车可能产自成都；当我们走进办公室，屏幕提示电脑可能产自成都；当我们走进超市，琳琅满目的商品显示，蓉欧快铁货运班列沿着古丝绸之路将欧洲的商品运进来、将中国的商品运出去；当我们走进附近的社区，发现平素里见到的一位多年瘫痪在床的患者，竟然起身、站立，帮助他站立和行走的"外骨骼机器人"可能产自成都；英特尔、戴尔、德州仪器、富士康……世界500强中有近300家已经落户成都。成都计划到2025年，建成全国领先、国际知名的创新之城、创业之都，这并不是遥不可期的未来。古人说："少不入川，老不出蜀。"而今，"老不出蜀"依然是人们对宜居成都的最好选择，而"少不入川"却则早已成为旧日传说。

成都，站在"一带一路"倡议和长江经济带建设的交汇点上，作为面向西南乃至全国乃至世界的创新平台，栽满了梧桐树，正在等待凤凰来。

（原载于《国家人文历史》2019年7月23日）

忆江南

（唐）白居易

其一

江南好,
风景旧曾谙。
日出江花红胜火,
春来江水绿如蓝。
能不忆江南?

其二

江南忆,
最忆是杭州。
山寺月中寻桂子,
郡亭枕上看潮头。
何日更重游?

其三

江南忆,
其次忆吴宫。
吴酒一杯春竹叶,
吴娃双舞醉芙蓉。
早晚复相逢?

能不忆江南

——杭州，一座城的前世与今生

　　江南好，风景旧曾谙；日出江花红胜火，春来江水绿如蓝。
能不忆江南？

　　数千年来，杭州——这座叫作天城的古城，傲岸地俯视着接
踵而至的拓荒者、朝拜者、淘金者、筑梦者、远征者，他们兴师动
众而来，兴师动众而去。在朝圣的故事里，杭州是——有无数个前
世，却是唯一可以今夜枕梦的城市。在游子的梦呓中，杭州是——
人人尽说江南好，游人只合江南老。春水碧于天，画船听雨眠。在
乡朋的宴席上，杭州是——为我踟蹰停酒盏，与君约略说杭州。山
名天竺堆青黛，湖号钱塘泻绿油。在远方的客人不辞万里的驱驰中，
杭州是——一叶扁舟泛海涯崖，三年水路到中华。心如秋水常涵月，
身若菩提那有花。

——题记

"天城，在哪里？"

　　冷峻的风，从黑黢黢的空中刮过，沿着犬牙交错的高耸檐廊，
掠过清凌凌的湖面，悄然降落在夜的深处。

这里，是杭州。可是，对于隔着大洋的遥远西方来说，这里，叫作天城。

——这是公元 1492 年的秋风。

这一年，在中国是弘治五年，大明王朝经历了奸佞当道、万马齐暗的成化一朝，抖落了一路的风尘，舔舐着满身的伤口，正在喘息着，低回着，观望着，等待期许久矣的辉煌。人们也许并不知道，令人兴奋的弘治中兴即将到来，因为一个少年的诞生，这些年、这些事，注定被写入厚厚的史册。

这个叫作朱祐樘的皇帝已经二十三岁了。五年前，在位二十三年的父亲驾鹤西归，老皇帝给他留下一个糟糕无比的烂摊子。国丧之后，不到十七岁的少年朱祐樘无奈地扛起了大明王朝这副沉甸甸的江山。他即位初期便遭遇天灾人祸，黄河发大水，陕西闹地震；五年过去了，天灾人祸依然不断，广西古田壮族人民起义，贵州都匀苗民起义，件件都是麻烦事。

他是明朝十六个皇帝中的第九个，大明王朝的国运刚刚行进到半程，便已千疮百孔。未来，在岁月的古井里，静静地等候着他，像等候着一个力挽狂澜的巨人。很多年以后，历史，这个慈祥严厉又睿智的老人给了他一个赞许的称号：明孝宗。而这少年确实不曾辜负他肩负的这个江山。他宽厚仁慈、勤于政事、励精图治，一次次为濒危的王朝扭转乾坤。这一年，他又要出场了。

秋，早已在不知不觉间来临。夜幕四合，夜凉如水，空落落的树林里寂静无声，倦鸟早已归巢，鼎沸的人声随着坠落的夕阳消失在黯淡的夜色里。草地上一些新黄代替了旧绿，枯叶捧着薄薄的露水，静静地散发着潮湿的气息。银杏树小扇子般张开的叶子开始由翠绿转成金黄，在夜色中熠熠发光，随即飘然四散，铺就了一地灿烂的碎金。

这是一个平平常常的秋天。夜将要走到尽头，黑而且凉。启明星那如水波跳跃的音符，如常般照亮着无数后来者的征程。在地球的另一端，欧洲的史官谨慎地记录下这个日子——1492年10月12日。

两个多月前的8月3日，意大利航海家哥伦布带着87名水手，驾驶着"圣玛丽亚"号、"平特"号、"宁雅"号三艘帆船，离开了西班牙的巴罗斯港，开始远航。

海上的生活沉闷单调，水天茫茫，无垠无际。过了一周又一周，水手们沉不住气了，吵着要返航。就是在这样艰难的旅途中，哥伦布率领三艘帆船，经过两个多月的航行，前方仍然是漫长的黑暗。

10月11日，哥伦布看见海上漂来一根芦苇，他高兴得跳了起来！有芦苇，就说明附近有陆地！果然，这天夜里10点多，他们发现了前面隐隐的火光。第二天拂晓，水手们终于看到了一片黑压压的陆地，全船发出了欢呼声。

哥伦布开心极了。那时候，在充满迷信的欧洲，大多数人认为地球是一个扁圆的大盘子，认为海洋的尽头有魔鬼守候着，再往前航行，就会到达地球的边缘，帆船就会掉进深渊。然而，只有哥伦布坚信，海洋的尽头是一片新土地。现在，他终于用事实证明了那些传说的虚妄不经。

1492年的天空布满钢铁般的倒刺，一个伟大的时代等待着云开雾散。月牙从一团淡淡的云层后透出氤氲的白光，雾气不知不觉地包围过来，像一枚枚急驰的子弹，在海面上、在每个人的身上铸就了一层冰凉而透明的盔甲。

此时此刻，哥伦布的内心洋溢着难以言表的喜悦，因为他坚信自己已经到达了亚洲的东部沿海，坚信自己不久就可踏上梦寐以求的黄金之路——中国。

哥伦布出生于意大利的热那亚。他从小最爱读《马可·波罗游记》，从那里得知，中国、印度这些东方国家十分富有，简直是"黄金遍地，香料盈野"，只要坐船向西航行，东方的财富就唾手可得。于是便幻想着能够远游，去那诱人的东方世界。

这其实是一次横渡大西洋的壮举。在这之前，谁都没有横渡过大西洋，不知道前面是什么地方。

哥伦布也不知道。他努力控制住自己激动的情绪，站在船头，目光越过茫茫的海面，投向远方的海岸线。

他在寻找什么？

一座城市，一座马可·波罗所说的世界上最为雄伟、壮丽的城市——天城。找到了这座城市，就找到了传说中的中国！"天城，在哪里？"哥伦布自问。他满怀憧憬，甚至想象自己跨越天城里成千上万座石桥去见中国皇帝的场面……此时此刻，他浮想联翩，他不知道这座城市在哪里，在中国政治与文化中的地位，不知道它在历史上举足轻重的分量——那个时代，西方对中国了解得太少太少了。他不知道这里的百姓长什么样子，说什么语言，如何作息劳动，他不知道自己将面对什么，将看到什么，他不知道的还有很多很多。他不知道，是的，他一定不会知道，这座"天城"的中文名字就是——

杭州。

"岩石，岩石！汝何时得开！"

然而，哥伦布错了。

10 月 12 日,哥伦布带领三艘帆船,终于踏上了新大陆。他认为,这毫无疑问是他找寻已久的亚洲。但是,他错了,这是美洲。那时的人们根本不知道在欧洲与亚洲之间,还存在着一个美洲——哥伦布更是压根儿都没想到过。

不需要再讨论——究竟是人找到了世界,还是世界找到了人?哪里有比这更亘古的传说、更痴迷的寻觅?哪里有比镌刻在人们心头更永久的仁望?苍茫的大海上,哥伦布播撒的种子已化作满天繁星,可是,怀揣着梦想的欧洲,同着四处寻找这梦想的哥伦布,又一次失望地发现,存在于他们的想象中的那个遥远的中国、那个遥远的天城,仍然是一个无比遥远的梦。

天城——杭州,几乎可以认定是唯一曾经无数次托梦给西方、让整个欧洲为之迷醉的中国城市。

史学家从残存的史料推测,西方人将杭州称为天城,源于“上有天堂,下有苏杭”这句谚语。口口相传中的天堂,毫无疑问就在中国。

可是——杭州,在哪里?天城,在哪里?

中国,又在哪里?

中国与欧洲,分别位于欧亚大陆的东西两端,相距遥远,中间还有崇山峻岭、江河湖海、戈壁沙漠。公元前 6 世纪,在地中海地区诞生了辉煌的古代希腊文明。至少在公元前 5 世纪,中国所产的丝绸、茶叶已经远销到古代希腊文明的中心——雅典。尽管如此,以希腊为中心的西方,仍然对中国文明一无所知,甚至在很长一段时间,他们坚信居住在世界最东方的居民就是印度人。

公元前 2 世纪后期,西方人通过横贯中亚的陆上“丝绸之路”获悉,在遥远的东方有一个盛产丝绸的民族“赛里斯”;公元 1 世纪中期,西方人又通过海上“丝绸之路”得知东方有一个被称为“秦尼”

的国家。最初，他们认为，这是两个不同的国家，古希腊科学家托勒密的《地理学》则支持了这种误判。在这本著作中，托勒密言之凿凿地写道：

> 从欧洲最西端越过大西洋向西航行，距东亚并不遥远。在东亚地区有"赛里斯"和"秦尼"两个国家。赛里斯在北部，被群山环绕，这里有几条大河，它的都城是赛拉城，其经、纬度分别是 177° 15′、37° 35′。赛里斯的东面是未知的土地，它的南面则与秦尼接壤。秦尼的东面及南面都是未知的土地，西面与印度相邻。秦尼都城的位置是经度 18° 40′，南纬 3°。秦尼的南部濒临一个"大海湾"……秦尼的海岸线沿着秦尼湾不断地向南延伸，跨过了赤道，最后与印度洋以南一个不知名的大陆相连，秦尼的著名港口城市卡蒂加拉就位于赤道以南的秦尼湾边，而这块不知名的巨大陆地西端又与非洲相连。这样，印度洋实际上是一个被陆地包围的内海。

托勒密对于中国的论述，长期影响了欧洲。就在整个欧洲为托勒密所误导、在一片黑暗知识的黯淡背景中屡屡冲破迷雾努力寻找中国的时候，有且只有一个名字，在他们的梦想中从未动摇，那就是作为"人间天堂"的"天城"杭州。

秦朝设县治，隋朝筑城郭，吴越建王城，南宋立国都，往事和传奇在数千年的日日夜夜中流转，层层叠叠积淀在这片土地上，累积在这座古城里。光阴像一只又一只惊慌失措的鸟，箭一般地飞向高空；然而，大地和古城神态自若，列祖列宗在这里繁衍生息，子子孙孙在这里绵延赓续——这是一群人的力量，也是一座城的力量；这是一群人的魔法，更是一座城的魔法。

找到了杭州，就找到了中国，就找到了天堂。

西方寻找天城的行动轰轰烈烈，找到天城的故事却是悄无声息——

13世纪中期，法兰西国王路易九世的随从鲁布鲁克从君士坦丁堡出发，横穿黑海，在克里米亚半岛上岸，一路东行，经过俄罗斯南部草原，进入蒙古高原，终于抵达中国。中国文化令他啧啧称奇，他在日记中写道："他们用一把像漆匠用的刷子写字；他们在一个方块里写几个字母，这就形成一个字。"他试图继续向南方行进，找到长生不老的"蓬莱仙境"，然而，他失败了。但值得庆幸的是，他第一次将杭州的信息带到了欧洲，这些信息间或道听途说、真真假假，间或模糊不堪、以讹传讹，比如他说，中国有一座城市，城墙是用白银砌的，城楼是用黄金造的，而这座城市，就是古希腊和古罗马传说中的那个以丝绸著称的"赛里斯"。

半个多世纪后，意大利的传教士鄂多立克离开他的家乡诺瓦，从波斯湾乘船前往印度，又从印度经海路抵达中国，经过广州、泉州、福州最终到达杭州。此后，他沿着大运河来到北京，出河西走廊，沿着陆路"丝绸之路"到达西亚，最后返回故乡。他的身体在长途旅行中累垮了。去世前，他在病榻上将沿途所见所闻记录成书，不吝用最美的语言描述杭州："它是全世界最大的城市，确实大到我不敢谈它。它四周足有百里，其中无寸地不住满人……城开十二座大门"；"城市位于静水的礁石上，像威尼斯一样有运河，它有一万二千多座桥"；"男人非常英俊，肤色苍白，有长而稀疏的胡须；至于女人，她们是世上最美者"。

1338年，居住在法国南部阿维尼翁的教皇派出一个使团来到中国，其中一个成员马黎诺以非凡的热情记录了杭州："中国是世界上最美丽的国家，国土最为辽阔，人民最为幸福。此国有一个著名的城市，名为杭州"；"此城最美、最大、最富，在现在世界上的所有城市中，它是最为神奇、最为富贵、最为壮观的城市。没有见过此城的人，都认为简直难以相信，还以为讲述者在说谎"。

16世纪末，意大利传教士利玛窦来到中国，这个被大学者李贽赞誉为"到中国十万余里""凡我国书籍无不读"的虔诚教徒，着手绘制了一份影响整个世界的中文世界地图，"明昼夜长短之故，可以契历算之纲；察夷折因之殊，因以识山河之孕"，利玛窦将其命名为《坤舆万国全图》。在这幅气势磅礴的地图上，杭州相当准确地被标注在北纬30°的位置。

16世纪始，从大西洋绕过非洲通往东方的新航路被开辟出来，越来越多的欧洲人来到中国东南沿海，他们逐渐认识了中国，认识了杭州。在近代西方工业化以前，以丝绸、茶叶为代表的产品在国际市场具有相当的诱惑力和竞争力，这是中国文明辉煌的一页，也是世界近代文明的开始。然而，令人遗憾的是，此时的中国开始实行闭关锁国的政策，严守明太祖"寸板不许下海"的禁令。更多深怀遗憾远眺这块神奇大陆的人，从未有缘踏进中国，遑论杭州？他们在内心发出无限的感喟：这真是一个不可思议的国家，但为什么就是不愿打开国门拥抱世界呢？

1574年，意大利传教士范礼安远渡日本，遥望中国，他大声呼喊："岩石，岩石！汝何时得开！"

"那么，光荣应该属于中国"

一去楼台三十里，不知何处觅神州？

几场大雨之后，又一轮酷热卷土重来，那种秋雨霏霏、野草疯长的湿漉漉的日子已经很遥远，很朦胧，风干的往事因潮湿重新舒展开来——岁月是那么短，思念却总是那么长。

摩肩接踵的人潮，美丽的湖光水色，逶迤苍茫的群山，是人间的海市蜃楼，是天堂的红尘景象，灯火家家市，笙歌处处楼。八千年前，跨湖桥人凭借一叶飘摇风浪的小舟、一双满是厚茧子的大手，创造了璀璨的跨湖桥文化，浙江文明史从此上推一千年。五千年前，良渚人在"美丽洲"繁衍生息，耕耘制玉，修建了"中华第一城"，创造了灿烂的"良渚文化"。而今，这座有着八千年文明史、五千年建城史的天城，骄傲地向着生命的晨曦、向着饱满的成熟走去，她的目光星辉聚敛，她的身姿摇曳生香，她的脚步坚毅稳健。明朝田汝成编纂的《西湖游览志余》记载："自六蜚驻跸，日益繁艳，湖上屋宇连接，不减城中，其盛可想矣。"东南形胜，三吴都会，端的是钱塘自古繁华，端的是天城长盛不衰！

数千年来，这座被叫作天城的古城，傲岸地俯视着接踵而至的拓荒者、朝拜者、淘金者、筑梦者、远征者，他们兴师动众而来，兴师动众而去。在朝圣的故事里，杭州是——有无数个前世，却是唯一可以今夜枕梦的城市。在游子的梦呓中，杭州是——人人尽说江南好，游人只合江南老，春水碧于天，画船听雨眠。在乡朋的宴席上，杭州是——为我踟蹰停酒盏，与君约略说杭州。山名天竺堆青黛，湖号钱塘泻绿油。在远方的客人不辞万里的驱驰中，杭州是——一叶扁舟泛海涯崖，三年水路到中华。心如秋水常涵月，身若菩提那有花。

时间行进到 20 世纪 30 年代，在遥远的不列颠群岛，年届不惑的英国生物化学家、科学技术史家约瑟夫·特伦斯·蒙特格马瑞·尼哈姆挽着他相交至深的中国女友沿着冰封的泰晤士河边散步，他在日记本上用中文歪歪扭扭地写下了她的名字——鲁桂珍。李约瑟端详自己的杰作，发誓道："我必须学习这种语言。"接着，鲁桂珍为他取了个中文名字——李约瑟。

此后，这个有着中国名字的英国人由衷地对中国产生了兴趣，最后难以自拔地爱上了中国。出于对社会主义和中国的认知，李约瑟在激烈的反战情绪影响下，开始了他的中国研究。他在集中精力完成第二本著作——被称为"继达尔文之后真正具有划时代意义的生物学著作之一"的《生物化学与形态发生学》的同时，给英国的报刊写文章，到伦敦参加游行，并出版小册子，支持中国人民。1942 年，李约瑟受英国文化委员会的资助来到中国，支援抗战中的中国科学事业。他访问了 300 多个文化教育科学机构，接触了上千位中国学术界的著名人士，行程遍及中国的十多个省。李约瑟认为，中国对世界文明的贡献，远超过其他国家，但是，所得到的承认却远远不够。

1948 年 5 月 15 日，李约瑟正式向剑桥大学出版社递交了《中国的科学与文明》的"秘密"写作、出版计划。他提出，这本一卷的书面向所有受过教育的人，只要他们对科学史、科学思想和技术感兴趣；这是一部关于文明的通史，尤其关注亚洲和欧洲的比较发展；此书包括中国科学史和所有的科学与文明是如何发展的两个层面，由此，不仅提出著名的"李约瑟之问"，而且做出更杰出的"李约瑟之答"："如果真正要说具有历史价值的文明的话，那么，光荣应该属于中国。"

凡益之道，与时偕行。培根说过，黄金时代在我们面前，而不是身后。年轻的李约瑟一定未曾料到，这部卷帙浩繁的著作，不仅是中英文化交流的一个缩影，是世界文化互鉴的一个生动诠释，更是世界文明在交流、交融、交锋中走向黄金时代的伟大见证。

李约瑟用这部著作科学地证明了，中国的文明不仅是东方文明的典范，更应该是世界文明的重要组成；中国的光荣不仅属于中国，更应该属于全世界。1992年，为表彰李约瑟对于世界科技和世界文明的贡献，英国女王授予他国家的最高荣誉——荣誉同伴者勋衔，这是比爵士更为崇高的勋号。

让我们随着时间前溯五个世纪，回到公元1492年。这一年，哥伦布发现新大陆，由此开始了欧洲的大航海时代，推动了世界历史的现代化进程。这一年，一个叫作朱祐樘的少年迅速地成熟了，他的面庞依然稚气，他的内心却已无比强大。他在紫禁城漫步，沉思；回首，远望。年轻的皇帝，殚精竭虑，呕心沥血，努力尽毕生之力，推动沉重的王朝、肩负古老的中国，让她重新萌发生机，充满朝气地向前奔跑。

这是一个平平常常的秋天。夜将要走到尽头，黑而且凉。启明星那如水波跳跃的音符，如常般照亮着无数后来者的征程。

御史官铺展书卷，焚香研磨，谨慎地写下这一年的大事——明孝宗更新庶政，言路大开，凡是明宪宗亲信的佞幸之臣一律斥逐。孝宗嘉纳内阁大学士丘浚雅言，收集整理天下遗书。孝宗加总兵官，给总兵长印关防。刑部尚书彭韶等奏请问刑条例之裁定，孝宗从之。吏部尚书王恕提议停纳粟例，以免贪财害民之事由是而生，孝宗停之。洪武盐法渐坏，权贵专擅盐利，官商勾结，孝宗改开中纳米为纳银。吏部主事蔡清上言曰，贤者必用，不肖者必去，功必赏，罪必罚，此乃纪纲之大要，孝宗准奏……于是吏部尚书万安、礼部侍郎李孜省、僧人继晓等，或杀，或贬，或逐出京师；获罪较轻的或贬官放逐，或流放边地，或孝陵司香。孝宗大量起用正直贤能之士。

同时，更定律制，复议盐法，革废一应弊政。

这一年的天城，正在数不清的困厄中挣扎。《杭州府志》载："杭州春二月，大旱；夏六月，大风雨，西山水发，大雨害稼；冬十一月、十二月，又大水，城墙崩坏，街市可乘舟而行。"与此同时，仁和县虎灾数年，民饥而难。少年皇帝悯恤众生，赈济灾民，安抚百姓，并着令杭州府免征一年税粮，百姓终于得以喘息，安生。

一时间，政治清明，经济繁荣，百姓富裕，朝野称颂。

拿破仑征战沙场数十年，创造了无数军政奇迹与文化辉煌。回顾自己的一生，他感慨地说，世上有两种力量：利剑和思想；从长而论，利剑总是败在思想手下。

诚哉斯言！

（原载于《光明日报》2016 年 8 月 26 日）

玛牧特依

彝族古经文

远古的时候，

宇宙形成时，

是实拉俄特的时代；

人类繁衍时，

是祖宗居木的时代；

草原是云雀的乐园，

云雀歌唱的乐园；

树上是猴子的乐园，

猴子玩乐的乐园；

崖上是蜜蜂的乐园，

蜜蜂嗡嗡吟的乐园；

杉林是野兽的乐园，

獐麂跳跃的乐园；

水中是鱼儿的乐园，

鱼儿畅游的乐园；

天空是老鹰的乐园，

雄鹰飞翔的乐园。

……

觉醒

横断山脉，世界上最年轻的山群之一。

青春澎湃、激情涌动的山群，一路裹挟着雨雪风霜，由北向南肆意驰骋——从峨眉、瓦屋，到南迦巴瓦；从九寨、黄龙，到大理、丽江；从康定的跑马溜溜，到雨崩的天堂神瀑；从雪山脚下的香格里拉，到雨林深处的西双版纳；从情人放歌的泸沽湖畔，到变幻莫测的梅里雪山……在甘孜藏族自治州，大雪山将大渡河和雅砻江分隔两侧，再经党岭山、折多山、贡嘎山、紫眉山，将余脉扎束成一座酷似牦牛的山峰，最后向南深深地探入大凉山。

这个山形高低错落、地质构造复杂的地方，便是中国最大的彝族聚居区——四川凉山彝族自治州。

凉山地区地理位置特殊，南有金沙江，北有大渡河，从东到西是一条条高山，地势西北高东南低，地表起伏大，地貌复杂多样，地貌类型齐全，平原、盆地、丘陵、山地、高原、水域等应有尽有。大凉山峰峦重叠，气势雄伟，壁垂千仞，高低悬殊。山脉多呈南北走向，岭谷相间，小凉山、大凉山、小相岭、螺髻山、牦牛山、锦屏山、柏林山、鲁南山从东至西铺就了这里的崎岖地形、幽深河谷。在这里，海拔高度超过4000米的高峰有20多座——柏林山4111米、小相岭 4500 米、碧鸡山 4500 米、黄茅埂 4035 米、螺髻山 4358 米，以及最高峰贡嘎山系的木里夏俄多季峰 5958 米。

然而，谁能想到，曾经的凉山彝族自治州，这个既有热情奔放火把节、仙境一般螺髻山、美不胜收邛海的地方，也是全国十四个集中连片特困地区中，最令人牵挂的一个。因为高山峡谷的隔阻切割，千百年来，"住在高山上"的彝族人曾经面临闭塞贫困，凉山州 17 个县市中一度有 11 个国家级深度贫困县，贫困人口 97.5 万人。

一

年逾古稀的吉木子洛坐在火塘前，用火钳拨弄着火盆里的余烬，火星不时地从盆里跳出来，落在四周的泥土地上，像节日夜空绚烂的礼花。

吉木子洛就这样出神地坐着，眼神飘向很远很远的地方。她穿着家常毛麻短衣短裙，藏青的大襟衣滚着黄绿两色的绣花花边，藏青色的百褶裙滚着同样的黄绿两色的绣花花边，饶是好看。藏青的包帕紧紧地包裹着吉木子洛的头发，包帕上一枝粉嫩娇俏的索玛花迎风开放。吉木子洛身旁的矮凳上，搭着她浅灰色的"查尔瓦"，一束索玛花散落其上。黑暗中的索玛花仿佛是这光影下的精灵，让这黯淡的夜晚陡然活色生香。

火盆里，半焦半嫩的洋芋散发着诱人的香气。

"啪！"

"噼啪！啪！"

一颗又一颗大大的火星接连着跳出来，落在吉木子洛粗糙的手掌上。她伸出另一只手，耐心地将这些顽皮的火星一一拍灭。很多年以前，儿子还小的时候，她每天晚上也是这样一次次耐心地将淘气的他按在床上，催他入睡。可是，儿子跟火星一样，总有着按不住的顽皮。往事也像一颗颗顽皮的火星，拉着吉木子洛的手让她不停地回到过去。吉木子洛将火盆里的洋芋一个一个翻了个身，诱人的香气愈发地浓烈了。儿子最喜欢这烤洋芋的香气了，他在这火塘边陪阿妈坐了几十年，喜欢看阿妈给洋芋翻身，喜欢将鼻子凑到火塘边深深地嗅着洋芋的浓香。

不远处的矮桌上放着一大碗热腾腾、香喷喷的坨坨肉，吉木子洛的儿媳节列俄阿木正在忙着将锅里大块大块的肉捞出来，旁边是一小碗一小碗打好的蘸料——盐巴、蒜碎、花椒粒。吉木子洛用彝语冲着节列俄阿木嚷嚷："乌色色脚，乌色色脚。"她只会说彝语，急了更是如此。话音未落，一个穿着学生装的女孩从大门走进来，大笑着说："婆婆，啷个又说彝语咧？这个不是乌色色脚，分明是猪肉块块。"这是隔壁吉好也求家的女儿吉好有果，吉木子洛每天见她都感觉她似乎长高了一些。吉好有果清脆的普通话里带着浓浓的川西乡音，她开心地笑着，哼着"满山花儿在等待，美酒飘香在等待"，一步一跳，走出门去。

就如同一颗石子落在池塘里，笑意从吉木子洛布满皱纹的脸上荡漾开来。那年春节，吉木子洛一家搬进了新居。新房子，就在离旧家不远的安置点，那里一座座白墙灰瓦的带院小楼，宽敞，整齐，豁亮。按规划，三河村将整体实施易地搬迁，共解决 319 户群众的安全住房问题，其中就包括吉木子洛、吉好也求两家在内共 151 户贫困户，他们都住进了 100 多平方米的大房子。

可是，她还是思念着这破旧的土坯房，时不时地一个人踅回来，将地里成熟的苦荞和土豆收割好，摸摸四周简陋的泥坯墙面，点燃火盆里的炭火。甚至每到周末节日，她便不厌其烦地将新家里的锅碗瓢盆搬回来，让十里八乡的邻居都回到老房子打一顿牙祭。

这里有着她最难忘的记忆，她永远不会忘记，儿子就是在这里长大，又在这里拖着疾患的身子跟她告别。从此，她和儿子便阴阳两隔，从此，她便跌入贫困的深渊。

那时候，吉木子洛住在这个摇摇欲坠的土坯房，门前一堆粪，旁边是猪圈。"人畜共居"曾经是凉山高寒山区无数个吉木子洛这样的彝族村民的居住环境。她还记得，当时这间土坯房外墙的泥土脱落了大半，为了取暖不得不将房子尽可能地密封起来，逼仄的窗户锁住了屋外灿烂的阳光，举目便是阴暗、潮湿、寒冷。

这里，也有着她最温暖的记忆。那一天，习近平总书记走进吉木子洛的家里。那一天，火塘里的炭火烧得正旺，习近平总书记同村民代表、驻村扶贫工作队员围坐在火塘边，一起分析当地贫困发生的原因，谋划精准脱贫之策。

座谈中，习近平总书记讲得最多的就是"驱鬼除魔"。他说，愚昧、落后、贫穷就是"鬼"，这些问题解决了，每个人都有文化，讲卫生，过上好日子，"鬼"就自然被驱走了。

那以后，吉好也求时常带着吉好有果来到吉木子洛家串门，同吉木子洛和节列俄阿木一起回味那难忘的一天，聊聊这些年身边的变化。"觉醒"——吉好也求用这个词为这些年彝乡的变化做总结。从落后走向进步，从贫穷走向富裕，从封闭走向开放，因为——"我们觉醒了！"

觉醒，让昔日深度贫困的三岔河乡旧貌换新颜。下一步，吉好也求计划带领身边的乡亲们实施乡村振兴计划，发展乡村旅游，移风易俗，让腰包更鼓，让生活更好。

那一天，吉好有果演唱了一首《国旗国旗真美丽》，大家都称赞她唱得好。如今，吉好有果长高了，她成了凉山的小明星，站上了中央广播电视总台的舞台，还飞到莫斯科参加公益活动。说起对未来的期待，吉好有果说，原来最盼望的是住进漂亮的新房子；现在住进了漂亮的新房子，她想有朝一日走出大山，对外面的世界大声说：

"凉山脱贫的花儿开了，致富的酒香浓了。彝家今后的日子，'瓦吉瓦'（好得很）！共产党，'卡莎莎'（谢谢）！"

二

夕阳一点一点地沉下去，月亮一点一点地爬上来。

夜色将大树的影子一点一点地拉长，又将万物一点一点地吞噬进饕餮般的黑暗里。十五岁的洛古阿呷出神地站在书桌前，仔细辨析蛙鸣里的虫声。那些响成一片的鸡子（蝗虫）、香猴三儿（螳螂）、油炸蚂儿（蚱蜢），前几年吃不饱的时候，他和小伙伴们常常去甘蔗林里捉香猴三儿和油炸蚂儿在火上烤来吃，很香很香。

洛古阿呷坐下来，轻轻旋转台灯开关。"啪！"一捧乳白色的灯晕，瞬间倾泻下来，照亮了洛古阿呷的夜晚，点缀了大凉山的夜空。

这是搬进新家的第二年了，洛古阿呷依然沉醉在喜悦之中。一年前，他还跟爷爷、奶奶、爸爸、妈妈、弟弟挤在一个房间，睡着了不敢翻身，生怕惊醒了身边的家人。可是现在，这一片寂静中，只有他自己，在这个只属于自己的空间里上演着"王之霸道"。

洛古阿呷家住昭觉县三河村。这里属"三区三州"之一的深贫地区。去年夏天，贫困的洛古阿呷一家告别阴暗湿冷的土坯房，搬进敞亮干净的新村定居点。

洛古阿呷至今不能忘记乡亲们敲锣打鼓搬进新居的热闹。爷爷奶奶、爸爸妈妈都有了自己的房间，就连他和弟弟也都有了自己的房间。七十多岁的爷爷奶奶咧着满是皱纹的嘴，笑个不停。他们在新房间里摸来摸去，墙是这样的白，地是这样的平，房子是这样的高，玻璃是这样的透明，空气是这样的清新。穷怕了、节俭惯了的妈妈把老房子的破东烂西都搬来了，堆在床底下，藏在仓库里，害得爸爸大发脾气。

　　有人不知从哪儿弄来了一挂鞭炮，小伙伴七手八脚就把鞭炮点燃了。"噼噼啪啪"的鞭炮声在幽静的村子里炸响，连环炮一般地在一个又一个山头撞击着，回荡着，最后飘向很远很远的远方。在粉刷着赭石色外立面的新房子里，洛古阿呷第一次拥有了自己的房间。一张白色的书桌，一盏白色的台灯，摆在窗户下面，正对着日出的方向。

　　以前，太阳一下山，山上就是黑黢黢的。现在不一样了，洛古阿呷的眼前一片光明。他翻开语文课本，今天老师留的作业是默写韩愈的《马说》。洛古阿呷的眼前泛出语文老师清瘦的身影。校长说，这个年轻美丽的女老师是北京大学古典文学的高才生，硕士研究生毕业后主动要求来大凉山支教。老师说，希望她的学生长大了都能够走出大山，走出贫困，走遍全中国，更希望她的学生长大了能将自己的所学所得回馈社会，报效祖国，这就是千里马的价值。年轻美丽的女老师用她坚定的眼神、满腹的才华，点燃了洛古阿呷和他的同学们心底的渴望——一个新的蓝图、一个新的世界。而他，将会像千里马一样在这个新世界驰骋。他不自觉地模仿着语文老师的语气和神态，大声背诵起来。

　　不久前，在焦急又喜悦的等待中，十九岁的阿作终于在南坪社区的新居里，接到了绵阳师范学院的录取通知书。

如果没有易地扶贫搬迁，阿作也许就会像往年一样，守在连绵起伏的大山里割荞麦、挖土豆、放牛羊，在单调和重复中度过这个夏天。甚至，早早嫁人、生子，为一家人的口粮发愁，为父母的药费发愁，为儿女的婚事发愁，重复母亲的故事，重走祖祖辈辈的路，锁在深山里终老一生。

可是，从这一天开始，她的命运被改写了。初夏的一天，阿作一家从昭觉县宜牧地乡搬到了位于县城城郊的集中安置点南坪社区。她的"新邻居"，是来自周边深度贫困地区近30个乡镇的近5000名彝族群众。这样的易地扶贫搬迁集中安置点，昭觉县共有五个。

新居有三室两厅，一百多平方米，南北通透，光线充足。站在宽敞的阳台上，阿作就能看到楼下的一小块社区健身场。像洛古阿呷一样，阿作也是第一次拥有了独立的房间。浅色书桌上，几本小说摞在一起，风儿吹过，书签绒穗轻轻舞动。

看着爱读书的孙女，阿作奶奶的思绪不禁回到了旧时光。从祖辈时困在山窝窝里穷得叮当响，到如今住上新楼房，老人家把家族变迁一一讲给阿作听："你是穷人家的孩子，今年也考上了大学。日子过得'瓦吉瓦'（好得很），你要把老故事记下来，留个纪念。"

阿作萌生了以家族变迁为背景撰写一部小说的想法。不过，在过去，穷人家的女娃娃想写小说，无异于异想天开。可是，现在不一样了，阿作想做一个作家，为彝家立传，走出大山，将彝民族追求美好生活的故事讲给全世界——在刚刚过去的5年里，昭觉县实施易地扶贫搬迁12239户、54505人，约占全县贫困人口的54%，搬迁任务位居四川全省第一。

夜深了，夜色愈加浓重，星光愈加璀璨。与洛古阿呷一样，在这满天繁星的光辉里难以入梦的，还有阿杰、阿木、阿牛、阿且、拉日。

来自越西县马拖的彝族少年吉依阿杰自幼失去父亲，母亲改嫁后杳无音信。五年前，为了给阿杰寻求出路，他的爷爷做出无奈选择——将他送到成都的一家格斗俱乐部训练、生活。"格斗少年"的命运刺痛了公众神经。

由于气候恶劣、交通闭塞，加上历史上欠账多等特殊问题，凉山是脱贫攻坚中最难啃的"硬骨头"，昭觉、布拖、金阳、美姑、普格、越西、喜德七个县更是"硬骨头"中的"硬骨头"。

四年前，中央多部委联合发出通知，要求进一步加强控辍保学、提高义务教育巩固水平。"控辍保学"，也就是控制学生辍学，加大治理辍学工作力度，保证适龄儿童和少年完成九年义务教育。

大凉山将他们接了回来，针对这些孩子体格健壮、不爱读书的特点，因材施教。就这样，野马一般的阿杰和他的四个小伙伴回到家乡，来到冕宁县双河小学。在这所"体教结合"的学校里，孩子们一边上学，一边接受包括健身、格斗、拳击等在内的专业体能训练。不再整日里枯燥地死读书、读死书了，丰富的校园生活让阿杰和他的四个小伙伴渐渐开朗，他们爱上了这里，脸上有了灿烂的笑容。有了功夫，学了本事，阿杰和他的四个小伙伴有了用武之地，哪家哪户需要出力气、用功夫，都少不了阿杰五个人的身影。

夏末秋至，大凉山处处可见苦荞丰收的景象。已经长成帅小伙的阿杰和他的四个小伙伴转眼已经升入中学。在泸沽中学初三年级就读的阿杰在四川省青少年拳击锦标赛上夺得男子 52 公斤级冠军，获得"国家一级运动员"称号。小伙伴们也各自有了收获，有的想上体育大学，有的想做健身教练，有的想参军入伍，有的想做一名光荣的警察。他们没有想到，人生的路就这样越走越宽敞。

在冕宁，齐心鏖战，脱贫攻坚取得丰硕成果，全县41个贫困村、8344户35584人全部稳定脱贫。

如同一滴水能映出暖阳的七彩，大凉山孩子们的小小书桌，也折射出伟大时代对他们的深情牵挂。

大凉山，伴着梦想起航的孩子，何止洛古阿呷、阿作，何止阿杰和他的小伙伴？

依靠"控辍保学""一村一幼""学前学普"等教育扶贫工作，大凉山正奋力斩断贫困代际传递的"病根"。截至2020年底，凉山全州小学阶段净入学率达99.9%，初中阶段净入学率达98.8%。"该上学的一个不少"，成为可触可感的现实。随着基础设施的不断改善，互联网和5G也来到大凉山孩子们的身边，书桌不再新鲜，书桌上的电脑也不再新鲜，书桌上的台灯亮起来了，书桌上的眼眸也亮起来了。

三

> 我们两个呵，
>
> 永远不分离；
>
> 同吃一甑饭，
>
> 同挖一块田；
>
> 共烧一山柴，
>
> 喜喜欢欢做一家。

年过半百的曲么木土火坐在夕阳的余晖里，轻柔地吹弄着手里的口弦。

她穿着玄黑的土布衣裙，上衣和长裙的边缘缀着蓝、绿、紫、青四种颜色的绣花包边，灵动生趣。曲么木土火的头发有些花白，她用蓝色棉布头帕将头发紧紧绑成螺髻，螺髻上缀着漂亮的红缨子，风儿轻轻，缨子荡漾。她用左手握住口弦竹片，右手轻轻弹动竹片，指尖拨动口弦尖端，气流随着她的呼吸吹动簧片，发出优美的曲调。绕在口弦上的细绳随着韵律在空中抖动，柔和的旋律在口弦中缓缓流淌，空灵，悠远，意韵深长。

彝家姑娘，谁小时候没有一支小巧的口弦呢？那里有着她们成长的秘密。少女时代的曲么木土火，就喜欢坐在家乡金阳县寨子乡的荞麦田边，拨着口弦，看夕阳西下，看炊烟四起，看羊儿回圈，看老水牛犁地，看索玛花火焰一般绽放，看漫天繁星在夜空中眨着眼睛。

可是不到十九岁那年，曲么木土火便由父母做主嫁到了三十公里之外的甲依乡拉木觉村。三十公里，在山里，骑马都要走上半天。妈妈嘱咐她，女孩子嫁过去就是人家的人了，一定要孝顺，要勤快，少点散漫，少点玩心。可是，曲么木土火还是悄悄地将她的口弦塞进装嫁妆的樟木箱子里。

曲么木土火没有想到，她的少女时代就这样结束了。每天天麻麻亮，曲么木土火便背着重重的背篓，跟丈夫开始了一天的劳作，放羊、喂猪、种地、放羊、喂猪、种地……盼得走的日头，做不完的农事……这里山高坡陡、气候恶劣，一方水土难养一方人。直到2020年夏天，拉木觉村仍是凉山州尚未退出贫困序列的最后300个村之一。

夏天漏风、冬天漏雨的土坯房里，孩子一个个出生。可是，日子却更艰难了。

出嫁以后，曲么木土火再也没有拿出过她的口弦。

"我们这一代吃苦，孩子们不能再像我们一样。"转变是从扶贫工作组驻村开始的。不知道从什么时候起，曲么木土火懂得了——高山上不只能长出苦荞和青稞，还能扣上大棚，种下草莓、蓝莓和猕猴桃；包装精致的牦牛干、苦荞茶运到城里，那可是原生态的抢手货；羞于经商、缺乏理财观念的山民，一定要走进文明进步的新时代；生病了念念经解决不了问题，不如去找大夫一劳永逸；孩子不能撒在山里疯跑野养，节衣缩食也要送他们进学校去读书……

曲么木土火不会忘记那一天，她和丈夫拿到易地搬迁的通知，兴奋地走了七十公里的山路，来到正在建设中的马依足乡"千户彝寨"。他们看到了新家的真实模样，一大片建在半山坡地上的新房与县城隔江相望，连接两岸的跨江大桥正在施工。他们，第一次清晰地看到了未来的真实模样。

不久，曲么木土火夫妻俩同整个村子里的邻居一起搬家了。这是她人生第一次坐汽车出远门，颠簸的山路让她晕了一路，可是一到新家她就把刚刚的难受都忘记了。多么敞亮、豁亮、漂亮的新家！一百四十平方米的大房子，竟然有三个卧室，还有几个大露台；房子里有燃气灶、热水器，还有电视机、洗衣机，政府还送来了一千元的家具购置补贴。关键是，购置这套新房子，曲么木土火夫妻只出了一万元，加上买家具和其他开销，总共才两万元。

过去五年，凉山州有三十五万曲么木土火一样的"山民"通过易地扶贫搬迁告别了昔日的贫瘠和艰辛，在城镇里开始了新生活。

然而，曲么木土火夫妻总是忘不掉山里的家。对他们来说，甲依乡拉木觉村是他们生活过的地方，老家的土地仍是他们安身立命的根。为此，政府保留了曲么木土火夫妻以及同他们有一样要求的村民在原住地的土地承包经营权，也保留了部分生产用房，方便有意愿的人轮流返乡搞种养，曲么木土火的心彻底踏实了。

在马依足乡"千户彝寨"，政府给曲么木土火一家提供了三千元的产业奖补和两万五千元的低息贷款，鼓励他们入股农业合作社。曲么木土火夫妻起初还有些犹豫，看到社区成立了运输公司、建材公司，优先保障搬迁户就业，彻底打消了顾虑，二话不说就跟老邻居、新邻居一起入了社。社区还成立了八个党小组，曲么木土火的丈夫被大家推选为第五党小组组长，带着大家早出晚归干得热火朝天。曲么木土火在入社之余，还拾起了闺阁时的手艺，参加了彝绣合作社。她一天能绣五六双彝袜，赚个百八十元不成问题。政府还安排曲么木土火的孩子们去镇里上了学，曲么木土火身边一下子安静下来，她期待着哪天孩子上了大学，跟孩子一起去城里看看，她还想把她的彝绣工作室开到城里去。

夕阳余晖里的曲么木土火，吹着口弦，像一座安静的雕塑，明亮、澄净、神秘的阳光为她镀了一道耀眼的金边。悠扬的口弦旋律在炊烟里回荡，曲么木土火想，也许——这就是毕摩所说的天堂吧！

很久没有弹拨口弦了，曲么木土火对以前的曲子有点生疏，她一边回想一边弹拨。可是，这又有什么关系？好日子还长着呢……

天色渐渐暗了，曲么木土火和丈夫锁好新家的门，准备回拉木觉村看看。今年，老宅子那边收获了两千多斤土豆、七百多斤荞麦、八百多斤玉米，平日里这些仅够自给自足，可现在，山下有营生了，他们要把这些富余的粮食卖到城里去。他们明年不打算种地，就在城里找份工作挣些钱，土地太贫瘠了，也让贫瘠的土地歇一歇，养养肥力。

山里的夜格外黑，曲么木土火似乎已经不习惯这种伸手不见五指的黑夜了。她同丈夫坐在老房子的火塘边，不自觉掏出口弦，放在嘴边。空灵悠远的韵律在夜空里响起来，穿透黑暗、穿过老屋，飞出窗子、飞向远方。

这是献给故土的骊歌，也是敬颂未来的序曲。

四

陡直的山，陡直的路。

清晨，大凉山的晨雾还没有散去。风，在高空久久地盘旋。岁月的光辉仿佛早已抚平人间的坎坷——山河风雨剥落了山巅昔日的繁茂与辉煌，野草荒藤漫没了曾经的炫耀和浮夸，沉静的光芒褪去了往昔的喧嚣与色彩——然而，苦难和辉煌，就藏在赭石色的泥土里。

悬崖上，怪石嶙峋，杂草和灌木遮蔽了大山的褶皱，桀骜的苍鹰傲视天穹，黑颈鹤已在林间鸣叫。

某色拉洛站在山脚，向山顶仰望——通往山顶的钢梯闪着银光。近千米垂直距离让人生畏，2556级笔直钢梯令人胆寒。山上，有着他的家——阿土列尔村。

从昭觉县向东再走六十公里，阿土列尔村坐落在美姑河大峡谷与古里大峡谷的簇拥之中。阿土列尔村的名字，却远不如它的别名更有名气——"悬崖村"。

不知道几千年了，某色拉洛的祖先从云南一路迁徙，征服了山崖绝壁、广袤森林，最终抵达大凉山，又爬上了悬崖村。这是多么漫长的征程——从滇东北经过漫长的时间岁月，跨过金沙江，然后分别以古侯、曲涅后裔的身份来到宁木莫古，并且在宁木莫古相会盟誓后，古侯、曲涅的后裔们又再次向各自约定的固定方向迁徙游动发展，继续不断地寻找各自理想的居住地。在经历了很漫长很漫长的历史岁月后，最终形成了现今凉山彝族这种大分散小聚居的居住格局。

大凉山为褶皱背斜山地，地表多为砂泥岩、石灰岩、变质岩，风雨侵腐剥蚀，土质流失严重，山脊舒缓宽阔，奇特的地貌造就了这里独特的自然景观，也将山民的生存逼进了更为狭窄的空间。在窄窄的盘山公路的两侧，黏黏的黄土中大如牛马、小若拳头的卧石中间，随处有"坡改田"，这是贫穷山区黎民百姓对付恶劣环境不懈而无奈的抗争——在一切天然的罅隙中埋下种子，等待天赐的收成。

在战乱频仍的日子里，像阿土列尔村这样选择在岩肩平台上筑村，在当时无疑是躲避战乱的最好办法，自给自足的种植养殖生活，一切都依靠自然的地理和气候条件，不需要与外界有更多的联系。

某色拉洛的家就在悬崖村的最高处。曾几何时，这条路是他每天的必行之路。一根藤梯攀附在悬崖边，从山下到山上需要借助藤梯攀爬近千米的悬崖，这就是村民们上山下山唯一的路。藤梯有十七段，某色拉洛需要仔细记住每一段和下一段的衔接处在哪里。风吹日晒，衔接处时常因各种原因发生变化，他必须聚精会神，万分小心，加上手脚并用，才能到达目的地。这还是平时，赶上雨季，塌方、落石、滑坡、泥石流，随时可能发生，一块石头砸中，人便一命呜呼。

平日里，某色拉洛的世界就一个山头那么大，因为不方便，干脆自我隔绝。很早的时候，山上还有个小学，泥土屋破败不堪，屋子里没有课桌，只有几条板凳。学校没有几个学生，更是留不住老师。即便是去买盐巴之类的日常生活用品，某色拉洛也需要爬三四公里的天梯，再走上两三公里的山路，去到另外一座山的莫红小市集。这个集市每隔五天才有一次，很多急需的物品集市里也没有。乡里要开会，与阿土列尔村邻近的另外三个悬崖村——说注村、阿土特图村、勒额基姑村都是靠一站一站传递消息。在大凉山，阿土列尔村还不算最穷最苦的村子，比阿土列尔村更偏远、更困难的村子甚至连信号都没有，更不用说天梯。

改变是从五年前开始的。某色拉洛见到帕查有格，是在那一年的腊月。乡党委书记带着帕查有格爬到了悬崖村，对大家说，这是昭觉县选派到阿土列尔村的驻村第一书记帕查有格。皮肤黝黑的小伙子跟大家打了个招呼，非常腼腆：

"阿帕查有格米（我叫帕查有格），兹莫格尼（吉祥如意）！"

帕查有格的头上缠着青蓝色棉布头帕，头帕在额前左侧结成了一个好看的"兹提"（英雄结）。宽边大袖的短衣，裤腿肥大的彝裤，让他格外英姿飒爽。乡党委书记说，帕查有格从小就在彝区长大，是土生土长的昭觉人，是我们自己家的彝家娃娃，他在大山里边放过牛放过羊，很高很高的山都翻过。帕查有格到悬崖村，就是带着大家一起走向幸福路的。

帕查有格能来悬崖村，可是不容易。他的妈妈不同意，一直在反复地问帕查有格："能不能不去？"他的叔叔更不同意，决定去悬崖村那一年，帕查有格二十九岁，女儿才两岁。怀着二胎的妻子不说同意也不说不同意，看着帕查有格只是流泪。帕查有格铁定了心，一个一个做工作。他对妻子说，我们还年轻，我应该去闯一闯，尽自己最大努力，造福一方百姓，小家总要服从大家，是不是？帕查有格对叔叔说，能被选中去阿土列尔村做工作，是组织和彝胞对自己的信任，就冲着组织和彝胞的信任，就一定要把这项工作做好。帕查有格说服了叔叔和妻子，又跟叔叔和妻子一起做通了妈妈的工作。帕查有格临行前，妻子往他的包里塞了好多好多干粮，干粮的袋子上，落满了妻子的眼泪。

帕查有格是爬着藤梯来到悬崖村的。即便是从小在山里爬上爬下的帕查有格，第一次将脚踩在藤梯上时，腿也突突发抖。这是怎么样的路啊！人悬在半空，看不见前方，更看不见来路，看不见别人，更看不见自己，眼前只有白色的峭壁。爬过一遍藤梯，帕查有格晚上连做梦都悬在空中，四周都是白色峭壁，人悬浮在恐惧之中。那种感觉，帕查有格一辈子都忘不了。

帕查有格将妻子带的干粮分给了悬崖村的娃娃们。站在村子的土坝上，某色拉洛抱着儿子远远地望着，儿子不到半岁，还什么都不懂，冲帕查有格挥舞着小手，咿咿呀呀地笑着，叫着。某色拉洛的心，分明动了一下，他在儿子眼里看到了光，他在自己的心里也看到了光。

帕查有格对某色拉洛说，要致富，先修路。这话说到了某色拉洛的心里。路，是摆在阿土列尔村面前的一道脱贫难题。虽然修路一直是阿土列尔村村民的渴望，但是通村路需要投资四千万元，而昭觉县全年财政收入只有一亿元，拿出将近一半的财政收入修路，当地财政的确难以承受。

然而，要想扩大经营并尽快改善村里的生存和生活环境，路就是阿土列尔村永远绕不过去的槛。帕查有格带着某色拉洛和村民们，从凉山州、昭觉县两级政府筹措了一百万元资金，决定把悬崖村的藤梯改造成更加坚固和安全的钢梯。

帕查有格在村里成立了业主委员会，某色拉洛懂得帕查有格的期待，他帮着帕查有格对村民们说："我们自己作为业主，自己来组织实施，我们是给自己修路，不是给其他的谁修路。"就这样，在帕查有格的带领下，某色拉洛和村民们将六千多根、总重量一百二十多吨的钢管一根一根背上悬崖，自己动手修建钢梯。

某色拉洛的决心很大，帕查有格却整夜整夜都睡不着。他暗暗担心，钢管最长的有六米，靠人向上背非常危险，一不注意就可能会被钢管抵到万丈悬崖下面去。他让大家做好准备，将所有的困难都想在前面。为了更好地工作，帕查有格大部分时间是住在悬崖村里的，谁家有出去打工的，就到人家家里借张床睡。从一开始爬上藤梯还会感到害怕，到后来一天来回走两趟。这成了帕查有格的常态，半个小时他就能走一趟藤梯。

　　钢梯搭建好后，基础设施也顺着钢梯"连接"到了村里。村里有了手机信号，还通了宽带。阿土列尔村村民与外界的联系越来越频繁，某色拉洛在帕查有格支持下，开始上网冲浪，网上直播，将自己家的农产品通过网络销售到全国各地。帕查有格开玩笑说，大凉山的土豆也开始"乘风破浪"。

　　帕查有格发现，羊是阿土列尔村的主要产业。在这里，家家户户都养羊，但是一遇灾病，羊便死亡过半。帕查有格便跟某色拉洛商量，在村里办个养羊合作社，让会养的人集中养羊，村民来分红。然而，说着容易做着难，什么叫入股？怎么分红？为什么这么做？好处在哪里？外界看来习以为常的事，常年处于闭塞环境的悬崖村村民却并不理解。

　　帕查有格一户一户地向村民们解释说明，到了后来，帕查有格的嗓子都说哑了，某色拉洛便帮着帕查有格去做工作，村民们终于被说服了。最后，阿土列尔村召开了第一次村民大会，大家用土豆当选票，最后，97∶3，合作社的方案通过了。有了养羊合作社，养猪合作社、养鸡合作社，就都水到渠成了。

　　钢梯通了，产业有了，阿土列尔村还开设了幼教点，学龄前儿童不用下山，也可以免费上幼儿园了，这解决了帕查有格的一块心病。看着孩子们坐在黑板前跟着老师一起说着普通话，帕查有格很欣慰，这些孩子是悬崖村有史以来起点最高的一帮孩子。帕查有格知道，他们就是悬崖村的未来，知识改变了他们的命运，也一定会改变悬崖村的命运，教育才是脱贫致富最根本的出路。

前不久，村子里八十四户贫困户陆续搬进了位于县城的易地扶贫搬迁安置点，彻底告别了爬藤梯的日子。新家宽敞明亮，里面还有政府提前为村民置办好的沙发、电视、床。从藤梯到钢梯，从钢梯到楼梯——幸福的日子像快闪一样，让某色拉洛有点眩晕，他时不时地带着妻子和孩子回到悬崖之上，寻找往昔的痕迹。按照帕查有格的设想，未来阿土列尔村还将建民宿、修索道，悬崖村将被完整开发成具有彝族风情的传统民俗村落。帕查有格说，搬迁并不是走了就不回来，悬崖村不是过去那样闭塞的小山村了，而是一个面向世界、拥抱世界的彝族村庄。

面向世界，拥抱世界，这愿景让某色拉洛激动不已。

五

凉山州府西昌。

邛海边有一座别有风情的彝族奴隶社会博物馆，静静地讲述着彝族的历史变迁。博物馆内，矗立着一座巨大的雕塑。雕塑前的石碑上刻着："一根粗大的绳索，一段曲折的历史，一个觉醒的过程，一个崛起的时代。"

山水的阻挡与战乱的隔阂，曾让大凉山经历了一千多年极端封闭的社会。1935 年 5 月，中央红军先遣队司令员刘伯承与彝族当地头领小叶丹"彝海结盟"，帮助红军顺利通过彝区，标志着中国共产党的民族政策在实践中的第一次体现并取得重大胜利。凉山彝族自治州是中国最大的彝族聚居区，也是我国最后消除奴隶制的地区之一，凉山彝族是从奴隶社会一步迈到社会主义社会的"直过民族"。

直过民族，对许多人来说是一个陌生的名词。他们大多居住在边境地区、高山峡谷之中，世代沿袭着刀耕火种的原始生活。新中国成立后，他们从原始社会末期等阶段，未经阶级划分和土地改革，直接过渡到社会主义社会，因而被统称为"直过民族"。

"感党恩、跟党走、奔小康！""幸福都是奋斗出来的！""不怕眼前山高，只怕心中没路。"而今，在大凉山，到处可见一条条醒目的标语，这更是源自彝族人民心灵深处的真情呼唤。

2020年11月17日，四川省人民政府批准凉山彝族自治州昭觉、布拖、金阳、美姑、普格、越西、喜德七个县退出贫困县序列。"硬骨头"中的"硬骨头"被啃下来了，标志着"中国最贫困角落"之一的四川大凉山整体摆脱绝对贫困。经过五年脱贫攻坚奋战，大凉山日新月异——新建了上万公里农村公路，易地扶贫搬迁35.32万人，落实财政配套扶贫资金2.3亿元。

轰轰烈烈的山乡巨变正在眼前。不论是在三河村还是火普村，不论是在拉木觉村还是阿土列尔村，在大凉山，彝族人民正同这个崛起的新时代一道，走向蒸蒸日上的新生活。

天地不言，山水为证。

（原载于《中国作家》2021年第10期）

祝酒歌

藏族民歌

今天是个好日子，

今天是个好日子，

再也没有比今天更好的日子了。

我要献一杯酒，

我要献真诚的酒，

心中的爱和情怀酒一样浓烈。

我要献一杯酒，

我要献真诚的酒，

心中的爱和怀念酒一样醇香。

我要献一杯酒，

我要献真诚的酒，

心中的爱和祝愿酒一样燃烧。

天堂

东经 100°，北纬 30°。海拔 3500 米。

——壤塘，离天堂最近的地方。

冈底斯、喜马拉雅构造裹挟青藏高原一路向东、向南，在龙门山古老大陆、古老海湾骤然止步，高高隆起成藏民族的香拉东吉神山。四条发源自雪域的河流——磨梭河、杜柯河、则曲河、足木足河，一路翻越高原，穿过峡谷，集扎成束，将纯净的雪山之水汇聚为名闻遐迩的大渡河。

神山、神水拱卫着的辽阔高原，这就是壤塘。

壤塘，是被神灵赐福的土地。壤塘之名，源自境内的一个自然村寨。寨子坐落于山巅上，其山形似手托宝幢的"瞻巴拉菩萨"。瞻巴拉，义译持聍，梵音译作阇婆罗，旧译布禄金刚，也就是藏传佛教中的财神。"瞻"字译成汉字时走了音，成为"壤"，藏语中称平坝为"塘"，"壤塘"由此得名，也就是"财神居住的地方"。

一

在壤塘，才明白秋天原来是彩色的。

深秋时节，壤塘像走进了画家的调色盘，一场秋雨之后，全世界的色彩都汇聚在这里。千树万木姹紫嫣红，千山万水五彩缤纷，千林万壑争奇斗艳，绿野、蓝天、白云、青山，沃野、林海、丘壑、溪涧，构成了醉人的金秋画卷。

二十五岁的戈登特静静地坐在绣榻前，聚精会神地绣着一幅宋代花鸟。他穿着朴素的"勒规"（劳动服），露出里面整洁干净的白茧绸短衬衫，红绿青紫四色间隔的"加差朵拉"长带子，将宽袖长袍利落地系在腰间。时光静静地从他的手中流逝，从他的眼底流逝，他却波澜不惊，几乎一动不动。

高原的阳光透过雨后的玻璃窗，映照在空旷的房间里，澄澈，清冽，宁静。玻璃窗上未及蒸发的雨滴，恍若晶莹的宝石，在戈登特的脸上投下五彩斑斓的光影，空气中细小的尘埃，在阳光中时而微微颤抖，时而欢快跳动。高挺的鼻子，明亮的双眸，饱满的脸颊，卷曲的头发——这一刻，戈登特不是一个人，而是一尊雕塑，是米开朗琪罗刻刀下健美伟岸、果敢勇毅的大卫，是亚历山德罗斯的高贵典雅、神秘莫测的维纳斯，是罗丹的沉稳深邃、遥望未来的思想者。

戈登特俯身在硕大的绣架上，穿针引线，飞针走线。远远望去，他像是用银针舞蹈，顷刻之间，一枝散发着千年古韵的鸢尾兰从空旷之中，渐渐地开枝散叶，又渐渐地开出紫色的花朵。这种鸢尾兰，传说源自南美洲的植物，花期极短，刹那间盛开，刹那间谢幕，为便于沙漠中的昆虫在极短的时间授粉，鸢尾兰娇嫩的花朵仅仅在夜幕四合之后得以怒放，因此世人很难一窥其真容。此时，戈登特用他的绣针，将美丽凝固在他的绣架上。

很多时候，绣针下的人物、花朵、树木、飞虫常常走进戈登特的梦里，他好像就生活在他们和它们中间，生活在那个遥远的世界。

那个世界真的遥远吗？

昨天的喧嚣和今天的安静总是让戈登特感慨万端。谁能想到，十年前的戈登特还是一个顶着一头红发、桀骜不驯的男孩。十五岁的少年初中毕业，找不到高中的大门，更不知道人生的路究竟在何方。他像一匹难以驯服的烈马，没有目的地东奔西跑，用各种无聊填满时间的空谷，抽烟，酗酒，打架，斗殴，在街上横着膀子闲逛，偷鸡摸狗，顺手牵羊，缺钱了就骑着摩托车到山上挖几株虫草、雪莲卖掉，有钱了就聚集一群同样年纪、同样迷茫的年轻人赌博。有一天，他甚至一次就输掉了几万元。还不起赌债，戈登特悄悄从家里牵出两头牦牛顶替。家人没有办法，只能把他锁在家里，他撬开锁头像午后的晨雾般消失得无影无踪。村里人没有办法，一次又一次把他送进警察局。可是又能怎样？上午刚走出警察局的大门，下午说不定他又摇头晃脑地出现了。

从警察局到传习所，仅仅数百米之遥，可是，戈登特走了整整十年。

十年前，谁能想到，戈登特竟然会有今天。十年前的那一天，他被人从警察局领进传习所，从此戒掉了烟酒、赌博，不再出去招猫逗狗、滋事生非。

立志，立德，立身，立业——今天的戈登特已经成为传习所里最优秀的非遗传承人，传习所组织传承演艺大赛，戈登特被选作演员，饰演俊美儒雅的"格萨尔王"，观众们被他的高贵沉静所打动，一潮又一潮涌向后台，向他献上哈达，为他送上祝福。

只要戈登特拿起他那枚精巧的绣针，各大博物馆、拍卖行便会竞相发来订单，期待他的刺绣作品远渡重洋，成为他们精心收藏的珍品。可是，戈登特不愿将自己和自己的作品变成流水线，他拂开纷至沓来的诱惑，努力将自己的每一件作品都打造为传世之作。

一针，一线，针针线线，绵绵密密，全世界的色彩都汇聚在戈登特的绣针里。

戈登特全神贯注，沉浸在他的色彩世界，漂亮的眼眸盛满了虔诚、敬畏、慈悲。

天空高远，云蒸霞蔚，染了秋霜的斜阳，将云朵在大地上神秘的影子拉得又细又长，这是阳光在大地上抒写的经卷、吟唱的颂歌。

二

在壤塘，才明白秋天原来是喧阗的。

松涛阵阵，经幡猎猎，溪水潺潺。雁阵呼啦啦向南飞去，在斜阳和云朵间啾啾长鸣。雪域高原清冽的泉水，从山涧喷薄而出，击打着寂寞的石窟，像九曲柔肠，如隐秘心事。成群结队的牦牛悠闲地漫步，在低伏的草窠里寻觅嫩叶。星星点点的马队纵横驰骋，追寻着牧人的哨音。

"叮叮当当，叮叮当当……"墨吉俯身在工作台上，握着刻刀，聚气凝神，布满老茧和伤疤的双手灵活地飞舞，每一刀下去，石头的碎屑便从他的手中飞溅。一块坚硬如铁的顽石，在他的刻刀之下，转瞬之间便拥有了灵魂——结跏趺坐的壤巴拉法相庄严，拈花微笑，袈裟斜披在他的肩头，蝉翼一般轻薄，衣服的皱褶清晰可见。

墨吉身后的木架上，摆满了他的作品，大大小小石头上刻满的六字真言，是他深情的礼敬、满满的虔诚。

不远处，是香雾缭绕的棒托寺。远处，壤巴拉山像一尊神佛巍峨耸立，传说公元前四世纪印度的一位圣人跋山涉水来到这里，修行成佛，坐化为山。五彩缤纷的风马旗猎猎飘扬，潺潺的溪水奔涌不息，古老的梵音如泉水般流淌，动人心魄，响彻云霄，这是来自古老民族灵魂深处的歌唱。

"叮叮当当"的声音，叫醒了墨吉的耳朵，也叫醒了很多很多个墨吉的心。墨吉一家是壤塘的建档立卡贫困户，家里有年老的双亲，还有未及成年的三个孩子。家庭负担重，加上没有稳定的收入来源，除了起早贪黑在贫瘠的地里种点青稞，墨吉一家人的生活就这么简单。很多很多年里，"穷得叮当响"，是他所知道的世界的全部含义。他怎么也没有想到会有这样一天，他在传习所里免费学到了雕刻石刻作品的手艺，靠着这种"叮叮当当"的石刻技艺走进小康。

2016 年，墨吉与附近村里的一些贫困户伙伴一道，走进了石刻传习所，从选石、勾画、雕刻、上色等工序学起。过够了贫穷日子的墨吉很珍惜在这里的每一分每一秒，他很快就熟悉了石刻作品的制作工艺，从学员变成了正式员工。这些石刻，小的能卖几十元，大的能卖上千元，有的甚至可以卖到数万元。每次看到自己的作品换回了实实在在的粮食、五花八门的生活用品，墨吉的脸上笑开了花。曾经，像墨吉这样的建档立卡贫困户，在壤塘还有很多，他们正与墨吉一道，通过一门扎实的手艺改变自身的命运，让一家老小走上小康之路。

石刻，其实是祖先留给壤塘的福泽。明末清初，仁青达尔基精心挑选了六十多名经验丰富的石匠弟子，牵了二十多头牦牛，驮着酥油、人参果和银圆，翻过六十六座大山，渡过六十六条河流，才到达了康区文明古城——德格印经院，迎请朱砂版的藏文大藏经《甘珠尔》，此后又翻山越岭、千辛万苦抵达茸木达，从而开始了规模宏大的雕刻工程。当时壤塘的茸木达以茸百户为中心，来自四川甘孜和青海果洛的信众和弟子纷至沓来，他们有的挖掘石片，有的搬运石板，有的捐铁捐刻刀。历时九年，他们终于将三万多页的《甘珠尔》一字不漏地雕刻在五十多万块大小不一的石片上。

棒托寺，就像是一面历史的镜子，映照着古远的过去、丰富的今天、神秘的未来。它经历千秋风雨，之所以屹立到今天，是因为它承载着一个民族的历史重负、未来期盼，凝固了过去时代的人们对精神家园的殷殷眷恋。

然而，仅仅有祖先的福泽是不够的，精准扶贫、精准脱贫的治贫方式，将祖先的传承变成了今天的财富。而今，棒托寺内，卷帙浩繁的《大藏经》石刻被分类码叠，俨然是一堵气势磅礴、高耸入云的石经高墙；传习所里，聚精会神的传承者屏气凝神，努力将祖先的文化遗产的星星之火传给后世，让壤塘的文化密码为世界所洞悉。

"突突突，突突突……"远方的河谷中传来微耕机的声音，那是村民在蔬菜基地里耕地，成熟的青稞翻落在黑褐色的土地上，散发着新鲜的草木和泥土的香气。"突突突"的发动机声伴随着"叮叮当当"的雕刻声，构成了壤塘晚秋的声音奏鸣曲，"我喜欢微耕机'突突突'的声音，也喜欢'叮叮当当'的声音，感觉前方有数不清的牦牛和骏马在奔跑，有数不清的幸福日子在前面等待着我。"墨吉遥望着远方，开心地说。

三

在壤塘，才明白秋天原来是有味道的。

逐水草而居的民族在高原牧场放牧牦牛，也放牧自己的人生。在藏民族聚集的地方，总能闻到类似炊烟的牛奶清香，这是酥油灯的味道。

卓玛弯着腰，虔诚地将酥油灯供奉于神案上。一盏，一盏，一盏……奶黄色的酥油慢慢融化，奶香悠然四散，明亮的灯芯愈燃愈烈，温暖的火焰欢快地跳动。

卓玛出生于南木达乡夏炎村，这是壤塘一座偏僻的村庄。壤塘有一座古老的寺庙，叫作夏炎寺，全称夏炎扎西赞拉贡巴寺，是觉囊派的圣寺。夏炎寺曾经一度遭遇破坏，所幸后来不断被修复，重现往日的辉煌。

卓玛今年整整六十岁了，从记事的时候起，她就开始重复这个动作，离开黄泥垒成的家，将酥油灯运送到夏炎寺，敬奉给至高无上的神明。长明不灭的酥油灯里藏着她的前世、今生和来世，也藏着藏民族的前世、今生和来世。

经书上说，点酥油灯可以将世间变为火把，使火的慧光永不受阻，肉眼变得极为清亮，懂明善与非善之法，排除障视和愚昧之黑暗，获得智慧之心，使在人世间永不迷茫于黑暗，转生高界，迅速全面脱离悲悯。

在壤塘，成百上千年来，无论是家中举行念经法事，还是为逝者做祭祀活动，都要点上几盏或上百盏酥油灯，这些酥油灯大都出自卓玛之手。

历史上，这里非常封闭，曾经有僧人沿着古道走出大山。他们身着袈裟，口诵《时轮金刚经》。他们披星戴月、风餐露宿。他们离开壤塘，走出四川，走进西藏、云南、贵州，走到泰国、越南、缅甸，甚至卓玛记不住名字的更远的地方。然而，无论他们走得有多远，他们都要带一盏卓玛的心灯。

藏区需要酥油灯的，村民有喜丧之事，都要找卓玛定做酥油灯，村里接了酥油灯活计的，也大多交给她——原来是交给她的父亲，现在是交给她。

卓玛制作酥油灯所用的酥油，是从牦牛奶中提炼出来的。卓玛是壤塘的牧民，从小就跟着父母在冬牧场和夏牧场之间奔波，放牧牦牛。哪块草地有新鲜的水草，哪块草地有莫测的风险，她比牦牛的嗅觉还灵。

高原夏季短暂，冬日漫长苦寒，牦牛是藏牧民寒冷冬日里的伙伴，更是他们的依靠，朝朝暮暮伴随着牧人的脚步。一盘香喷喷的牦牛肉、一碗热腾腾的牦牛奶，是藏牧民早中晚的餐食，伴随他们从夏到冬，又从冬到夏。卓玛家里有五十多头牦牛，每一头都有名字，卓玛常常叫着它们的名字，与它们交流、诉说，或者倾听它们每日的心绪。每天清晨，卓玛会喊着它们的名字赶它们到水草肥美的山坡，傍晚又喊着它们的名字，与它们一起走向炊烟袅袅的家。

卓玛的父母心灵手巧，可以用牦牛毛、牦牛绒织成美丽又实用的勒规（劳动服）、赘规（礼服）、扎规（武士服），还能织成硕大结实的帐篷。小卓玛就是穿着这样的衣服在这样的帐篷里长成了大卓玛。千百年来，黑色的牦牛毛帐篷就是逐水草而居的藏牧民的家。用牦牛毛编织的帐篷，天晴时毛线会收缩，露出密密麻麻的小孔，投进阳光和空气；暴雨大雪之时，毛线还会膨胀，风霜雪雨自然都被挡在外面。卓玛还从父母那里学会了用牦牛皮制作皮具，用牦牛角、牦牛骨制作生产生活的器皿，雕刻成祭祀神明的法器。

卓玛每天还要花费很多时间捡拾牛粪。在外面许多人的心目中，牦牛粪形象丑陋，又黑又脏，是无用之物，而在卓玛眼中，牦牛粪却是藏牧民世世代代以此为生的珍宝。在青藏高原，木柴很容易受潮，又很难点燃，牦牛粪的燃点很低，即使在含氧量较低的地方也很容易被引燃，更容易把火生起来。牛粪大都是草料构成，烧起来不但没有臭气和烟雾，还有一股淡淡的牧草清香。牦牛只取食长出地表的植被，对植被根系秋毫无犯；而牦牛的排泄物，又是高寒植被最珍贵的养料。卓玛与壤塘的妇女一样，每天清早起来要做的第一件事就是走出帐篷捡拾牛粪。群山绵延起伏，河流沟谷纵横，挡不住藏牧民追逐水草的脚步，挡不住牦牛悠闲的身影。他们四处游牧，无论冬牧场还是夏牧场，草场上总会到处留下一团团牦牛粪。一个藏牧民家里，牦牛粪越多，说明他们越富足。在他们的生活里，牦牛粪的地位不亚于高原的虫草。

牦牛是卓玛和许许多多藏牧民家庭的"高原之舟"。一部牦牛进化史，就是藏民族的生活进化史，更是青藏高原的生态变迁史，居住在高原上的人们同这牦牛一样，极少欲望地向自然索取，最大努力地回报自然。作为喜马拉雅沧海桑田造山运动的孑遗动物，牦牛身上所具有的丰富生态学研究课题，引发了生态保护学者的关注。数千年来，牦牛与藏族人民相伴相随，倾尽其所有，成就了高原人民的衣、食、住、行、运、烧、耕，这些涉及青藏高原的政、教、商、战、娱、医、用，并且深刻影响了高原民族的精神气质。

天光渐渐老去，夜幕四合。

卓玛直起身来，酥油灯在她身后热烈地燃烧，送她离去。几十年来，经卓玛之手制作的酥油灯，大大小小超过了两万盏。一盏盏白银灯、一盏盏红铜灯、一盏盏细瓷灯，载满了卓玛的诚心正意，孕育着她的流光溢彩的喜乐、黯然神伤的忧愁；而卓玛，也将她的喜怒哀乐、阴晴雨雪，她的悠悠岁月、无尽祝福，都融进了灯里。

卓玛走出寺庙，繁星已然满天。她也许并不知道，在菩提树黢黑的阴影里，还有一个高大的身影，手捧着酥油灯，目送她远去。

给人温暖，予人光明。

四

在壤塘，你永远不会知道什么叫作单调。

走进这里，就仿佛走进了动植物乐园，红豆杉、紫果云杉、冰川茶藨子、紫茎小芹，白唇鹿、黑颈鹤、白马鸡、林麝……壤塘，拥有生物繁多的生物圈，孕育着种类丰富的植被。

华尔丹驾驶着他的小巧的电动车，从县城出发，追逐着太阳的光芒，向东方的海子山驶去。

海子山位于壤塘、阿坝、马尔康三县的交界处，据说是有大海儿子的山的意思。海子山有很多海子，老藏民曾经徒步数过，一共三十五个。这几年，从外面回到山里的年轻人带来了新技术，他们用无人机全方位地勘探了海子山的山形地貌，发现海子山的海子原来不是三十五个，而是三十六个，有一个小小的海子一度被一个大大的海子遮蔽，还好，他们及时为它正了名。

尊玛不墨千秋画，海子无弦万古琴。

这也是走出大山的年轻人吟诵的新诗，多么优美，多么贴切，华尔丹暗暗记在心里。他知道，尊玛是阿尼玛卿山神的王后，她身着银色披风，骑着白色骏马，手捧如意宝，护佑一方生灵。海子山里这些大大小小的海子，是阿尼玛卿山神送给尊玛王后的礼物。这些海子，有的形单影只，有的群海相连，"嘎乌措"有三个湖，"更嘎措苟"有九个湖，"措梦措赣"的群海则有二十余个。海子山翠绿茂盛，芳草萋萋，海子群烟波浩渺，接连天地。在这里，华尔丹深切体会到"天苍苍，野茫茫，风吹草低见牛羊"的美景和意境。

海子山的湖泊，是藏民族的圣湖，是他们实证实修的理想之所。湖水由山间雪水融化供给，湖水碧绿沉凝，鱼儿畅游其间。在阳光、蓝天、雪山的映衬下，湖水不时由浅蓝转为深蓝，由浅绿转为深绿，瞬间又变成墨绿，五彩斑斓，变幻莫测。

海子山里，还有一块神奇的土地——南莫且湿地。华尔丹对这片土地的每一种动物、每一种植物，都如数家珍。湿地位于中壤塘镇查托村境内，湿地面积为183.3平方千米，由36个大小湖泊构成，主要分布在海拔4200米以上。最大的湖泊是位于保护区东北的安纳尔措，海拔4539米。整个湿地像一只巨大无比的脚印，冬季不枯不溢，含多种矿物质。这里，拥有高等植物76科300属722种，野生脊椎动物5纲22目63科217种，有着丰富的生物多样性和生态多样性，以湖泊、沼泽等高原湿地生态系统为主要保护对象。这些大小不一的湖泊各具风格，湖光潋滟。静静地观赏，你会被它那气势磅礴、不事雕琢的自然美深深打动，它的原始、纯净、苍茫与悠远，有一种大美不言的深沉韵味。湖泊是许多特有鱼类及湿地鸟类良好的栖息地，如大渡裸裂尻鱼、麻尔柯河高原鳅、普通燕鸥、凤头鹏鹧、普通鸬鹚，等等。

南莫且湿地是黑颈鹤、白唇鹿、林麝、绿尾虹雉、斑尾榛鸡、川陕哲罗鲑等珍稀野生动物，以及四十余种国家一、二级重点保护野生动植物栖息繁衍的乐园，种类繁多的珍贵物种在这里生长，在这里欢歌，它们优雅的身姿为南莫且增添了无限的生机和魅力。

南莫且湿地还是大渡河一级支流——则曲河发源地，拥有沼泽、河流、湖泊、库塘、人工湿地等多种类型湿地，是长江、黄河上游重要的水源涵养地和补给区，对调节长江流域河川径流、控制洪水、保持水土、涵养水源、降解环境污染等起着重要作用。四川共有湿地174万公顷，是长江经济带最大的内陆湿地省份，而像南木且湿地这样独特的自然形态却是绝无仅有。

这个世界上独一无二的青藏高原湿地，是上天赐给壤塘的礼物。绿水青山就是金山银山，是的是的，这话说得太对了，华尔丹想，南莫且湿地和海子山何尝不是我们的金山银山？

华尔丹小心翼翼地绕过危险四伏的湿地，走到海子湖畔。极目远眺，天地无止无境，砾石穿空，铺天盖地，摄人心魄，华尔丹的灵魂顷刻间被这里的清净所洗涤，他不由自主地跪下来，亲吻着这片他无比熟悉的土地。

四十六岁的华尔丹是这里的生态养护员。小时候，父亲给他起名华尔丹，藏语的意思就是"胜利幢"，希望他吉祥如意，今天，他很庆幸自己的人生让父亲欣慰。早些年，他的任务是清理游牧藏民留下的可疑烟火，防止星星之火在高原蔓延。这些年，越来越多对高原雪域充满好奇的人走进壤塘，他们随手丢弃的日常垃圾在天然环境中很难降解，对这里的水土造成了极大的破坏，华尔丹的身份便由山火防护员，变成了生态养护员。

不管山火防护员，还是生态养护员，华尔丹的工作从来没有轻松过。他要用他的肉眼看到这里的每一处遗弃垃圾，将它们带回去，在专门的地方焚化。

翻越重重大山，穿行茫茫草原，华尔丹在这里转了快三十年了，见到无数转山、转水、转塔、转庙、转经的善信。他们终其一生都在朝佛，磕大头朝拜，转山插神箭，挂经幡煨桑，垒砌玛尼堆，抑或不停转动着转经筒默念《时轮金刚经》。

——行走在尘世间，他们的眼神是慈祥的，脸色是和睦的，腰身是谦恭的。

他们也无数次遇到华尔丹，见证着他数十年如一日的坚守，见证他用最简单、最执着的守护表达对于自然、宇宙、宗教的深刻理解，他在用生命行走。

——行走在大路上，行走在天地间，他的心底是平和的，灵魂是宁静的，目光是坚定的。

五

不走进壤塘，你永远不会知道什么是永恒和须臾。

风化的水积石、火积石留下了岁月的印迹，250万年的历史辽阔、空灵，却恍如一瞬。在这里，生命是最渺小也是最伟大的存在。踏进壤塘，顷刻之间便可以抛却浮华，融入自然，回归本真。

传说中，壤塘是一个法螺自鸣、毛驴不前的地方。

公元前310年，壤塘已称牦牛徼外。秦汉时期，壤塘已是藏人羌人的生息之地。悬天净土壤巴拉，有着尘世独缺的宁静与悠然。日斯满巴碉房静默而巍峨地耸立在石坡寨的山水之间，在棒托寺里的五十万张石刻《大藏经》，向世人展示着壤巴拉信仰的坚韧，每一张石刻背后都有一段长长的故事，在这里眼之所见皆是心之所念，心与灵魂的距离越近，眼睛所能领悟的就越多。

在壤塘，精准扶贫、精准脱贫是一个响亮的口号。2009年一个偶然的机缘，桀骜不驯的少年戈尔登，以及很多像戈尔登一样，在明亮耀眼的青春韶华里踟蹰不前的年轻人——被带出了暗夜。

平均海拔近4000米、地势落差达到1500米的壤塘，是集安多、嘉绒、康巴为一体的藏民族聚居区，文化多元，特色鲜明。然而，美则美矣，地处偏远，山峦陡峭，交通闭塞。壤塘自然生态资源丰富，传统农牧业尚可形成自我循环，故而在近两百年来，这里受到外界的影响非常少。

这些问题的突出表现，则是当地青少年，他们就处于这个鸿沟之中，缺少发展机会和希望，也让地方社会发展存在更多不确定因素。青少年难以融入社会发展的进程，也难以真正构建可持续发展的社会机制。

心中无光明，何以消永夜？

其实，2009 年那次偶然更是一次必然，那是一宗善缘的发端。此后十余年的时间里，壤塘的有识之士走遍壤塘的山川和乡镇，用脚步丈量了 6800 平方公里的山山水水，寻找更多的戈尔登。

于是，在壤塘，一个宏大的计划诞生了。为什么不将这些贫困的人聚集到一起，教给他们一门生存的技能？授人以鱼，不如授人以渔。2010 年，阿坝州壤塘县联合当地国家级非遗传承人，开办了第一个公益的非遗传习机构——壤塘非遗传习所，将具有千年历史传承的绘画艺术开放给当地的青少年。戈尔登，是第一批走进传习所的学员中的一个。

十余年过去了，壤塘非遗传习所不仅以文化事业助力脱贫攻坚、乡村振兴，也将其影响力以几何级数扩增，壤巴拉非物质文化遗产，已经发展为包含绘画、藏医药、音乐、金铜造像、木雕、银器、陶瓷、雕塑、草木染、纺织、缂丝、刺绣、服装服饰、乡土烘焙、藏纸、藏香、藏戏等丰富文化艺术门类的传习体系，一千两百多个如戈尔登一般贫困家庭的农牧民子女，在这里走上了社会，走出了贫困，走上了世界。

反贫困，自古都是全世界为之牵挂的一件大事。建设一个远离贫困、共同繁荣的世界，是藏民族，更是世界上不同国家、不同民族面临的共同课题。就在不同肤色、不同民族、不同信仰的人们为反贫困事业艰苦奋斗、多方探索之时，在壤塘，一种新的致富方式渐渐成熟。在壤塘，深植于藏民族心底的种子正在破土而出，他们的信仰是坚定的，有如灿烂的阳光，犹如暗夜里的启明星。

须弥藏芥子，芥子纳须弥。时光在辽阔的天地间流逝，横无际涯，浩浩汤汤。千万载倏忽而逝，刹那间已是永恒。仿佛触手可及的天空，是那样的悲悯和亲切。壤巴拉神秘地微笑着，将花海、牛羊、经幡、棒托石刻，都汇聚在这片无尽的高原上、无尽的草场里。

藏民族更愿意亲切地将壤塘称为"壤巴拉塘"，更愿意在这里——

品一种千年传承，悟一段如烟往事；

赏一曲千年古乐，享一段天籁梵音；

听一桩千年往事，续一段万世因缘。

苍天无言，高原为证。壤巴拉，像一位睿智的老人，见证着世世代代半牧半农耕的藏民族的寥廓幽静，见证着土司部落从富裕、繁华、精致到贫穷、衰落、土崩瓦解的整个过程，见证着具有魔幻色彩的高原上缓缓降临的浩大宿命，见证着那些暗香浮动、自然流淌的生机勃勃，那些随着寒风而枯萎的花朵、随着年轮而老去的巨柏、随着岁月而风化的古老文明……壤巴拉，像一道迅疾的闪电，掠过高原，掠过天空，掠过河流，掠过冰封的大地，掠过鲜花怒放的田野，然后——抵达不朽。

壤塘，壤巴拉居住之所，离天堂最近的地方。

而今，这就是天堂。

（原载于《四川日报》2020 年 10 月 19 日）

浣溪沙·小兀喇

（清）纳兰性德

桦屋鱼衣柳作城，蛟龙鳞动浪花腥，飞扬应逐海东青。
犹记当年军垒迹，不知何处梵钟声，莫将兴废话分明。

霓虹

——吉林和她的七种颜色

东经 121° ～ 131° ，北纬 40° ～ 46° 。

中国，吉林。

"吉林"，得名于满语旧名"吉林乌拉"，意为"沿江"。如果说中国的地图像一只昂首高歌的雄鸡，毫无疑问，吉林便是这只雄鸡明亮的眼眸。

没有到过吉林的人，或许以为吉林只有白山黑水的黑白两色。熟悉吉林的人知道，缤纷多彩、丰赡多姿才是吉林的本色——

吉林地貌形态差异明显，东南高、西北低，东部群山环抱，中部江河相济，西部草原广袤。大黑山自北向南将吉林分割为东部山地和中西部平原。数万年来，冰川、流水、季风，在这里侵腐、剥蚀、堆积、冲积，雕刻出山地、丘陵、台地、平原、盆地、漫滩、谷地、冲沟等丰富多样的流水地貌。远古时期，已有人类在这片辽阔肥沃的土地上繁衍生息。悠长而深情的岁月，在白山、松水、黑土上留下了鲜明的印记。

没有到过吉林的人，或许以为吉林只是东北三省最低调的那个。熟悉吉林的人懂得，吉林担负着国家边疆安全、粮食安全、生态安全、生物安全的重任——

朝鲜半岛、日本列岛、俄罗斯远东地区与中国东北构成的广大地理区域，便是大国力量交汇、为世界瞩目的东北亚，辐射中国、俄罗斯、日本、朝鲜、韩国、蒙古等亚洲重要国家。吉林，恰在东北亚地理几何中心，边境线总长 1384.6 公里，是国家"一带一路"建设向北开放的重要窗口，是近海、靠俄、临朝的"金三角"。

走！何不一起去吉林？

一　绛紫

中华蜂成群结队掠过天空，嗡嗡，嗡嗡，嗡嗡嗡，像一群轰炸机。

它们拼命地撞向宫彪家大瓦房明光锃亮的玻璃，发出咚咚咚的声音，又快速地弹开，仿佛节日的焰火依次炸响。

蜜蜂的背上印着清晰的金、黑色条纹。它们抖动翅膀，快速飞翔，远远望去，像是一枚枚燃烧着的炸弹。

宫彪种了整整一院子的紫罗兰和三色堇。原来，他常常将这两种花弄混，但现在不会了，尽管它们有着极为相似的长卵形叶片。绛紫色的是紫罗兰，金紫和白黄相间的是三色堇，紫罗兰绛紫的花朵同紫色的茎脉紧紧纠缠在一起，三色堇的花瓣则像一张沉思的小脸——眉毛、面颊、下巴，甚至还有闪烁的大眼睛和眼角的笑纹。时序早春，可是花朵比大地里的种子还着急，它们早早地发芽、吐蕊，努力地拔节生长，热烈地怒放着。紫罗兰和三色堇开得鲜艳茂盛，美丽的花瓣在空中欢快地舞蹈、跳跃，馥郁的香气萦绕在屋前屋后，院子似乎是落满了蝴蝶的蝴蝶谷。

蜜蜂就是被这些花朵吸引来的。

宫彪在心里啧啧称赞，蜜蜂真的是一种神奇的生物，虽然它们的队伍成千上万，却从来不会飞错巢穴，也从来没有搞错分工；蜜蜂也是一种非常勤劳的动物，只要天气晴朗，从不会懈怠出工。

宫彪服侍母亲吃完早饭，收拾好母亲的碗筷，迈着轻快的步子走到窗前，抚摸着蜜蜂映在玻璃上的影子。小家伙们使劲地鼓着收获满满的肚子，抖动着全是密密麻麻花粉的小腿。它们仰起头，一晃一晃地摆动着触角，充满了欢喜，充满了骄傲。远处，一轮红日冉冉升起，柔柔的光线暖暖地照在宫彪的脸上，他情不自禁地笑了。他打开房门，走向蜂群。小蜜蜂并不惧怕他，它们停在空中或者埋首花蕊，无暇他顾。通榆的春天来得晚，可是，太阳却火辣辣的，显得热情洋溢。阳光映照在宫彪家的新房上，屋顶的红瓦泛着夺目的光辉。

宫彪起了个大早。一年半以前，他搬进了新房子，搬家的喜悦至今仍然回荡在心田，每天他都要早早起来，将这喜悦仔细回味一遍。

宫彪是边昭镇天宝村天宝屯人。边昭镇所在的通榆县，是国家扶贫开发重点县，也是吉林省两个深度贫困县之一，有建档立卡贫困户26138户，贫困人口多、经济条件差，危房改造量最多、任务最重、难度最大。宫彪的母亲，74岁的范淑芹，是这个屯的三星级贫困户。范淑芹年轻时就罹患类风湿关节炎，几十年过去，她的手脚严重变形，完全失去了劳动能力。屋漏偏逢连夜雨，十多年前，老伴儿一场大病离开了人世，家里只剩下她一个人。

范淑芹所住的房子，还是20多年前建的两间土坯房。两个老人照顾自己尚有困难，哪里顾得上房子？宫彪的家也好不到哪儿去，房子里还住着妻子和两个孩子。老房子年久失修，屋里阴暗潮湿，墙皮一块一块脱落下来，一场雨、一场雪，对于这个家都是一场灾难。

破落的房屋，重病的公公和婆婆，望不到尽头的绝望的生活……宫彪的妻子不堪眼前的艰苦，逼着宫彪在离婚协议上签了字，毅然决然地扔下丈夫、婆婆和两个孩子，离开了家。

那年，宫彪刚过 40 岁。

不惑之年，人生却充满了困惑。生活的沉重，压得宫彪喘不过气来。

宫彪离婚后，范淑芹就很少说话了。宫彪在家，她像一尊石化的人像，不动不说不笑；宫彪不在家，她便坐在炕沿儿上长吁短叹，叹自己连累了儿子，连累了家。几年下来，范淑芹的病情越来越严重，终于有一天，老人家倒在炕上再也起不来了。范淑芹失去了自理能力，吃喝拉撒全靠身边的儿子来照顾。

宫彪每天的时间不是靠分钟而是靠秒来计算的。瘫痪的母亲、上学的孩子，再加上地里的活计，宫彪如同一个沉重的陀螺，艰难地旋转着。

日出而作，日落而息，勤快的宫彪将屋里屋外、院里院外收拾得干干净净、井井有条。可是，还是有一件事，宫彪始终放心不下。医生反复告诫他，老太太这个病，怕风、怕冷、怕寒、怕湿。老人所住的老房子阴暗潮湿，一到冬天墙上总会挂满白霜，炕怎么烧屋里也暖和不起来。看着母亲痛苦地蜷缩在被子里，宫彪的心里说不出的难受。

一人生病，全家吃糠，这在通榆，不是孤例。

通榆，是吉林省内唯一一个半农半牧的县城。新中国成立前，县内多为游牧民族，以放牧为主。新中国成立后，通榆开始变为养殖结合农业耕作的营生模式。

2019 年 5 月，通榆县在精准识别贫困户的基础上，瞄准经济最困难、住房最危险的贫困户，全面调查走访、登记造册，将住房困难的贫困户全部纳入危房改造范围，不漏一户，范淑芹老人的房子由此也被纳入了危房改造工程。

国家出钱给农民盖新房子了，这是宫彪做梦也没有想到的事情。盖了新房子，有了新的家，母亲再也不遭罪了，家里最难的事情终于有着落了。宫彪看着这做梦也想不到的事，乐得整宿整宿地睡不着觉，有时候，从梦里醒来还得掐掐自己的大腿，不敢相信好日子就这样来了。

五个月后，一个阳光灿烂的日子，宫彪将母亲从破旧的土坯房里抱了出来，搬进旁边的厢房。在对老房子进行一周的拆除以后，危房改造施工队走进他家，开始打地基砌砖墙。半个月以后，一栋崭新的砖瓦房替代了又老又旧的土坯房。

"妈，咱们搬进新房子里啦！"

宫彪小心翼翼地抱起瘫痪多年的母亲，用被子包裹好，像抱着婴儿一般轻轻抱起来，走出厢房。沐浴着温暖柔和的阳光，宫彪大踏步走进了新家。

房前的紫罗兰和三色堇开得鲜艳茂盛，美丽的花瓣在空中欢快地舞蹈、跳跃。去年春天，宫彪试着在房前播下了花种，紫罗兰和三色堇便灿烂盛开。又是一年春好处，宫彪拿起仓房里的工具，兴高采烈地走出院门，准备去草场放牧。搬进新家那年，他还加入了村里的养牛合作社。时至今日，通榆的各个村屯，家家户户都有牛羊。宫彪和伙伴们饲养的草原红牛，已经成为中国四大品种牛之一。

日子从此有了盼头的也远不只宫彪一家，宫彪的经历正是近些年通榆脱贫攻坚农村危房改造成果的缩影。在通榆全县共有两万余户同宫彪一样，深切感受着农村危房改造政策带来的幸福与喜悦。

2019年，用3个月的时间就完成了7223户农村危房改造任务；2020年，仅用36天就完成了1722户危房改造任务。通榆创造了危房改造的奇迹，打造了危房改造的"通榆速度"。五年来，通榆县累计改造危房24276户，极大改善了农村群众居住条件，实现了住房安全率100%、群众满意率100%的"双百目标"。

在通榆，一幢幢、一排排崭新漂亮的新瓦房已经成为这里的一道美丽风景。

二　蔚蓝

准备，出发！

凌晨3：00，漆黑一片。

松原的冬天，滴水成冰，呵气成霜。

"老把头"张文早早地穿上羊皮袄，戴好狗皮帽子，他的布满了皱纹和沧桑的脸，被严严实实地裹在皮帽子里。

推开门，一道寒冷的气浪冲进来，与房间里热烘烘的空气纠缠在一起。张文走出去，寒风刺骨，脸上却火辣辣的。他深深地吸了一口空气，一股凉气渗入心肺，呛得他咳嗽起来。

伙伴们正急不可耐地等候张文的到来。20多名渔工都厚厚实实地穿着棉衣、棉裤、棉鞋、棉帽，戴着厚厚实实的耳罩、围脖，排成一队，像一排裹成粽子的机器人。张文不禁笑了。

尽管渔工们已认真检查过工具，张文仍然认真地将工具一一翻查、检验。他们坐上马爬犁，张文吆喝了一声，出发！十几辆拉着堆积如山的渔网、绞盘的马爬犁，如长龙一般，奔向广阔的查干湖。

查干湖蒙古语为查干淖尔，意为"白色圣洁的湖"，位于松原市前郭尔罗斯蒙古族自治县。因为松花江和嫩江的交汇，松原成为一个多湖泡之地。查干湖水域面积达 60 万亩，是吉林最大的湖泊，也是中国十大淡水湖之一。

张文的父亲就是渔工，祖父也是渔工，祖祖辈辈生活于此，富饶的查干湖就是他们唯一的生计。查干湖冬捕始于辽金时期，距今已有上千年的历史，敬畏自然的理念与捕鱼的技艺一同传承至今。查干湖的鱼类有数百种之多，以胖头鱼、麻鲢鱼、鳡条鱼、嘎牙子鱼和大白鱼等最为闻名遐迩。

如今，张文已经当了 20 多年"鱼把头"。

把，其实是"帮"，是指这一伙网的领头"帮头"，一伙人的领头人。中国北方的居住地常常有中原各处的人来此居住和走动，极有可能是他们往来之间将"帮"念成了"把"。也有人争议说，"把"这个词可能出自我国东北少数民族语言，如蒙古族，他们常将英雄称作巴特尔、巴突儿、巴图，都是这个意思。蒙古语中的英雄，当然就是指民族的头人，于是逐渐演变成了"把头"之音。

"鱼把头"就是冬捕作业的领头人，冰上的"灵魂人物"。在渔工的眼里，"鱼把头"是他们心中公认的"好人"，有"神奇"的本领，能带领他们打到鱼。"把头"常常由"东家"指定或由小伙子们挑选，有些人早已在屯里出了名。"鱼把头"是捕鱼人的主心骨，特别是冬捕，这个人要从开始就被人默认他能带领这伙人打得着鱼。

不到 40 分钟，马爬犁车队依次抵达查干湖。张文带领大家小心翼翼行驶在冰封的湖面上。夜色正浓，高空的星星闪闪烁烁，像夏夜里的萤火虫。

张文驾驶马爬犁在湖面上仔细勘察。冬捕开始前，查干湖的渔工要让沉睡了大半年的网从网库里"醒来"，举行"醒网"仪式，就是以真诚的心去唤醒亲密伙伴——网。查干湖渔民的性格，像极了冰碴子，硬朗而直接，这无比神圣的仪式，就是他们敬畏自然的表露。

张文咋就知道哪里有鱼？他开玩笑说，因为他懂网。其实，大家都知道，张文他能识冰，这是"鱼把头"之所以被称为"把头"的神奇本领，张文的绝活儿之一就是识冰。

四野一片漆黑，远方有野狼在号叫。张文打着手电筒一点一点地勘探，终于在湖中间的一处停下来——这里就是他选定的捕鱼的位置。"冬季，鱼群在冰下喜欢成群地聚集。由于鱼的聚堆往往使水涌动，冰面上的雪便微微起鼓，这种冰面是有鱼群的征兆。"张文说。听着简单，做起来可就不那么简单。识冰，就是会看冰的颜色。有鱼群的冰层上往往结有数个气泡，气泡密集的方向是鱼群游动的方位，这样的冰层颜色发灰。还有就是要会听冰下的声音，俗话称"听冰声"，把耳朵贴在冰面上，通过水流声，分辨出鱼群的位置。

几十年来，"老老把头"祖父、"老把头"父亲口传心授，扎扎实实地教会了张文不少绝活儿。张文继承了祖父和父亲的老手艺，同时也与查干湖融为一体，四季的迁移、湖水的境况、风霜雨雪的毫厘变化，他都明察秋毫。"鱼把头"有了孙悟空一样的火眼金睛，才能对神秘的查干湖、对冰面下的鱼群了如指掌。

张文镇定自若地指挥渔工们丈量冰眼距离和位置，大家每两个人一组凿冰、布网。渔工怀抱着 20 多公斤重的冰镩，像神笔马良抱着神笔在冰封的湖面作画，这是他们"镩冰""炸冰"的工具。镩上白霜凝结，将寒光反射到远方。

渔工们先凿开一个直径 1.5 米左右的大冰眼，这叫作"下网眼"，之后用冰镩钻出近百个直径 40 多厘米的冰眼。冬捕时一趟网由 96 块网组成，总长度为两千米，渔工用 11 米长的穿杆带动渔网，将渔网顺入水中，跑水线的渔工娴熟地将渔网由上个冰眼制导到下个冰眼，最终让大网在冰下展开。布好的网，在湖面是看不到的，可是如果在水面之下就会发现，整整一平方公里的水域已经全部被这张大网合围起来。

晨光熹微，冰封的湖面如同战场，岸边已经有人聚拢，等待着渔猎部落的战斗成绩。巨大的渔网到达出网口，便由空网变成了"实网"。所谓"实"，不仅是虚实的实，也是"红"。也就是说，日出以后，这样的网可以开始"起网"，渔工们称其为"日头冒红网"，这就意味着这个渔猎部落今年将迎来大丰收。

太阳升起来了，在朝霞中露出红彤彤的面庞。霎时，万道金光透过云层，在冰面上染出一道道霞光。银白色的查干湖一眼望不到边，一个又一个冰窟窿下是蔚蓝的湖水，远远望去如同一只只闪烁的眼睛。张文和渔工们守候在大网四周。四匹健硕的骏马拉着机械绞盘打转，随着绞盘的转动，马轮子拉着网上的大绠，千米大网从冰湖内徐徐升起，冰面上泛起了水汽。岸边的人们越聚越多，他们紧紧盯着大网。渐渐地，朦胧的水汽之中，一条大鱼突然跃出水面，又一条大鱼跃出水面……鲤鱼、草根、胖头、麻鲢、鳡条、大白鱼，好多种湖鱼活蹦乱跳地在湖面腾空而起，好不热闹！

万尾鲜鱼，热腾腾地在冰湖上起舞——这"冰湖腾鱼"早已成为松原的一大盛景。随着一条条大鱼的跳跃翻腾，岸边的人们发出惊呼——这一网，已注定丰收。他们飞快地跑来，请求张文同意他们同鱼儿合影拍照，张文笑着一一允诺。

蔚蓝的天空、银白的冰面、金色的阳光、五彩的人群……相机将这时间定格在这一天、这一刻。查干湖，充满着收获的喜悦。

此时此刻，大网和绞盘上飞溅的湖水已经将张文和渔工们的外衣淋湿，湿衣服在寒风中迅速冻成冰壳，他们瞬间变成了一个一个移动的"冰雕"。

2006 年、2008 年，查干湖冬捕分别以单网冰下捕捞 10.45 万公斤和 16.8 万公斤两次创吉尼斯世界纪录。如今，每一年单网捕捞的重量都在刷新上一年的纪录。"可是，我们不能涸泽而渔，要给子孙留下生机。"张文说着，指挥渔工们将小一些的鱼重新放回湖里，"等你们长大了再见。"

而今，查干湖冬捕已经成为国家级非物质文化遗产。在久远的岁月中，一代又一代渔民们保护了自然，又依赖自然得到了生存。人类需要传承的，正是这种文化遗产。查干湖冰雪渔猎已经成为吉林省的标志性文化活动，更是"冰天雪地也是金山银山"的生动实践，依湖而居的松原百姓办起了渔家乐、农家乐，喜滋滋地过着幸福美满的日子。

三 雪白

清晨，潘晟昱便动身赶赴莫莫格湿地。

如常的一天开始了。

芦花摇曳，嫩水潺潺。浮动的晨霞和霭霭的月波交替升起，排列整齐的白杨树忧郁地俯瞰众生。湿地边缘鸟群留下的脚印深深浅浅、匍匐向前。白鹤成群结队，在潮湿的空气中高蹈轻歌。袅袅炊烟里，村民日出而作日落而息。数不清的日日夜夜过去了，而这里仿佛一切都未发生。

那些延伸在湿地里蜿蜒曲折的小路，那些横亘在松嫩平原上的大小湖泡，那些任凭雨打风吹依旧高挂在枝头的鸟巢，那些深埋在湿地之下沉睡了多年的岁月……这些，都写满了潘晟昱无比熟悉、无比亲切的故事。

大兴安岭由东北向西南绵延起伏，在镇赉留下连绵起伏的漫岗地、浅水滩、荒草坡，波涛汹涌的嫩江和温柔涌动的洮儿河在此交汇，江河沿岸形成了广袤肥沃的冲积平原——这便是物华天宝的莫莫格。莫莫格国家级自然保护区分布在镇赉县多个乡镇，据说光绪元年，蒙古族人游牧到此，发现了这里的美丽和安详，遂在此安营。莫莫格，在蒙古语里就是"行头"。

冬天的残冰还没有消融，潘晟昱的老朋友便都急不可耐地赶回来了——五千余只白鹤、灰鹤、白枕鹤和数万只大雁、野鸭等水鸟在此停歇、休养、补给——莫莫格迎来了候鸟北归高峰。

放眼望去，鹤舞莺飞，上下颉颃，生机盎然。潘晟昱拿出望远镜，支好三脚架，将长焦镜头对准了湿地里的鸟群。他这辈子最得意的就是定格镜头里的这些美丽生灵。

潘晟昱原本是一名摄影爱好者。这些年，河湖连通让莫莫格不再缺水，加上当地生态保护工作做得好，以前的荒地变成了湿地，大量候鸟回归。2003 年，潘晟昱萌生了生态摄影的念头，于是他开始以这些候鸟为对象拍摄。渐渐的，他发现，莫莫格竟然有不少世界罕见的珍贵鸟种。专家告诉他，在他的家乡莫莫格国家级自然保护区里，最珍惜、最重要的当属白鹤。潘晟昱一听，来了兴趣。他和朋友一起，驱车前往白鹤湖，据说那里有五千公顷的水面，白鹤经常在此聚集。

第一次见到白鹤，潘晟昱还闹了不少笑话。从前的莫莫格湿地，贫瘠干涸，潘晟昱长这么大，没见过白鹤，远远看到鹤群在那里逡巡，他高兴极了，端起相机就拍。等到他把照片放大细看，才知道那是农民家里饲养的大白鹅。还有一次，潘晟昱远远看见莫莫格湿地里大群白鹅，等车靠近，"大白鹅"惊飞起来，那长长的脖颈、长长的腿，那骄傲的神态、迅捷的身姿——潘晟昱这才意识到这是鹤，赶紧按下快门，匆忙之中没有设置好快门速度，导致照片拍虚了。

现在对这些鸟类，潘晟昱可是如数家珍，甚至还没等鸟儿亮出翅膀，他便能够脱口而出它们的名字，白鹤更成了潘晟昱相机里的嘉宾：一只雪白的白鹤站立在湖边，像一位亭亭玉立的少女，展现着婉约的风姿，超凡脱俗；湖面上，一群白鹤轻轻掠过，它们伸长脖颈，扇动着美丽的翅膀，宛如仙女在舞动长袖飞翔；白鹤在空中排着整齐的"V"形或"Y"形飞过，远远望去，飘飘然如仙人潇洒飘逸，高傲的身姿婀娜动人、令人陶醉。

每年三月，白鹤从越冬地江西鄱阳湖北迁，来到镇赉停歇；五月，启程到北极圈里的雅库特地区繁殖；九月，再由雅库特飞还，全程一万余公里。而处于嫩江和洮儿河交汇处、适宜水鸟栖息繁殖的莫莫格湿地，正是白鹤漫长迁徙途中的重要"驿站"。每当用相机捕捉到白鹤振翅时那些肉眼看不到的丰满羽翼、美丽长喙，看到它们无拘无束地欢歌、翱翔，潘晟昱的心里就充满了感动。白鹤的一生历经迁徙和磨难，每一年要经历万里跋涉的艰苦太不容易，"鸟"生不易。但是不论经历怎样的磨砺，它们同人一样，遵循群体规则，尊重手足之情，更对幸福生活充满向往和追求。越是对鸟类多了解一分，潘晟昱就越觉得应该倾心尽力记录它们，更要倾心尽力保护它们。

近20年来，潘晟昱用相机记录下白鹤在莫莫格湿地停歇的珍贵瞬间，并在全国各大媒体发表了大量稿件和图片，呼吁人们爱护生态、关注白鹤。2010年11月，中国野生动物保护协会授予镇赉县"中国白鹤之乡"的荣誉称号，2018年潘晟昱和他的护飞队获得了中国野生动物保护协会的表彰。

现在，潘晟昱不仅拍鸟，还被聘为中国野生动物保护协会科学考察委员会常务委员、吉林白城护飞队队长。爱鸟、懂鸟、拍鸟、护鸟……潘晟昱肩上的担子更重了，他的名声越来越响亮，哪里有鸟受伤了，哪里又发现新的鸟群了，哪里的鸟有什么不对劲了……大家都第一时间想到潘晟昱。

"这个鸟叔，不干人事，净干鸟事。"刚开始时，还有些人不理解潘晟昱，他们认为，鸟嘛，又不是人，哪儿都有，管得了这只还管得了那只，管得了这些还管得了那些？这玩意儿管它干啥？潘晟昱就想办法给他们做工作：

——白鹤，它们自古以来就是我们的吉祥鸟，在中国象征着长寿、福瑞。全世界白鹤只有几千只，在很多国家已经灭绝了，只有中国、俄罗斯等国家能见到它们美丽的倩影。白鹤在原来留恋的印度、伊朗、阿富汗……几乎绝迹。白鹤对环境非常挑剔，只栖息于开阔的平原沼泽草地、苔原沼泽和大的湖泊岸边及浅水沼泽地带。在中国，它们也仅仅选择了吉林镇赉、辽宁法库、河北北戴河……作为迁徙的中途停歇地。因为白鹤选择了镇赉，选择了莫莫格，所以我们这里才被称为"中国白鹤之乡"。

——白鹤非常机警，非常胆小，稍有动静，立刻起飞。白鹤是世界濒临灭绝的动物之一，它们濒危的最重要的原因就是栖息地遭受破坏和改变。此外，人类的非法捕杀、外来引入种群竞争、自身繁殖成活率低、国际性的环境污染，都会让它们数量锐减。白鹤属于国家二级保护动物，猎杀白鹤最高将会被处以 10 年以上有期徒刑，并处罚金或没收财产。

——莫莫格，是白鹤眷恋的土地，全世界 90% 的白鹤都会在这里停留。这对我们是多么大的信任！人类与动物同处地球村，是解不开、打不散的生命共同体，我们只有把这里的环境营造得温馨舒适、绿意盎然，它们才会选择来我们这里栖息。

几年来很多对立者、旁观者变成了志愿者，志愿者又去给更多的人做工作。越来越多的人明白了，这种有专属迁徙通道、每年春秋在莫莫格停留的白鹤，是非常珍贵的鸟类。这样一来，村民的态度就转为支持："白鹤，这是家乡的宝贵资源，任何人都不能祸害，每一个人都应该保护白鹤！"以前质疑的人没有了疑问，以前不懂的人变成了宣讲员，村民们不仅帮助潘晟昱宣传、巡查，还同潘晟昱一道，组建了近两百人的"白城护飞志愿者团队"。每年春秋两季，护飞队员便开始了"护飞"的忙碌。只要发现白鹤等候鸟到来，他们就会赶到湿地驻守。队员们把大部分的精力都放在了护飞上，伴朝晖、沐夕阳，用心用情去守护这群精灵，为它们的停歇、繁衍保驾护航。

现在，越来越多的人叫潘晟昱"鸟叔"，潘晟昱也坦然接受："我就要做一个爱管鸟事的'鸟叔'，我很开心！"潘晟昱觉得，这个外号让更多人知道他在干什么，可以带动其他人一起关注、关心、保护野生动物，宣传效果就像倒金字塔一样，一天比一天高，参与的人越来越多："在我们镇赉，绿水青山、冰天雪地都是金山银山！"

四　桃红

一夜之间，盛开的桃花炸响了沃野。

春风浩浩荡荡，带着君临天下的豪迈；春风旖旎摇曳，带着烟视媚行的羞涩——驻足在如云一般盛开的桃花之间。

春风一度，桃花十里。可爱的宁馨儿在枝叶间伸着懒腰，围绕着树干大口呼吸，张开僵硬的翅膀，吐芽，生长，蔓延，像蝴蝶一样不断地蜕变，一层层地从冰封的寒冬里挣扎出来，舒展开蜷缩了几个月的身子，用更多的颜色装点身姿，直到春雷轰然炸响，哗啦啦地便漫天遍野地肆意开放。

"桃花坞里桃花庵，桃花庵下桃花仙。桃花仙人种桃树，又摘桃花换酒钱。酒醒只在花前坐，酒醉还来花下眠。半醒半醉日复日，花落花开年复年。"唐寅的诗在春风里生长，同桃花一样开遍山冈，开遍沃野。

田垄边那几十株桃花开得最好，像打翻了画家的调色盘，粉红色的花朵云一般散落在桃树上，晨雾一样迷离，朝霞一般璀璨，将站在桃树下的人们的面孔照得亮亮堂堂。他们穿着整齐的蓝灰色工装，整齐地排成一队。排在队首的潘修强已经年过半百，健硕，敦厚，笃实。同样的工装穿在他的身上，像是有着一种特别神圣的仪式感，领口系得妥妥帖帖，袖口卷到臂弯，好像随时准备出发去参加一个重要的会谈或者会议。潘修强不时走进旁边的蓝白色"大临"——大型临时建筑里，对着大屏幕发布指令："解锁——各项数据正常——起飞！"无人机拍摄的实时镜头在大屏幕上清晰可见：高天阔云之下，灰白色的地块散落分布，而靠近"大临"附近的地块，却呈现出象征着生命力的黑褐色。

潘修强是中科佰澳格霖农业发展有限公司董事长。五年前，他带领团队从脚下这块土地起步，开始了盐碱地改良和现代农业综合开发的尝试。

白城大安，位于吉林省西部松嫩平原腹地。嫩江，自大兴安岭伊勒呼里山麓发源，由北向南，一泻千里，在大安台地转向东南，形成了广袤的科尔沁草原。"科尔沁"，蒙古语的意思是"弓箭手"。原始的泉河，原始的植被，原始的天空，原始的风味，平坦而又柔软的天然绿茵场，写满了美丽的传说、动人的故事。仰天远望，云在游，风在摇；闭眼倾听，鸟在叫，羊在唱。大自然倾尽其伟力，在这里创作了一首优美的田园交响曲。

然而，这里却是吉林历史上最贫瘠的地区，也是白城历史上盐碱地最为集中的地区——全市 203 万亩耕地之中，盐碱地面积达 174 万亩。松嫩平原缺少河道，草场每年的蒸发量远远大于降水量，多年来风化、碱化、沙化形成了大面积盐碱地，这成为制约农村发展的瓶颈。"夏天水汪汪，冬春白茫茫，只长盐蓬草，不长棉和粮。"盐碱滩上世世代代传唱的歌谣，诉说着黑土地的心酸。

辽阔的沃土，只能这样任其盐碱化吗？在黑土地土生土长的潘修强偏偏不信邪。一次偶然的机会，从事医药工作的潘修强赴欧美考察，"智慧农业"这个概念吸引了他的目光，他敏锐地感觉到未来中国农业的市场是巨大的，未来中国农业也是会有天翻地覆的变化，这是中国农业发展的方向！

2016 年，潘修强带领团队从智慧农业入手，在大安盐碱地这片战场上开展生态型土地整治攻坚战。

究竟是什么神奇的力量让"盐碱地"变成"鱼米乡"？盐碱地号称是地球的"癌症"，治理难度之大，超出常人的想象。潘修强说，改良必须以降低土壤的盐分为主，只有将盐分降低，才能根治顽疾，解决水稻生长的生理性障碍。中科佰澳采取以水洗为主，辅助改良剂和生物菌剂等方式，总结了一套系统的技术措施，根据苏打盐碱地土壤遇水易溶、水干成块易裂的特性，中科佰澳进行了田间道路、上水渠和泄水渠的设计，既可同时满足种植、农机和水利等几方面的需求，又能方便田间管理、运输和现代化农业机械作业，采用单排单灌设计方式，保证上水和排水的畅通，减少后续维护，满足水稻种植需要。与此同时，主要改良土壤的种植层，淡化表层大约20厘米的深度，达到满足水稻正常生长的需求，从而降低改良成本。团队研发了专用袖式水龙带，彻底解决了上水对渠道的冲刷，避免了因盐碱土特性导致的渠道塌方，也减少了水分的蒸发和用水量，节省了看水的人工投入。

通过这种"淡化表层"和"熟化耕层"处理，经过改良的盐碱地pH值从11降至8.5以下，盐分降到0.3%左右，土壤有机质提高2%以上。整理后的水田每块3亩，平整度达到正负2厘米，渠系方田化，适合大型机械作业，耙地后达到"寸水不漏泥"，有利于控草和上水管理。基地工程质量好，成了远近闻名的标杆型工程，减少了后期田间管理人员，降低了成本，减小了劳动强度，完全满足了水稻的种植需求。

智慧农业，首先需要的是大量的智能化装备。潘修强开始着手研发一个基于京东云的农业管理系统。未来土地的管理者可能不是从事农业的农民，单是通过这个京东云系统，他就会变成一个合格的新农人，包括管理系统、控制水利。"我感觉中国未来的农业会有天翻地覆的变化，农民承包地'三权分置'以后会出现很多农业托管公司，也就是说，这块土地属于某个人，但实际种植、管理、产品销售等，都由专业人士来运营。"潘修强说，"我们就是这样的专业人士。我们可以对整个村落、整个乡镇甚至整个县域的土地进行托管运营，根据土地的不同性质进行不同的运营。比如过去一个农场种十几二十种蔬菜，托管运营后上千亩甚至上万亩土地只进行单一品种种植，在单一品种上做到极致。之后进行不同距离城市的农产品配送，这样就实现了农业经济效益的最大化。"

大安有外来地表水，可以在盐碱地上种水田。潘修强估算，国家最缺水田用地指标，一公顷水田指标可在国家平台上给当地政府奖补 240 万元。有数据显示，大安未来盐碱地可开发面积在吉林省是最多的，大概有 3 万公顷，如果能把这 3 万公顷土地都纳入国家奖补平台，可以为吉林省增加将近 700 亿元财政收入，这将为保证国家粮食安全做出巨大贡献。

可是，这毕竟还只是一个美丽的愿景，能实现吗？有人疑惑。

潘修强信心满满，能实现！人人肩上重担挑，秋后产量见分晓。过去咱这地方是"盐碱卤水硝,吃鱼河里捞",谁也不敢种地。这几年，我们让农民放心种上了水田，盐碱地新开垦的水田亩产已达到 1000 多斤。我们已经成功对 6.5 万亩盐碱地完成改造，让这些土地长出了深受市场欢迎的弱碱性水稻。这样算来，为国家新增耕地 37500 亩，今年和明年会给大安市新增财政收入 60 亿元。此外，潘修强团队还对土地实施精细化的田间管理和现代化农业机械作业，采取养鸭、养蟹的种养结合方式，建立绿色生态链。"古人说，春江水暖鸭先知。在我们这里，春江水暖，鸭蟹先知。"潘修强笑呵呵地说。春江水暖，鸭蟹先知，这是吉林西部盐碱地治理改良的真实写照。

藏粮于地，藏粮于技，才能让"盐碱地"变成"鱼米乡"。只有这样，才能实现黑土地脱贫致富、乡村振兴、跨越发展的巨大飞跃。

测量湿度、风速、土壤温度……桃花林里，穿着蓝灰色工装的人们正在紧张忙碌,记录试验数据。远处，有人引吭高歌自编的小曲：

阡陌虫声远，沟渠水皱疏。

老牛哞语诉荒芜，赢弱变丰腴。

又道谁家女子，改换新妆如此。

秋来贵客沐清风，平仄诵葱茏。

新农业的引领者，造福地方的践行者，生态环境的守护者——这是中科佰澳格霖农业的定位。中科佰澳格霖把"让世界的盐碱地变为沃野良田"作为企业愿景，擘画了美好未来。2018年，与袁隆平院士团队合作，建立了东北三省唯一的袁隆平院士实验基地，共同培育抗盐碱的水稻品种，探索品种改良方法。与中国农业大学、吉林省农科院、吉林农业大学等多家院校建立了合作关系，借助高科技平台，打造了集盐碱地研发、试验和示范于一体的综合基地。

潘修强拿起手机，打开"云监工"。互联网的那头，白城市网红大楼的带货主播正卖力吆喝："三系稻花香，透亮、甘甜，实在是香啊！"

桃花坞里桃花庵，桃花庵下桃花仙。

桃花林下的黑土地，正在从冰封中渐渐苏醒。

五　碧绿

世界一下子静下来，日子一下子静下来。

于德江走在山林里。

天地寂静，山野寂静，四周只有他的脚步声。

远处传来一声嘶鸣，是马鹿还是黑熊，抑或是东北虎？路边，一只狍子横穿而过，看见他，猛地站住，立起胖胖的身子，竖起弯弯的犄角，瞪着他同他对峙，冰天雪地里格外醒目。于德江笑了，傻狍子果然是傻狍子，真的是傻透了。他常常在路边捡到被车撞伤的狍子，它们不怕人，见到人就这样傻傻地站住，呆呆地与人对峙，可是，这小傻瓜的血肉之躯能挡得住大汽车的钢铁骨架吗？

小年过了，山里愈发冷清。还有六天就要到除夕了，于德江掰着手指数着。不，不能掰手指，零下三十摄氏度的气温，滴水成冰，裸露的皮肤会转瞬间被冻伤。他穿着厚厚的棉衣，可还是挡不住山里刺骨的冷风，雪花落在他的脸上、肩上、身上，越积越厚。他用厚厚的围脖裹住了面孔，他呼出的气息在眉毛、睫毛上结出厚厚的冰霜，他想象着自己的模样，就像一个会走路的雪人。小时候，他一看到下雪就欢呼雀跃，跑出去打雪仗、滚雪球、堆雪人，在雪人的头上插一根胡萝卜，每到这时，雪工程就完工了。现在，他和雪人之间，只差一根胡萝卜。

于德江在心里数着——

一、二、三、四、五、六,六、五、四、三、二、一；

一、二、三、四、五,五、四、三、二、一；

一、二、三、四,四、三、二、一；

一、二、三,三、二、一；

一、二,二、一；

一,一；

一；

一；

……

数着，数着，年，就这样来了。

每一年的这个时候，他都会这样数着天数，就像牙牙学语的孩子在学数数。

一个人的年，一个人的家。

除夕终于到了，像往年一样，于德江给自己包了三十个酸菜馅饺子。他小心翼翼地将饺子倒进沸腾的大铁锅，等锅里的水沸腾后再加进冷水，再次沸腾再次加进冷水，第三次沸腾，饺子便可以捞出来了。一个饺子皮儿都没破，好兆头！于德江得意地看着自己的杰作，倒了一杯老白干奖励自己，对着镜子，祝福里面的那个自己："德江，新年快乐！"

一个人的家，一个人的年。

长白山维东保护管理站站长于德江不是没有家。他的家，在大山外，而他的岗位，在深山里。某一年的除夕，寂寞的于德江在日记里写道："过年了，我也想家，此时家里正在热热闹闹地准备着年夜饭吧？烟花有多绚烂，我的心里就有多牵挂，想念着母亲的一手好菜，想念着父亲理解的微笑，想念着当兵的儿子也在岗位坚守，也想念着妻子温暖的拥抱。"

不，准确地说，于德江的家，在大山里。他是守山人，长白山林海中的九座保护管理站，就是守山人的家。起伏的群山、茂密的林海是大山的繁华，挺拔的白桦、黝绿的松林是大山的热闹，神秘的野兽、翱翔的飞鸟是大山的喧嚣，曼妙的青苔、淙淙的林泉是大山的荣耀。可是，于德江的生活与繁华无关，与热闹、喧嚣、荣耀都无关。

他只有寂寞，寂寞是他每日的工作，寂寞是他的一切。

于德江还有许多好听的绰号——森林卫士，林海哨兵。士也好，兵也罢，于德江却没有军装，没有工装，更没有职称。他有的，是对大山无尽的爱。

长白山，地跨安图、抚松、长白三个县，是大自然留给吉林的永世财富。1960 年，经国家批准建立长白山自然保护区。以天池为中心，南、西和北三面围成长白山自然保护区，总面积 196465 公顷，野生动物 1588 种，野生植物 2806 种，树木蓄积量 4400 万立方米。

长白山从山麓到山顶，随着海拔的升高，呈现出针阔叶混交林带、针叶林带、岳桦林带和高山苔原带四个植物垂直分布带，呈现出"一山有四季，十里不同天"的景色。万顷原始森林里草木森森，鹿鸣鸟啭，瑞气氤氲。这是地球上保存完好庞大的原始森林系统，森林覆盖率高达85%，被誉为中国东北"生态绿肺"。

这片广袤的原始森林，这个数千种野生动植物生存的天堂，二十世纪八十年代被联合国教科文组织批准加入"人与生物圈"保护区网，成为世界自然保留地。长白山还是松花江、图们江、鸭绿江的三江之源。生态环境优越，自然水系丰富，让长白山之水天下闻名，与阿尔卑斯山和高加索山一并被公认为"世界三大黄金水源地"。

天地有大美，奇绝长白山。

百兽栖息地，千鸟竞飞林。

这是来到长白山的文人墨客为长白山吟咏的诗歌，写得真好。于德江将它们牢牢记在心里，以后在山里遇到游客可以这样对他们夸耀。

于德江对长白山的每一棵树、每一座峰、每一条河、每一个故事都如数家珍。老一辈守山人告诉他，远古时期水神共工与火神祝融争战，共工兵败，气急之下用头怒撞不周山的撑天之柱。天柱崩溃导致天庭塌陷，天河水从天豁峰处灌入人间导致洪水泛滥，女娲娘娘为民福祉，在大荒之中不咸山无稽崖下烈焰冲天、岩浆翻滚的巨大火山口中，炼成了高经12丈、方经24丈的顽石36501块。女娲用了36500块五色石，堵住了缺口，单单剩了一块未用，留了个小小的豁口，叫天庭之水缓缓地流下沃灌人间，形成了通天乘槎河，又斩下龟足把倒塌的天边支撑起来。那无用之石便被遗弃在青埂峰下，就是今天的长白山，那水便是长白山天池。这块补天石后来还演绎了一场悲金悼玉的红楼梦，这些都是后话。

传说天庭之水沃灌的长白山天池里还住着上古神兽，清代《长白山江岗志略》这样记述："自天池中有一怪物覆出水面，金黄色，头大如盆，方顶有角，长项多须，猎人以为是龙。"这些年来，长白山越来越名播遐迩，各个国家的科学家争先恐后来到长白山，在这里开展试验。他们发现，天池是火山喷发形成的高山湖泊，四周被十六座山峰拱护，这里草木不生，自然环境险恶。奇怪的是，一般高山湖水中极少有机质及浮游生物，科学家在乘槎河里却不断发现生命体的存在。这些生命是如何在高寒险恶的环境生存下来，又进化到这生物链的顶端？这真令人百思不得其解，连科学家也没有答案。

于德江将他对长白山的爱融入了每一天。

长白山无限风光的背后，是无数个于德江这样的守山人的无私奉献。他的职责只有上限，没有下限：防火、防盗、防风、防沙、防虫、防病、防害、防止游人走失……守护长白山没有捷径，多巡查，多防范，才是硬道理。一座山、一条路、一段坡，于德江对这里比对山外的家里都熟悉。每一寸土地都需要他用脚步丈量。守山人有多苦？于德江说不出来，他只知道，自己每天要在烈日暴晒或者风暴肆虐中穿越数十公里的泥泞丛林，一路上还要遭遇蚊虫叮咬、野兽袭击。有一种害虫叫草爬子，每年春夏都在偷偷"骚扰"守山人。巡山时，草爬子悄悄落到人的身上，潜伏下来。于德江被草爬子叮咬不是一次两次、一天两天的事了，有时候满身红肿，随之高烧不止，曾经有同伴因此得了森林脑炎，差一点见了阎王。这些年好了，有了预防草爬子叮咬的疫苗，于德江的心里踏实了许多。

长白山自然保护管理中心现有五百余名守山人，这就是奔波深山林海的于德江的同伴们。他们都有一个朴素的名字——管护员。他们还有许多骄傲的称谓——千里眼、铁脚板、活地图。这是对他们的最高赞誉。"千里眼"是瞭望塔上的瞭望员，十五座瞭望塔，辐射全区 80% 的区域；"铁脚板"是对每一位守山人的称呼，每年他们巡护的里程高达十二万公里；"活地图"是在夸他们对山里地形了如指掌，即使没有北斗全球定位系统，他们也不会迷失在深山林海。

守山人的岗位在山里，每次巡山，所有的衣食住行都要自给自足。上山前，必须备好半个月的给养，而且要自己背到山上来。春季进山时，山路上厚厚的积雪还未融化，从山下走到山上，衣裤已被积雪和汗水填满。到了山上，凛冽的风瞬间便能将人牢牢地冻住。瞭望台海拔高，温度低，瞭望员大都患有高血压，治疗的前提就是远离高海拔低温处的生活环境，可是岗位上怎么能没有人呢？

最艰难的是遭遇风暴，气温陡降。于德江记得有一次，他和同伴在巡山路上遇到天气突变，所带粮食不足，只好每天减少一顿饭。大雪封山，积雪半人之深，上山、下山都只能爬行，短短几公里路，于德江和他的伙伴们要爬上十几个小时，他们的手上开出了"血花"。突来的困难延缓了行程，背囊的食物已尽，寒冷加上饥饿，他们靠积雪充饥，完成了任务。

于德江走在山林里，四野寂寞，天地寂寞。

他就这样走啊，走啊，走啊。

长白山的绿水青山，正是于德江这样的守山人一步步走出来的。

2020 年，长白山自然保护区建区 60 周年，一代代守山人成为庆典的主角。60 年来，他们顶风冒雨、趴冰卧雪、风餐露宿，在茫茫林海中昼夜巡护，走遍了长白山的山山水水、沟沟岔岔，累计巡护里程 4000 多万公里，可绕地球 1000 圈。他们用双足换得"铁脚板"，用坚守练就"千里眼",用经验绘成"活地图"。一家三代人、一门三兄弟护山、守山的故事薪火相传,淬炼出"天然天成、尚德尚美、创业创新、自立自强"的长白山精神。

这是一座有着神祇守护的神圣山峰。其实,无数个于德江才是守护着这神山圣水的神祇。是的,在这里,每一棵大树都有记忆,每一条河流都有历史,每一座山峰都有故事,它们绵密而悠长,汇成了长白山的传说。

松涛阵阵,流水潺潺,峰峦叠嶂,如果你俯身倾听,你会听到——岁月,正在低声讲述着守护者的不老传奇。

六　金黄

月光如水,映照无眠。

蔡雪一个人走在田埂上。风,掠过她的长发,吹拂她的裙裾,鼓荡她的思绪。

稻田里,成熟的稻穗笑弯了腰,一个又一个笑弯了腰的稻穗汇成了波涛汹涌的稻浪。蔡雪温柔地用手抚摸着随风高蹈的稻穗,稻穗更加温柔地回应着她的抚摸。月光照在她的脸上、她的肩上,镌刻出她雕塑般的身影。她像一个在大海中遨游的小人鱼,痴痴地寻找海底失落的光。蔡雪痴痴地想,也许,我的命运就是在某个清晨,化作泡沫,浮上海面,在咸涩的海水和泪水中挥别我永远的挚爱。

夜色浓重,晨露生凉,田野寂静如洗。远处的凤凰山低伏着山脊,像一队队枕戈待旦的武士。秋蝉高鸣着,在枝叶间低低地掠过。溪河静静流过,温驯、沉默,经过一个转弯,又一个转弯,不期然地发出一声低吼,又一声低吼,之后又是无尽的温驯和沉默。萤火虫停泊在水面的腐叶上，远远地漂来，撞到另一片腐叶，打了个转，继续前进，照亮了好长的一段水程。

早秋的清晨，天还没有亮，月光水银一般倾斜而下，薄雾生凉。蔡雪在田埂上走着，夜晚在她的脚步声中轰然作响。

这两个月，一桩接一桩的好事让蔡雪兴奋得睡不着觉。

年纪轻轻的蔡雪，两次上了央视新闻联播，一次是在总理主持召开的座谈会上，蔡雪畅谈自己大学毕业返乡创业的体会，就完善乡村振兴人才激励机制提出建议；一次是在《吉林：用实干作答以发展求变》的新闻报道中，蔡雪在镜头前侃侃而谈："我去过日本、韩国和欧盟考察农业，亲眼看到越是生产规模化、机械化程度高的合作社，其产品在市场上也就越有竞争力。"这让新型职业农民典型和大学生返乡创业典型、90后青年蔡雪，与她代言的知名品牌舒兰大米一道声名远扬。

2013年，蔡雪大学毕业。与她的同龄人一样，她首先选择了北上广深这样的大城市。就在同学们还在观望犹豫的时候，蔡雪很快就以聪明伶俐、勤奋踏实成为公司的骨干，不久便被提拔为上海一家公司的中层负责人。

然而，她的命运在一次回舒兰探亲中发生了转变。

蔡雪在南方吃不惯当地的籼米，回到家里，她发现，因为有着独特的地理位置和自然气候的优势，舒兰大米格外米香四溢，唇齿留香。然而，这么好的大米为什么卖不到南方？酒香也怕巷子深，稻米市场竞争格外激烈，舒兰大米在市场上得不到认可。销路决定出路，舒兰大米的销路不畅，怎么会有出路？怎样才能打开舒兰大米的销售渠道呢？蔡雪陷入了沉思。

与其临渊羡鱼，不如退而结网。蔡雪决定辞掉公司的职务，回家乡创业。

公司的同事们听说了，都跑来劝她，他们舍不得她，更不理解她，不明白她何以这么毅然决然。年纪轻轻，前途无量，美好的未来在向蔡雪招手，难道这一切说放弃就都放弃了？蔡雪却吃了秤砣铁了心，她试图说服同事："我不懂水稻种植，销售经验也是微乎其微，但是我想为家乡做点有意义的事，让一成不变的家乡换个样子。"蔡雪忘不了小时候看着父亲光脚在稻田里劳作的场景，那是她童年的美好记忆，她有责任让父亲、让乡亲都过上幸福生活。

辞别南方，回到舒兰，已经是2014年的8月。蔡雪说干就干，不到一个月时间，便同父亲在溪河镇双印通村注册成立了舒兰市农丰水稻专业合作社——只有两个人的合作社。

舒兰位于长白山余脉向松嫩平原过渡地带，舒兰多为冲击水稻土、草甸型水稻土，独特的地理位置给予了舒兰独特的禀赋，肥沃的土壤让水稻在舒兰历史中成了不可替代的元素，历史上舒兰是黑土地的"黄金水稻带"，盛产有名的舒兰贡米。

蔡雪发现，成就好的大米，不仅需要好的土壤资源，还需要好的水系资源。在南方乡村，江河湖泊星罗棋布，水系发达。北方却干旱少水，水稻一般采用抽水灌溉，可是，地下水的水温较低，不利于农作物生长。舒兰则不同于一般的北方地区，发达的天然水系完美地解决了灌溉问题，同时，水系远离人口聚居区，周边没有大型工矿企业，这让舒兰大米的质量得到了极大保证。

这一年，蔡雪报名参加了新型职业农民培育工程。这期间，她被舒兰市推荐，随同吉林省的考察团赴日本考察当地农业。日本农业的"一村一品"产业、管理、销售模式等，让她受益匪浅。

这些让蔡雪深深受益，也给予她极大的信心，她准备把舒兰大米做成高端产品，推出舒兰高端大米品牌"三莲"。蔡雪的想法和干劲感染了村里的乡亲，不久，五十多户农民加入了她的合作社，合作社负责统一采购、种植、销售。蔡雪担任理事长，负责打造品牌和对外销售。

蔡雪的"三莲"大米与众不同：以物理、生物方式除虫取代农药除虫；以稻田养鸭、蟹、鱼及人工除草的方式取代农药除草；以在大量施有机肥的基础上合理配方施肥的方式，取代原本化肥施肥方式；在防病上，由生物制剂取代原来的化学制剂……这些成就了现在多样化的舒兰大米。

优质大米生产出来了，如何打开市场？蔡雪从免费送作赞助开始，逐渐得到客户的认可，再到现在渐渐形成了一个健全的销售网络。就这样，蔡雪在一、二线城市中成立了自己的品牌专卖店，在北京、上海、江苏、浙江、山东等地不断发展经销商、代理商，展开大宗团购采买。跑展会，完善线上线下销售网络，蔡雪忙得不亦乐乎。

尽管才二十几岁，但蔡雪在上海见过大世面，是个"点子大王"。

——2016年，蔡雪先后赴日本、韩国、欧洲等地考察学习，并参加了吉林省青年农场主培训班。

——2017年，蔡雪开始尝试以水稻文化为主题，发展观光农业。建立24小时物联网全程可追溯体系，结合稻田观光、水稻文化、农事体验等环节，向着现代化的稻田综合体目标前进。

——2018年，舒兰市农丰水稻专业合作社理事长蔡雪还与香港中港食品安全交流协会建立"有机水稻种植合作基地"，让"一亩田"私人农场项目进驻香港。

——依托父亲的舒兰市吉米粮食有限责任公司，蔡雪建立了"公司＋基地＋农民"的经营模式，让每户社员平均增收6000多元，为每户农民平均创造工资性收益 10000 多元。

经过五年的发展，蔡雪的农丰水稻专业合作社拥有土地 7000 亩，涵盖两个乡镇的 4 个村，带动了 146 位村民就业，发展成为集新技术推广、稻米加工、销售于一体的专业合作组织。"三莲"牌有机大米也由单一品种发展成有机稻花香、生态长粒香、珍珠米和杂粮等系列产品。

如今，随着蔡雪知名度的提升，来舒兰调研考察的人越来越多了，交流、演讲越来越多，但是蔡雪做好大米、卖好大米的初心依然不变。线上线下融合发展、开大米社区店、加入银行团购会员平台……蔡雪正在一步步建设着自己的"大米帝国"。

被全国妇联授予"全国巾帼建功标兵"荣誉称号、入围第十一届"全国农村青年致富带头"名单、成为首届吉林市十大农村创业创新明星……蔡雪厚厚的荣誉簿上不断增添新的篇章。

站在新的起点，蔡雪给自己定了一个"小目标"：做好电商、组建专业的营销团队、发展好家庭农场。时间过半，任务完成亦过半，北京、上海、昆山、杭州、宁波、香港，数万公里的飞行距离，"空中飞人"蔡雪从不喊累，全身心的付出换来的是雪片一样的订单。蔡雪挥洒着汗水，谱写着一曲青春之歌。

蔡雪的雄心或者野心可不止在舒兰。她知道，吉林省是农业大省，是著名的大"粮仓"，地处世界"黄金玉米带""黄金水稻带"。金黄的稻田里，有着她的梦想，也有着她的蓝图。

天渐渐亮了，雾气愈发浓重。凤凰山青黛色的轮廓退到了遥远的背景中，与天色融合一体。溪河水汩汩流淌，沉默、坚韧。秋蝉累了，停止了嘶鸣。萤火虫也累了，隐身在晨光里。仲秋的早晨宁静而熨帖。

蔡雪一个人走在田埂上，不知疲倦。她清瘦的背影就像一棵饱满的稻穗。看着夜色渐渐褪去、天光渐渐变白，蔡雪的心里充满了喜悦。从北京回到舒兰，她心里的那个梦愈加清晰了。

蔡雪俯下身来，抚摸着随风舞蹈的稻穗，稻穗争先恐后回应她的抚摸，与她喃喃私语。蔡雪听得懂它们在说什么，她知道，自己的选择是对的，这种怀抱着收获的踏实感觉，就是幸福。

晨曦里，金黄的稻穗随风摇摆，远远看去，像一片金色的海洋，不，比波涛汹涌的大海还要壮观。滚滚稻浪将大地染成一片金黄，将天空染成一片金黄，这殷实的、蓬勃的、浩荡的金黄，向蔡雪呼喊着成熟的喜悦。田野里，弥漫着稻子的馨香。聪明的鸟儿已经捷足先登了，它们在稻田里捡食脱落的稻粒，用尖尖的长喙拨开沉甸甸的稻穗外壳，洁白的米粒跃然眼前。

远处，数十辆联合收割机整齐地停放在路旁，穿着制服的驾驶员正在忙着出工前的检测。蔡雪知道，充实而繁忙的一天，又要开始了。

七　油黑

入伏了，太阳烤得大地火辣辣的。

一望无际的庄稼地里，一人多高的玉米已经结穗。一排排玉米秆像一个个威武的士兵，笔直地挺立着。微风吹过，绿得发亮的叶子随风摆动，发出扑扑簌簌的响声，如同轰然作响的命运交响曲。

王贵满在地里走得急，汗水顺着他黝黑的脸颊小雨似的流下来，湿透了他的衣衫和挂在脖子上的毛巾。他不时将毛巾拉下来，使劲地擦着脸上的汗，拧干了，又挂回脖子上。王贵满眯着眼睛，穿梭在庄稼地里，一边疾走一边打量着脚下的黑土地，时而查看玉米结穗情况，时而弯腰薅起一棵玉米秆，查看玉米的根须。看到玉米将根深深地扎进土里，他的脸上露出了笑容。看到玉米的根须盘成脸盆大的一坨，他的脸色陡然阴沉起来。

作为四平市梨树县农业局副局长，王贵满明白，那是因为下面的土壤发黄、变硬、板结、退化了。

他蹲下来，抓起地里一把已经板结退化的土块，用力一攥，手里的土块渐渐碎掉，海沙般从指缝间流下来。黑土不仅变成了黄土，还失去了黏性。

令人痛心、忧心的"黑土之殇"！

王贵满1979年从梨树考入延边农学院农学系，毕业回到家乡从事农技推广工作。一晃四十年过去了，他的生命始终围绕着黑土地，黑土地的每一分成长、每一分疼痛都牵扯着他，让他为之歌唱、为之忧伤。

耕地，是四平粮食生产的"命根子"；四平，是吉林粮食生产的"大后方"。四平市梨树县历来是"一两黑土二两油,守着黑土不愁粮"，肥沃的土地插根筷子都能发芽，耕地面积达400多万亩，粮食总产量多年保持在50亿斤以上，名列全国粮食生产十强县。

但是，高产背后却是黑土地的长期透支。20世纪50年代，由于粮食生产的需要，我们开始对东北黑土区进行大规模的垦殖，自然草甸变成了良田。过度开垦加速黑土地的水土流失，大量肥沃黑土层消失；地表裸露，春季风蚀，吹带走大量表层土壤，导致黑土肥沃表层变薄；秸秆离田、有机物投入减少、频繁耕翻等造成黑土地有机质含量降低；土壤有机质含量降低导致一系列土壤性质的恶化，最终导致黑土地退化。此后几十年来，由于大量使用化肥农药，黑土地耕作层土遭受更加严重的破坏，"二两油"变成了"破皮黄"。

王贵满看到一份报告，东北黑土地近50年土壤有机质含量平均下降1/3，部分地区下降1/2。他做了个研究，发现东北可耕作黑土层的平均厚度只有30厘米，比开垦之初整整减少了40厘米。

"黑土之殇"让王贵满忧心如焚。

可是，怎样才能停止黑土地退化的脚步？

王贵满想，当务之急是停止使用化肥农药。以前用农家肥，秸秆经过家畜的消化，转换成粪肥回到地里，种地又养地。秸秆，从来都是农民的宝，可是这么个好东西竟然被抛弃了。大量使用化肥后，毫无用处的秸秆被烧掉了，农家肥换成了化肥农药，黑土的营养就这么一点点流失了。

黑土地的养分没有了，黑土地的灵魂在哪里？

这问题让王贵满神不守舍，魂牵梦绕。

是否可以尝试秸秆覆盖还田？这成了王贵满的心病。他一头钻进实验室，不停地研究、试验，最后确认秸秆覆盖还田是养地护地最经济有效的方式。王贵满知道，黑土地保护是个历史性大课题，单靠县农技推广站的人远远不够，还必须广泛推广、达成共识。他各方联络，终于说服了中国科学院、中国农业大学、吉林省农科院等高校和科研机构的几十位专家学者，请他们来梨树现场观摩。

2007年，梨树高家村一块225亩的"破皮黄"地块，成为"秸秆全覆盖"试验田——面对重重质疑，王贵满坚定地相信，这就是能治他"心病"的"心药"。

在这块试验田里，围绕玉米秸秆全覆盖，中科院、中国农业大学和吉林省农科院的研究人员，尝试采用宽窄行的种植模式：第一年，窄行两垄玉米间隔40厘米，宽行间隔80厘米，上面覆盖秸秆；第二年，在80厘米的宽行中间取40厘米种植玉米，上年的窄行变宽行堆秸秆。在这个过程中，秸秆全部还田覆盖地表，耕作次数减到最少，让秸秆有时间慢慢腐烂。

原本计划试验十年初见成效，可是短短几年，"秸秆全覆盖"的效果便逐渐显现，"破皮黄"渐渐变得黝黑黝黑。中国农业大学科研团队监测显示，试验田保水能力相当于增加 40 至 50 厘米降水，减少土壤流失 80% 左右。全秸秆覆盖免耕五年后，土壤有机质增加 20% 左右，每平方米蚯蚓的数量达 120 多条，是常规垄作的六倍。

如今这块地，踩上去脚感松软，当年的"破皮黄"成了实打实的高产田。事实证明，"秸秆全覆盖还田"，保墒、护土、抗倒伏，还能增加土壤有机质，促进土壤黑土层形成。

事实证明，这项技术不仅可以培肥地力实现节本增效，还有效地解决了水土流失和因秸秆焚烧引发的环保问题，为吉林，更为东北地区耕作制度改革提供了最佳解决方案。

"梨树模式"一炮而红。

王贵满的身份多了中国农业大学吉林梨树试验站副站长、吉林梨树农业技术推广总站站长。

借助黑土保护试点项目建设，梨树绿色农业发展正向"绿色 + 智慧"迈进，秸秆覆盖、条带休耕、机械化种植，一次作业即可完成清理秸秆、开沟、施肥、播种、覆土、镇压等工序。而今，从中国农业大学梨树实验站，到村头地边的"科技小院"，来自各大高校、科研机构的 200 余位科研人员常年在梨树搞科研。自 2015 年举办首届"梨树黑土地论坛"至今，已有包括 11 位院士在内的国内外 160 余位专家做客梨树，为保护黑土地支招。

然而，王贵满深深知道，黑土地保护的道路还很长、很长。

黑土是世界公认的最肥沃的土壤，是大自然对人类的恩赐。在温带湿润或半湿润气候草甸植被下形成的黑土地之所以"黑",就在于它覆盖着一层黑色的腐殖质,有机质含量高,土质疏松,最适宜耕作。可是,黑土的形成却极为缓慢。在自然条件下,形成一厘米厚的黑土层,需要 200 至 400 年。

全世界黑土片区仅存四块,分别位于乌克兰第聂伯河畔、美国密西西比河流域、中国东北平原以及南美洲阿根廷连至乌拉圭的潘帕斯草原。黑土区是东北粮食生产的核心基地,吉林的黑土地尤为珍贵。

2018 年 3 月 30 日,《吉林省黑土地保护条例》正式公布,从 7 月 1 日起施行,明确了黑土地保护的责任主体、保护措施、监督管理制度等,为黑土地保护提供了硬支撑。

吉林为全国做出了表率。今年,国家出台了《东北黑土地保护性耕作行动计划实施指导意见》,当中提出,力争到 2025 年,东北地区保护性耕作面积达到一亿四千亩,占东北适宜区域耕地总面积的 70%。

要加强农业与科技融合,加强农业科技创新,科研人员要把论文写在大地上,让农民用最好的技术种出最好的粮食。

王贵满的"梨树模式"迎来了"高光时刻"。

2020 年 7 月,习近平总书记来到吉林考察。他强调指出,东北是世界四大黑土区之一,是"黄金玉米带""大豆之乡",黑土高产丰产,同时也面临着土地肥力透支的问题,一定要采取有效措施,保护好黑土地这一"耕地中的大熊猫"。王贵满为此高兴得合不拢嘴,实践证明了他的试验结果,抓好黑土地保护性耕作和稳定粮食生产是相得益彰。

好消息接踵而至。吉林做出决定,2021 年投入 11.2 亿元财政资金将保护性耕作技术推广至2800万亩,新建高标准农田500万亩。

让王贵满倍感欣慰的是,今年3月29日,中国科学院与吉林省人民政府签署框架协议,共同启动"黑土粮仓"科技会战。这是中科院在系统总结"黄淮海""渤海粮仓"等农业科技攻关重大任务后,针对东北地区黑土地退化严重、地力透支等威胁国家粮食安全和生态安全的重大问题,启动的又一项重大科技攻关任务。

今年,王贵满已经60岁了。

花甲之年,他却谋划着更大的事业。

黑土地,这让王贵满无比眷恋又倾洒了青春和心血的黑土地,是他事业的灯塔,也是他生命的港湾。他鼓动着风帆在这里停泊,又将鼓动着风帆从这里鸣笛启航。

八　七彩

绛紫、蔚蓝、雪白、桃红、碧绿、金黄、油黑……这才是七彩吉林的缤纷色彩。可是,七种颜色又怎能概括得了吉林的丰富与曼妙?

——吉林,缤纷多彩,丰赡多姿。地处世界黄金玉米带、黄金水稻带的吉林,耕地面积1.048亿亩,人均耕地3.88亩,是全国平均水平的两倍以上。2020年,吉林粮食产量达到760.6亿斤,连续八年保持在700亿斤以上,粮食调出量居全国第三位,吉林是当之无愧的国家粮仓、国家饭碗。

——吉林,接续奋斗,勇毅顽强。截至2021年5月,吉林的八个国家扶贫开发重点县、七个省定贫困县全部摘帽,1489个贫困村全部出列,现行标准下70万贫困人口全部脱贫,贫困地区居民可支配收入均高于全省平均水平，脱贫人口家庭人均纯收入年均增长23.4％。

——吉林，披荆斩棘，砥砺前行。在吉林，10.2万脱贫户通过改造危房搬新家、1.4万脱贫群众参加易地搬迁挪新窝，过上了安居乐业的新生活；5000个因地制宜的脱贫产业项目，实现了让所有脱贫人口精准受益。

贫困，自古是人类的顽疾；富裕，是人类永恒的愿景。减除贫困、全面小康是人类的共同理想。千百年来，无数百姓"久困于贫，冀以小康"，无数仁人志士为了解决贫困问题，进行了艰难的尝试和探索，然而，道阻且长。而今，这些在吉林已经变为现实，一场历史上规模空前、力度最大、惠及人口最多的脱贫攻坚、全面小康的战役已经取得了全面的胜利，绝对贫困问题得到了历史性的解决。

如果你以为吉林只有黑白两色，那你就错了。吉林从来不单调，却务实低调。农耕文化和游牧文化、渔猎文化让这里有着历史的回声，国家粮仓、大国重器和绿色屏障更让这里充满未来的畅想。

红橙黄绿青蓝紫，谁持彩练当空舞？

答案是——

七彩吉林。

（原载于《人民文学》2021年第10期）

第三辑

道

晤对论礼之后，各自继续秉烛探幽，两位孤独的智者，寻觅着文化的春与秋；

轰轰烈烈，衔命而出，稷下先生们争鸣砥砺，灼灼燃盛思想的火光；

捣雪，熏香，柔润而坚韧，一页桃花细纸，托起了文明的传统与未来……

审慎俯首，养精蓄锐，骄傲的王朝沉吟低回，向民族的融合张开襟怀；

深沉宁静的红楼，昂扬沸腾的红楼，革命者敲响钟声，开启国家独立的征程；

驰骋于白山黑水间，抚争在崇山峻岭中，将士们守疆卫民，不惧死生……

这是中华之道的浪漫。

在中华民族的春秋纵横中，大道不改，激荡着赤心拳拳，铸炼出脊梁铮铮。

短歌行（其二）

（魏晋）曹操

周西伯昌，怀此圣德。三分天下，而有其二。

修奉贡献，臣节不坠。崇侯谗之，是以拘系。

后见赦原，赐之斧钺，得使专征，为仲尼所称。

达及德行，犹奉事殷，论叙其美。齐桓之功，为霸之道。

九合诸侯，一匡天下。一匡天下，不以兵车。

正而不谲，其德传称。孔子所叹，并称夷吾，民受其恩。

赐与庙胙，命无下拜。小白不敢尔，天威在颜咫尺。

晋文亦霸，躬奉天王。受赐圭瓒，秬鬯彤弓。

卢弓矢千，虎贲三百人。威服诸侯，师之所尊。

八方闻之，名亚齐桓。河阳之会，诈称周王，是其名纷葩。

春秋时代的春与秋

孔子问礼于老子，是一段生趣盎然的历史悬案。这不仅是中国文化史上两个巨人的对话、中国思想史上两位智者的相遇，更是两个流派、两种思想的碰撞和激发。战乱频仍、诸侯割据的春秋年代，老子和孔子的会面别有深意；在两千五百年后的今天来看，亦颇具启示。

——题记

公元前五百余年的某一天，两位衣袂飘飘的智者翩然相遇。时间，不详；地点，不详；观众，不详。但是，他们短暂的对话，却留下一段妙趣横生的传世佳话。

其中的一位，温而厉，恭而安，儒雅敦厚，威而不猛。另一位，年略长，耳垂肩，深藏若虚，含而不露。这也许是他们的第二次会面，但并不重要，重要的是，此后两千五百余年的岁月中，我们将渐渐知晓这场对话对于世界历史、对于人类文明的伟大意义。

一

他们，一个是孔子，一个是老子。

"孔子适周，将问礼于老子。"司马迁在《史记》中写道。孔子是两千五百年来儒家的始祖，老子是两千五百年来道学的滥觞。司马迁对两人有过明确考证："孔子生鲁昌平乡陬邑"（《史记·孔子世家》），"老子者，楚苦县厉乡曲仁里人也"（《史记·老子韩非列传》）。这一天，年幼些的孔子将去向年长的老子求教。

贵族世家的孔子生于鲁襄公二十二年，尽管他被后世尊奉为"天纵之圣""天之木铎"，但身世并不光彩，"其先宋人也，曰孔防叔。防叔生伯夏，伯夏生叔梁纥。纥与颜氏女野合而生孔子，祷于尼丘得孔子"。孔子生而七漏，首上圩顶，所以他的母亲为他取名曰丘。与孔子相比，平民出身的老子身世颇为含混，除弥漫坊间的奇闻逸趣外，只知道他"姓李氏，名耳，字聃，周守藏室之史也"，某一日，骑青牛西出函谷关，从此一去不复返。

两千五百年来，人们对他们的会面颇多好奇，也颇多猜测和演绎。《礼记·曾子问》考据孔子17岁时问礼于老子，即鲁昭公七年（前535年），地点在鲁国的巷党，这是他们的第一次会面。"孔子曰：'昔者吾从老聃助葬于巷党，及堩，日有食之，老聃曰：'丘！止柩就道右，止哭以听变。'既明反，而后行，曰'礼也'。"《史记》载，他们的第二次相见是在17年之后的春秋昭公二十四年（前518年），地点在周都洛邑（今洛阳），孔子适周，这一年他已经34岁。第三次，孔子年过半百，即周敬王二十二年（前498年），地点在一个叫沛的地方。《庄子·天运》曰："孔子行年五十有一而不闻道，乃南之沛见老聃。"第四次在鹿邑，具体时间不详，只有《吕氏春秋·当染》简单的记载："孔子学于老聃、孟苏、夔靖叔。"历史不可妄测，但有时间有地点有人物，这样的记载虽然未必逼近真实，却足见后人的善意与期待。

孔子对老子一向有着极大的好奇。我们不妨想象这样的场景——两位孤独的智者踽踽独行，他们的神情疲倦而诡谲，赫然卓立，没人理解他们的激奋，更没人理解他们的孤独和愁苦。

孔子的弟子曾点有"暮春者，春服既成，冠者五六人，童子六七人，浴乎沂，风乎舞雩，咏而归"的志向，颇得孔子的赞许。这是一幅春秋末期世态人情的风俗画，生命的充实和欢乐盎然风中。阳光明媚，春意欢愉，人们沐浴、歌唱、远眺，无忧无虑，身心自由，我们似乎从中感受到了春的和煦，歌的嘹亮，诗的馥郁。

老子也徘徊在这春末的暖阳中，他看到的却是不同的景象："唯之与阿，相去几何？美之与恶，相去若何？"在他的耳边，是呼喊声、应诺声、斥责声，世事喧嚣纷扰，世人兴高采烈，就像要参加盛大宴席，又如春日登台览胜，媸妍良善邪恶美丽狰狞，又有什么分别，谁又能够分辨？

> 人之所畏，不可不畏。荒兮其未央哉！众人熙熙，如享太牢，如春登台。我独泊兮其未兆，如婴儿之未孩；儡儡兮若无所归。众人皆有余，而我独若遗。我愚人之心也哉！俗人昭昭，我独昏昏；俗人察察，我独闷闷。澹兮其若海；飂兮若无止。众人皆有以，而我独顽似鄙。我独异于人，而贵食母。

如此忧伤而又抒情的语气，在老子散文般的叙事中，并不少见。在茫茫人海中，老子反复抒写自己"独异于人"的孤独与惆怅，在"小我"与"大众"之间种种难以融合的差异中，老子在反思、在犹豫、在踯躅、在审视众生、在拷问自己。这孤独和惆怅曾吸引过年幼的孔子，而这一次，他想问的是，孤独和惆怅背后的机杼。

历史的天空，就在这一刻定格。

一个温良敦厚，其文光明朗照，和煦如春；一个智慧狡黠，其文潇洒峻峭，秋般飘逸。他们是春秋时代的春与秋。两千五百年前的这一刻，他们终于相遇。司马迁以如椽巨笔记录了这历史的一刻：

> 孔子适周，将问礼于老子。老子曰："子所言者，其人与骨皆已朽矣，独其言在耳。且君子得其时则驾，不得其时则蓬累而行。吾闻之，良贾深藏若虚，君子盛德容貌若愚。去子之骄气与多欲，态色与淫志，是皆无益于子之身。吾所以告子，若是而已。"

妙趣横生的描画，读来令人浮想联翩。

老子直言不讳。他认为孔子所说的礼，倡导它的人和骨头都已经腐烂了，只有其言论还在。况且君子时运来了就驾着车出去做官，生不逢时，就像蓬草一样随风飘转。他听说，善于经商的人把货物隐藏起来，好像什么东西也没有，君子具有高尚的品德，他的容貌谦虚得像愚钝的人。他建议孔子，抛弃他的骄气和过多的欲望，抛弃做作的情态神色和过大的志向，这些对于孔子、对于世人，都是没有好处的。

寥寥数语，意味隽永。这不仅是中国文化史上两个巨人的对话、中国思想史上两位智者的相遇，更是两个流派、两种思想的碰撞和激发。战乱频仍、诸侯割据的春秋年代，老子和孔子的会面别有深意。

孔子问礼于老子，是一段生趣盎然的历史悬案。时光远去，短暂的四次会面，诸多细节已不可考，其对话却涉及道家和儒家思想的所有核心内容。毋庸置疑，孔子的思想就是在数次向老子讨教中逐步形成和成熟的，与此同时，孔子的提问也敦促老子的反思。司马迁评价老子之学和孔子之学的异同，历数后世道学与儒学对于他者眼界、胸怀的退缩，怅然若失："世之学老子者则绌儒学，儒学亦绌老子。'道不同不相为谋',岂谓是邪?"

二

这次问礼对于孔子,是晴天霹雳,更是醍醐灌顶。

孔子辞别老子,沉吟良久,对弟子们感慨:"鸟,吾知其能飞;鱼,吾知其能游;兽,吾知其能走。走者可以为罔,游者可以为纶,飞者可以为矰。至于龙,吾不能知,其乘风云而上天。吾今日见老子,其犹龙邪!"

鸟能飞,鱼能游,兽能跑。会跑的可以织网捕获,会游的可制成丝线去钓,会飞的可以用箭去射。而龙,御风飞天,何其迅疾。回味着与老子的对话,孔子说:"我今天见到的老子,大概就是龙吧!"

一千六百年后,宋代理学大家朱熹引用诗人唐子西的话来表达他对这位坦荡求真、不惧坎坷的君子的崇敬之情:"天不生仲尼,万古如长夜。"

老子与孔子性格迥异。老子致虚守静、知雄守雌,孔子信而好古、直道而行。然而,老子作为周守藏室之史,孔子作为摄相事的鲁国大司寇,两者自然都有辅教天子行政的职责,救亡图存的使命将他们联系在一起。

《春秋左氏传》评价,春秋时代是一个"礼崩乐坏"的时代。翻开春秋时期的社会历史,不难看到其中充斥的血污和战乱。诸侯国君的私欲膨胀引发了各国间的兼并战争,诸侯国内那些权臣之间的争斗攻杀更是异常激烈,"君不君、臣不臣、父不父、子不子"成了那个时代的最大特点,《春秋》之中,弑君三十六,亡国五十二,诸侯奔走不得保其社稷者不可胜数"(《史记·太史公自序》),以致"世衰道微，邪说暴行有作。臣弑其君者有之，子弑其父者有之，孔子惧，作《春秋》（《孟子·滕文公下》）。值此之时，老子的避世、孔子的救世，不可谓不哀不恸也。

老子之高标自持、之高蹈轻扬，确是世俗之人、尘俗之世难以想象，更难以理解的。老子研究道德学问，只求隐匿声迹，不求闻达于世。他傲然地对孔子说，周礼是像朽骨一样过时而无用的东西。老子在否定周礼的同时，其实更是在阐释自己的思想，这种观念与孔子的理念大不相同，所以孔子才会以能"乘风云而上天"的"龙"来比喻老子，他内心对老子的敬仰和钦佩，溢于言表。

当然，同样作为一代宗师，孔子也不会因为一次谈话而轻易改变自己的立场和志向。与其相呴以湿，相濡以沫，不如相忘于江湖吧。孔子依然故我，宵衣旰食，席不暇暖，赶起牛车，带领他的弟子出发了。他们周游列国，宣传自己的主张，纵使困难重重，也要"知其不可为而为之"。

及去周，老子送之，曰："吾闻富贵者送人以财，仁者送人以言。吾虽不能富贵，而窃仁者之号，请送子以言曰：凡当今之士，聪明深察而近于死者，好讥议人者也；博辩闳达而危其身者，好发人之恶者也。无以有己为人子者，无以恶己为人臣者。"孔子曰："敬奉教。"自周返鲁，道弥尊矣，远方弟子之进，盖三千焉。

这是春秋时代怎样的一幅画卷？黑格尔说过："一个民族有一群仰望星空的人，他们才有希望。"两千五百年前漆黑的长夜里，两位仰望星空的智者，刚刚结束一场人类历史上的伟大对话，旋即坚定地奔向各自的未来——一个怀抱"至智"的讥诮，"绝圣弃智""绝仁弃义""绝巧弃利"；一个满腹"至善"的温良，惶惶不可终日，"累累若丧家之狗"。在那个风起云涌、命如草芥的时代，他们孜孜矻矻，奔突以求，终于用冷峻包藏了宽柔，从渺小拓展着宏阔，由卑微抵达伟岸，正是因为有他们的秉烛探幽，才有了中国文化的纵横捭阖、博大精深。

在中国两千多年的思想潮流中，道家思想有效地成为儒家思想的最大反动，儒家思想有效地成为道家思想的重要补充。

中国历史文化在秦汉以前，尽管百家诸陈，但儒、墨、道三家基本涵盖了当时的文化精神。唐、宋之后，释家繁荣，儒、释、道三家相互交锋、相互融合，笼罩了中国历史文化一千余年。南怀瑾说："纵观中国历史每一个朝代，在其鼎盛之时，都有一个共同的秘密，即'内用黄老，外示儒术'，不论汉、唐，还是宋、元、明、清。中国传统文化的核心思想，其实是黄（黄帝）老（老子）之学。"老子哲学和孔子哲学的存世价值可见一斑。

老子与孔子的这一次会面，尽管短暂，却完满地完成了中国文化内部的第一次碰撞、升华。

老子与孔子所处之时代，西周衰微久矣，东周亦如强弩之末。有周一朝，由文、武奠基，成、康繁盛，史称刑措不用者四十年，是周朝的黄金时期。昭、穆以后，国势渐衰。后来，厉王被逐，幽王被杀，平王东迁，历史进入春秋时代。春秋时代王室衰微，诸侯兼并，夷狄交侵，社会处于动荡不安之中。不难理解，老子的哀民之恸，孔子的仁者爱人，都是对这个时代的悼挽与反拨。

举凡春秋诸子，大凡言人道之时，亦必言天道。其实，老子和孔子学说最重要的一点，是他们处在中国历史最分崩离析的年代，对中国社会现实和未来发展所进行的积极、认真、深刻的思考。他们的努力，让中国社会行至低谷之时，中国文化没有随之衰微。

事实表明，在中国两千多年来的发展中，对中国社会起到最直接推动作用的还是儒家、道家两家学派，他们试图在总结历史经验教训的基础上，找到一条适合国家发展、具有现实意义的治国之道，尽管他们的理论体系、社会影响大不相同，但是两者的相互交流、相互交融、相互交锋，最终推动了中国的进步。

三

假设时间是一条线性轴，我们从今天这个端点回溯，不难发现一个奇怪的现象——公元前 800 年至公元前 200 年这个时间段内，还处于童年时期的人类文明，已经完成了思想的第一次重大突破。

古代希腊、古代中国、古代印度、古代以色列等地域，不约而同地产生了伟大的思想家——在古希腊，有苏格拉底、柏拉图、亚里士多德；在以色列，有犹太教的先知；在古印度，有释迦牟尼；在中国，有老子与孔子。尽管他们处于不同的文明之中，但他们提出的思想原则塑造了不同的文化传统，推动着智慧、思想和哲学精神完成了从低谷到高峰的飞跃，这些智慧、思想和哲学精神一直影响着今天的人类生活。

一百余年前，德国海德堡有一位年轻的医生，他对当时流行的研究方法很不满意。终于有一天，这位医生抛弃了厌倦已久、陈旧刻板的日常工作，由心理学转向哲学，并且扩展到精神病学，从此成为大名鼎鼎的哲学家——他就是雅斯贝尔斯。

在 1949 年出版的《历史的起源和目标》中，雅斯贝尔斯提出了一个重大的命题："轴心时代"。他将影响了人类文明走向的公元前 800 年至公元前 200 年定义为"轴心时代"，甚至断言，"轴心时代"发生的地区是在北纬 30° 上下，亦即北纬 25° 至 35° 之间。

值得重视的是，同在此时段，同在此区间，虽然中国、印度、中东和希腊之间千山万水，重重阻隔，但它们在轴心时代的文化却有很多相通的地方。雅斯贝尔斯称这几个古代文明之间的相通为"终极关怀的觉醒"。

这是一件有趣的事。尽管地域分散、信息隔绝，在四个文明的起源地，人们却不约而同地选择了用理智和道德的方式来面对世界。理智和道德的心灵需求催生了宗教，从而实现了对原始文化的超越和突破，最后形成今天西方、印度、中国、伊斯兰不同的文化形态，它们像春笋一样，鲜活，蓬勃，拔节向上，生生不息。

然而，与此同时，那些没有实现突破的古代文明，如巴比伦文化、埃及文化，虽然规模宏大，但最终难以摆脱灭绝的命运，成为文化的化石。

在雅斯贝尔斯提到的古代文明中，中国文化巨人有两个，一个是孔子，一个是老子。孔子专注文化典籍的整理与传承，老子侧重文化体系的创新和发展。一部《论语》，15900多字，一部《道德经》，5162字，两部经典，统共21000多字，按今天的报纸排版，不过两个版面容量。然而，两者所代表的相互交锋又相互融合的价值取向，激荡着中国文化延绵不绝、无限繁茂的多元和多样。

孔子与老子，不仅是春秋时代的春与秋，更是文明形态的生与长、守与藏。

他们的哲学思想对中国文化的巨大影响，与春秋末年自由、开放、包容、丰富的思想氛围不可分割，也与他们之间平等包容的切磋、砥砺不可分割。孔子带领弟子周游列国十四年，晚年修订六经，孔子之后的孟子、荀子、董仲舒、程颐、朱熹、陆九渊、王守仁……继承他的旗帜，将儒学思想发扬光大。老子一生独往独来，在老子之后的《韩非子》《淮南子》进一步阐释了他的思想体系，庄子更是将他的思想推向一个高峰。老子的无为、不言、不始、不有、不恃、不居，不仅是春秋战国纷乱局面的一种暂时的应对，其对后世更有着无穷的影响。在这里，大道是精神，也是生活。

孔子、老子相继卒于春秋之末、战国之初。几乎就在这个时刻，在遥远的恒河岸边，乔达摩·悉达多刚刚感悟成佛，即将开启佛教的众妙之门；在更加遥远的雅典城邦，苏格拉底将要诞生，即将开启希腊哲学的崭新纪元。几乎就在这个时刻，承续春秋的战国大幕即将拉开，为求生存，各诸侯国继续变法和改革，吴起、商鞅变革图强，张仪、苏秦纵横捭阖，廉颇、李牧沙场争锋，信陵君、平原君各方斡旋、招贤天下……大秦帝国即将訇然而至，中央集权的统一中国萌芽即将形成。

老子哲学和孔子哲学的一个奇特之处在于，他将哲学问题扩大到思考人类和生存的宏大范畴，甚至由人生扩展为整个宇宙。他们开创了一种辩证思维方式，一种哲学研究范式，一种身处喧嚣而凝神静听的能力，一种身处繁杂而自在悠远的智慧，这不仅是个人与自我相处的一种能力，更是人类与社会相处的一种能力。

有意思的是，与东方文化秉持的守礼、中庸、拘谨的儒教情怀不同，老子在西方的传播要盛于孔子。林语堂在《老子的智慧》中写道："西方读者都认为，孔子属于'仁'的典型人物，道家圣者——老子则是'聪慧、渊博、才智'的代表。"老子曾云："上士闻道，勤而行之。中士闻道，若存若亡。下士闻道，大笑之。不笑不足以为道。"林语堂在做这句话的注释时写道："相信大半西方读者第一次研读老子的书时，第一个反应便是大笑吧！我敢这么说，并非对诸位有何不敬之意，因为我本身就是如此。"

大笑，恰是进入老子哲学迷宫的一把密匙，也是进入中国文化的一条暗道。

就在孔子带领弟子们兀兀穷年，在城邦之间奔走宣告、比武论招之时，老子却茕茕孑立，踽踽独行，以心中的胆气与剑气，打通了江湖武林的所有通关秘道。

恰如林语堂所言，"那些上智的学者，便由讥笑老子、研究老子，而成为今日的哲学先驱，同时，老子还成了他们终身的朋友"。事实上，"在孔子的名声远播西方之前，西方少数的批评家和学者，早已研究过老子，并对他推崇备至"。在恭谦良善、持节守中的儒教之外，老子以其凝敛、含藏、内收的智慧，完成了高傲的西方对于神秘中国的全部兴趣和完整想象。

近现代西方哲学家、思想家在老子哲学和孔子哲学中受到启发，找到灵感。英国科学家李约瑟一生研究中国，对中国文化情有独钟。在他看来，中国文化就像一棵参天大树，而这棵参天大树的根在道家。联合国教科文组织做过统计，在世界文化名著中，译成外国文字出版发行量最大的是《圣经》，其次是《老子》。之所以有这样令人惊愕的翻译量、印刷量、阅读量，根本原因在于，它包含着对人类精神世界恒常的思辨和警醒。

孔子是国际的，老子是世界的。

夫唯弗居，是以不去。信哉！

（原载于《光明日报》2016 年 1 月 29 日）

重经昭陵

（唐）杜甫

草昧英雄起，讴歌历数归。

风尘三尺剑，社稷一戎衣。

翼亮贞文德，丕承戢武威。

圣图天广大，宗祀日光辉。

陵寝盘空曲，熊罴守翠微。

再窥松柏路，还见五云飞。

千古斯文道场

——稷下学宫的流与变

"稷下"之名，始见于《史记》。

"稷"，在中国浩瀚的史籍中，是一个有着特殊分量的概念。"稷"，也叫"后稷"，是周族始祖，因善种粮食，"稷"被尊为农神或谷神，在我国古代享有崇高的地位。"社稷"一词的意思，就是古代帝王、诸侯所祭的土神和谷神，古时亦用作国家的代称。

方志记载，中国历史上共有三处以"后稷"的"稷"为名的"稷山"，一处位于山西省稷山县南，一处位于浙江省绍兴市，还有一处，位于山东省淄博市临淄区西南。临淄稷山，是临淄与青州市的界山，山阴为临淄，山阳为青州。山上旧有后稷祠，海拔虽仅171米，但影响巨大。齐国古称稷下，齐古城有"稷门"，皆因此山而起。

因稷门而名的稷下学宫，顺应战国时代变法改革的历史潮流而产生。

创立于2300年前的稷下学宫，是中国也是世界上最古老的学院之一，它兼具国家元首智囊团、政府议政院、国家科学院和研究所这三者功能之总和，是中国历史上最早的具有国家智库意义的机构。这所学院前后历六代，影响遍及列国，规模之大、聚集人才之多，在当时应属世界第一。

在自由、开放、包容的稷下学宫，形形色色的门派、五花八两千多年前的春秋战国，是中国历史上的一段大分裂时期。然而，正是在这时代的动荡与纷争、思想的争鸣和交锋中，出现了中国历史上学术极为活跃的黄金时代。

历时五百余年的春秋战国时代，是中华古代文明逐渐递嬗为中世纪文明的过渡地带。极大的开放、极大的变革、极大的流转，使中国的思想呈现了百家争鸣、异彩纷呈的局面，各阶级、各阶层、各流派，都企图按照自己的利益诉求，对宇宙社会和万事万物做出解释，提出主张。他们著书立说，广收门徒，高谈阔论，彼此诘难，在睿智的想象中相互争锋，在深沉的阐述中相互砥砺，在慷慨的激辩中相互增长。这是人类思想史真正的黄金时代，它宛如簇簇晨星，闪烁着智慧的光芒，又似道道曙光，为学术思想带来了蓬勃灿烂的景象。

这个黄金时代，有着无数振聋发聩的奏鸣，其中绵延后世、回响不绝的一道，是稷下学宫。"齐王乐五帝之遗风，嘉三王之茂烈；致千里之奇士，总百家之伟说。"1400 年后，北宋政治家、文学家司马光在《稷下赋》中，如此深情地讴歌。稷下学宫，不仅是我国历史上，也是世界历史上第一所由官方举办、私家主持的特殊形式的高等学府。纵使惜墨如金的司马光，也不吝啬用最美的语言盛赞这座宫殿"筑钜馆，临康衢，盛处士之游，壮学者之居"，感慨"美矣哉"！

诚哉斯言。

在中华民族的文明征程上，这一段历史格外波澜壮阔，底蕴深厚，它承载着中华民族童年的梦想和期盼。

时隔 2300 余年，回望历史的深处，抚摸岁月的肌理，在流沙坠简似的时间长廊，我们有必要停下脚步追问——这一段历史究竟为我们的民族带来了怎样的启蒙、怎样的开篇？

一

是的，大地证明了一切。

浑厚丰饶的大地，如一道无解的谜题，在某一天缓缓地包藏了它的秘密，又在某一天，断然将这些秘密舒展开来。

1943 年，一场饶有趣味的考古正在临淄进行，一块刻有"稷下"二字的明代石碑在这里得见天日，一同出土的还有不少战国时期的瓦当、石砖。

历史像个顽皮的孩子，有时，刻意与你擦肩而过，有时，又假装与你狭路相逢。这一刻，这个顽皮的孩子欢欣地跑过来，捧出他珍藏已久的宝物。齐都遗址出土的这方"稷下"石碑，是历史留给未来的宝物，透过它，我们隐约可见时光的地标，恍惚听到远祖的召唤；透过它，尘封已久的稷下学宫的秘密终于大白天下。

"稷下"之名，始见于《史记》。

"稷"，在中国浩瀚的史籍中，是一个有着特殊分量的概念。"稷"，也叫"后稷"，是周族始祖，因善种粮食，"稷"被尊为农神或谷神，在我国古代享有崇高的地位。"社稷"一词的意思，就是古代帝王、诸侯所祭的土神和谷神，古时亦用作国家的代称。

方志记载，中国历史上共有三处以"后稷"的"稷"为名的"稷山"，一处位于山西省稷山县南，一处位于浙江省绍兴市，还有一处，位于山东省淄博市临淄区西南。临淄稷山，是临淄与青州市的界山，山阴为临淄，山阳为青州。山上旧有后稷祠，山的海拔虽仅 171 米，但影响巨大。齐国古称稷下，齐古城有"稷门"，皆因此山而起。

因稷门而名的稷下学宫，顺应战国时代变法改革的历史潮流而产生。

生命充满了无数的偶然，但是，无数偶然的背后，一定有着一个巨大的必然。它常常被我们忽视，却所向披靡，无往而不胜。

这一天，"必然"化作一个叫作"田午"的少年，御风而来。

关于齐桓公田午的故事很多，最为众所周知的是"扁鹊见齐桓公"。在位 18 年的齐桓公明明有病却不肯承认，神医扁鹊三次劝诊，他却将扁鹊拒之门外，结果一命呜呼。齐桓公的名字随"讳疾忌医""病入膏肓"这两个成语而被贻笑至今。

传说的昏庸断不能遮蔽历史的伟大。公元前 376 年，作为田氏取代姜族、夺取齐国政权后的第三代国君，齐桓公田午面临着新生政权有待巩固、人才匮乏的现实。于是，他继承齐国尊贤纳士的优良传统，在国都临淄的稷门附近建起了一座巍峨的学宫，广招文学游说之士讲学议论，"稷下学宫"由此而生，成为各学派活动的中心，后世亦称"稷下之学"。

两千多年前的春秋战国时代，中华民族尚在文明的早期，天地清新，万物勤勉，人们日出而作，日落而息，凿井而饮，耕田而食，一派灿烂景象。

——这是最后的青铜器时代，以铁器和牛耕为标志的革命带来封建制度的确立，也造就了社会经济的繁荣。

——这是璀璨的楚辞和《南华经》的时代：庄骚两灵鬼，盘踞肝肠深；秋心如海复如潮，但有秋魂不可招。童年时期的中华文化，已经完成了人类思想的一次重大突破。

——这是中国文明最波澜壮阔的时代，奉献了瑰丽的诗篇、科学的节气和对这个星球上自然万物的神奇想象。

——这也是中国政治最波诡云谲的时代，从陈完逃齐，到公元前386年周安王同意田和的请求为诸侯王，时间的大书已经翻过了286年的漫长岁月，这个曾被放逐于海岛之上"食一城，以奉其先祀"的弱小部落，已经等待得太久太久了。

历史的必然常常以偶然的方式出现，历史的偶然的集束却未必表现为必然。田氏代姜之后，严惩贪赃行贿，重奖勤政变革，齐国出现了空前的富庶。《战国策·齐策》引苏秦的话说："齐地方二千余里，带甲数十万，粟如丘山……临淄甚富而实，其民无不吹竽鼓瑟，击筑弹琴，斗鸡走狗，六博蹴鞠者。临淄之途，车毂击，人肩摩，连衽成帷，举袂成幕，挥汗成雨，家殷人足，志高气扬。"

这是齐国的戏场，也是历史的域场。那一刻的齐国，韬光养晦，休养生息，真的是风流倜傥仪态万方啊。齐国，这个能干的巧妇，将自己结成了一张四通八达的大网——

这里，有从临淄直达荣成、横贯全国的东西通衢，有临淄西经平陵、南出阳关而达兖州的要道，有临淄东经即墨而达诸城、日照从而与吴、越交往的大街道，有临淄经济南、平原达赵、卫的交通干道，有从临淄南出穆陵关而达沂南与楚相接的枢纽……隐蔽在这些大路心腹之侧，还有数不清的羊肠小路。在哀鸿遍野、内忧外患的古神州，孟子、荀子、邹子、慎子、申子……一个又一个行者——或风尘仆仆，或筚路蓝缕——沿着这些小路坚定地走进令人向往的稷下学宫，走进天下读书人的梦中家园。

而这座高头大殿，坐落在稷山之侧，更矗立在天下人的心中。它，像一个勤勉的君王，夙夜在公，朝乾夕惕；像一个健硕的武士，气宇轩昂，威风凛凛；像一个从容的智者，成竹在胸，乾坤澄彻。

东汉末年"建安七子"之一的徐干在他的《中论·亡国》中云："昔齐桓公立稷下学宫，设大夫之号，招致贤人而尊崇之。"汉代刘向《别录》云："齐有稷门，齐之城西门也。外有学堂，即齐宣王所立学宫也。故称为稷下之学。"

公元前319年，齐宣王即位。宣王在位期间，借助强大的经济军事实力，一心想称霸中原，完成统一中国的大业。为此，他像其父辈那样大办稷下学宫。首先他给稷下先生们极高的政治地位和礼遇。这些人参与国事，可以用任何形式匡正国君及官吏的过失。他还为他们修康庄大道，建高门大屋，给予很高的俸禄和优厚的物质待遇。号称"稷下之冠"的淳于髡有功于齐，贵列上卿，赐之千金，革车百乘；孟子被列为客卿，出门时"后车数十乘，从者数百人"；田骈"訾养千钟，徒百人"。

史料记载，齐宣王经常向稷下先生们征询对国家大事的意见和看法，并让他们参与外交活动，以及典章制度的制定。据考证，《王度记》就是淳于髡等人为齐宣王所拟定的齐国统一天下后的具体制度和措施。

这样一来，稷下学者们参政议政的意识空前强烈，学术研究的自主性、创造性和积极性异常高涨，出现了"致千里之奇士，总百家之伟说"的盛况。齐宣王时期的稷下学宫，其规模之大，人数之众，学派之多，争鸣之盛，都达到了稷下学宫发展史上的巅峰。南朝梁刘勰《文心雕龙·时序》赞叹："故稷下扇其清风，兰陵郁其茂俗。"

此时，稷下学宫已经具备了相当的规模和影响。《史记·田敬仲完世家》云："宣王喜文学游说之士，自如邹衍、淳于髡、田骈、接予、慎到、环渊之徒七十六人，皆赐列第，为上大夫，不治而议论。是以齐稷下学士复盛，且数百千人。"

一时间，战国学术，皆出于齐。

在春秋战国那样一个诸侯割据，长期分裂动荡的时代，稷下设于一国之中而历一百五十年之久，不能不说是中国文明史上的奇迹。

齐闵王前期，稷下学士一度达数万人。但到了齐闵王后期，由于其穷兵黩武，好大喜功，诸多稷下先生极力劝谏，均遭拒绝，因而纷纷离齐而去，稷下学宫出现了自建立以来从未有过的冷清萧条。后来，燕国将领乐毅攻入临淄，齐闵王逃至莒地，后被杀身亡。稷下学宫也惨遭浩劫，被迫停办。齐襄王复国后，采取措施恢复稷下学宫，但由于当时齐国已元气大伤，即使荀子复归稷下学宫，并三次担任稷下学宫的祭酒，稷下学宫再不复当年盛况。襄王死后，齐王建继位，但权力由其母执掌。由于当时齐国国势渐衰，政局混乱，虽然稷下学宫存在了一段时间，但已毫无生气。公元前 221 年，齐国为秦所灭，稷下学宫随之消亡。

二

稷下多谈士，指彼决吾疑。

恰如东晋陶潜在《拟古》诗中所写，稷下学宫在先秦时期的文化史上，占有着十分显著的地位，是各种文化思想理论学说汇聚、碰撞、交流、融合的地方。

田氏代姜，毋庸置疑的是，六百年的姜氏齐国有着深厚的文化积淀。西周之初，封师尚父姜尚于齐，封周公旦于鲁。齐鲁毗邻，但其思想体系大有不同。传说周公封鲁，伯禽至鲁三年，才报政周公。周公问："何迟也？"伯禽曰："变其俗，革其利，丧三年然后除之，故迟。"而太公封齐，五月报政。周公问："何疾也？"太公曰："吾简其君臣礼，从其俗为也。"毫无疑问，姜尚的见地恰在于此，他因地制宜，移风易俗，没有简单地将西周王朝那一套烦琐的礼仪搬到齐国，而是"引其俗，简其礼，通工商之业，便鱼盐之利"，迅速得到了百姓的拥护，"人民多归齐，齐为大国"。

如此这般的君王，如此这般的传统，如此这般的氛围，不难理解何以孔子向齐景公提出"君君，臣臣，父父，子子"时，遭到相国晏婴的强烈反对："今孔子盛容饰，繁登降之礼，趋详之节，累世不能殚其学，当年不能究其礼，君欲用之以移齐俗，非所以先细民也。"（《史记·孔子世家》）

思想的活跃，创造了稷下学宫的仪轨，打造了百家争鸣的舞台，营造了文化包容的氛围，形成了思想多元的格局。在这里，没有违心之说，没有一言之堂，没有文字狱，没有学术不端，不为权威者所垄断，不为善辩者所左右，诸子百家言论自由，畅所欲言；学术自由，著书立说。稷下学宫，一个东方的文化王国，一片东方的文化净土，中国知识分子的天堂。

这是一份长长的名单：稷下学宫在其兴盛时期，曾容纳了当时"诸子百家"中的几乎各个学派，儒家、法家、道家、墨家、名家、兵家、农家、阴阳家、纵横家、小说家……汇集了天下贤士多达千人，其中著名的学者如孟子（孟轲）、淳于髡、邹子（邹衍）、田骈、慎子（慎到）、申子（申不害）、接子、季真、涓子（环渊）、彭蒙、尹文子（尹文）、田巴、儿说、鲁连子（鲁仲连）、驺子（驺奭）、荀子（荀况）……

我们不难想象，在时间的深处，有这样一群人轰轰烈烈，衔命而出，他们用自己的智慧、立场、观点、方法，去观察，去思索，去判断，他们带来了人类文明的道道霞光，点燃了激情岁月的想象和期盼。当时，凡到稷下学宫的文人学者、知识分子，无论其学术派别、思想观点、政治倾向，以及国别、年龄、资历等如何，都可以自由发表自己的学术见解，从而使稷下学宫成为当时各学派荟萃的中心。这些学者们互相争辩、诘难、吸收，成为真正体现春秋战国"百家争鸣"的典型。

当彼之时，他们的心中，有着伟大的信念：家国！社稷！天下！

稷下学宫荟萃了天下名流。稷下先生并非走马兰台，你方唱罢我登场，争鸣一番，批评一通，绝大多数先生学者耐得住寂寞，忍得住凄凉，静心整理各家的言论。他们在稷山之侧，合力书写这本叫作"社稷"的大书。

蔚为壮观的稷下学宫，既有别于后世的各大书院为避都市纷扰而退居江湖之远；也不同于国子监为王子公孙独辟而跻身皇城之内。稷下学宫建在了齐都临淄的稷门之外、城隍脚下，仰可接天命，俯可接地气，既方便了稷下先生披星戴月地出入学宫，也避免了皇城守卫的诸多限制；稷下学宫临街而建，学宫外通达顺畅，车水马龙，人头攒动，学宫内却是另一番情景，真的有处喧见寂之趣；巍峨的牌楼，阔达的堂舍，果真是"大庇天下智士俱欢颜"。

战国时期，诸侯割据，稷下之学缘何得以最终在齐国昌盛？历史的答案是：天时，地利，人和。

秦国虽然最后兼并六国一统天下，但是在相当长的时间内，文化落后，思想保守，机制迂腐，假如没有公元前361年秦孝公重用商鞅实行变法，秦国绝无成为大国之可能，更无力成为文化的中心。楚国国土最大，人口最多，然而长时间的文化交流却使得巫文化融入中华文化，尽管一度出现屈原、宋玉等文学翘楚，但是秦楚接壤，战争频仍，又缺乏相应的机构平台，学者难以云集。燕国更为弱小，又经常被山戎所掠，只是到了燕昭王时招募贤士，得乐毅，出兵破齐，国力才逐渐强大，然而，贤良者寡，国家终无所依傍。韩国屡迁京都，山地多，平原少，物产贫乏，人口稀疏，文化落后，发展乏力。赵国濒临齐国，且与匈奴为界，战乱频繁，局势动荡。魏国一度强盛，尽管有魏文侯短暂的中兴，但是经历桂陵、马陵之战，国力衰颓，一蹶不振。

从兴办到终结，稷下学宫约历一百五十年，对于寻聘和自来的各路学者，稷下学宫始终保持着清晰的学术评估标准，即根据学问、资历和成就分别授予"客卿""上大夫""列大夫"，以及"稷下先生""稷下学士"等不同称号，而且已有"博士"和"学士"之分。这就使学宫在纷乱熙攘之中，维系住了基本的学术秩序，创造了众多的世界纪录——学者最多的机构，著述最丰的学术，学风最淳的时代，历时最久的学院。

将文化建设上升为国家战略，在中国历史上，这是第一次。

"自如邹衍、淳于髡、田骈、接子、慎到、环渊之徒七十六人，皆赐列第，为上大夫，不治而议论。"战国时期，各国对先生学者都以"士"相待，然而齐国却赐为"上大夫"。一代宗师孟子去鲁居齐三十载，"得天下英才而教育之"；诸子的集大成者荀子离赵赴齐，"最为老师""三为祭酒"。格外的尊宠，无上的地位，炫目的光环，引得四方游士、各国学者慕名而来，以致稷下先生在鼎盛之时多达千余人，而稷下学士有"数百千人"。尊师真正使齐国人才济济，形成了东方的文化王国。

《孟子荀卿列传》中说："邹衍睹有国者益淫侈，不能尚德，若《大雅）整之于身，施及黎庶矣。乃深观阴阳消息而作怪迂之变，《终始》《大圣》之篇十余万言。"又说："慎到，赵人；田骈、接子，齐人；环渊，楚人。皆学黄老道德之术，因发明序其指意。故慎到著十二论，环渊著上下篇，而田骈、接子皆有所论焉。"根据《汉书·艺文志》的统计，稷下先生们的著述计有：《孙卿子》三十三篇，《蜎（环）子》十三篇，《田子》二十五篇，《捷（接）子》二篇，《邹子》四十九篇，《邹子终始》五十六篇，《邹奭子》十二篇，《慎子》四十二篇，《尹文子》一篇，《宋子》十八篇。因为相隔时代久远，《汉书》中的统计肯定已经是不完全的了，却尚有如此之多，亦可见出稷下先生学术理论著作之丰。

孟子就曾两次来到齐国，并被齐宣王加封为卿，后来他感到自己的主张没有得到重视，决意离开，齐宣王还派人挽留，道："我欲中国而授孟子室，养弟子以万钟，使诸大夫国人皆有所矜式。"（《孟子·公孙丑下》）生当战国末期的荀子也是后来才加入稷下学宫的，《孟子荀卿列传》云："荀卿，赵人，年五十始来游学于齐。驺衍之术迂大而闳辩；奭也文具难施；淳于髡久与处，时有得善言。……田骈之属皆已死齐襄王时，而荀卿最为老师，齐尚修列大夫之缺，而荀卿三为祭酒焉。"荀卿"年五十始来游学于齐"，大概是做学生，此后"最为老师""三为祭酒"，成了大师级的学者。就是这样，不同的学说及其流派汇聚到稷下学宫，自然会形成碰撞、交流、争辩、融合的局面。有资料经过分析归纳，确认他们在诸如"义、利""天、人""王、霸""性善、性恶""形、名"等许多重大问题上都发生过辩论和沟通。从诸子留下的著作看，儒家的孟子曾经"辟杨墨"，对道、墨两家进行伦理批评；墨家的墨子曾在《非儒》等篇中论列儒家所谓"亲亲有术"的荒谬；道家的庄子曾在《天下篇》等篇章中历数各个学派的得失；荀子更是在《非十二子》等篇中指斥了道、墨、法、兵等诸家乃至"俗儒""贱儒"们的种种不足。可以说，正是这样的交流、辩论，促进了各种文化的融合，也推动了齐鲁文化的形成和发展。

稷下学宫是东方文化的千古绝响，开启了中华文化的源流。对此，司马光在《稷下赋》中发出如此感叹：

致千里之奇士，总百家之伟说。

三

战国时期，齐国有一个著名的怪才叫作淳于髡，《孟子荀卿列传》云："淳于髡，齐人也。博闻强记，学无所主。其谏说，慕晏婴之为人也，然而承意观色为务。"《史记·滑稽列传》记载："淳于髡者，齐之赘婿也，长不满七尺，滑稽多辩。数使诸侯，未尝屈辱。"

"髡"是先秦时期的一种刑罚，指剃掉头顶周围的头发，是对人的侮辱性的惩罚。"赘婿"则源自春秋时齐国的风俗。当时齐国风俗认为，家中的长女不能出嫁，要在家里主持祭祀，否则不利于家运。这些在家主持祭祀的长女，被称作"巫儿"，巫儿要结婚，只好招婿入门，于是就有了"赘婿"。淳于髡以"髡"为名，又是"赘婿"，可见其社会地位并不高。

出身卑贱的"赘婿"淳于髡尽管身材矮小、其貌不伟，却得到了齐国几代君主的尊宠和器重，他博学多才、能言善辩，或讽谏齐王，或出使邻国，或举贤举士，或折冲樽俎，奉行"不治而议论"（《史记·田敬仲完列传》），"不任职而论国事"（《盐铁论·论儒》）的政治法则。

司马迁在《史记》里不止一处写到淳于髡，足见他是齐国不容忽视的人物。比如这则淳于髡劝谏齐威王：

> 齐威王之时喜隐，好为淫乐长夜之饮，沉湎不治，委政卿大夫。百官荒乱，诸侯并侵，国且危亡，在于旦暮，左右莫敢谏。淳于髡说之以隐曰："国中有大鸟，止王之庭，三年不蜚又不鸣，王知此鸟何也？"王曰："此鸟不飞则已，一飞冲天；不鸣则已，一鸣惊人。"于是乃朝诸县令长七十二人，赏一人，诛一人，奋兵而出。诸侯振惊，皆还齐侵地。威行三十六年。

齐威王在位时，喜好说隐语，又好彻夜宴饮，逸乐无度，陶醉于饮酒之中，不管政事，把政事委托给卿大夫。文武百官荒淫放纵，各国来犯，国家存亡在旦夕之间。齐王身边近臣无一敢进谏。淳于髡用隐语来讽谏齐威王，于是历史上留下了下面这场精彩的对话：

——"都城中有只大鸟，落在了大王的庭院里，三年不飞又不叫，大王知道这只鸟是怎么一回事吗？"

——"这只鸟不飞则已，一飞就直冲云霄；不叫则已，一叫就使人惊异。"

这真是一场有趣的对话啊！自古至今，将君王比作鸟的，恐怕独此一份吧？

然而，更有趣的是，齐威王这只大鸟听闻此言，决心一鸣惊人。他迅速诏令全国七十二个县的长官全部入朝奏事，接着，烹杀阿大夫，赏赐即墨大夫，"于是齐国震惧，人人不敢饰非，务尽其诚"。又发兵御敌，诸侯十分惊恐，纷纷将侵占的土地归还齐国。齐国的声威竟维持长达三十六年。而这，归功于淳于髡的一席谈话。这是淳于髡在历史资料中的第一次出现。

《战国策》中也记载了许多有趣的故事，其中不少关于淳于髡。

比如《齐策》中的这则：

> 齐欲伐魏。淳于髡谓齐王曰："韩子卢者，天下之疾犬也。
> 东郭逡者，海内之狡兔也。韩子卢逐东郭逡，环山者三，腾
> 山者五，兔极于前，犬废于后，犬兔俱罢，各死其处。田父
> 见之，无劳倦之苦，而擅其功。今齐、魏久相持，以顿其兵，
> 弊其众，臣恐强秦大楚承其后，有田父之功。"齐王惧，谢
> 将休士也。

淳于髡像一把丑陋的巨剑，时尔低伏匣中，时尔扬眉出鞘。这一次，他又怒剑出鞘。这个丑八怪指点江山，臧否人物。他对齐王说，这个韩子卢，是天下跑得最快的狗，东郭逡，则是世上数得着的狡兔。韩子卢追逐东郭逡，接连环山追了三圈，翻山跑了五趟，前面的兔子筋疲力尽，后面的狗也筋疲力尽，大家都跑不动了，各自倒在地上活活累死。有个老农夫看到了，不费吹灰之力捡走了它们。与此相同，要是齐、魏两国相持不下，双方士兵百姓都疲惫不堪，臣担忧秦、楚两个强敌会抄我们后路，以博取农夫之利。

齐王正欲伐魏，听到淳于髡的分析很是害怕，于是下令休养将士，不再出兵。

到底是谁，给了这个聪明的丑八怪无上的权力？是政治的角逐，是国家的利益，是自由的氛围，是君王的需要，一言以蔽之，是稷下学宫。

智者，是国家的财富，也是历史的幸运。淳于髡用一个浅显的寓言，讲明了一个复杂深刻的道理，不论是"鹬蚌相争，渔翁得利"，还是"犬兔相争，农夫得利"，战争的本质就是消耗对手，保存自己。作为稷下学宫中最具有影响的学者之一，淳于髡长期活跃在齐国的政治和学术领域，对齐国新兴封建制度的巩固和发展，对齐国的振

兴与强盛，对齐威王、齐宣王之际稷下之学的发展，做出了重要的贡献。

不难理解，何以司马迁在《史记·孟子荀卿列传》中感慨："自邹衍与齐之稷下先生，如淳于髡、慎到、环渊、接子、田骈、驺奭之徒，各著书言治乱之事，以干世主，岂可胜道哉！"稷下先生著书立说，其主要目的不仅在于上说下教，更在于"不治而议论"，"以干世主"。

淳于髡的政治智慧和文化判断，来源于稷下学宫的自由包容、畅所欲言。有时候，稷下先生的言辞甚至相当尖刻，如《战国策》：

> 先生王斗造门而欲见齐宣王。……王斗曰："昔先君桓公所好者，九合诸侯，一匡天下，天子受籍，立为大伯。今王有四焉。"宣王说，曰："寡人愚陋，守齐国，惟恐失抌之，焉能有四焉？"王斗曰："否。先君好马，王亦好马。先君好狗，王亦好狗。先君好酒，王亦好酒。先君好色，王亦好色。先君好士，是王不好士。"宣王曰："当今之世无士，寡人何好？"王斗曰："世无骐骥騄耳，王驷已备矣。世无东郭逡、卢氏之狗，王之走狗已具矣。世无毛嫱、西施，王宫已充矣。王亦不好士也，何患无士？"王曰："寡人忧国爱民，固愿得士以治之。"王斗曰："王之忧国爱民，不若王爱尺縠也。"王曰："何谓也？"王斗曰："王使人为冠，不使左右便辟而使工者，何也？为能之也。今王治齐，非左右便辟无使也，臣故曰不如爱尺縠也。"宣王谢曰："寡人有罪国家。"于是举士五人任官，齐国大治。

如果你没有听到过深海的咆哮，如果你没有听到过远古的呼啸，如果你没有在史籍的夹缝里看到过累累白骨、血流漂杵，你不会明白在这个时代人类智慧的分量。这是中华民族的童年时代，也是中华文明的源头时代。历时五百余年的春秋战国，诸侯割据，礼教崩殂，周天子的权威逐渐坠落，世袭、世卿、世禄的礼乐制度渐次瓦解，各国诸侯假"仁义"之名竞相争霸，卿大夫之间互相倾轧。

然而，恰恰是在这样的大动荡、大分裂中，中国最早的一批知识分子——稷下先生——集聚在稷下学宫，为国家、社会、现实和未来发展进行着积极、认真、深刻的思考，他们完成了学术研究制度的革新——有组织、有聘任、有俸禄，更带来了思想文化的丰富。至此，以齐国为中心，中国文化第一次实现了各派并立、平等共存、百家争鸣、学术自由、求实务治、经世致用的伟大愿景。

"奋髯横议，投袂高谈，下论孔墨，上述羲炎。"司马光在《稷下赋》中写道。小自一个民族，大至一个国家，唯有知识分子的清醒判断，方有执政者的清醒判断，唯有执政者的清醒判断，方有国家的长治久安。《孟子荀卿列传》中记载："自如淳于髡以下，皆命曰列大夫，为开第康庄之衢，高门大屋，尊崇之。"这是稷下学宫给予知识分子的地位，更是这个国家给予知识的庄严与荣耀。

四

在 1949 年出版的《历史的起源和目标》中，雅斯贝尔斯提出了一个重大的命题："轴心时代"。他将影响了人类文明走向的公元前 800 年至公元前 200 年定义为"轴心时代"。

这是一件有趣的事。在人类童年天真未凿、草莽混沌的早期，尽管地域分散、信息隔绝，在各个文明的起源地，人们不约而同地选择了用理智和道德的方式来面对世界。理智和道德的心灵需求催生了宗教，从而实现了对原始文化的超越和突破，最后形成今天西方、印度、中国、伊斯兰不同的文化形态，它们像春笋一样，鲜活，蓬勃，拔节向上，生生不息。

在这个时代的中国文明，稷下学宫是这个硕大棋局上的重要的一步。

稷下学宫，不是一时之力，不是一时之功，而是文明积淀、文化创造的惯性使然。梁启超在《论中国学术思想变迁之大势》一文中曾满怀激情地描述战国百家争鸣的情状说："孔北老南，对垒互峙，九流十家，继轨并作。如春雷一声，万绿齐茁于广野，如火山炸裂，热石竞飞于天外。壮哉盛哉！非特中华学界之大观，抑亦世界学史之伟迹也。"

颇为有趣的是，公元前385年，几乎就在稷下学宫轰轰烈烈将春秋战国文化带入黄金时代的同时，在遥远的希腊的爱琴海边，还有一个与稷下学宫相类的学院——雅典学院，希腊雅典城邦为了培训民主制度下的演说家而开设了这家学院，学院的创办者柏拉图特地在学院门楣上铭刻了"不习几何者不得入内"这一警句。雅典学院前后延续将近千年之久，造就了西方科学、哲学、逻辑的辉煌。

在东方与西方两大文明的中心，稷下学宫与雅典学院遥相辉映。

沿着西方文明的脉络，我们有了毕达哥拉斯的数学传统、几何图形的智慧训练，有了苏格拉底、柏拉图、亚里士多德的哲学体系，有了关于共和国、优生学、自由恋爱、妇女解放、计划生育、道德规范、财产问题、公有制等的基础建设和逻辑讨论——正是这些，建立了西方古代文明的基本概念，也成为西方现代文明的雏形。

沿着东方文明的脉络，我们有了"以有刑至无刑"的法治观念，"无为而无不为"的道学理想，金、木、水、火、土的阴阳学说、"大道无形，称器有名"的形名之辩，"人之性恶，其善者伪也"的政治理论，"情欲固寡"的社会主张，"强兵"必先"富国"的军事哲学，"天行有常，不为尧存，不为桀亡"的伦理法则……正是这些，直接或间接地影响了战国以后的许多学派，是中国思想文化发展的源头，形成了中国现代文化的核心内容。

前空往劫，后绝来尘。

梁启超用八个字来概括稷下学宫这个"历史绝唱"。

五

公元前 221 年，齐国发生了一件大事。

秦王在灭亡韩国、赵国、魏国、楚国、燕国五个国家之后，这一次，虎视眈眈地瞄准了最后的对手——齐国。

四十四年前，齐襄王逝世。其子田建即位，由母亲君王后辅政。又过了十六年，君王后去世，王后的族弟后胜执政。然而，后胜为人贪婪，在秦国不断贿赂之下，齐王建听信了后胜的主张，对内疏于戒备，对外袖手旁观，听任秦国攻灭五国。

终于到了这一天——五个国家灰飞烟灭。唇亡齿寒，物伤其类，齐王才顿感到秦国的威胁。他慌忙将军队集结到西部边境，准备抵御秦军的进攻。

然而，大军压境，一切都晚了。

战争的借口似乎也很荒唐。秦国曾派使者访齐，遭遇齐国拒绝。秦王想起了许久以前的旧事，哈哈，果然是奇耻大辱，不出兵如何赢得尊严！于是，他命令大将王贲率领秦军伐齐。狡猾的王贲避开了齐军西部主力，由原来的燕国南部南下直奔齐都临淄。面对秦军突然从北面来攻，养尊处优的齐军措手不及，顷刻之间土崩瓦解。

齐王建出城投降，齐国灭。

一场血流成河的战役，被压扁成《史记》中的一句话："秦王政二十六年（前221年），王贲率军南下攻打齐国，齐王建不战而降，齐亡。"

"秦皇扫六合，虎视何雄哉！"

威风凛凛的秦始皇以所向披靡的力量扫灭山东六国，南平北越，北遏匈奴，建立了中国历史上第一个统一的、多民族的、专制主义中央集权制国家——秦王朝。随后，在齐地设置齐郡和琅琊郡。稷下学宫，经历了齐桓公时期的萌芽、齐威王时期的壮大、齐宣王时期的鼎盛、齐愍王的衰落、齐襄王的再度中兴，至齐王建时，与国并亡。百家争鸣，这个学术思想自由争鸣的盛世，亦不复存在。

《管子·兵法》说："明一者皇，察道者帝。通德者王，谋得兵胜者霸。"通过王的威仪、霸的手段，秦始皇将皇、帝两个字联系起来，自称"皇帝"。黄、帝、王、霸合而为一，这是秦始皇的发明，也是中国历史的第一次。与此同时，"圣"亦不再是"士"的荣耀，而是皇帝的特权。天下至圣、至王、至明、至霸、至察者，唯皇帝一人而已。

历史的威严之中，似乎总有一些戏谑的星星之火，等待燎原。

在帝王称谓的背后，其实是中国历史上最大规模的集权行动，是帝王观念、帝王地位、帝王等级的实现。

"皇帝"称号更暗含着帝王与百姓之间微妙的关系。丞相王绾、李斯等上书称颂秦始皇为"千古一帝"："今陛下兴义兵，诛残贼，平定天下，海内为郡县，法令由一统，自上古以来未尝有，五帝所不及。"（《史记·秦始皇本纪》）为宣示对天下的主宰，秦始皇还在琅琊石刻中宣布："六合之内，皇帝之土。""人迹所至，无不臣者。"（《史记·秦始皇本纪》）

值得思考的是，何以固若金汤的大秦帝国仅仅存在十五个年头，便被人民反抗的怒火烧毁？

"灭六国者六国也，非秦也；族秦者秦也，非天下也。"在《阿房宫赋》中，杜牧悠悠长叹，"使六国各爱其人，则足以拒秦；使秦复爱六国之人，则递三世可至万世而为君，谁得而族灭也？"

极欲、重罚，以法为教，以吏为师，是秦始皇统一天下、诏令一统，以抵至尊至贵、无上荣光的前提。事实却并非如此简单，为了巩固大一统的封建帝国，秦始皇颁布"车同轨，书同文"的制度，丞相李斯暗暗揣测秦始皇的心意，一方面指责"愚儒"根本不理解秦始皇的"创大业，建万世之功"的宏伟志向，一方面提出如果允许诸生议论，定会"主势降乎上，党与成乎下"，对无上的皇权构成威胁，他怂恿秦始皇下令焚书：

> 史官非秦记皆烧之。非博士官所职，天下敢有藏《诗》《书》、百家语者，悉诣守、尉杂烧之。有敢偶语《诗》《书》者弃市。以古非今者族。吏见知不举者与同罪。令下三十日不烧，黥为城旦。所不去者，医药卜筮种树之书。（《史记·秦始皇本纪》）

如此建议，正中秦始皇下怀，秦始皇即刻同意，令行全国。

呜呼哉！顷刻之间，六国史料付之一炬，幸免于难的残篇断简已无力连缀浩荡的历史。焚书没有达到预期的目的，于是第二年，秦始皇又借故搞了一场坑儒，"士"从封建制度最末的一级，经历稷下学宫、百家争鸣的辉煌，复又跌落在社会的最底层。接下来的，是汉武帝的"罢黜百家，独尊儒术"，学术自由从此被扼杀，学术争鸣和社会发展随之停滞。

焚书坑儒是中国历史上最黑暗的一页。焚书的目的在于，打击学术争鸣，窒息理论思维；坑儒的目的在于，让服务官僚体系的野蛮恣意生长。

对自由的钳制，对思想的荼毒，对知识分子至圣境界的掠夺，让中国思想文化的天空陷入漫漫长夜。

明末清初的大思想家顾炎武在《日知录》中曾经有一个著名的论述：

> 有亡国，有亡天下，亡国与亡天下奚辨？曰：易姓改号谓之亡国。仁义充塞，而至于率兽食人，人将相食，谓之亡天下。

翻译成今天的话就是，改朝换代，种姓轮换，不过是"亡国"而已，算不了什么；然而，廉耻丧尽，斯文扫地，这叫"亡天下"，是天翻地覆的大事，不能不令人深长思之。

（原载于《中国青年报》2016 年 7 月 29 日）

藤纸

（明）姚夔

蔓衍空山与葛邻，
相逢蔡仲发精神。
金溪一夜捣成雪，
玉版新添席上珍。

纸上乾坤

位于浙江西部边境的开化，地处浙皖赣三省七县交界处，是浙江省母亲河——钱塘江的源头。这里，春秋属越国，战国属楚国，秦置会稽郡。开化温暖潮湿，群山环抱，九山半水半分田，是华东地区重要的生态屏障，有"中国的亚马孙"之称。曾经风靡朝野的"开化纸"，便是因此而得名。

——题记

一张纸能承载多少传统？一张纸能面对何种未来？答案或许不一而足。

然而，世界上没有纸会怎样？学者葛剑雄数十年来迷醉于青灯黄卷、浩瀚古籍，致力中国史、人口史、移民史研究，他曾经假设："世界上没有纸会怎样？"答案只有一个，假如纸的发明推迟几百年，文明将无法被方便地记录与传承。

一

蔓衍空山与葛邻，

相逢蔡仲发精神。

金溪一夜捣成雪，

玉版新添席上珍。

600 年前，明代诗人姚夔兴之所至，挥毫赋诗。他在《藤纸》一诗中所描写的"席上珍"，便是曾经风靡朝野的"开化纸"。

开化纸，因产自浙江省开化县而得名。位于浙江西部边境的开化，地处浙皖赣三省七县交界处，是浙江省母亲河——钱塘江的源头。这里，春秋属越国，战国属楚国，秦置会稽郡。开化温暖潮湿，群山环抱，九山半水半分田，是华东地区重要的生态屏障，有"中国的亚马孙"之称。

由衢州一路迤逦向西，重峦叠嶂间，雾霭纷纭处，仿佛我们勤劳的先民在满山的椴树、榉树、长序榆、连香树、香樟、闽楠、金钱松、鹅掌楸等各种珍奇的树种间挥动斧头，将枝丫、树皮一一采下；如水月光下，灯影闪动时，似乎有原住居民正溯流而上，硕大的炊甑煮锅正烹煮材料赶制纸浆；袅袅烟雾中，缕缕篆香里，蒸腾着如诗如画的江南，氤氲着如痴如醉的江南——明眸皓齿，涤荡着世俗的尘垢，凌空蹈虚，开辟了世外的桃源——这似乎就是生长在我们的考据和梦想中的开化纸的制作过程，一页桃花细纸，抒写着我们骨肉匀停的古老文字，远逝足音跫然，回荡着我们清凉细薄的月光呢喃。

二

想象的蛰须，探寻着纸上的乾坤。

开化纸，像一位花季少女，细腻、羞涩、洁白，柔软可爱。开化纸帘纹不甚明显，纸张薄而韧性强，摸起来手感柔润。她，还有一个浪漫的名字——桃花纸，白色的纸上常有一星半点微黄的晕点，状如桃花，因之得名。近代著名藏书家、武进人陶湘就最喜欢收藏殿版开化纸印本，当时人誉称其为"陶开化"。

曾有专家考证，清代顺治、康熙、雍正、乾隆时宫里刊书以及扬州诗局所刻的书多用这种纸。清朝的《四库全书》（北四阁）、《钦定古今图书集成》《康熙字典》《全唐诗》《钦定全唐文》《御制数理精蕴》《芥子园画传》《冰玉山庄诗集》《渊鉴斋御纂朱子全书》《三妇人集》《百川学海》和《儒学警悟》等，都被认为是开化纸的刻写本。除此之外，直接冠以开化榜纸刻印的就有《春秋集传》《圣训三百卷》《上谕军令条例》《仁宗睿皇帝圣训》《钦定国史大臣列传》《朱批谕旨》等50余种。

这是一份长长的名单，名单的背后，一个叫作开化的地方，以单薄而顽强的力量，托起了一个时代的文明。但遗憾的是，由于种种原因，"开化纸"渐渐走出人们的视野，嘉庆之后，这种纸的产量大为减少，时至今日，开化纸已经销声匿迹，其制作技艺也全部失传。私人所刊的家刻本，也有少数用开化纸，但数量极少，已是相当奢侈。

开化本能传到今天的，皆是难得之物。这些书籍不但有收藏价值，更有文献价值。1932年，瑞典亲王访华参观北平故宫时，见到乾隆时期用开化纸印刷的殿版书，十分惊讶，喟叹不已："瑞典现代造纸业颇为发达，纸质虽优，但工料之细，尚不及中国的开化纸。"开化纸之工艺，由此可见一斑。

三

去年今日此门中，人面桃花相映红。

渐行渐远的开化纸，一度被文人墨客称为"桃花笺"，一说它以楮皮、桑皮和三桠皮为混合原料，经漂白后抄造而成；一说它以立夏嫩竹为原料，工经七十二道抄造而成，与太史连纸合称"一金一玉"。数百年来，好事者推敲失传的工艺，考据得知：制作"开化纸"的原料主要是山桦皮和生长在荆棘丛中的野皮、黄桉皮、葛藤等四种，其中的黄桉皮最为名贵，它皮质细腻、柔韧，要到白石尖那样的高山石壁上才能采到。制作开化纸的程序一般为：采料、炊皮、沤皮、揉皮、打浆、洗浆、配剂、舀纸、晒干、收藏……这些程序繁冗复杂，难怪开化纸弥足珍贵，却又渐行渐远。

开化纸让人想起陈列于埃及博物馆的莎草纸上的文字和图画。莎草纸距今已有4000至5000年的历史，其制造技术早已失传，原因是中国的造纸技术改变并取代了埃及的传统造纸工艺，加速了莎草纸的消亡。令人感慨的是，经过数十位博士的呕心沥血，莎草纸的部分制作工艺和功能如今已经恢复；而遗憾的是，开化纸的俊俏模样，却仍然费人猜测。

近代以降，开化政府屡屡斥资欲恢复开化国纸盛况，然而，尽皆无功而返、失望而归。1940年，上海文史馆馆长、商务印书馆董事长、出版家张元济在谈及拟印《册府元龟》时说："昔日开化纸精洁美好，无与伦比，今开化所造纸，皆粗劣用以糊雨伞矣。"此言或可一窥开化纸当年的盛况与堂奥。

开化纸，承载着远古的智慧、远古的浪漫，与今天的我们偶一相遇，却仍徜徉在遥远的岁月深处。何时何地，我们有幸得以与之重逢？

四

《后汉书》记载，蔡伦开启了造纸的历程。

在此之前的"纸"是缣、帛一类的纺织品,"自古书契多编以竹简,其用缣帛者谓之为纸",但是,"缣贵而简重,并不便于人"。此时,蔡伦位列中常侍,以九卿之尊兼任尚方令,主管监督制造宫中用的各种器物。蔡伦让工匠们把他挑选出的树皮、破麻布、旧渔网等切碎剪断,放在一个大水池中浸泡。过了一段时间,其中的杂物烂掉了,纤维却不易腐烂,就保留了下来。他再让工匠们把浸泡过的原料捞起,放入石臼中,不停搅拌,直到它们成为浆状物,然后再用竹篾把这黏糊糊的东西挑起来,等干燥后揭下来就变成了轻薄柔韧、取材广泛、价格低廉的纸,"自是莫不从用焉,故天下咸称蔡侯纸"。

——这正是今天的纸的滥觞。

在如今这个"纸"将要被竖起的"屏"取代的时代,一张纸能够做什么?我们不妨穿越岁月的迷雾,回到"纸"的原点,重新品读"纸"的芬芳。

很难想象,猎猎山风之中,我们的先祖如何开始寻找身边的便利物事——一枚甲骨,一片贝叶,一支竹篾,一匹绢帛,一张兽皮,一座铜鼎——将他们头脑中那些弥足珍贵的灵光初现,将心底里那些飘曳遥远的记忆一一写下来,刻下来,画下来,用石块,用麻绳,用木片,用浆汁,用模具。这是他们对朴拙生活最粗浅的理解和最生动的记录。

截竹为筒,破以为牒。

书于竹帛,镂于金石。

笔底波澜,纸上乾坤。

这是公元的第一个世纪,纸的出现改变了中华文明的辙痕,也改变了世界文明的轨迹。在大树下,在茅屋前,在丛林中,我们的先祖一步一个脚印,将人类对于童年的记忆书写在纸面上,留给无限广袤的未来。美国学者麦克·哈特曾经感慨："今天，纸张成了我们司空见惯的东西，我们很难想象，如果没有纸，世界将会如何。"

遥望那个时代，就在蔡伦尝试着让树皮在水中变得柔软服帖的时候，在不远处的恒河岸边，大月氏人一路向东，建立了强大的贵霜帝国，征服了印度西北部——大乘佛教和犍陀罗艺术由此萌芽。

就在蔡伦尝试着如何从植物中提取纤维的时候，罗马元老院推举涅尔瓦担任元首——由此拉开了安敦尼王朝"五贤帝时代"的华幕——涅尔瓦、图拉真、哈德良、安敦尼·庇护、马可·奥里略先后统治罗马帝国，换来了近百年宝贵的和平与安定。

就在蔡侯纸风靡整个东京（今洛阳）的时候，在遥远的爱琴海边，勤勉的古希腊人托勒密正在绘制第一份世界地图。1300 年后的某一天，哥伦布从西班牙海岸出发，一路西行寻找遥远的东方时，他带着 3 艘帆船、87 名水手，以及这本托勒密绘制的《世界地图》。那时，"北美大陆"还没有被发现，印度洋还是一片浩瀚封闭的海洋——纵使在今天，我们依然惊诧于托勒密究竟用何种办法洞悉了这个我们至今仍感觉陌生的世界。

这是纸诞生的那个时代。一张纸能开启怎样的文化传统，又能赓续怎样的文明样式？此事也许说来话长——

但是，答案不言自明。

（原载于《人民日报》2015 年 4 月 9 日）

行路难

（唐）李白

金樽清酒斗十千，玉盘珍羞直万钱。

停杯投箸不能食，拔剑四顾心茫然。

欲渡黄河冰塞川，将登太行雪满山。

闲来垂钓碧溪上，忽复乘舟梦日边。

行路难！行路难！多歧路，今安在？

长风破浪会有时，直挂云帆济沧海。

大道兮低回

——大宋王朝在景德元年

澶州，即今天的河南濮阳，距北宋都城汴梁（今河南开封）仅一河之隔。一千余年前，北宋与辽国经过多次战争在这里签下"澶渊之盟"。此后宋辽首次正式结为兄弟之邦，互称南北朝，与此同时，两国正式更改具有战争意味的地名——"威虏军"改为"广信"，"静戎"改为"安肃"，"破虏"改为"信安"，"平戎"改为"保定"，"宁边"改为"永定"，"定远"改为"永静"，"定羌"改为"保德"，"平虏城"改为"肃宁"。

这一份盟约，至今影响着今天的中国，这些地名，许多始终得以完整保留。

老子说：大邦者下流。意思是，大国要像居于江河下游那样，有容纳百川的胸怀与气度。景德元年是一个折射历史发展之"道"的年份。在这一年里，以及前后，宋朝发生了许多影响深远的大事，考验着历史在场者的智慧与勇气，引发了后人绵延不断的思考。

历史是部大书，但这篇文章没有沉溺于对历史的简单褒贬，而是潜回时间深处，抚摸历史肌理，在错综复杂的历史关系中找寻历史选择的偶然与必然、事理与情理。

——题记

一

缤纷的焰火，在除夕漆黑的夜空砰然炸裂，如流星雨一般飘然散落，带着明亮的尾巴，画出绝美的线条，辽阔而寂静。

残雪，冻雷，惊笋，急管繁弦，又是一年。新桃已换旧符，烟花、爆竹、灯火、笑脸，汇聚成节日的海洋。祝福和祈盼，沿着犬牙交错的高耸檐廊，沿着人声鼎沸的瓦肆勾栏，沿着松涛如雷的幽森林海，掠过冰封的湖面，悄然降落在夜的深处。

公元1004年，干支纪元为甲辰。在大宋王朝，这一年是景德元年，属龙。

这是大宋王朝319年时光中的第45个年头。沙漏里滴下的日子，如常地向前行进，斗转星移，焚膏续晷，波澜不惊。假如没有什么意外，新的一年也将很快翻过，淹埋在流沙般的时间碎片中，无影无踪，无从找寻。

然而，陡然间，意外从天而降。

喜庆的人潮未及散去，灾难的噩耗便已传来。这是中国灾难史上屡屡被提及的一年，时间老人抚摸着花白的胡须，发出诡谲的笑声，历史的河道便在这里拐了个急弯。

时岁步入正月，京师已连续发生三次地震——

正月十七，"是夜，京师地震"。地震发生在夜晚，百姓猝不及防。

正月二十三，"是夜，京师地复震，屋宇皆动，有声移时而止"。房屋摇晃，地下烈焰如炽，激流和地浆如千军万马般，轰然作响。

正月二十四，"冀州（今河北衡水市冀州区）地震"。

以后的几天，益州（今四川成都）、黎州（今四川汉源）、雅州（今四川雅安）接连发生地震。

到了四月初三，"邢州（今河北邢台）言地震不止"。

四月十四，"瀛洲（今河北河间）地震"。

五月初一，史料记载"邢州言地连震不止"。形势严峻，宋真宗下诏，赐邢州减田赋一半，免运送军粮之劳役。

半年以后，十一月十八，"石州（今山西吕梁）地震"。

大地，一次又一次显示出它的狰狞。天崩地陷的轰鸣转瞬即逝，数不清的生命却如流星般陨落。山河变色，草木同悲。《中国救荒史》写道，这是历史上地震记载最多的年份，综各地方志所载，1004年一年之内，大规模的地震竟高达九次。但是，人们也许并不知道，地震，还不是这一年最大的灾难。

这是别具深意的一年。时间，舒展巨大的羽翼，将这残垣断壁、满目疮痍缓缓收藏，将这风雨河山、飘摇家国缓缓收藏，等待着遥远的某一天、某一刻，未来之神将它重新开启。

二

仲夏以后，地震的频率减缓，大地复又显示出它素常的温情。尽管经历了频仍的灾患，日子仍旧喧嚣地向前奔跑，春天播下的种子早已破土而出，它们在整整一夏里节节拔高，又在这个肥沃的季节，欢愉地等待着收获。白云渐行渐远，秋色渐行渐深，柏树扭曲着旋转着挥舞着枝干，箭一般射向天空，白杨舒展油亮亮的叶子，哗啦啦击掌欢呼，潋滟的水波倒映着黄金般的麦浪，静静地散发着芬芳。大宋王朝秋高气爽，民富国强。大地撕裂的伤口在慢慢愈合，切肤之痛终将成为旧事。

陡然之间，又一轮灾难从天而降。

景德元年九月，三十二岁的辽国皇帝耶律隆绪与辽国当权人物萧太后、统军大将萧挞凛突然率二十万契丹铁骑倾巢南犯，一路高歌猛进，跨越大宋数十州县，兵锋直抵黄河北岸。

中国历史上，外族对华夏民族的威胁，一直是困扰至深的大问题。宋朝开国君臣鉴于唐末五代藩镇割据、尾大不掉而危及社稷的局面，遂"杯酒释兵权"，采取强干弱枝、倡文抑武的办法，以致积弱为患。与此同时，宋朝建立之初就面临着内忧外患，南有吴越、南唐、荆南、南汉、后蜀，北有北汉和辽国。加之，五代尤其石晋以来，燕云十六州被割让给契丹，中原失去了与北方游牧民族之间的天然屏障和人工防线。

契丹族出现于公元 5 世纪的北魏，以游牧为主，世居辽河流域。北荒寒旱，至秋草先枯萎，广袤富庶的中原大地对契丹充满了诱惑。唐末五代分裂，契丹借此迅速发展壮大，公元 916 年立国，以幽州为跳板，近塞取暖，企图武力经略中原。中原遭受契丹侵扰久矣，百姓罹难，饱受痛苦，宋真宗咸平二年（999 年），孙何上疏，愤慨奏曰："焚劫我郡县，系累我黎庶"，"城池焚劫，老幼杀伤"。

宋真宗咸平年间（998 年—1003 年），契丹不断侵扰北方边境：咸平二年（999 年）十月契丹首领耶律隆绪（辽圣宗）率部侵扰镇定高阳关（今河北高阳县东），宋都部署康保裔战死，契丹兵侵掠祈、赵诸州，并南下掠淄、齐。此后宋真宗曾一度渡过黄河，亲御契丹。在咸平三年（1000 年）正月，宋将范廷召等率兵追契丹于莫州（今河北任丘），辽兵退去，也只能把契丹掠夺的人口物资追回一些。咸平四年（1001 年）十月契丹再侵镇、定，宋派王显为三路都部署率部抵御，契丹进扰满城而还。咸平六年（1003 年）四月契丹兵在其将萧挞凛（《续通鉴长编》作达兰）率领下再侵攻高阳关，宋军战败，宋将副都部署王继忠被俘降辽。

宋与辽的战争，陈师道在《后山谈丛》记载：一共打过大小九九八十一战，只有张齐贤太原战役取得一次胜利，其他均以失败告终。

萧太后，名绰，小字燕燕，原姓拔里氏，其先祖被耶律阿保机赐姓萧氏。萧太后精明过人，英勇善战。自公元982年至1009年摄政，她摄政期间，辽国进入了历史上统治华北二百年间最为鼎盛的辉煌时期。景德元年，在契丹是统和二十二年。此时的萧太后年已半百，从成为寡妇到实际的帝国统治者，她经过二十多年的苦心经营，两次大败宋军，现在，她觉得终于可以找宋朝算一次总账了。

紧急军情报进皇宫，宋真宗迅速召开御前会议，向群臣询问对策。大臣王钦若是江西人，他主张皇帝暂避金陵；大臣陈尧叟是四川人，他主张皇帝暂避成都。只有新上任的青年宰相寇准力排众议，主张迎战："我能往，寇亦能往！为今之计，只有御驾亲征，上下一心，才能保住江山社稷。稍有退缩，人心瓦解，根基一动，天下还保得住吗？"宋真宗闻言，精神振奋："国家重兵多在河北，敌不可狙，朕当亲征决胜，卿等共议，何时可以进发？"

隆冬时节的北方，已是天寒地冻。靡靡日渐夕，飒飒风露重，雪花飞舞，坚冰封路。当年十一月，宋真宗下旨御驾亲征。皇帝车驾从京城开封出发，直驱澶州（今河南濮阳），迎击辽军。

澶州夹黄河分南北二城。宋军抵达澶州南城之时，宋真宗遥望北岸的辽军营帐连绵不断，军容盛大，陡生怯意，就想驻跸南城。寇准以为不可，站出来大声道："陛下不过河，则人心不安，这不是取胜之道。"寇准用眼色向殿前都指挥使高琼示意。高琼点头表示理解，旋即左手扶住御辇，右手拔出寒光逼人的佩剑，大喝一声："起！"指挥御辇直上浮桥，向着澶州北城前进。辇夫不敢懈怠，抬起御辇迅速登上城楼。当皇帝的御盖在城楼出现，大宋的黄龙旗迎风招展、猎猎作响之时，将士欢声雷动。《宋史纪事本末·契丹盟好》记载："帝遂渡河御北门城楼，召诸将抚慰，远近望见御盖，踊跃呼万岁。"《东都事略·寇准传》亦记载："军民欢呼数十里，契丹相视，怖骇不能成列。"

御驾亲征，士气大振。宋真宗的车驾还未到，澶州的将士已然勇气倍增。这一天，还是一个天高气爽的日子，有一个叫作张瑰的军士正守着一张床子弩，监视前方阵地。忽然，辽军大营里走出几个将官，他们交头接耳，准备巡视战场。这群人中有一个穿黄袍的将军指手画脚，气势不凡。张瑰调整好床子弩的方向，毫不犹豫地对准此人。要是在平时，将士行动，必须请示，然而，张瑰听说御驾亲征，精神振奋，顾虑全消，瞄准对象，奋力一扳开关，"嗖嗖"几声，数箭齐发，辽军将官顿时倒下了几个，黄袍将军也在其中。事后得知，这个黄袍将军，恰是辽军统帅萧挞凛，他被射中头部，当晚死去。辽军未战，先丧大将，士气大挫。

历史如同一幅气势浩荡的画卷，它的可圈可点，在于一往直前、无私无畏的生动笔墨，更在于那些波诡云谲的怪笔、柳暗花明的曲笔、旁逸斜出的神笔，它们突如其来，却酣畅淋漓。

形势，却仍然不容乐观。

澶州，距北宋都城汴梁（今河南开封）仅一河之隔。澶州在，大宋在；澶州有失，大宋便危若累卵。

萧太后觊觎大宋王朝的财富，本想依仗自己屡次败宋的军威，逼退宋军，强占中原锦绣河山。后来听说寇准说服宋真宗御驾亲征，知道虚晃一枪不成，只好挥师作战。两军在澶州北城城下激战数十日，胜负未卜。

大军倾巢孤悬境外，统帅阵亡，萧太后不敢恋战，暗生倦意。萧太后派人请和，以获利为条件，宋真宗不准。终于在十二月（1005年1月），双方达成和议，签订停战及修和盟约。

史书对盟约签订过程的记载饶是有趣。宋真宗在与辽人签订盟约之前，曾派遣曹利用赴辽营谈判，曹利用在临行前向真宗请示"岁赂金帛之数"，宋真宗诏曰："必不得已，虽百万亦可。"寇准听说真宗答应每年可以给辽一百万岁币，连忙召曹利用至帐中，对曹利用说："虽有敕旨，汝往所许不得过三十万。过三十万，勿来见准，准将斩汝。"曹利用赴辽营谈判，果然以三十万成约，回宋之后，赶忙赴行宫向宋真宗呈报。其时，宋真宗正在用餐，"未即对，使内侍问所略"，曹利用答曰："此机事，当面奏。"宋真宗急于知道宋辽议和情况，再次派遣内侍问道："姑言其略。"曹利用仍不愿向内侍说明，仅"以三指加颊"，以示每年给辽的岁币之数。内侍返至宋真宗面前说："三指加颊，岂非三百万乎？"宋真宗不禁失声道："太多。"此后，宋真宗听闻曹利用报呈以三十万成约，高兴异常，赏赐曹利用"特厚"。

三

命乖运舛的景德元年，宋真宗历经天灾、人祸、兵燹的考验，审时度势，终于在这年的腊月打开了一个叫作"澶渊之盟"的锦囊，从此，大宋王朝开始了养精蓄锐、潜心发展的进程。

和平，来得着实不易。

从公元979年（太平兴国四年），宋太宗北伐幽蓟算起，一直到宋真宗景德元年，宋、辽两国敌对战争的状态已经持续了26年，绵延不断的战火、纠缠不已的争斗、短兵相接的厮杀，始终维持在僵持的局面——宋朝无力收复丢失的燕云十六州这一片汉唐故土，辽国打家劫舍的侵扰也始终无法蚕食宋朝的国土。

刚刚过去的咸平六年间，宋、辽之间纷争不断，大规模的战役就有三场：澶莫之战、遂城之战、望都之战，宋军败多胜少。

欲渡黄河冰塞川，将登太行雪满山。行路难！行路难！多歧路，今安在？太白之问，恰恰也是大宋之问。与此相反，辽军保持着原始野性，"轻而不整，贪而不亲，胜不相让，败不相救。以驰骋为容仪，以弋猎为耕钓，栉风沐雨，不以为劳，露宿草行，不以为苦"（《旧五代史》），使得宋朝的"赵魏之北，燕蓟之南，千里之间，地平如砥"（《旧五代史》）的华北大平原，成为辽军秣马厉兵的战场。胶着中的战争，像一条绷得很紧却早已失去弹性的皮筋，每年百数万甚至数百万的军费开支让宋朝疲于奔命。

光靠金钱，买不来和平，光靠战争，更换不来和平。

宋、辽签订《澶渊誓书》，其实有几项重要的规定：

——友好关系的建立和岁币的交割。"共遵成信，虔奉欢盟。以风土之宜，助军旅之费；每岁以绢二十万匹，银一十万两，更不差臣专往北朝，只令三司人般送至雄州交割。"

——两国结为兄弟之邦，辽圣宗尊宋真宗为兄，宋真宗尊萧太后为叔母。

——疆界的规定。"沿边州军，各守疆界。两地人户，不得交侵。"

——互不容纳叛亡。"或有盗贼逋逃，彼此无令停匿。"

——互不骚扰田土及农作物。"至于陇亩稼穑，南北勿纵惊骚。"

——互不增加边防设备。"所有两朝城池，并可依旧存守。淘濠完葺，一切如常。即不得创筑城隍，开拔河道。"

——条约以宣誓结束。"誓书之外，各无所求。必务协同，庶存悠久。自此保安黎庶，慎守封陲。质于天地神祇，告于宗庙社稷。子孙共守，传之无穷。有渝此盟，不克享国。昭昭天监，当共殛之。远具披陈，专俟报复，不宣。"

《澶渊誓书》中没有提到的还有很多，比如宋、辽首次正式结为兄弟之邦，互称南北朝；比如礼节、贸易和移牒关报；比如具有战争意味的地名的更改，"威虏军"改为"广信"，"静戎"改为"安肃"，"破虏"改为"信安"，"平戎"改为"保定"，"宁边"改为"永定"，"定远"改为"永静"，"定羌"改为"保德"，"平虏城"改为"肃宁"。

此后116年间，宋、辽两国未发生大规模战事。

澶渊之盟是中国外交史上的一件划时代的大事。中华民族搁置争议，着眼大局，互相尊重，合作共赢，为宋、辽两国带来了切切实实的发展机会，使人民得以休养生息，安度和平岁月。

宋、辽誓书签订于澶州，汉代称澶州为澶渊郡，这份誓书被称为"澶渊之盟"。

澶莫、遂城、望都三场战役不容小觑。没有三场战役，纵有澶渊之战，也必不会有澶渊之盟，不会有此后长达116年的和平。宋真宗权衡利弊，从国家长远利益考量，在坚持和维护领土主权的前提下，对契丹做出有限度的让步，显然非常明智。一个世纪后，宰相郑居中恳切评价："章圣澶渊之役，与之战而胜，乃听其和。"他认为，澶渊之盟是宋朝"战而胜"的产物。文学家苏辙写道，澶渊之盟"稍以金帛啖之，虏（辽）欣然听命，岁遣使介，修邻国之好，逮今数百十年，而北边之民不识干戈，此汉唐之盛所未有也"。

据统计，从公元1005年到1121年这116年之间，两国遣使庆贺生辰，宋 140 次，辽 135 次；两国遣使贺正旦，宋 139 次，辽 140 次；两国遣使吊唁，宋 46 次，辽 43 次。辽兴宗耶律宗真勤学绘画，曾经自绘肖像送给宋仁宗赵祯，并希望宋仁宗回赠真容。遗憾的是，仁宗真容送到时，辽兴宗已经过世。辽国皇室遂将仁宗真容与祖先肖像悬挂在一起，供子孙世代礼拜。

面对列祖列宗，辽道宗耶律洪基曾经许下心愿："若人世真有轮回，愿后世生于中国。"中国自古饱受边疆战乱，与契丹形成如此长久的和平关系，在中国边疆史上着实罕见。

四

这一年，玉树临风的皇帝已经三十六岁了。六年前的公元 998 年，太子赵恒登基。这位排序老三的皇子自幼姿表特异，英睿聪敏，才华过人，纵使一千多年后，他在《劝学篇》中写下的诗句仍在流传："安居不用架高堂，书中自有黄金屋"，"娶妻莫恨无良媒，书中自有颜如玉"。博学，审问，慎思，明辨，笃行，后世给了这个酷爱读书与书法的皇帝一个无比贴切的庙号：宋真宗。

宋朝的皇帝们喜欢频繁更换纪年，宋真宗在位二十五年，就曾经使用五种年号：咸平、景德、大中祥符、天禧、乾兴。咸平这个年号用了六年，景德用了四年，以瓷器闻名的景德镇以景德命名，也以此闻名。然而，尽管两个年号只维持了短短的十年，却是大宋王朝元神丰盈、光墨淋漓的十年。

六年前的这个时候，大宋王朝的第三位皇帝继位，人们看到了刚满而立之年的天子的守正笃实、无远弗届；咸平六年里的数场战事，人们看到了他的果敢勇毅、杀伐决断；这一次，御驾亲征，澶渊结盟，则让人们体悟到他的深谋远虑、久久为功。

不久，宋真宗即以铁面无私的姿态，公布告诫百官的《文武七条》：

一是清心，要平心待物，不为自己的喜怒爱憎而左右政事。

二是奉公，要公平正直，自身廉洁。

三是修德，要以德服人，而不是以势压人。

四是务实，不要贪图虚名。

五是明察，要勤于体察民情，不要苛税和刑罚不公正。

六是勤课，要勤于政事和农桑之务。

七是革弊，要努力革除各种弊端。

在宋真宗看来，"清心""修德"就是廉政的源头，就能实现"德治"。他建立官员档案，实行保举制度，推动渎职监察，鼓励鲠亮敢言，纠弹不避权贵，奖励廉洁无私，知人善任。宋真宗御驾亲征，对内打败了西北党项、吐蕃这些胶着已久的叛乱势力，对外逼退了强大的契丹，创造了一个安定和平的边境环境。仅仅用了不到10年的时间便让大宋江山转危为安，凭借的恰是这些治国新政。

宋真宗迅速创造了一个政治清明、社会进步、制度清明、经济繁庶、文化鼎盛的时代，他启用李沆、曹彬、吕蒙正等人打理政事，政绩有声有色，减免五代十国以来的税赋，注意节俭，休息扬农，发展纺织、染色、造纸、制瓷等手工业、商业，一时间，贸易盛况空前。

据统计，公元996年，宋朝国家财政2224万，户口451万；公元1021年，国家财政达到150885万，户口为868万。短短20余年，整个国家户口增加了416万户，财富增加了近7倍，其发展规模与前朝相比，超过了唐朝贞观23年总量的4倍，与后世而论，超越了乾隆时期的3倍。中国占世界财富的比值从公元996年的

22% 左右，一下子提升到了 67% 左右，可谓富甲天下。

这是大宋王朝难得的小康时代，后世将咸平、景德、大中祥符三个年号的 19 年统称为"咸平之治"。

历史，像一棵沧桑道劲的老树，岁月的蛰须从它的血脉、它的枝丫中伸出，茁壮，顽强，盘根错节，绿荫如盖。昨天，从老树上成长为今天，今天，又从老树上成长为明天。这是历史的今天，也是未来的昨天。

发出诡谲笑声的时间老人不会想到，大宋王朝在景德元年的一次沉吟低回，换来了中华民族的亢龙在天。站在新的历史起点，骄傲的王朝俯下高昂的头颅，审慎地打量对手，理智地放下武器，伸出和平的橄榄枝，以大国的姿态张开襟怀。此后的一个世纪，中原和北方部落以空前的规模迁徙杂居、经济交融、文化交流、语言交汇、习俗融合，辽国也开始从单纯的游牧民族，向游牧与农耕相交杂的民族过渡。辽国的燕京在唐幽州蓟城的基础上扩建而成，这里来自不同民族、不同国度的居民五方杂处，互补共荣。大中祥符元年（公元 1008 年），使辽的路振在《乘轺录》中记载：幽州"城中凡二十六坊，坊有门楼，大署其额，有蓟宾、肃慎、卢龙等坊，并唐时旧坊名也。居民棋布，巷端直，列肆者百室，俗皆汉服，中有胡服者，盖杂契丹、渤海妇女耳"（《宋朝事实类苑》），宋朝的魅力可见一斑。

正是以这样的包容、这样的魅力，中华民族将一切可能纳为己有，爱其所同，敬其所异，和而不同，沉淀于心，又外化于行，成为具有强大稳定性、延续性、发展性的中华文明，并造就了中华文化博观约取、海纳百川的精神格局和精神气度。历史学家姚从吾说过："（两族）相安既久……（辽人）逐渐变成了广义的中华民族。"堪称不同民族和谐相处最后融为一体的典范。和衷共济、和合共生是中华民族的历史基因，也是古老东方的文明精髓。

钱穆也感叹："中华文化不仅由中国民族所创造，而中华文化乃能创造中国民族，成为有史以来世界上独一无二的大民族。"

残雪，冻雷，惊笋，急管繁弦——景德元年，这端的是别具深意的一年。

时间，舒展着巨大的羽翼，在遥远未来的某一天、某一刻，将历史之谜重新开启。那些祖先的传奇，那些祖辈的故事，他们在灾患面前的勇气，他们苦度长夜的智慧和坚忍，是我们在这个喧嚣世界永不迷失的识路地图。

（原载于《人民日报》2016 年 11 月 24 日）

沁园春·长沙

独立寒秋，湘江北去，橘子洲头。

看万山红遍，层林尽染；江碧透，百舸争流。

鹰击长空，鱼翔浅底，万类霜天竞自由。

怅寥廓，问苍茫大地，谁主沉浮？

携来百侣曾游。忆往昔峥嵘岁月稠。

恰同学少年，风华正茂；书生意气，挥斥方遒。

指点江山，激扬文字，粪土当年万户侯。

曾记否，到中流击水，浪遏飞舟？

跫音

——百年中共与北大红楼

北京，东城。

横平竖直的北京旧城，有一条东西向的长街——五四大街。这条大街的中心，有一个朴素的门牌，上面刻着"五四大街29号"。在这个门牌的后面，是一个不大的院落，古朴的铁门后面，静静地伫立着一座红砖砌筑、红瓦铺顶的老式建筑。春来暑往，斗转星移，这座"工"字形的建筑已逾一个世纪。

1918年初，李大钊在这里创建了马克思主义研究小组。

1919年5月4日，北京大学的学生们也是从这里出发，一路行进到天安门，点燃了五四运动的熊熊火焰。

1918年，毛泽东在这里的第二阅览室担任图书管理员。

1920年3月，在李大钊的指导下，邓中夏、高君宇等19人在北京大学红楼秘密成立马克思学说研究会，又称"北京大学马克思学说研究会"。

1920年10月，在北京大学红楼一层东南角的李大钊办公室，李大钊、张申府、张国焘三人秘密成立北京共产党小组。

因北京大学的历史渊源，因深沉宁静的红色外貌，这座建筑从建成至今，一直被人们称作——

北大红楼。

一

1917 年，农历丁巳。

这一年，刚刚回到中国履新北京大学校长的蔡元培刚满 50 岁。五十而知天命，蔡元培却不知道他要面对的，到底意味着什么。

作为北京大学的第六任校长，等待他的是一个烂摊子。旧思想、旧文化、旧道德将北京大学腐蚀得乌烟瘴气，教员因循守旧，学生无心向学，人心日渐堕落，校园毫无生气。立志改革的蔡元培，更加坚定了自己的改革主张，他要从一所大学开始，用教育和启蒙的温和方式，重新掀起一场意义更加深远的革命。

北京大学的前身为京师大学堂，创办于 1898 年。1900 年八国联军侵略中国，京师大学堂被迫停办。1902 年大学堂恢复办学，采用分馆制，设有仕学馆和师范馆，后又陆续增添进士馆、译学馆及医学实业馆。辛亥革命后，京师大学堂改名为北京大学。改名之初，校内封建官僚习气依然如故，学生多是仕宦子弟，他们来此读书，无非是为日后的官运仕途谋取身价和资格。

此时的北京大学，春冰未泮，春寒料峭。

1 月 9 日，蔡元培冒着严寒，发表就任北京大学校长的演说。他试图用教育完成救国宏愿，"吾人切实从教育入手，未尝不可使吾国转危为安"。

蔡元培对学生提出三点要求：一曰抱定宗旨，二曰砥砺德行，三曰敬爱师长。值此之际，他莅任的第一要务便是以"思想自由、兼容并包"的方针改造旧北大，致力于把北大办成以文理科为重点的综合大学。蔡元培从改革文科入手，扩充文理两科，文理两科的负责人便是文科学长、理科学长。这一年，他着手的第一件事，就是正式致函教育部聘请陈独秀任北大文科学长。

此时，蔡元培致力的理想教育是一种人格教育，因此他必须改革北大旧有的教育体系，尤其是文科教育。在他看来，文科学长不但必须是"积学与热心的教员"，还必须具有革新的思想，勇于"整顿"的革命的精神。当其时，陈独秀高举科学与民主大旗，以《新青年》为阵地，把一篇篇笔锋犀利的文章化为投枪，向旧礼教、旧道德、旧文化展开毫不留情的抨击。作为"一员闯将"，陈独秀"是影响最大，也是最能打开局面的人"。

北大文科原先只有四门：中国文学、中国哲学、中国史学、英语。陈独秀出任北大文科学长没多久，就开始进行大刀阔斧的改革，增设了德语、俄语、法语三门，并在哲学、英文、中文中分别设立了研究所。在文科的课程设置上，陈独秀也不拘一格，他曾经力排众议而开设了"元曲"科目，将"鄙俗"之学搬入高雅之堂，这是我国大学讲坛第一次开设"元曲"科目。除此之外，陈独秀还积极邀请各类人才到北大执教，如胡适、李大钊、刘半农等，一时间，提倡新文化运动的知名人士，大都聚集于北大文科。

1915 年 9 月，陈独秀在上海创办《青年杂志》。翌年，该杂志改名为《新青年》，新文化运动由此发端。陈独秀受聘为北大文科学长后，《新青年》编辑部随之移至北京，由一人主编改为同人刊物，并成立编委会，北京大学由此成为当时中国思想界最活跃的阵地。这个时期，胡适、陈独秀前后在《新青年》发表《文学改良刍议》与《文学革命论》，一同扛起了中国文学语言改革的大旗。此后，钱玄同、刘半农、傅斯年、周作人等人相继唱和，汇结成一股势不可挡的新文化运动的潮流。

1918年12月，陈独秀、李大钊创办针砭时政的战斗性刊物《每周评论》，编辑部就设在北大红楼文科学长办公室。《每周评论》与《新青年》相互配合，协同作战。《每周评论》猛烈抨击封建军阀统治，揭露日本在中国东北和山东攫取权益的侵略行径，号召人民奋起抗争，成为新文化运动的又一块宣传阵地。

陈独秀执掌北大文科学长，随情任性，雷厉风行，锋芒毕露。正因为如此，陈独秀也结怨甚众。他的特立独行、唯我独尊，也令他举步维艰。在众人的压力之下，蔡元培不得不主持召开文理两科教授会主任会议，宣布废除学长制，成立由各科教授会主任组成的教务处，由教务长替代学长。实际上，陈独秀是被体面地卸下文科学长一职，体面下课。

犹如夜空中的焰火一般，陈独秀在北大红楼的两年，灿烂绽放，璀璨高升，旋即下落，化为灰烬。他将光明留给了周遭，却伴着余烬黯然离开，踽踽独行。

二

1918年仲秋，一个满口湘音的青年，背着一个简单的包袱走进了北京大学的校门。

他，就是后来影响了整个中国甚至整个世界的毛泽东。

五年前的春天，毛泽东被湖南第一师范录取，在这里度过了五年半的光阴。在这所学校里，对他影响至深的有杨昌济、徐特立、袁仲谦、黎锦熙、王季范、方维夏等，其中尤以杨昌济的影响最大。

杨昌济对这位勤奋善思的农家子弟很感兴趣，他在日记里这样记述对毛泽东的最初印象："资质俊秀若此，殊为难得"，"余因以农家多出异才，引曾涤生、梁任公之例以勉之"。期待毛泽东像曾国藩、梁启超一样出类拔萃、济世救困。而对毛泽东来说，杨昌济是他最敬服的老师之一，其教授的伦理学也是他最喜欢的课程，他甚至把杨昌济翻译的《西洋伦理学史》全部抄录下来。

剧烈动荡的社会呼唤"大造"之才，而毛泽东也正关注着变幻的政治风云。袁世凯与日本签订丧权辱国的"二十一条"，消息传来，湖南第一师范学院学生编印《明耻篇》小册子，毛泽东在封面写下："五月七日，民国奇耻；何以报仇？在我学子！"他还在挽学友的诗中写道："我怀郁如焚，放歌倚列嶂。列嶂青且茜，愿言试长剑。东海有岛夷，北山尽仇怨。荡荡谁氏子，安得辞浮贱。"对民族危难的沉重忧患，以雪国耻、救国亡为己任的情怀抱负，跃然纸上。

尽管那时的毛泽东年轻英俊，已经是新民学会的领导人之一，在湖南小有名气，但在北大这块精英聚集之地，还只是一个来自外地的普通青年，默默无闻。他以一种略带自嘲的语气回忆这段经历："我的职位低微，大家都不理我。我的工作中有一项是登记来图书馆读报的人的姓名，可是对他们大多数人来说，我这个人是不存在的。在那些来阅览的人当中，我认出了一些有名的新文化运动头面人物的名字，如傅斯年、罗家伦等，我对他们极有兴趣。我打算去和他们攀谈政治和文化问题，可是他们都是些大忙人，没有时间听一个图书馆助理员说南方话。"尽管如此，毛泽东并没有灰心，他参加了哲学研究会和新闻学研究会，利用在北大旁听的机会如饥似渴地学习。

这一年 8 月 15 日，25 岁的毛泽东为新民学会赴法勤工俭学，由长沙乘火车到北京，这是他第一次走出湖南的长途之旅。可是，他没有去法国，而是选择留在北京。日后，毛泽东在接受埃德加·斯诺采访时说到其中的原因："我觉得我对我自己的国家了解得还不够，把我的时间花在中国会更有益处。"此时的毛泽东，思想信仰仍未确定："是自由主义、民主改良主义、空想社会主义等观念的大杂烩……但是我是明确地反对军阀和反对帝国主义的。"

此时，他在湖南师范学院的恩师杨昌济已任北京大学哲学系教授，赴法勤工俭学的信息就是杨昌济传递回家乡的。那时正是第一次世界大战后期，法国到中国招募华工，北大校长蔡元培等人借机筹建了华法教育会，组织中国学生开展赴法勤工俭学活动，杨昌济及时把这个消息传回湖南。这时的湖南政局混乱，政权更迭频繁，教育已经被摧残殆尽，学生已至无学可求的境地，杨昌济让他的学生们积极准备赴法留学，选择勤工俭学这样一条新路。而毛泽东选择留在中国，经杨昌济的介绍，他被安排到北京大学图书馆当助理员。

毛泽东来到北大工作，不是简单地北漂谋生，而是继续探求救国救民、匡扶正义的真理。正是由于杨昌济的介绍和推荐，《新青年》为毛泽东开启了另一扇认识中国与世界的窗口。陈独秀所说的"伦理的觉悟是吾人最后之觉悟"给他的感触极深，循着新文化运动的思路，他在努力地探索，为此阅读了许多哲学和伦理学的著作，而他兴趣最大的是伦理学，他认为："伦理学是规定人生目的及达到人生目的的方法之科学。"之所以如此认识，是因为他觉得"国人积弊甚深，思想太旧，道德太坏"，而要改变这种状态，就必须"从哲学、伦理学入手，改造哲学，改造伦理学，根本上变换全国之思想"。

由于"蔡（元培）校长帮忙的缘故"，图书馆馆长李大钊"安排毛泽东干打扫图书馆、整理图书等轻便工作"。有了这份图书馆助理员的工作，"我每月可以领到一大笔钱——八块大洋"，这让他在北京的生活稳定下来。在北京大学，毛泽东得以近距离接触蔡元培、李大钊、陈独秀、陶孟和、胡适、邵飘萍、梁漱溟、周作人等，发现了一个他从前所不知道的世界。也是在这里，这个南方青年懂得了中国之大、南北之遥："在公园里和故宫广场上，我却看到了北方的早春。当北海仍然结着冰的时候，我看到白梅花开。我看到北海的垂柳，枝头悬挂着晶莹的冰柱，因而想起唐朝诗人岑参咏雪后披上冬装的树木的诗句：'千树万树梨花开'。北京数不尽的树木引起了我的惊叹和赞美。"

1919 年 3 月，毛泽东因母亲病重，辞去北京大学的职务回到家乡。尽管在这里不到半年时光，毛泽东却读了很多很多的书，接触了很多很多的人和事，特别是结识了李大钊、陈独秀等中国最早接受和宣传马克思主义的革命先驱，这给他未来的选择带来了深远的影响。

从北大走出来的毛泽东，浸润了北大的精气神，已然成为一位胸有利器、心怀世界的有为之士。1945 年 7 月 1 日，抗战胜利在即，傅斯年作为六名国民参政员之一乘飞机访问延安。毛泽东单独安排时间，与傅斯年彻夜长谈。同当年在北大相比，时间和场景都有了转换，可毛泽东依然不失他乡遇故知的情怀和礼贤学人的雅量。谈话中，自然谈到北大学生在五四运动中的作用，谈到傅斯年等五四运动风云人物。听到谈及自己，傅斯年谦逊地说："我们不过是陈胜、吴广，你们才是项羽、刘邦。"

自信人生二百年，会当水击三千里。

就是在这个朝气蓬勃、挥斥方遒的年纪，毛泽东写下了这句诗。正是在北京大学期间，面对中国近代以来的贫弱局面，毛泽东自信将来掌握中国历史命运的重大使命会由他们这一代有志青年去承担。他在《民众大联合》一文中深刻反思："国家坏到了极处，人类苦到了极处，社会黑暗到了极处。补救的方法，改造的方法，教育，兴业，努力，猛进，破坏，建设，固然是不错，有为这几样根本的一个方法，就是民众的大联合。"他大声宣称："天下者我们的天下。国家者我们的国家。社会者我们的社会。我们不说，谁说？我们不干，谁干？"

三

清明时节，细雨纷纷。

雍容的红砖红瓦红墙红楼，掩映在道路两旁绿意盎然的行道树里。

1919 年，29 岁的李大钊意气风发。他快步走在沙滩北街，灰色的长袍在他身后飘起。一夜喜雨，落英缤纷，雨后的空气清新甘甜，他忍不住停下脚步，深深地呼吸。李大钊遥望湛蓝的高天，他的脸上洋溢着憧憬和幸福。

12 年前，17 岁的李大钊考入天津北洋法政专门学校，学习政治经济。新世纪以降，西风渐近，六年的学习让李大钊茅塞顿开。1913 年的冬天，李大钊怀着忧国忧民的情怀，东渡日本，考入东京早稻田大学学习政治。正是因为在早稻田打下了西方经济学的良好基础，李大钊成为中国第一位接受马克思主义的高级知识分子。

1915 年 1 月 18 日，趁第一次世界大战期间欧美各国无暇东顾的时机，日本驻华公使日置益觐见中华民国的大总统袁世凯，递交了有二十一条要求的文件，并要求政府"绝对保密，尽速答复"。此后日本帝国主义以威胁利诱的手段，历时五个月交涉，迫使袁世凯政府签订企图把中国的领土、政治、军事及财政等都置于日本的控制之下的二十一条无理要求。这便是历史上臭名昭著的"二十一条"。李大钊闻之，拍案而起，积极参加留日学生总会的爱国斗争。他起草的《警告全国父老书》的通电迅速传遍全国，他也因此成为举国闻名的爱国志士。

燕赵多慷慨悲歌之士，出生于河北乐亭的李大钊是其中的典型代表。1916年春，尚在日本留学的李大钊寄语祖国："以青春之我，创建青春之家庭，青春之国家，青春之民族，青春之人类，青春之地球，青春之宇宙，资以乐其无涯之生……春日载阳，东风解冻。远从瀛岛，反顾祖邦。"西风尽，春归来，日本的春天已经来临，祖国的春天又在哪里？再造青春之中华的理想充溢心中，李大钊将无限的心事、无限的遐想、无限的祝福写进洋洋万言的《青春》。

这篇文章，发表在了1916年9月1日出版的《新青年》第二卷第一号。陈独秀被文章回环绕梁的韵律、荡气回肠的气魄和精辟透彻的说理深深打动，特别将它安排在第二篇。文章"江流不转之精神，毅然独立之气魄"，骤然传遍大江南北，对中国旧文化、旧思想、旧政治产生了极大的冲击，激起无数热血青年满腔救国豪情。

1916年，李大钊回到中国，积极投身正在兴起的新文化运动，宣传民主、科学精神。俄国十月社会主义革命的胜利极大地鼓舞和启发了李大钊，他先后发表《法俄革命之比较观》《庶民的胜利》《布尔什维主义的胜利》《我的马克思主义观》等文章，既有清新自然的白话诗歌，也有全面系统的述理长文，最早在《新青年》宣传马克思主义这一先进科学思潮，向中国人民介绍了什么是"十月革命"，什么是"布尔什维主义"。

1918年底，在章士钊的介绍下，雄心勃勃的李大钊进入北京大学，受聘担任图书馆主任。这里的博学、审问、慎思、明辨、勤奋、严谨、求实、创新的精神，让李大钊如鱼得水。北京大学图书馆的前身是清末的京师大学堂藏书楼，缺乏远大规划，管理相当混乱。上任伊始，李大钊便着手进行改革，北大图书馆很快从旧式藏书楼转变成现代化大学图书馆，迅速跻身国际先进图书馆行列。

这是 1919 年的清明时节，一个月后，这里将爆发举世震惊的五四运动。李大钊快步走进红楼大门，腋下夹着新刊出的《新青年》。他三步并作两步走上二楼，冲进北京大学校长蔡元培的办公室，红色木质地板在他的脚下"吱呀吱呀"地响着，似乎在回应着他的兴奋。阔大的办公室里，窗纱在风中高高飘荡，灯光有些黯淡，蔡元培的桌上摆放着一盘青菜、一碗米饭加上一碗清汤。蔡元培正埋首书堆间，在文件和书页上认真地批录。这位校长的工作可以用日理万机来形容，他忙碌了一个通宵加上一个早晨，家人只好将他的早餐送到办公室。

兴奋不已的李大钊冲着一脸懵懂的蔡元培，大声宣称："试看将来的寰宇，必是赤旗的世界！"

正是在这里，李大钊秘密发起成立马克思学说研究会，把经过五四运动锻炼的优秀青年组织起来，进一步学习、研究和传播马克思主义。

研究会一开始是在秘密状态下成立的，主要活动包括搜集和翻译马克思主义书籍，分组分专题进行研究，举行定期的讲演会、讨论会和不定期的辩论会等。校长蔡元培大力支持研究会的活动，从北大借了两间屋子给研究会做活动场所，一间做办公室，一间做图书室。他们给图书室名副其实地取名为"亢慕义斋"——"亢慕义"即英文"Communism"（共产主义）的译音。

马克思学说研究会成立后，马克思主义得以在北京大学及北京各高等学校的青年学生中迅速传播，而其中的一个重要影响，便是为北京党组织的建立做了思想和组织上的准备。到 1922 年初，马克思学说研究会会员已从最初的 19 人增至 60 多人，后来一度发展到 200 多人。

1920 年春，李大钊与陈独秀相约，同时在北京和上海从事建党的筹备工作。同年 8 月，上海的共产党早期组织在上海法租界老渔阳里 2 号《新青年》编辑部成立。在北京，红楼李大钊办公室的外间会议室，正是当时筹备北京共产党早期组织的联络处。

1920 年 10 月，下南洋募捐的张国焘风尘仆仆回到北京。李大钊、张申府、张国焘三人，在北京大学红楼东南角的李大钊办公室，秘密成立了北京共产党小组。这是北京历史上第一个中国共产党的党组织。当时，李大钊每月从自己的薪俸中捐出 80 元，作为小组活动经费。同年 11 月，北京共产党小组举行会议，决定成立共产党北京支部。李大钊被推选为书记。12 月 2 日，北京大学社会主义研究会成立，这是中国近现代史上第一个明确以社会主义为研究对象的学术社团，李大钊的名字列于八位发起人之首。

从 1918 年来到北京大学，到 1925 年 8 月离开北京大学，李大钊在这里工作了七年多。在此期间，李大钊开设了唯物史观课程，把马克思主义作为课程引进了北大。从此，他在这里播下了革命的种子，生机勃勃地在中国大地上展开了马克思主义思想传播和革命运动。

四

自 1840 年鸦片战争以来，一部沉重而悲壮的中国近代史负荷着中国人民在帝国主义、封建主义压榨下的无穷无尽的苦难，也载录着他们一次又一次起自血泊的英勇抗争。腐败的封建王朝和帝国主义相互勾结，签订了一系列丧权辱国的卖国条约。国破家亡，民族垂危，中国向何处去？谁能救中国？一代又一代的志士仁人面对混沌的天宇发出悲怆的呐喊。1918 年 11 月，第一次世界大战以德国战败宣告结束，作为协约国的中国也沉浸在欢庆之中，德国强加在中国身上的耻辱标志克林德碑被推到了，祈求着公理的亿万中国人民，将美好意愿诉诸强权。可是，公理真的战胜了强权吗？1919 年 1 月 18 日，协约国首脑聚首巴黎召开和会，不顾中国人民的再三呼号，于 4 月 30 日悍然决议将中国在山东的权益转让给日本，四万万中国同胞的忍耐在 1919 年 5 月已经走到了尽头。

1919 年 5 月 3 日下午，北京大学的学生们知晓了巴黎和会上中国代表外交失败的消息，当晚便在法科礼堂召开学生大会，约请北京十三所中等以上学校代表参加。热血在沸腾，地火在燃烧。北京大学，莘莘学子在觉醒。

"青岛完了，山东完了，中国完了！"许德珩悲叹。

"巴黎和会就是列强的分赃会议！"邓中夏愤懑。

"外争国权，内惩国贼！"罗家伦呐喊。

"孙中山的革命仅仅是将大清的牌匾换作了中华门，不能算是彻底的革命，我们要开始彻底的革命！"热血青年在思考。

5 月 4 日，来自北京大学等十三所大学的三千多名学生，从北大红楼出发，在天安门广场集会，抗议帝国主义列强在巴黎和会上把山东的权益从德国手上转让给日本的强权政治，高呼"外争国权、内惩国贼""取消二十一条"，并在示威游行中火烧卖国贼曹汝霖的住宅，痛打章宗祥。

这一天，鲁迅在日记中用一个字来描述北京的天气——"昙"。"五月四日是个无风的晴天，却总觉得头上是一天的风云。"北京大学学生杨振声后来在回忆文章中写道。"昙"，意为乌云密布。这一天，怀着满心的乌云，学生们从北大红楼出发，一路到天安门、东交民巷、赵家楼，一路怀着愤怒、带着激情不停地呐喊，乌云密布的中国，暗哑的天空终于发出了响亮的声音。

初心在萌芽，信念在激荡。中国的四面八方，有志之士不约而同聚集在一起，思考中国究竟往何处去，宣传新文化、新思潮的运动在全国风起云涌：在北京，陈独秀钦佩李大钊的《我的马克思主义观》，希望马上成立马克思研究会，李大钊提出进一步组织发动工人；在天津，周恩来、邓颖超、马骏、郭隆真、刘清扬等一批先进青年由于共同的觉悟、共同的使命组建觉悟社；在河南，第一师范学生组成励新学会；在湖北，董必武创办武汉中学；在湖南，毛泽东等发起"驱张运动"，率代表团赴京请愿；在上海，毛泽东终于找到陈独秀，夜读陈望道的《共产党宣言》中文译稿，憧憬着中国革命的未来，坚信农民将是革命的主力军；在北京，李大钊与毛泽东促膝长谈，悟到经济基础问题的肯綮——马克思主义唯物史观——才是解决中国问题的前提。

源于德国小镇特里尔的种子，在觉醒者的心灵中孕育成长。红色的激流涌入黄色的土地，掀起汹涌壮阔的狂澜，汇聚成光耀中华的绚丽日出。

"五四运动"的爆发，直接影响了中国共产党的诞生和发展，并由此成为旧民主主义革命和新民主主义革命的分水岭。

五

1920年2月，由于李大钊在危急关头的鼎力相助，陈独秀离开北京，从天津前往上海。不久，陈独秀、李大钊努力联系到共产国际，得到了他们的支持。南陈北李，相约建党。一个极速在中国组建红色政党的战略，在中国付诸实施。1920年8月，中国第一个共产主义小组在上海建立。1920年9月，李大钊、张申府、张国焘三人成立了北京共产主义小组。1920年11月，毛泽东、何叔衡等在长沙建立了共产主义小组。而后，广东共产主义小组、山东共产主义小组以及共产党旅日小组、旅法小组相继成立。

上海兴业路一栋普通的小楼，今天已经成为众多朝圣者的圣地。穿越一个世纪的风雨和沧桑，这栋普通的小楼，越发显现出一种纯粹的宁静和美丽。一百年前的1921年7月23日，一群年轻人聚集在这里，革命的星火，燃烧出一片崭新的天地。来自长沙、武汉、上海、济南、北京等地的毛泽东、何叔衡、董必武、陈潭秋、李达、李俊汉、王尽美、邓恩铭等十三名代表聚会在上海这座小楼里，召开了中国共产党第一次全国代表大会。

嘉兴南湖一条简陋的游船，今天已经成为浙江的红色地标。中国共产党第一次全国代表大会中途受到密探打扰，改在浙江嘉兴南湖一条游船上继续举行。正是在这条小小的游船上，与会者通过了中国共产党党纲党章，中国共产党正式宣布成立。经历一个世纪的洗礼和磨砺，这条简陋的游船，静静地停泊在南湖岸边，任风吹雨打，坚若磐石。

"我们喊个口号吧!"兴奋的何叔衡提议。

"马克思主义万岁!中国共产党万岁!中华民族万岁!"

铮铮誓言,震撼寰宇。

中国共产党第一次代表大会,是在反动统治的白色恐怖下秘密进行的,当时鲜为人知,好像什么也没有发生过,但它确实是开天辟地的大事件。中国共产党成立的时候,是一个由57人组成的很小的党,但它像春雷,在黑夜沉沉的中国大地上空震响,像火种,在苦难深重的中国人民心头点燃。大浪淘沙,星火燎原,从此,轰轰烈烈的无产阶级革命就从这一叶小舟启航。

作始也简,将毕也钜。

谁也不会想到,风雨如磐的暗夜里,一次秘密的会议如一道闪电照亮民族复兴的征程,共产主义运动迅速席卷大江南北,声势日益浩大。谁也不会想到,烽火连绵的旧时代,一个坚定的信念、一种人民至上的主义,彻底改造了古老的中国,彻底改变了人的命运,彻底改写了人类社会的政治版图。

谁也不会想到,一颗朴素的初心,凝聚了非凡的力量,让世界四分之一的人口选择了马克思主义。从嘉兴南湖红船上寻找光明的摆渡人,到驾驭世界第二大经济体的领航者,中国共产党激励与召唤着亿万人民生死与共、始终相随,让这个曾经四分五裂、一穷二白的国度,于危难中振作,在绝望中重生,已然可见复兴的曙光。

六

"走,去北大红楼!"

一声声热切的呼唤，将时尚的年轻人拉进了久违的岁月。沸腾的热血、激荡的青春、昂扬的斗志、坚定的信念，光影淋漓间，一个又一个场景还原了 20 世纪 20 年代初的风云变幻。

皇城根遗址公园西边，五四大街路北，北京大学的旧址——北大红楼在烟雨中傲然伫立。

北京大学红楼始建于 1916 年，落成于 1918 年。恰是在北大红楼落成之际，巴黎和会上的中国外交陷于失败。从 1918 年 11 月的"公理战胜强权"庆典，到次年 1 月的巴黎会议，短短两个月时间，当时的中国充分诠释了"自古弱国无外交"的定律，以北京大学为代表的进步知识分子真实地懂得了，所谓的"公理战胜强权"不过是一个美丽的童话。

北大红楼通体红砖砌筑，红瓦铺顶，砖木结构。北大红楼落成之际，便是五四运动爆发之时，这是时代的必然，也是人民的选择。也是蔡元培、陈独秀、胡适、李大钊、毛泽东等最早传播马克思主义和民主科学进步思想的重要场所。不难理解，面对巴黎和会屈辱的局面，何以五四运动的浪潮从这座看似静谧的红楼开始，随即迅速波及天津、上海、广州、南京、杭州、武汉、济南等大中城市，最后抵达整个中国。

北京大学诞生于中华民族风雨飘摇的时代，直接孕育于甲午战争的烟火和戊戌维新的热血之中，可以说北大是带着强烈的历史责任感而诞生的。当年光绪帝所下《明定国是诏》中对于设立京师大学堂的目的说得很清楚，就是"以期人才辈出，共济时艰"。在当时的中国，"时艰"就是指外辱内乱，虽然大清皇室把维持自己的统治地位也作为"时艰"的考量范围内，但对于当时的仁人志士来说，这个"时艰"主要就是指国家不独立、民族不富强、人民不幸福。

尽管北大在初创的一段时期经历了曲折，没有完全按照"共济时艰"的目的去发展，但在总体上它还是引领着中国教育尤其是高等教育朝着新的方向发展。辛亥革命后，北大的发展进入了新阶段，爱国、进步、民主、科学的精神日益浓厚，尤其是新文化运动的爆发，更是以北大为基地，深刻地凸显了北大人对于中华民族的使命精神。

　　一百年前，先驱们在红楼敲响了钟声，唤醒了一个时代。今天，穿过熙熙攘攘的五四大街回望，红楼无声，红楼如故。然而透过红色的建筑外表，仿佛还能看到五四运动中青年学生流下的鲜血，看到风起云涌的革命年代高高飘扬的红旗，看到井冈山上正在燎燃的星火，看到红军战士帽檐上的五角星……这栋建筑曾经激荡起的历史风云，依旧清晰而鲜活。

　　遥想当年，这里是走在时代潮流最前沿的莘莘学子和新潮教授的打卡地。当年的人们不会想到，走进这个深沉朴素的大门的，是时代浪潮上的弄潮儿——新文化运动的先锋，是新思潮、新时尚、革命主义和前卫主义的代表。他们的名字，将被永远刻在历史的长卷里。

　　亿万万人家国，一百余年拼搏。

　　时光荏苒，岁月匆匆，一个世纪往矣，革命者从未改变前行的脚步。

　　今天，越来越多的人开始醒悟——了解中国，必须了解中国共产党；越来越多的国家开始明白——读懂中国共产党，才能读懂中国。一百年过去，时间的闸门从未关闭，而南湖中那条普通的游船，依然坚定地载着这个有着九千万党员的大党、这个有着14亿人口的大国，乘风破浪，驶向远方。

（原载于《北京文学》2021年6期）

咏杨靖宇将军

郭沫若

头颅可断腹可剖，
烈忾难消志不磨。
碧血青蒿两千古，
于今赤旗满山河。

山河血

"国既不国，家何能存？"

——杨靖宇

吉林省濛江县保安村三道崴子。

大雪下了几天了，气温越降越低。他在窝棚里缩成一团，一米九几的高大身躯，塞满了这个狭小的空间。雪花从窝棚的缝隙里飘进来，落在他的脸上、身上。他的眼窝深陷，颧骨高耸，面色苍白，凌乱的胡须贴住下颌。他就这样蜷缩着，一动不动，雪花堆满了他的身体，他像是一个冷傲的雪人。

东北的冬天滴水成冰，异常寒冷。他已经病了五天，高烧，咳嗽，胸闷，头疼欲裂，情况一天比一天严重。他的双脚早已冻伤，肿得像两个石锤，右臂还有一处枪伤，他将衣服撕成布条扎紧，血终于止住了。

大雪覆盖了农田，覆盖了林野。他在茫茫雪地里走了整整一天，傍晚时分，才找到一个农民临时搭建的小窝棚，聊避酷寒。窝棚里有个地窖子，他使劲将身子伏进去，破旧的黑皮帽、破旧的黑皮袍已经千疮百孔，挡不住深夜刺骨的寒意。已经好几天没吃一粒粮食了，

415

饥饿难忍时，他就在冻得铁板一样的地里挖两棵草根，再吞两把雪。他的身子开始麻木。大地冻得像一块坚硬的石头，那一天，实在是饿极了，不，饿昏了，他撕开棉衣，掏出里面的棉絮，一点一点吃掉。

这是 1940 年 2 月 22 日，正月十五当天。

今天是上元节，可是，乌云遮住了月亮，天地一片黑暗。遥远的家乡，此时应该是万家灯火、亲人团聚吧？他想。独在异乡为异客，每逢佳节倍思亲；遥知兄弟登高处，遍插茱萸少一人。家的团聚，每次遍插茱萸少的都只是他。他从来没有像今天这样思念家人，思念白发苍苍的母亲。幼年丧父，家境贫寒，母亲含辛茹苦地将他养大。他撑起身子，用身边的雪攥成鸽子蛋大的雪球。一个，一个，又一个，堆在一起，真的有点像元宵呢！他牵动僵硬的嘴角，微微笑着，双手艰难地捧起"元宵"，深深跪下去，冲着南方，磕了一个长长的头。苟利国家生死以，岂因祸福避趋之。母亲啊！儿已将生死置之度外。以身许国，又岂能有家？母亲，请您，饶恕儿子的不孝。

夜晚的风，寒凉刺骨。身子越来越麻木了，他用残余的意志支撑着自己，不能睡，不能死，我要站起来，我要战斗！可是，他并不知道，在这个四面透风的地窖子里，他孤独地度过的这个佳节，是他人生的最后一个夜晚。

他，就是杨靖宇。

一

"快说！你的名字！"

"……"

"年岁、籍贯、住址、职业？"

"……"

"都招了吧，给你高官厚禄！"

"……"

"把你知道的告诉我们，马上就放你出去！"

"……"

"你，难道不怕死吗？！"

"……"

"嘴这么硬，你到底是什么人？"

"中国人！"

1930 年，早春。

东北大地，凛冬未尽，冰封四野。

刺入骨髓的寒风、潮湿逼仄的囚室、粗鲁暴戾的狱卒、锈迹斑斑的刑具、穷凶极恶的审判、阴森恐怖的拷打、成群蚊虫的叮咬、四处飘荡的冤魂……一米九几的大个子，在日本警察署的狭小水牢里，显得顶天立地。杨靖宇的伤口已经严重溃烂，高烧不退，加上赤痢，生命几度垂危。可是，谁都没见他服过软、求过饶。他坚毅英朗的脸上全是鄙夷，哂笑着拂开监狱长伸过来的手："'老朋友'，这次又让你失望了。"

十几个日本打手轮番审讯了他六天六夜，不让他吃饭，不让他睡觉，每天只给他一碗米汤，打得他死去活来。可是，他们在他身上什么都没榨出来，只好将他拖到国民党法院。他的腿瘸了，脸肿了，全身血流不止，衣服褴褛不堪，人瘦得像一根竹竿。国民党法院为了维护日本人的面子，以"反革命嫌疑罪"，判处他一年半徒刑。

五年来，这是杨靖宇第五次入狱了。

第一次在信阳。

第二次在开封。

第三次在开封。

第四次在抚顺。

第五次在沈阳。

每一次，杨靖宇都尝遍了严酷的刑罚、极度的磨难。

金、木、水、火、土、风、站、吞、绞、毒。杨靖宇总结敌人监狱的"十大酷刑"：金——刀砍，木——棒打，水——灌辣椒水煤油、浇开水，火——烙铁，土——活埋，风——寒风中吊打，站——站刺笼，吞——逼吞臭虫虱子烟丝，绞——颈绞索，毒——食物投毒。每一次被关进监狱，戴脚镣，不许相互谈话，不准读书看报，每天通过个别谈话和强令犯人阅读小册子进行政治软化，之后便是"十大酷刑"。

杨靖宇在心里轻蔑地笑了。皮鞭、烙铁、锁链、手铐、老虎凳……日本警察署各种惨无人道的刑具，阎罗殿也不过如此。我倒是要看看，你们还能想出什么花样？

> 世上岁月短，
>
> 囹圄日夜长。
>
> 民族多少事，
>
> 志士急断肠。

杨靖宇举起戴着手铐的手，在空中写下这首诗。

1929年7月，24周岁的杨靖宇受党组织委派，在东北开展解放工作。8月30日，由于叛徒出卖，他在抚顺新火车站前的一家客栈被日本警察逮捕，随后开始了一年零六个月的牢狱生活。1930年1月，杨靖宇和同志一起做通狱卒的工作，让他帮助传递探监人员送来的衣物和书报。正是在报纸上，杨靖宇读到日本首相田中义一在 1927 年 7 月呈给昭和天皇的秘密奏章《田中奏折》。这份奏折也称《帝国对满蒙之积极根本政策》，1929 年被南京《时事月报》披露。杨靖宇敏锐地察觉到，日本帝国主义入侵中国的战争已经山雨欲来，他在狱中长夜难眠，感愤不已，遂作此诗。

端的是光阴似箭，岁月如梭啊！

杨靖宇喜欢读书，尤其是史书。他说："不读史，不知道近现代中华民族为何衰弱。反封建礼教，反军阀专制，不懂中华民族的历史怎么行！"正是因为广泛阅读，他接触到李大钊创建的北京大学马克思学说研究会，成为该研究会通讯会员。

如果从 1923 年参加北京大学马克思学说研究会算起，杨靖宇参加革命已经五年多了，让他欣慰的是，这些年没有虚度时光。那一年，18 岁的杨靖宇考入河南省立开封纺染工业学校。正是在此期间，他接触到马克思主义学说，秘密参加革命活动。

1925 年 6 月，杨靖宇加入中国共产主义青年团。此时，全国各地农民运动正在蓬勃发展，受中共组织派遣，杨靖宇从开封回确山开展农民运动，历任确山县农民革命军总指挥、确山县农民协会委员长和临时治安委员会代理主席、豫南特委委员兼信阳县委书记。

1927 年 2 月 8 日，杨靖宇参加确山县党支部成立大会后，积极改造红枪会，组建农协，在确山大地上燃起革命烽火。此时，确山县农民协会会员发展到一万多人，杨靖宇被选为确山县农民协会委员长。

4 月 4 日，年仅 22 岁的杨靖宇手持七星剑，指挥"十路大军打确山"，发动震惊中外的确山农民暴动，领导了 6 万人参加的确山起义，把北洋军阀第八军的一个旅打得落花流水，这让杨靖宇一战成名。

4 月 24 日，中国大地上有史以来第一个代表农工利益的革命政权——确山县临时治安委员会，经民主选举产生，杨靖宇被选为常务委员。确山县临时治安委员会的建立，为中国共产党八七会议提供了重要的历史借鉴，积累了农民运动、武装斗争、政权建设、文化建设和行政管理诸方面的宝贵经验。

1927 年 5 月，杨靖宇加入中国共产党。

这一年的秋天，中国共产党"八七"会议后，杨靖宇为了配合毛泽东领导的秋收起义，也在刘店发动了秋收起义，再次取得了成功。也是在这一年，杨靖宇先后创建河南省第一个县级苏维埃政权——确山县革命委员会，并组建河南省第一支革命武装——确山县农民革命军（后编为豫南工农革命军）。后来，根据中央的指示，杨靖宇还把起义队伍改编为中国工农红军豫南游击队，并担任总指挥。这支队伍是中原地区我党最早掌握的革命武装之一，是创建鄂豫皖苏区的重要力量。

这段时间，杨靖宇一直在思考如何把红色政权保存下去，为此，他创造性地提出了"找一形势甚佳，可战可守之根据地点"作为革命根据地的思想。这一思想，与毛泽东创建红色革命的思想不谋而合，也为他后来在东北执行抗日游击战术奠定了坚实的基础。

轰轰烈烈的大革命失败后，国民党反动派疯狂镇压革命运动，在一片白色恐怖之下，我党我军遭受了巨大的损失。中共中央认识到，培养一批得力的、能开展工作的干部队伍，对我党来说太重要了，因此，中央命各省委及各工委，推荐优秀干部到上海参加培训，为革命积蓄力量。

1928 年 11 月，周恩来参加中共六大后从莫斯科回到上海，主持中共中央工作，在极端秘密状态下在全国范围内为组织遴选人才。杨靖宇作为河南省委推荐的唯一人选，化装成商人先从郑州乘火车至武汉，再由武汉坐客船前往上海报到。在那里，他见到了周恩来。

当时，杨靖宇还不叫杨靖宇。

1905 年出生于河南省确山县李湾村的杨靖宇，原名马尚德，字骥生。学生时代，杨靖宇在自题文章《战区灾民生还时之感想》中写道："呜呼！是翁何辜？年至耄耋尚遭兵祸切肤之忧。又加旱涝不均，盗贼蜂起，若战事长此不息，则中国土崩瓦解之祸不远矣。"灾难面前，懦弱者选择了逃避、妥协、投降，而若杨靖宇，则从少年时代便立志"为天地立心，为生民立命，为往圣继绝学，为万世开太平"。在上海这年，他还叫马尚德，为了躲避国民党反动派的追捕，组织让他改个名字，马尚德说："我的母亲姓张，我要'一以贯之'地坚持革命不动摇，就叫张贯一吧！"

那段时间，杨靖宇都是以"张贯一"这个名字参加活动、组织运动。

在上海的培训结束后，周恩来认为杨靖宇是开展工农革命不可多得的人才，便亲自找他谈话，讲了中央对他培训结束后的安排，要么把他调到全国总工会领导工人运动，要么派到苏联学习军事，回国后领导工农红军。

杨靖宇经过慎重选择，认为自己无论是文化水平和能力素质都要提高，因此，他向周恩来提出，希望到苏联学习深造。周恩来非常支持他的选择，开出相关介绍信，让他到东北联系满洲省委，办理出国事宜。

二

这是一条特殊的铁路。

北部以俄罗斯境内赤塔为起点，南部以海参崴（即符拉迪沃斯托克）为终点，全长 2186 公里。其中，在中国境内的部分自满洲里到绥芬河的干线全长 1484 公里，自哈尔滨到长春的支线长 241 公里。

这便是历史上有名的中东路，也被称为中东铁路、东省铁路、东清铁路。1903 年，为侵略中国、控制远东，沙俄出资兴建中东路。

根据 1924 年中苏协定，铁路经营业务由中苏共管。1927 年中国大革命失败之后，国民党政府推行亲帝反共反苏的外交路线。1928 年 12 月底，张学良通电全世界，宣布"遵守三民主义，服从国民政府"，原北京政府的红黄蓝白黑五色旗改为南京国民政府的青天白日旗，宣布拥护国民政府的政治行动——东北易帜。

1929 年 7 月，中东路事件爆发。

借着南京国民政府推动"革命外交"之机，年轻气盛的张学良便尝试着首先从苏联在北满地区所占有的特殊权益着手，来实施其收回东北权益的计划，引发东北军与苏军之间的战争。蒋介石许诺诸多条件，鼓励张学良清除东北的"共产主义势力"。在国民党南京政府的指示下，张学良下令强行接管中东路，解除苏方人员职务，逮捕苏方职员 200 余人，将包括正副局长在内的 60 余名苏联人驱逐出中国。

然而，苏联政府强硬宣布与中国全面绝交。进而，苏联驻哈尔滨、齐齐哈尔、海拉尔、满洲里、黑河、绥芬河等地领事纷纷撤离回国，中东铁路苏联职员亦相继辞职或离职。苏联成立红旗远东特别集团军，统辖苏联远东地区所有武装力量，以加伦为统帅，开始对东北当局以武力相威胁，包括拘留中国侨商上千人，扣留中国轮船多艘，并派飞机侵入中国境内侦察等。

10 月，同江战役爆发。张学良的东北军损失惨重，而日本关东军也借机生事,妄图从中渔利。12月,东北当局与苏联方面停战议和,签订《伯力协定》,双方同意按照1924年签署的中苏协定,恢复中苏合办中东铁路。

中东路事件,东北军损兵折将,东北人民损失惨重,国家尽失颜面。经此一役,东北军的实力全面暴露,为国际社会干预中国东北问题埋下祸根,甚至为日本觊觎中国提前亮出了军事底牌。

恰值此重要关头,杨靖宇受中共中央指派来到了东北。

杨靖宇来到东北,很快就与党组织接上了头。组织告诉他,出国相关手续正在办理,他还需要等一段时间。可是,杨靖宇是闲不住的人,他向组织提出,想做一些临时性的工作。

当时,刘少奇刚刚担任中共满洲省委书记,他很早就知道了"张贯一"的大名。此时,东北与苏联关系恶化,杨靖宇赴苏联学习的事就此搁置。满洲省委对他的工作热情非常支持,刘少奇专门找他谈话,同他讲明了当前东北地区的斗争形势,考虑到东北人才匮乏,希望他留下来,在东北地区坚持斗争。

杨靖宇表示,坚决服从组织的安排。满洲省委召开常委会议,讨论杨靖宇的工作问题,最后一致同意杨靖宇留在东北,并报请中央同意。就这样,杨靖宇留在了东北。

刘少奇指派杨靖宇以巡视员身份,到抚顺煤矿领导革命斗争。杨靖宇作为中共抚顺特别支部书记来到抚顺,深入抚顺煤矿,恢复重建被破坏的党组织,领导工人同侵占中国煤矿的日本矿主进行斗争。在这里,杨靖宇领导的工人运动取得了全面胜利,为煤矿工人争取到了很大的权益,工人中的秘密组织也建立起来。因为抚顺煤矿的斗争胜利,极大地激发了东北地区的工运热情,中共满洲省委称这个月为"红五月"。

在血腥的白色恐怖中，党的秘密工作极具危险性、突发性、残酷性，稍有不慎就会给党组织、战友带来巨大损害。

在抚顺，杨靖宇两次被捕入狱，敌人对他软硬兼施，施以各种酷刑，但是杨靖宇始终以顽强的意志与敌人斗争，严守了党的机密，在党组织的营救下出狱。

1933 年初，吉林磐石游击队政委杨君武受伤，杨靖宇接替杨君武担任游击队政委。此时游击队正是斗志涣散、情绪低迷的时期。杨君武在当地的影响非常大，深入人心。杨靖宇为了更好地开展工作，就临时改姓杨，对外仍然称"杨政委"。

吉林跟朝鲜接壤，在朝鲜战士口中，"杨政委"听起来很像"杨靖宇"，而在汉语中，"靖宇"又有地方安靖、平定宇内的意思，张贯一对这个名字非常喜欢，索性就此改名"杨靖宇"，他其实更喜欢这个名字里所蕴含的"平定乱邦"的深意。

从此，杨靖宇这个伟大的名字，便与东北抗联的命运紧紧连在一起。

用这个响当当的名字，杨靖宇率领东北抗联驰骋白山黑水，谱写了一部悲壮的抗战之歌。东北人民更喜欢将他称为——杨将军。

三

"九一八，大炮响，鬼子出兵占沈阳。蒋介石下令不抵抗，剩下百姓遭了殃。不是拉去做劳工，就是强征要荷粮。逼得老乡没活路，上山去找大老杨……"

这首东北民歌，至今在白山黑水间传唱。

1931 年 9 月 18 日，是东北人民永远的痛，也是中国人民永远的痛。

日本关东军炮轰沈阳北大营，悍然发动了震惊中外的"九一八"事变。国民党政府奉行不抵抗政策，数十万东北军一枪未放撤入关内，把资源丰富、经济发达的东北拱手让给日本人。短短4个多月内，中国东北全部沦陷，三千多万同胞成了亡国奴。

东北沦陷，不屈的东北人民揭竿而起，自发组成义勇军，奋起抗日，同日本帝国主义展开了殊死搏斗，反日斗争风起云涌。

"九一八"事变发生后，面对日本帝国主义的野蛮侵略，面对山河破碎的危难形势，中国共产党虽然处于严峻的白色恐怖下，但还是立即挺身而出，向全国同胞发出团结起来抗日救国的号召。1931年9月20日，中共中央发表《中国共产党为日本帝国主义强暴占领东三省事件宣言》，9月22日，又发表《中央关于日本帝国主义强占满洲事变的决议》，9月30日，再发表《中国共产党为日本帝国主义强占东三省第二次宣言》。

在事变的第二天，中共满洲省委发表《中共满洲省委为日本帝国主义武装占据满洲宣言》，号召中国共产党人勇敢战斗在抗日战争最前线，这是中国14年抗战史上、也是世界二战史上，受侵略国家向法西斯发出的第一个正义宣言。中国人民就在白山黑水间奋起抵抗，成为中国人民抗日战争的起点，同时揭开了世界反法西斯战争的序幕。

正是这些宣言，吹响了挽救民族危亡的第一声号角，开启了中华民族救亡图存的希望。

"九一八"事变后不久，杨靖宇被党组织营救出狱。他不顾狱中酷刑留下的伤病，马上找到满洲省委，请求分配工作。按照组织安排，杨靖宇任满洲省委委员、代军委书记、哈尔滨市委书记，负责领导东北人民的抗日斗争。

此时的东北，自然环境、政治形势极其复杂艰难。从地理位置来看，东北地区纬度高，地广人稀，分布着荒原与原始森林，人口密度无法同关内相比，又紧邻俄罗斯西伯利亚，冬季极为寒冷，气温经常低至零下四五十摄氏度，不利于开展游击斗争。

从政治形势看，日本悍然发动"九一八"事变之后，不断加强对东北全境的控制力度，在日本关东军的统一指挥之下，日伪军、警、宪、特严密部署，互相配合，对东北义勇军及东北抗联武装进行大规模疯狂剿杀，意图把东北三省打造成日本稳固"战略后方"和"侵华的战略前沿基地"。国民党政府长期奉行消极抗日、积极反共政策，在东北全境大肆捕杀共产党人，大搞白色恐怖，使党组织在东北发展受到严重打击。大革命失败后，国民党对共产党实施"清剿"。至1931年，整个东北地区党员和团员总数只有两千余名，黑龙江、吉林、奉天、热河东北四省党员数量加起来还不如一个遭到重大打击后的内地省份。东北的党员大多分布在城市，农村中的数量少之又少。

这样的境况，导致在东北开展革命工作格外艰难。

杨靖宇深知使命艰巨。然而，再苦再难，杨靖宇始终没有畏惧过，没有退缩过。

1932年11月初，杨靖宇先后领导成立了中国工农红军第32军南满游击队、中国工农红军第37军海龙游击队，进入艰苦卓绝的抗日战场。

1933年，杨靖宇任中国工农红军32军南满游击队政委。9月18日，东北人民革命军第一军独立师成立，杨靖宇任师长兼政委。

1934年11月5日，在南满党的第一次代表大会上成立了东北人民革命军第一军，杨靖宇任军长兼政委。

1934 年 2 月 21 日，杨靖宇在濛江县（今吉林省靖宇县）的城墙砬子主持召开抗日义勇军首领大会，16 支抗日义勇军和山林队的首领参加了会议。会上成立了"抗日联合军总指挥部"，杨靖宇被选为指挥部总指挥。

1935 年 10 月，杨靖宇率部返回濛江，在那尔轰同东北人民革命军第二军西征队伍胜利会师，并在于家沟举行了军民联欢大会。

濛江县花园口镇有一处高 150 米、宽 80 米的石砬子。石砬子貌似城墙，矗立田野，砬峰陡峭，拔地而起，砬子下是正身河，东西两边都是高山峻峰，使得这里成为进退自如，能攻易守的军事重地。

这是杨靖宇挥师血战的地方。

1936 年 2 月中共满洲省委依共产国际的指令，将所属部队联合地方义勇军筹组东北抗日联军。1936 年 6 月，吉林金川河里（今通化兴林乡），东北抗日联军一军正式成立。

这次会议采取无记名投票方式，选举出指挥部领导成员。总指挥杨靖宇，副总指挥隋长青，总参谋长李红光，外交部部长赵明思、总政治部主任宋铁岩（因宋铁岩被派入南满游击大队任政治委员未到职，暂由韩光代理），其余各抗日首领任参谋委员。

正是在这次会师中，东北义勇军发出了联合抗日的呐喊。他们一致赞同杨靖宇关于成立东北抗日联合军总指挥部的提议，表示跟随共产党抗日救国。会议讨论决定，按照正规编制进行整编，除人民革命第一军独立师外，其余到会的 16 支抗日军分编成八个支队。当时，东北的抗日力量分散而不成规模，这次会师，整合了力量，参加总指挥部的还有游击连、四季好、大伦子、青林、云中飞、爱国、东来、东也等抗日军。

此前，杨靖宇、王德泰、赵尚志、李延禄、周保中、谢文东等联名发表了气势磅礴的《东北抗日联军统一军队建制宣言》：

全中国同胞们！全东北一切抗日武装军队同志们！

日本强盗帝国主义，以"防共自治"为借口，夺我黄河以北五省，更以"日华提携"欺世滥言。……企图军事的冒险，必造成世界二次大战，使我中国四万万五千万同胞生命财产作大战的牺牲品，……每一个有热血、有头脑的中国人都知道：自去年秋天以来，全中国南北各地勃发抗日救国运动，中间经过虽有曲折，可是抗日则生，不抗日则死，成为全中国同胞一致的思想行动了。现在全中国正走向"组织国防政府，建立全国抗日联军，实行全国总动员，对日抗战……"这一抗日救国运动，实为我中华民族国家解放自由发展的关键。

我东北人民革命军第一、二、三各军，反日联军第四、五、六各军，各反日游击队，为收回东北领土，为保卫中华祖国，四年以来在全东北反日总会领导下，与我各反日救国武装同志及反日民众结成统一战线，共同对抗日本强盗帝国主义，作游击战争，誓必奋斗到底。……

这份《宣言》还宣布：为进一步巩固抗日军队的组织，统一抗日军队的行动，"改革抗日军队的建制，废除抗日军一切不同的名称，一律改称为东北抗日联合军第一、二、三、四、五、六军及抗日军××游击队"。并表示"昨天的国贼——日本间谍，如今天能痛改前非，在今后决心为中华祖国的独立、民族的解放而尽力，投入联合军者，我军则'既往不咎'，并与之今后抗日对策上相互提携。"

各抗日队伍还一致通过了《东北抗日联合军斗争纲领》《抗日联合军赏罚条例》《人民革命医院和修械所的共同使用规则》《抗日联合军共同作战胜利品处理条例》和《对叛徒惩治办法》等重要文件。

东北抗日联合军总指挥部的成立，标志着东北抗日联军的诞生，此后东北各抗日部队及山林队接受东北抗日联合总指挥部的领导，正式使用"东北抗日联军"这一名称。

这个宣言令参加会议的同志们热血沸腾。这次会议，标志着东北抗日武装力量的空前强大和团结，东北大部分抗日义勇军都团结在抗日联军周围，统一接受中国共产党的领导。

东北抗日联军第一路军成立之际，杨靖宇将澎湃的心潮注入《东北抗日联军第一路军军歌》中，这首歌曲从此响彻东北大地：

> 我们是东北抗日联合军，
> 创造出联合军的第一路军。
> 乒乓的冲锋陷阵缴械声，
> 那就是革命胜利的铁证。
> 正确的革命信条应遵守，
> 官兵和士兵待遇都是平等；
> 铁一般的军纪风纪都要服从，
> 锻炼成无敌的铁军。
> 一切的抗日民众快奋起，
> 中韩人民团结紧；
> 夺回来丢失的我国土，
> 结束牛马亡国奴的生活。
> 英勇的同志们前进吧，
> 打出去日本强盗，推翻"满洲国"。
> 进行民族革命正义的战争，
> 完成那民族解放运动。
> 高悬在我们的天空中，

普照着胜利军旗的红光。

冲锋呀，我们的第一路军！

冲锋呀，我们的第一路军！

此后，东北抗日联军不断发展壮大，先后组建了一军至十一军，兵力达三万余人，成为东北抗日武装的核心力量。东北抗日联军在中国共产党的统一领导下，在辽阔的东北大地上，掀起了轰轰烈烈的大规模游击战争，沉重地打击了日本侵略者。

杨靖宇率领东北抗联，打击了日伪的嚣张气焰，对日伪统治造成了巨大的破坏作用。1938年3月13日袭击通辑铁路老岭隧道工程的战斗是杨靖宇指挥的若干战斗中比较经典的战斗。这一日当晚，杨靖宇率警卫旅一团、三团约500余人，采取里应外合的办法袭击敌人，以迅雷不及掩耳之势歼灭日伪军，捣毁施工现场，致使日伪当局损失20万日元。此战被日伪当局称为"东边道肃正史上最巨大的一章"。

从1931年到1940年，长达九年的烽火岁月，杨靖宇带领骁勇的抗联战士纵横南满大地，指挥了智取邵本良、奇袭老岭隧道、长岗大捷、岔沟突围、攻克大蒲柴河、干饭盒脱险等众多经典之战。

从1931年到1945年，在长达14年敌强我弱的抗日斗争中，东北抗日联军部队付出了巨大牺牲。据不完全统计，先后参加东北抗日联军的三万多将士大部分血染疆场，120多位师以上指挥员战死。抗联将士面对极端恶劣的气候条件和缺衣少食、弹药补给不足等巨大困难，始终英勇顽强地抗击日寇。

一大批民族英雄和革命烈士，成为中华民族抗击外来侵略的光辉典范。毛泽东对东北抗联高度评价：东北抗联多打死一个敌兵，多消耗一个敌弹，多钳制一个敌兵，使之不能入关南下，就为整个中华民族抗战增加了一份力量。

在中央档案馆里，保存着一份珍贵的历史文献，这就是1937年12月13日通过的《中共中央政治局关于准备召集第七次全国代表大会的决议》。

在这份正式任命杨靖宇为中共中央七大准备委员会委员的文件上，留有毛泽东和其他政治局委员的亲笔签名。这是党中央组建的以毛泽东为主席的25人七大准备委员会，名单中有抗日英雄杨靖宇，也有毛泽东、朱德、周恩来等功绩卓著彪炳千秋的开国元勋，这是杨靖宇一生中最高的政治荣誉。

遗憾的是，1945年七大胜利召开时，杨靖宇已经壮烈殉国。

四

一夜北风怒号，刮走了阴郁的愁云惨雾。

天，一点点放晴了。太阳拨开厚厚的云层，暴风渐渐停止。

阳光透过疏疏密密的枝干洒落大地，映在野兽深深浅浅的脚印上。远处不时传来野狼的嚎叫，栖息在树上的麻雀扑棱棱地飞起，树枝上一大团一大团的积雪随之飘散在空中，雪花在阳光中飞舞，闪烁着淋漓的金光。

杨靖宇缩身在狭小的窝棚里，外面风声肆虐，又渐渐止歇。他抬起手臂，活动双腿，慢慢伸展着僵硬的身子，将自己从积雪里清理出来。一夜北风紧，天地四野寒。这一年的冬天格外寒冷，零下四五十摄氏度的严寒让生命绝迹，敌我力量的巨大差距更让抗联的工作日趋艰难。

日本关东军号称"皇军"的王牌部队，装备精良，人数众多，其驻军人数和驻华北的日军人数或驻华中日军的人数相比，不相上下。日军在东北大地残酷压制中国百姓，军事上重兵围剿，经济上严密封锁，政治上不断诱降，"强行建立集团部落三光政策"，东北抗联进入历史上最困难的时期，外无给养，内无兵援。在极度的严寒中，抗联战士只能以棉絮、蒿草、树皮为食，挑战生存极限。

有人曾总结抗联"三缺"，一缺枪支弹药，二缺粮食被服，三缺医疗药品。抗联的野战医院最缺的就是消炎药与麻醉剂。抗联的战士一旦受伤需要做手术的时候，很多是在没有麻醉剂的情况下直接从伤口取弹头和弹片的，因为缺乏手术后包裹伤口的绷带，只能将用过的旧绷带清洗之后反复使用。

在这样的环境下同敌人进行艰苦卓绝的战斗，可谓难之又难。这期间，一些意志不坚定的人纷纷背离理想信念投降日军，给东北抗联造成了无法弥补的伤害。从 1937 年冬胡国臣叛变开始，安光勋、程斌、张秀峰、赵延禧、张奚若几人相继背叛，杨靖宇和东北抗联悉心营建的密营悉数遭到破坏，在密营仓库储存的弹药和物资损失殆尽，抗联几乎在一夜之间弹尽粮绝、陷入绝境。

风，无情地刮着，冻得林中大树劈劈啪啪像要炸裂。极度的寒冷，让杨靖宇的头脑格外清醒。面对日本关东军的围追堵截，如何坚定信心、减少损失，是当务之急。毫无疑问，程斌是所有叛徒中对抗联危害最大的一个，他原是第一军第一师师长，1938 年 6 月底胁迫114 名部下投敌叛变，他向敌人详细供述了党组织和抗联内部机密，使抗联的行动计划、活动规律、游击根据地和军事密营等都被日军掌握，导致根据地和密营遭到大规模破坏。警卫旅一团参谋丁守龙叛变、抗日同盟第一军参谋长安光勋叛变、第一师师长程斌叛变、警卫排排长张秀峰叛变、机枪手张奚若叛变，第一路军总司令部行踪一步步暴露，杨靖宇所有的战略部署从此再无秘密可言。东北抗联几乎每天都不停地陷入敌人的包围之中，在重重包围中不断突围，部队迅速减员：四百人、二百人、一百人、六十人、三十人……

东北抗联素有"南杨北赵"之说，南有杨靖宇，北有赵尚志。杨靖宇不仅是一个天才的指战员，更是一个卓越的战略家。东北抗联受气候、地形等客观条件和东北抗日形势的制约，无法建立大规模的根据地，更不可能实行大规模的土地改革。根据抗联斗争特点，杨靖宇发明了抗联密营，也就是抗联的仓库，东北人管这种仓库叫作地窖子。密营后来成为集作战指挥、物资储备、枪械修理、被服制作、伤员救治为一体的综合性补给基地。

杨靖宇作战有"三不打"：不了解敌我双方兵力对比的仗一不打；不了解战场情况的仗二不打；不能缴获武器物资的仗三不打。每次战斗后，杨靖宇带领抗联将士将缴获的物资妥善储存，以备不时之需。分布在东北大大小小近百座密营，构成了一个支撑抗联的补给网络，使抗联可以神出鬼没地打击敌人保存自己。多年来，杨靖宇和他领导的东北抗联让日军寝食难安，日军将杨靖宇领导的第一军及其活动的地域称为"满洲治安之癌"，想尽一切办法要置杨靖宇于死地。

1938 年 10 月，伪满洲国最高军事顾问、以"满洲国军之父"自诩的军政部佐佐木到一得知抗联一军一师师长程斌叛变，暗生诡计，与通化、吉林、间岛三省大"讨伐"司令部周密策划了以一万余日伪军对四百抗联战士的铁桶般的岔沟包围战，企图全歼杨靖宇部。

杨靖宇曾经与战友约定，假如失散，便在三道崴子见面。三道崴子，是濛江河在这里的第三道弯，地形非常复杂，辽阔的原始森林更是让周围的环境变幻莫测。东北抗联第一路军有个保持联络的秘密，如果失散，便在当月初五、十五、二十五联系，如果这三天不能取得联系，则分别向后顺延到初十、二十、三十。

杨靖宇拖着重伤的身躯来到这里，一则是等大部队，二则是等通讯员。挨过了大半天，杨靖宇终于等来了四个打柴的农民，他掏出口袋里仅有的钱，恳请他们下山给自己买一些食物和一双棉鞋。可是，他并不知道，关东军已经布下了天罗地网。

文献记载了中华民族的这个至暗时刻：

1940年初，寒冬时节。

由于日本侵略军及伪满当局一系列的"讨伐"行动，杨靖宇领导的东北抗联第一路军进入了最艰难、最残酷的时期。杨靖宇将军也进入了他短暂而伟大一生的最后时刻。

1940年1月31日，农历己卯年腊月二十三，小年。杨靖宇率部进至吉林省濛江县东双丫沟里。此时，杨靖宇身边只有特卫排、少年铁血队、机枪连等60余名战士。

2月1日，腊月二十四。司令部特卫排排长张秀峰携带枪支、秘密文件投敌叛变。这进一步暴露了第一路军总司令部的行踪。

2月2日，腊月二十五。清晨，敌人调集重兵在叛徒程斌带领下向杨靖宇司令部发动进攻，部队再次受到严重损失，杨靖宇身边只剩下30多名战士。

2月4日，腊月二十七。为解决给养问题，杨靖宇率部攻打新开河木场，在运粮途中与敌遭遇，身背粮食的15名战士被敌军冲散。

2月7日，农历大年除夕。遭到叛徒程斌讨伐队攻击，突围后，杨靖宇身边只有15名战士了。

2月12日，农历庚辰年正月初五。天刚亮，敌人的飞机在低空盘旋，日本人又追了上来。杨靖宇一行7人一边抵抗一边转移。战斗中抗联战士又有3人受伤。杨靖宇决定仅剩的7个人分开行动，缩小目标。

2月15日，正月初八。日伪讨伐队队长程斌根据雪地上发现的一道足迹猜测到了杨靖宇的行踪，率领600余人追了过来。战斗中，杨靖宇的左臂被敌人打中一枪。敌人称他"完全像个巨人那样跑着，最后消失在密林之中"。

2月16日，正月初九。杨靖宇等3人在密林里转了个大圈，来到了三道崴子一带。杨靖宇派警卫员朱文范、聂东华去附近村屯购买食物，他只身一人在此地等候。

2月18日，正月十一，两位警卫员在购买食物时被敌人发现，战斗中双双中弹牺牲，也暴露了杨靖宇活动的目标。

2月22日，正月十五，农历元宵节。杨靖宇来到濛江县城西南六公里处保安村三道崴子，在一个破地窨子（农民为收割庄稼而盖的窝棚）里度过了一晚。

2月23日，正月十六。上午10时许，杨靖宇隐约听到地窨子外面有说话声，原来是四个村民上山打柴路过这里。杨靖宇喊住了他们，四个人来到面前，被杨靖宇奄奄一息的神态和苍老憔悴的面容吓了一跳。杨靖宇对他们说："我已经几天没吃东西，饿得不行了，你们帮我买点东西，再弄套衣服。"赵廷喜说："现在上山谁身上也不许带干粮，我们都没吃的。"大胡子掏出一沓钱，请他们回村买粮。赵廷喜又说："你降了吧，现在日本人对降下来的人已经不杀头了，何必再遭这个罪呢？"大胡子对他们说："咱们都是中国人啊！日本鬼子到咱家门口来打劫，爷们儿怎么能不管家里的老老小小呢！再者说咱们中国人要是都降了，以后还有咱们中国人的好吗？"

可是，杨靖宇没有等到老乡送来的粮食和棉鞋，而是等来了一大群关东军。这四个农民回到镇上——历史在这里记下他们丑恶的面孔、罪恶的名字：赵廷喜、辛顺理、孙长春、迟德顺，他们，以及将杨靖宇逼上绝路的第一师师长程斌、警卫排排长张秀峰、机枪手张奚若，终被绑在历史的耻辱柱上。四个农民没有替杨靖宇买食物和棉鞋，而是将杨靖宇的信息泄密给日本人。关东军火速组织讨伐队，并紧急召集由抗联叛徒组成的伪满特工队，由伪通化省（今吉林省通化市）警务厅长岸谷隆一郎带队，共六百余人，包围了三道崴子。

枪声从上午一直响到傍晚。杨靖宇身上多处负伤，岸谷隆一郎让人把火柴收集到一起，顺着杨靖宇的血迹追，一点一点寻找线索。此时，岸谷隆一郎带来的六百人只剩下五十多人，其余不是走失就是战死。

此时，杨靖宇已数日粒米未进，加上身患感冒和左臂所受枪伤并未痊愈，身体十分虚弱。当他发现敌人追来时，强忍饥饿和伤病的折磨，奋起应战，双手持枪，打一枪转一处。最后，杨靖宇被逼到老恶河旁。他已经精疲力竭，吃力地移动着身子，靠在一棵大椴树上喘息着。岸谷隆一郎命剩余的日本兵组成包围圈，杨靖宇只得起身向别处转移。积雪很深，杨靖宇跌跌撞撞向山下跑去。

讨伐大队副队长伊藤向他高喊："杨！你的命要紧，放下武器，保留生命，还能富贵。"

杨靖宇假意说："好！我归顺，你过来咱们谈谈。"

伊藤刚起身，杨靖宇连发三枪，其中一枪打到伊藤的心脏，另外两枪击穿了旁边日本兵的腿。杨靖宇埋伏在卧牛石后面，不停地向日本人射击。岸谷隆一郎火了，他判断活捉和劝降是办不到的，于是下令："干掉他！"刹那间，步枪、机枪响成一片。

突然，一排机枪子弹击中了杨靖宇的胸膛。杨靖宇仰面向天，倒在冰冷的濛江大地上。

东北抗联幸存的战友刘福太回忆杨靖宇时说道："分手时，我们谁都不愿意走，我哭着对杨司令说，让我们生，生在一起；死，死在一块，坚决不分离！杨靖宇将军说："都死在一块儿有什么好？能走出去一个人，就多一份抗日力量。我们现在是很困难，但越是艰险困难的时候，也就越快要熬出头了。留得青山在，不怕没柴烧。大家要相信，革命是一定会成功的！熬过这段苦日子，最后的胜利一定是我们的！"刘福太没有想到，与杨靖宇的这一别，竟然成了永诀，为抗日事业呕心沥血的杨靖宇，没有看到最后的胜利。

这一年，杨靖宇三十五岁。

岸谷隆一郎担心杨靖宇诈死，等了半天，确认以后命令四个日本人抬着杨靖宇踩着倒木走下山去。他们把杨靖宇的尸体放在爬犁上，爬犁太小，就把地餐子的门板卸下来放在爬犁上，让赵廷喜拉着爬犁。杨靖宇身量太高，两条腿拖在雪地里，划出了两条深深的雪印。

岸谷隆一郎回到军营，在日记中写道："终于不共戴天的杨靖宇倒下了，我们喜极而泣，敲锣打鼓，这是一个值得铭记的日子，康德7年2月23日。"

让日本侵略者百思不得其解的是，杨靖宇在零下四五十摄氏度的严寒中，五天五夜没有给养补充，到底是什么力量支撑着这颗不屈的灵魂？他们命令割下杨靖宇的头颅，剖开他的腹部，试图寻找问题的答案。他们只看到一个因长期饥饿导致严重萎缩的胃，里面没有一粒粮食，只有未能消化的草根、树皮和棉絮。解剖台上的答案，让在场的日本人无不感到震惊和恐惧，主刀的解剖医生惊慌之中将手术刀掉在地上，中国竟然有这样威武不屈的英雄！连骄横跋扈的岸谷隆一郎都不得不暗暗叹服："虽为敌人，睹其壮烈亦为之感叹：大大的英雄！"

被杨靖宇震撼的岸谷隆一郎按照日本武士道最高的礼遇，为杨靖宇举行了隆重的"慰灵祭"，延请日本僧人为他超度。从杨靖宇落葬的那天开始，岸谷隆一郎便潜心研究这个令他无比敬畏的敌人。杨靖宇身上那种不畏强暴、誓死抗争的英雄气概令岸谷深深折服。对杨靖宇的感佩和恐惧，让岸谷隆一郎寝食难安，他的良心时刻被杨靖宇的精神所折磨。最后，这个浑身沾满中国人鲜血的刽子手在毒死了自己的妻儿后，剖腹自杀。

杨靖宇用生命最后的战斗向日本人宣告，中国人不好惹，中华民族不会亡！

3月15日，桦甸头道溜河，东北抗日联军第一路军副总司令魏拯民在为杨靖宇主持的追悼大会上悲壮地宣誓："靖宇同志生前没有完成的事业，要由我们来完成。革命胜利的那一天，我们每一个人都要无愧于心地在靖宇墓前说：杨靖宇同志，我们在你之后，做了我们应该做的事。"

假如地下有知，相信杨靖宇一定能够听到同志们的告别。他用自己的顽强坚持与绝对信仰呼唤中国人：同胞们！觉醒吧！只要大家团结一致，坚持到底，最后的胜利一定是我们的！

五

这是一份长长的名单：

杨靖宇，东北抗日联军第一路军总指挥兼政委，1940 年牺牲，时年 35 岁。

赵尚志，东北抗日联军第三军军长，1942 年牺牲，时年 34 岁。

赵一曼，东北人民革命军第三军第一师第二团政委，1936 年牺牲，时年 31 岁。

王德泰，东北抗日联军第一路军副总司令兼第二军军长，1936 年牺牲，时年 29 岁。

李红光，东北抗日军联合指挥部参谋长，1935 年牺牲，时年 25 岁

魏拯民，东北抗日联军第一路军副总司令，1941 年牺牲，时年 32 岁。

李学福，东北抗日联军第七军军长，1938 年牺牲，时年 27 岁。

许亨植，东北抗日联军第三军军长、第三路军总参谋长，1942 年牺牲，时年 33 岁。

胡泽民，东北中国国民救国军副总参谋长，1933 年牺牲，31 岁。

童长荣，中共东满特委书记，1934 年牺牲，时年 27 岁。

李红光，东北人民革命军第一军第一师师长，1935 年牺牲，时年 25 岁。

陈翰章，东北抗联第一路军第三方面军指挥，1940 年牺牲，时年 27 岁。

……

到底有多少东北抗联将士死于疆场？这是一个至今都难以统计

的数字。

完成于 1941 年的《东北抗日联军第一路军 1932 至 1941 年阵亡指战员统计表》试图对各个时期有名的烈士进行统计，烈士的身份分为姓名、性别、民族等八项，无名烈士在这份统计表后以数字形式列出。

这里仅以东北抗联第一军为例。磐石游击队时期有姓名者总计 7 名，不知姓名者共 20 余名；东北人民革命军时期有姓名者总计 22 名，不知姓名者共约 90 名，合计 112 名；东北抗日联军第 1 路军时期有姓名者共计 29 名，不知姓名者共约 250 名，合计 280 余名；第一方面军有名烈士只有两人，不知姓名者 60 余名。

那么就让我们来看看这些列在统计表里的"有姓名者"——冯老三、吴老四、冻饼子、好根儿、小队长、金队长、蔡指导员、压日本、硬鼻子、刘短脖子、大胡子老头、狗皮老头、红萝卜、自行车……

他们出现在这份名单里，有的有姓无名，有的有名无姓，有的仅有军职，有的是姓氏加上军职，还有一些仅仅是绰号，更多的，甚至连绰号都没有留下。

这就是东北抗联！一个不仅将生命、更连姓名都牺牲了的队伍。

曾经有幸存者回忆，一个刚上高中的学生，到队伍没有两天就遇到了一场战斗，在战场上负伤后用手榴弹与敌人同归于尽。这个学生，连绰号都没有人知道，更别说他的姓名，是哪里人。

这些英雄，他们的生命甚至姓名都已湮没在历史的深处。文献记载，杨靖宇统率第一军两次西征热河，第一次出发时是 400 多人，可是回来时剩下 30 多人，第二次出发时也是 400 多人，回来时只剩下 70 多人。赵尚志率三军第二次西征，主力部队从汤原出发时有 500 余人，在庆城、铁力"留下"200 余人，在海伦又"留下"一部分人。队伍还剩下的 150 余人，从逊河开始东返时却只有 70 余人了。

这就是英雄，这就是牺牲。

一篇回忆录中记载，1936 年初，东北抗联五军的胡仁从木兰返回延安途中下落不明，从此音信皆无。也是这一年，满洲省委秘书长李世超奉命做游击队工作，可是他从哈尔滨出发后就杳无音讯。东北抗联三军的张敬山奉命执行任务，快要到达目的地时，碰到了大扫荡，不幸牺牲。

带有赵尚志印章的《1933 年冬至 1937 年秋三军阵亡将士统计表》中这样记载："共计 430 人，其中中高级干部 40 人，下级干部 130 人。"

在这里，历史用它的彪悍抹掉了生命的柔软。而今，让我们用心灵的柔润剥开历史的粗粝。

当时的东北，天寒地冻，人迹罕至。日本关东军对东北实行残酷的"讨伐"和"肃正"，导致党的游击根据地几乎全部丧失，抗日斗争经历了异常艰难的岁月。据当年抗联老同志回忆，抗联部队因冻、饿、病而死的人数不亚于战斗减员。有的抗联部队的所有战斗物资只能依靠战斗缴获，拿生命和鲜血换取，其处境之艰难、生活之艰苦、战斗之残酷，难以用语言描述。东北抗联第二军总指挥周保中在日记中这样写道："白雪铺满大地，山中雪积及尺……抗日救国战士，犹着单衣单鞋，日夜出没于寇贼倭奴之封锁线，其困苦颇甚。"如果没有强大的信仰，信念信心作支撑，任何人恐怕都难以在这种环境下生存。因为消息闭塞，东北抗联始终无法建立稳固的游击根据地，部队一直处于被动挨打的流动状态，非战斗减员的比例很高。《东北抗日联军史料丛书》中的一页记载了四次战斗。不长的文章除了记述主要的战斗过程，就是结论性地记录"牺牲"，两次是"主要领导牺牲"，一次"均壮烈牺牲"，一次"全部壮烈牺牲"。

短短的几个字意味着，牺牲者的一切，已经无人知晓，且无从知晓了。

甚至，很多牺牲的将士连尸骨都未曾留下。1941年出版的《北满游击运动史略》中，一位幸存者回忆："只要条件允许，烈士的遗体是一定要处理好的，下葬时若是夏天或秋天就土葬，要深埋，不然会被野兽扒出来。下头两场雪的冬天也可以土葬，只是难度稍微大些，因为地冻得太实。春天冬天，那只有火葬，把木头堆得半人来高，把烈士遗体放上去，再横着压几根大木材，不然烧一会儿遗体就会立起来，心里更难受。时间来不及，或者有敌情，不能点火就用树枝子或者雪掩盖一下。"

这就是我们英勇的东北抗联将士！

他们的生，是那样的热烈、那样的奔放；他们的死，又是那样的悲壮、那样的决绝。这些抗联将士牺牲时，正值人生最美好的年华，可是，他们毫不犹豫地将鲜血和生命抛洒在东北的白山黑水。据统计，抗联11个军鼎盛时期不过3万余人。这3万多抗联将士中，只有不足700人迎来了抗战胜利的曙光，其余全部血洒疆场。

就是这样一支部队，以钢铁般的意志和决心，同日本侵略者进行了长达14年艰苦卓绝的斗争，他们为民族而战，为祖国而战，为尊严而战。其间，东北抗日武装对日作战10余万次，牵制日军76万余人，消灭侵略者18万余人。14年艰难岁月里，在生与死、血与火的磨砺中，"救亡图存"一直是抗日将士矢志不渝的呐喊，"振兴中华"始终是东北抗日斗争的不懈追求。东北抗日斗争的伟大，不仅仅在于他们对于全国抗战胜利所作出的历史性贡献，更在于他们在各种超乎想象的困难中，仍然不屈不挠、斗争到底。东北抗日联军艰苦卓绝的斗争，是中国人民抗日战争这部壮丽史诗中最惨烈、最令人动容的篇章之一。在生与死、血与火的磨砺中熔铸成的伟大精神，将永载中华民族史册，永载人类和平史册。

什么是东北抗联精神？这就是——天下兴亡、匹夫有责的家国情怀；众志成城、共御外侮的忧患意识；艰苦卓绝、气壮山河的英勇斗争；视死如归、威武不屈的英雄气概；光耀千秋、彪炳史册的民族气节。

天地英雄气，千秋尚凛然！

六

新中国成立后，为纪念为中国的民族独立和人民的自由幸福而抛洒热血、勇敢牺牲的烈士，一座巍峨的人民英雄纪念碑在中国北京的中心——天安门广场拔地而起。就在新中国开国大典前夜，毛泽东主席以一个诗人的气魄、一个革命者的悲壮，为纪念碑起草了碑文：

人民英雄永垂不朽！

三年以来，在人民解放战争和人民革命中牺牲的人民英雄们永垂不朽！

三十年以来，在人民解放战争和人民革命中牺牲的人民英雄们永垂不朽！

由此上溯到一千八百四十年，从那时起，为了反对内外敌人，争取民族独立和人民自由幸福，在历次斗争中牺牲的人民英雄们永垂不朽！

三年以来，三十年以来，由此上溯到一千八百四十年，以至中华民族五千年漫长岁月，为中国的民族独立和人民的自由幸福而抛洒热血、勇敢牺牲的精神，血脉相连，赓续不绝——

什么是英雄气概，什么是家国情怀？是屈原的"路漫漫其修远兮，吾将上下而求索"，曹植的"捐躯赴国难，视死忽如归"，戴叔伦的"愿得此身长报国，何须生入玉门关"，是岳飞的"靖康耻，犹未雪；臣子恨，何时灭"，陆游的"位卑未敢忘忧国，事定犹须待阖棺"，文天祥的"人生自古谁无死，留取丹心照汗青"，更是吉鸿昌的"恨不抗日死，留作今日羞。国破尚如此，我何惜此头"，佟麟阁的"浩气长风，唤起大众，卫我中华一脉同"，郁达夫的"拔剑光寒倭寇胆，拨云手指天心月"……岁月峥嵘，时光改变了山河的面貌，可不变的，是这耿耿丹心、铮铮铁骨。

一寸河山一寸血，一抔黄土一抔魂。

中华民族的人民英雄，不管他们姓甚名谁，不管他们有名无名——

苍天为证，让我们永远铭记他们，永远缅怀他们！

后记

北京—长春—通化—靖宇。

复兴号载满思乡的人们飞驰着，欢快的笑声浸润着金秋馥郁的麦香。从长春到靖宇的高速公路上，几乎没有车，也几乎没有人，地图上显示着酣畅淋漓的极速绿。现代化的播种机、农耕机、除草机、收割机排列整齐停放在道路两侧，展示着丰收的喜悦。笔直的白桦林像一队队晨练的列兵，金戈铁马，整装待发。金黄的田野辽阔无垠，洋溢着稻谷醉人的芬芳，袅袅炊烟中，秋色愈加馥郁。

这条无比熟悉的路，这一次对我来说，却是无比沉重。

八十余年前的那个伸手不见五指的黑夜，依稀在我眼前闪动。我好像看见了他，而他，隔着八十余年的倥偬岁月，也正在注视着我。那时候，靖宇还不叫靖宇，叫作濛江。

吉林，靖宇。

宽敞豁亮的街道、人声鼎沸的夜晚、熙熙攘攘的车流、洋溢幸福的笑脸——仲秋的靖宇热闹非凡。

1946 年，为纪念东北民主抗日联军总司令、民族英雄杨靖宇，中央将其殉难之地濛江改名为靖宇。而今，这个伟大的名字，已成为人们生活的血肉、生命的基因。

在这里，我见到了杨靖宇的曾孙马铖明。这个出生于河南郑州的年轻人率真开朗，低调谦逊。2019 年，马铖明从天津大学毕业，毅然来到曾祖父战斗和牺牲的靖宇县工作。

一截长长的白桦树干，静静地摆放在马铖明的书桌上，他深情地抚摸着枝丫嶙峋的白桦。我不由得想起那幅油画，怒火中烧的杨靖宇手持匣子枪，正在向敌人射击。在生命最后时刻与敌人拼死决战的铁血英雄，也正在用这样深情的目光注视这片土地。他的身后，是漫山遍野的白雪，雪地里，银装素裹的白桦像一队队钢铁战士。猎猎寒风吹起他的衣襟，他伟岸的身姿与挺拔的白桦融为一体。

隔着八十余年的时空，马铖明同杨靖宇的神情是那么的相似，又是那么的不同。相似的是一样的坚执、一样的凛然，不同的是，杨靖宇的眼中充满对积贫积弱的旧中国的哀怨、对日本侵略者的愤怒，马铖明的脸上，则洋溢着对日新月异的新时代满满的骄傲与自豪。

在东北，随处可见美丽的白桦林。东北的渔猎民族喜欢在山地或丘陵坡地成片栽植白桦，并取材白桦树皮加盖房子、制造弓箭。白桦洁白雅致，枝叶扶疏，笔直的树干上凸起一个又一个褐色皮孔，仿佛一只又一只怒目而视的大眼睛，它们是时间镌刻的痕迹。晨曦中浓雾弥漫，在湖林山水之间拔节生长的白桦树，撼动着山河岁月。

这截长长的白桦树干，是杨靖宇的后人从他的牺牲地带回来的。这曾经目睹杨靖宇血洒疆场的白桦树干，成为马家世代的"传家宝"。当年，马家的这个"传家宝"随着杨靖宇的儿子马从云从吉林来到河南，而今，又随着曾孙马铖明从河南回到吉林。

那段神州陆沉的日子里，日本宪兵和国民党匪兵抓不到杨靖宇，就在杨靖宇的家乡到处搜捕、横加报复。他们虽不知道杨靖宇就是马尚德，但知道马尚德参加过革命，就试图从他的家人身上打开缺口。杨靖宇的父亲去世得早，母亲张君、妻子郭莲、儿子马从云、女儿马锦云便成为敌人迫害的对象。孤儿寡母为躲避敌人，只能到处流浪。杨靖宇的妻子郭莲一手搀扶重病的婆婆，一手抱着孩子东躲西藏，靠要饭为生。

杨靖宇在河南确山的家不知被日寇和国民党兵抄过多少次，他们动辄就将杨靖宇的母亲抓起来，逼问马尚德的下落，母亲拒不回答，便惨遭毒打。1938年，一次被毒打之后，她一病不起，不久便离开人世。临终前，她拉着郭莲的手，将从墙缝中摸出的儿子照片交给儿媳，说："娘是见不到他了。你一定等他回来，一定要找到他！"母亲过世后，一家人的生活更加举步维艰，郭莲谨记婆婆的话，独自一人挑起全部的生活重担。娘三个拾过破烂，讨过饭，遭受了无数屈辱，经历了无数磨难，靠百家救济艰难度日。

杨靖宇的儿子马从云、女儿马锦云分别出生于1926年、1928年。在冰天雪地的吉林，杨靖宇不知道多少次想象妻子举案齐眉、儿女绕膝欢笑的场景，可是，革命没有胜利，又怎能儿女情长？少年立志出乡关，不破敌寇誓不还。杨靖宇离开确山之时，儿子两岁，女儿三个月，此生，他再未能重返故土。

1944 年，鬼子汉奸将郭莲拉去严刑拷打。郭莲的头上被打出一个鸡蛋大的洞，她依然坚强不屈。之后又被扔进粪坑浸泡，天气炎热，她的伤口大面积溃烂，不久也随婆婆离开人世。病重期间，她将儿女们叫到身前，叮嘱他们："记住，爹爹叫马尚德，他是红军，你们一定要找到爹爹……"郭莲哪里知道，她日夜思念的丈夫早已先她而去。

新中国成立后，解放军的队伍来到了确山。马从云和马锦云牢记母亲的叮嘱与牵挂，每天都从村子步行十多里地到确山县城寻找父亲。他们对父亲的情况一无所知，不知道父亲经历过什么，不知道父亲的部队番号，更不知道父亲是否还在人世，只能挨个问路过的解放军战士："同志，你们认识我爹吗？我爹也是红军，他叫马尚德……"他们不知道站了多少天，问了多少部队多少战士，始终没有打听到父亲的消息。

此时，中央政府和东北人民怀着对杨靖宇的极高崇敬，也在四处寻找他的家人，希望英雄血脉得以延续。1951 年，党组织终于找到了解内情之人，查明杨靖宇老家所在之处。夏日的一天，几位干部模样的人来到确山，找到马从云、马锦云，久久地打量着兄妹俩，又详细询问了很多情况。兄妹俩猜到了他们的来意，欣喜若狂地在箱子里找出杨靖宇留在家里的唯一一张照片。来人热泪盈眶——毫无疑问，他们就是杨靖宇的后代！在那个音讯隔绝的年代，兄妹俩虽然依稀听说过杨靖宇驰骋疆场、抗击日寇的故事，可哪里想到抗日英雄杨靖宇正是他们日夜思念的父亲。彼时，距杨靖宇牺牲，已经整整十一年。

党组织在找到兄妹二人后，立刻准备给两人更好的生活条件，不负当年杨靖宇的拼死搏杀，但是这些都被兄妹俩果断拒绝了。父亲杨靖宇没有给予他们生活上的关怀，但他的精神却深刻影响了兄妹的一生。他们没有以英雄的后人自居，而是继承着父辈的荣光，在国家最需要的地方发光发热，将自己最好的年华奉献给了伟大祖国。

马从云的儿子马继志曾在 1977 年到 1981 年参军，参加了1979 年对越自卫反击战，并荣立三等功，但服役期间他从未和战友提起过自己爷爷的名字。他在战斗中被子弹打中，为共和国流过血，至今弹片一直残留在腰部。马继志退伍后成为郑州铁路局的一名火车司机，坚守岗位 34 年，一直到退休，从来没有向组织提过任何要求。2019 年 11 月，马继志带着一家落户吉林长春。他说："我踏着爷爷的足迹来到这里。爷爷当年带领抗联战士为了这块土地战斗到最后，宁死不降。爷爷埋葬在这里，这里就是我的第二故乡。来到这里，是我们马家后人对我爷爷的思念；来到这里，我们能更近距离地学到我爷爷的抗联精神。"

岁月不居，时节如流。

也是这一年，马铖明走出校门。从天津大学毕业后，这个年轻人也做出了自己的选择——来到曾祖父牺牲的靖宇县，担任保安村村书记助理。

易地搬迁、危房改造、信息采集、收入台账、低保发放、产业帮扶、包保贫困户、申请临时救助、两不愁三保障、新医保全落实……马铖明的记事本里记满了这样的名词。从软件工程专业的程序、语言、操作、数据，到置身村民的茶米油盐、吃喝拉撒，马铖明很快便完成了身份的转变，他欣喜地看到，当年曾祖父用热血换来的梦想正在变成现实。新冠肺炎疫情爆发，马铖明又毅然报名，加入第一批抗疫志愿者的队伍。像当年隐姓埋名的杨靖宇一样，马铖明默默地参与着当地脱贫攻坚、乡村振兴的工作。走在田垄地头，被晒得黝黑的马铖明，俨然就是这白山黑水间土生土长的后代。尽管杨靖宇牺牲的故事在靖宇家喻户晓，但大部分村民都不知道这位"大城市来的大学生"抗日将领后代的真实身份，他们只知道，这是个有志气不惜力的后生。

秋渐渐地深了。

蔚蓝的天空里没有一丝云彩，恬逸的秋风吹过金色的田野，空气中荡漾着甜蜜的喜悦。白桦的树叶几乎一夜之间染成了金黄，它们与姹紫的枫树叶、嫣红的杨树叶，与苍翠的樟松叶交织在一起，色彩斑斓，蔚为壮观。

马铖明阔步走在乡间的小路上。他在心里大声呼喊：

太爷爷，您看见了吗？

赴戍登程口占示家人二首

（清）林则徐

出门一笑莫心哀，浩荡襟怀到处开。

时事难从无过立，达官非自有生来。

风涛回首空三岛，尘壤从头数九垓。

休信儿童轻薄语，嗤他赵老送灯台。

力微任重久神疲，再竭衰庸定不支。

苟利国家生死以，岂因祸福避趋之。

谪居正是君恩厚，养拙刚于戍卒宜。

戏与山妻谈故事，试吟断送老头皮。

苟利国家生死以

伫立山头，山风呼啸，记忆在僵冷的时光中温润地苏醒，行伍列列，恍若踏歌而来，歌声激荡，应和群山的伟岸与苍莽。

时间退回到70年前，腾冲战役结束一个月之后，布威尔·里维斯中校步行来到腾冲。沿着废墟瓦砾，他却再也找不到腾冲旧日的繁荣。曝尸的气味刺鼻，破碎的屋顶孤独坍塌。穿过锯齿状的孔洞，葡萄藤和其他攀缘植物开始生长。他捡起一项日本钢盔，它所保护的头颅早已被击得粉碎，连接头颅的尸体横卧一旁，除了腰带，其他部分已难以辨认。三株粉红色的牵牛花，已经在这个腐烂发臭的胸口上发芽开花。

时间无情流逝，折戟沉沙铁未销，大自然已经开始选择遗忘，面对重生。然而，中国人民用血泪书写的历史，永远只有重生，没有死亡。

——题记

兵者，国之大事，死生之地，存亡之道。1945年7月7日，为纪念在滇西抗战中英勇牺牲的中国和盟军官兵，"国殇墓园"在云南腾冲落成。这里，不仅是爱国人士纪念反法西斯战争的高地，更是缅怀为国牺牲的民族英雄的精神圣地。

岁月如白驹过隙，70 载倏忽而逝。在纪念滇西抗战 70 周年的时刻，我们从腾冲出发，重返战场，重温历史，以纪念为中国革命取得卓越胜利的英勇将士和伟大人民。

一

北纬 25°01′69.0″～25°01′81.3″东经，98°28′77.3″～98°28′89.6″。出腾冲，沿高黎贡山山脉蜿蜒北行。

数十万年以前，亚欧板块和印度板块猛烈的撞击，造就了这里火山地热并存的地貌，也造就了这里高蹈轻扬的独特人文。60 公里之外，来凤山北麓、史迪威公路西侧，一座沉默的火山傲然耸立，一片蓊郁的山林肃穆寂静。海拔仅仅 1600 米的小团山，在这里，安葬着中国远征军第二十集团军阵亡将士忠骸的墓冢群落。

出不入兮往不反，平原忽兮路超远。带长剑兮挟秦弓，首身离兮心不惩。诚既勇兮又以武，终刚强兮不可凌。身既死兮神以灵，子魂魄兮为鬼雄。

2300 年前，楚大夫屈原慷慨叹息。楚怀王、楚顷襄王之世，任谗弃德，背约忘亲，以致天怒神怨，国蹙兵亡，徒使壮士横尸膏野，以快敌人之意。屈原悲伤至极，乃作《九歌·国殇》，恸悼楚士。戴震曾注释道："殇之义二：男女未冠笄而死者，谓之殇；在外而死者，谓之殇。殇之言伤也。国殇，死国事，则所以别于二者之殇也。"国殇，由是成为死国事者的民族挽歌。

1945 年，在抗日战争进行得如火如荼的时刻，腾冲人民春燕衔泥一般，一砖一瓦，将凝聚中国血泪和骄傲的"国殇墓园"艰难垒成。

手捧洁白的菊花花束，沿着小团山拾级而上，只听得耳边山风猎猎、松涛阵阵，历史的寒意扑面而来，岁月的悲壮重返眼前。

72 行，3346 块墓碑。

每一块墓碑上，都深深镌刻着烈士的姓名和军衔。一横一竖，一撇一捺，抚摸着墓碑上那凌厉的笔锋，仿佛听得到大地深处低沉的怒吼，听得到沉睡官兵血脉偾张的心跳。一座座墓碑，如扇形从山底拱列至山顶，恍惚间，似有无数个灵魂从碑中破石而出，由石碑幻化为列队的士兵，在晨练、在出操、在冲锋、在进攻、在诀别。缓步行至山顶，阴云瞬间密布，高原的雨，霎时而至倾盆，凌厉的冬雨中，小团山变为 70 年前的战场，悲壮的呼号响彻耳畔，惨烈的厮杀犹在眼前。知情的人说，每个墓碑下面，其实并没有遗骨，有的，是一个巨大的骨灰合葬墓穴。当年，在战场上，数万官兵血染沙场，却只有 3346 位士兵的残肢断骸，更多的英雄是不足步枪高的娃娃兵，有的士兵，甚至连名字都未曾留下，只好被集体火化。同生的战友，死也要同穴。

苟利国家生死以，岂因祸福避趋之。

纪念碑如同一把直抵天庭的长剑，凌风而立，扬眉出鞘。这柄用民族精神铸成的利剑，挑落了骄狂的太阳旗，攻破了日本军队战无不胜的神话，铸造了中国军队的英勇精魂和中国人民的浩气长歌。

二

"至未号始将东南三面城墙上之敌大部肃清，于马晨开始向城内之敌攻击。我预二师、一九八师、三十六师、一一六师主力奋勇直前，由南面城墙下突入市区，激烈巷战于焉展开……尺寸必争，处处激战，我敌肉搏，山川震眩，声动江河，势如雷电，尸填街巷血满城沿。"
在《第二十集团军腾冲会战概要》中，第二十集团军总司令霍揆彰
这样写道。

"每天，我从空中可以真真切切、清清楚楚地看到腐物在腾冲城
这个巨大的尸体上蠕动蔓延。一间房屋一间房屋，一个坑道一个坑
道，中国士兵在搜寻、毁灭、杀戮。凄绝人寰的战斗结束了，而消
亡则刚刚苏醒。每一幢建筑、每一个生物都遭到了空前彻底的毁灭。
死亡的波涛冲刷洗礼着这座古城，拍打着城北、城西的墙垣。"在《死
亡的日本人和牵牛花——腾冲挽歌》中，美国陆军航空队布威尔·里
维斯中校回忆。

这场战役，就是滇西抗战中最著名的腾冲之战。

位于滇缅边境的腾冲古城，最早在《史记》中被记载为"乘象国"，
亦称"滇越"，据说"滇"字的古音也读作"腾"。腾冲，西汉属益
州郡，东汉属永昌郡，唐宋时期由南诏大理国治理，元代改为腾冲
府。明代王骥三征麓川，平定后留数万兵建筑腾冲石城，以为边防。
此后数百年间，明清两朝相继于此设立府、司、卫、所、州、道、厅。
民国时期，腾冲始设县治。

腾冲，以其独特的地理优势，被史地学家誉为"极边第一城"，
徐霞客称其为"迤西所无"。自昆明经永昌、腾冲而至缅甸、印度乃
至中东地区的贸易路线历史悠久，腾冲作为中国茶马古道的藩篱重
镇不可小觑。由于特殊的地理位置，腾冲也历来是兵家重地，元、明、
清三朝八百多年间，这里陆续修筑了八关、九隘、七十七碉，腾冲要塞，
有"三宣门户，八关锁钥"之称。方志学家在史书中记载，腾冲东
界高黎贡山，西至高良工山，南起龙陵，北迄片马的"崇山峻岭之
间的区域"，历年来绝少兵祸。

然而，70余年前，这"崇山峻岭之间"的"绝少兵祸"之地，却遭遇了中国历史上最惨重的兵燹之灾。那一天，腾冲死了。

　　我们沿着岁月的河道缓缓追溯，血和泪的寂寥比时间更沉重。

　　1941年12月，太平洋战争爆发。日本觊觎中国，以40万兵力入侵东南亚六国，从泰国攻陷缅甸，沿滇缅路长驱直入滇西，试图从这里打开缺口，宁静的西南极边转眼之间变为战争最前沿。

　　1942年3月，为了防止日军从西南大后方入侵，十万精锐之师第一次出国远征，旨在御敌于国门之外。至此，滇缅抗战正式拉开序幕。

　　然而，由于各方原因，中国远征军在缅甸作战失利，不得不退守怒江。

　　1942年4月，缅甸全境沦陷，使中国丧失了仅剩余的一条陆上国际运输线。同年5月3日，日军自缅甸入侵我国滇西，怒江以西的大部分领土沦入敌手。5月7日，昆明行营第二旅少将旅长兼腾龙边区行政监督龙绳武率军弃城而走，县长邱天培携印出逃。

　　5月10日，腾冲沦陷。

　　日军冲入腾冲县城（今腾冲市），犹如一群凶残的野兽，烧、杀、淫、掠，无恶不作，无所不用其极。在这块不足6000平方公里的土地上，4500多名村民失去生命，45个村寨和9个集市燃起冲天大火，24000幢房屋被夷为平地……

　　1944年5月10日，一个普通的夏日。为了配合驻印军缅北反攻作战，中国远征军第二十集团军的第五十三军、第五十四军的五个师，一个重迫炮团共计四万余人渡过怒江，仰攻高黎贡山，腾冲战役就此打响。

腾冲地处高黎贡山西麓，是连接中印公路北段的交通要塞。腾冲城墙全是巨石垒砌，高而且厚，日军在此驻守两年，苦心经营，筑造了坚固的军事工事。腾冲城墙堡垒环列，城墙四角更有大型堡垒侧防，是滇西最坚固的城池，兼有来凤山、飞凤山作为屏障，易守难攻。

第二十集团军渡江后仰攻高黎贡山，攻占山顶之南、北斋公房，又经过十余日激战，攻占腾北马面关以及日军中心据点桥头、界头、瓦甸、江苴等地。肃清腾北残敌，沿龙川江南下，形成合围腾冲城之势。此时，所有由北溃逃的日寇与腾冲守城的日军合编为一个混合联队，由一四八联队长藏重康美大佐指挥，奉命死守腾冲城，以待援军。

7月26日，中国远征军在空军的掩护下首先向来凤山猛攻，血战三日攻占来凤山，旋即扫清城南之敌，对腾冲城形成四面包围之势。8月22日，拉开腾冲攻坚战。战斗最激烈的是通往北斋公房的冷水沟隘口，这里的战斗整整持续了一个月，中国军队的官兵仅仅凭着一腔热血，一次又一次冲锋，一个又一个死去，一个团的士兵打光了，另一个团毫不犹豫地冲上去。尸体填满了山间，血水和着泥水流到山下，凝固成鲜艳的旗帜。负责攻打冷水沟的第一九八师的两个团，最后只剩下不足一个营的兵力。中国远征军浴血奋战，经历大小战斗四十多场，伤亡数万人，终于将日军六千余人全部歼灭。

9月14日，腾冲光复——这是抗战以来第一个被光复的县城，入侵腾冲的日军藏重康美大佐联队长以下全部被歼灭，创造了国民革命军在正面战场上全歼入侵之敌的辉煌战绩。

此时腾冲城内，已无一片完整的房舍和堤坝，无一片完整的围栏和草甸，城内的战斗是白刃战，一房一屋地争斗、一寸一寸地挪动，战事异常艰难，惨烈的巷战让中国远征军付出了惨重的牺牲：伤亡军官 1234 人，士兵 17075 人，腾冲地方民众随军作战阵亡及赴义死难群众 6400 人，美军阵亡将士 19 人。

腾冲沦陷，历时 859 个日日夜夜，损失惨重，满城废墟，被后世称为"焦土之战"。

三

一份长长的名单：

戴安澜，陆军中将，安徽无为人，毕业于黄埔三期，去世时年仅 38 岁。

齐学启，陆军中将，湖南宁乡人，毕业于清华大学，去世时年仅 45 岁。

胡义宾，陆军少将，江西兴国人，毕业于黄埔三期，去世时年仅 36 岁。

凌则民，陆军少将，湖南平江人，毕业于中央军校，去世时年仅 31 岁。

柳树人，陆军少将，贵州安顺人，毕业于黄埔五期，去世时年仅 37 岁。

洪行，陆军少将，湖南宁乡人，毕业于湖南讲武堂，去世时年仅 44 岁。

闵季连，陆军少将，重庆奉节人，生年不详，毕业于黄埔五期。

李竹林，陆军少将，湖北长阳人，毕业于中央军校，去世时年仅 37 岁。

张剑虹，陆军少将，出生地不详，早年就读于上海同济大学，投笔从戎进入黄埔三期，去世时年仅42岁。

覃子斌，陆军少将，出生地不详，毕业于云南讲武堂，去世时年仅52岁。

李颐，陆军少将，湖南醴陵人，毕业于黄埔六期，去世时年仅36岁。

唐铁成，陆军少将，湖南永州人，毕业于黄埔六期，曾赴美就读南伽罗尼省陆军军官学校，去世时年仅39岁。

……

名单上是在滇西战役中牺牲的将军，他们静静地安睡在"国殇墓园"。这些牺牲的将军，来自全国各地，此生谁料啊！心在天山，身老沧州，他们为了一个目的，把日寇赶出家园。他们的名字，就是一部生动的中国抗战史。

列于这份名单第一位的，是被日军称为"战神"的戴安澜。戴安澜曾参加北伐，先后参加台儿庄战役、武汉保卫战、长沙保卫战、昆仑关战役。也正是戴安澜，率领第二〇〇师，作为先遣部队在缅甸同古与日军开战，在没有空军协同作战的情况下，同四倍于己、配备空军的日军苦苦战斗了十二天，掩护英军安全撤退，并歼灭日军一千余人。

5月18日，在指挥突围的一场战斗中，戴安澜不幸身负重伤，由于无医无药，他的伤口迅速发炎溃烂。5月26日，第二〇〇师行至茅邦，戴安澜以身殉国。蒋介石为戴安澜题写挽词"浩气英风"，毛泽东为其题写挽诗："外侮需人御，将军赋采薇。师称机械化，勇夺虎罴威。浴血冬瓜守，驱倭棠吉归。沙场竟殒命，壮志也无违。"

在这份名单后面，还有仅仅存留姓名的士兵，他们叫王光明、张道德、李德贵、幸永善、刘金生、毛富有、田国华、龙子坤、杨金堂……

遥想当年，他们尚在襁褓之中时，他们的父母该是对他们寄予了怎样的期待，才给他们起下了这样祈福祝愿的名字，然而，天不遂人愿，他们和他们的名字、他们的幸福就这样远离故土，静静地躺在冰冷的石碑之下。在这些琳琅的名字之外，还有很多是不及枪高的十几岁的娃娃兵，他们死去时，连名字都未曾留下，他们的伙伴叫他们石头、二狗、狗蛋、小山、黑子……他们真实的名字，已经同那场战争一道，烟消云散。

在收复腾冲的战役中，同中国远征军并肩作战的，还有一支特殊的队伍——美国盟军。滇西战役中，美国共牺牲了19名盟军官兵，在这19名官兵里，军衔最高的是少校威廉·麦瑞姆。1945年修建盟军碑时，战争刚刚结束，信息散佚颇多，资料记载不详，碑上只刻有"夏伯尔等14名官兵壮烈牺牲"字样。2001年，在中美社会各界人士的齐心协助下，19名盟军阵亡官兵姓名终于找全，"国殇墓园"为他们重新修建了西式风格的墓碑和纪念碑，2004年，美国总统老布什特代表美国人民，致信中国，感谢腾冲，怀念两国之间的伟大友谊。

一腔热血勤珍重，洒去犹能化碧涛。腾冲抗战胜利结束后，腾冲军、政、民联合将在反攻腾冲城中牺牲的远征军将士遗骨火化，并举行了本地有史以来最大的一次水陆法会，选择将他们安葬此地。一碑，一罐，一把骨灰，当时的埋葬方式保留至今，骨灰的安放序列按照原作战部队的序列——70年，他们保持着原有的队形，庄严排列，凝重肃立。

他们就这样长眠，却更像长身挺立，傲而不屈，壮心填海，苦胆忧天。长长的甬道遥无尽头，高高的台阶直冲云端。这些烈士虽已远逝，他们的英魂依然长存，他们的墓碑仍如同一支支整装待发的队伍，永远守卫着中国的安宁和祥和。

四

腾冲城内，还有一块时任腾冲县县长张问德的墓碑。

1943年8月底，占领腾冲的日军头目田岛寿嗣给张问德写了一信，信中假意表示他关心腾冲人民的"饥寒冻馁"，约请张问德到县小西乡董官村董氏宗祠会谈，"共同解决双方民生之困难问题"。对于这份名为"关心"、实则诱降的来函，张问德义正词严，表示拒绝，这就是广为传诵的《答田岛书》。

这篇署名"大中华民国云南省腾冲县县长张问德"的《答田岛书》，全文不足千字，然而，字字掷地有声。

在《答田岛书》中，张问德义正词严地写道："以余为中国之一公民，且为腾冲地方政府之一官吏，由于余之责任与良心，对于阁下所提出之任何计划，均无考虑之必要与可能。然余愿使阁下解除腾冲人民痛苦之善意能以伸张，则余所能供献于阁下者，仅有请阁下及其同僚全部返回东京。使腾冲人民永离枪刺胁迫生活之痛苦，而自漂泊之地返回故乡，于断井颓垣之上重建其乐园。"

这封信写于1943年9月12日，腾冲沦陷已一年有余，百姓饱受兵燹荼毒，哀鸿遍野，张问德以如刀之笔凛然发问："自事态演变以来，腾冲人民死于枪刺之下、暴尸露骨于荒野者已逾二千人，房屋毁于兵火者已逾五万幢，骡马遗失达五千匹，谷物损失达百万石，财产被劫掠者近五十亿。遂使人民父失其子，妻失其夫，居则无以蔽风雨，行则无以图谋生活，啼饥号寒，坐以待毙；甚至为阁下及其同僚之所奴役，横被鞭笞；或已送往密支那将充当炮灰。而尤使余不忍言者，则为妇女遭受污辱之一事。"张问德这封信发出之时，恰是滇西乃至全国抗日战争最激烈和最艰苦的时刻。不难设想，张问德写下这封信时慷慨赴死的勇气和决绝。他慷慨陈词："凡此均属腾冲人民之痛苦。余愿坦直向阁下说明：此种痛苦均系阁下及其同僚所赐予，此种赐予，均属罪行。由于人民之尊严生命，余仅能对此种罪行予以谴责，而于遭受痛苦之人民更寄予衷心之同情。"

为将之道，当先治心；为官之道，当先问德。这份大义凛然的书信寄出后，《中央日报》《大公报》等各大报纸纷纷转载，轰动一时，极大地提振了云南民众抗战到底的决心和志气。国民政府军政部长陈诚后来代表蒋介石召见张问德，称他为"全国五百个沦陷区县长之人杰楷模""富有正气的读书人"。蒋介石则亲笔题赠"有气节之读书人也"匾额。

1942年，张问德以62岁高龄就任腾冲县县长。腾冲光复以后，张问德却挂冠而去，只留下他对腾冲人民的一片丹心。

但是，腾冲人民没有忘记他，中国人民没有忘记他。张问德1957年逝世，在他的身后，人们送给他四个字——"忠恤千秋"。

刑天舞干戚，猛志固常在。

张问德是宁折不弯的腾冲的一个缩影，正是无数的张问德，构筑了腾冲的脊梁。

五

腾冲战役的胜利，解除了中国西线的威胁，极大地鼓舞了全民抗战的士气。结合中国驻印军在缅甸密支那战役的伟大胜利，中印公路得以从印度雷多——缅甸密支那——腾冲——昆明的便捷通道向祖国大后方源源不断运送国际援华物资，奠定了抗日战争取得最后胜利的物质、精神基础。

70年过去了，鲜血灌溉的山野开满了寂静的花朵，古巷中挤满了喧闹的人群，石城里，鲜花饼店前排着长长的队伍，年轻的恋人用玫瑰般的味道祝福爱情的未来，一切已经复归寂静，一切仿佛没有发生。然而，腾冲没有忘记，铜钟上的弹痕未平，石墙边的废墟犹在，银杏的叶子在料峭寒风中转绿为黄，被炸弹炸得粉碎的柳树又长出了新的枝丫，在风雨中摇曳，"国殇墓园"挤挤挨挨的，是深黄浅白的菊花，恬淡甘冽的芬芳溢满山谷，寸寸山河寸寸金——腾冲，永远不会忘记。

在滇缅战役中，与腾冲一道共赴死亡之战的，还有同古、仁安羌、胡康河谷、孟拱河谷、密支那、松山、龙陵、八莫、腊戍……每一个热血横流的战场，都是中国人心头的一道裂谷，每一刻由生命换来的静谧，中国人都不会忘记。

1945年7月7日，在如海的挽歌挽联中，"国殇墓园"落成，军民同哀，始做歌曰：

吁嗟乎！

殄尽寇仇吾志已，职之所在功何名？子推高节不言禄，将军且有大树名。忆昔北伐事请缨，终军弱冠意气盈。茫茫中原尽荆棘，为国已自轻死生。巍巍乎！

诸君成功成仁俱，皎若日月丽天衢。舍生取义男儿事，而今而后知所趋。

伫立山头，山风呼啸，记忆在僵冷的时光中温润地苏醒，行伍列列，恍若踏歌而来，歌声激荡，应和群山的伟岸与苍莽。

时间退回到70年前，腾冲战役结束一个月之后，布威尔·里维斯中校步行来到腾冲。沿着废墟瓦砾，他却再也找不到腾冲旧日的繁荣。曝尸的气味刺鼻，破碎的屋顶孤独坍塌。穿过锯齿状的孔洞，葡萄藤和其他攀缘植物开始生长。他捡起一顶日本钢盔，它所保护的头颅早已被击得粉碎，连接头颅的尸体横卧一旁，除了腰带，其他部分已难以辨认。三株粉红色的牵牛花，已经在这个腐烂发臭的胸口上发芽开花。

时间无情流逝，折戟沉沙铁未销，大自然已经开始选择遗忘，面对重生。然而，中国人民用血泪书写的历史，永远只有重生，没有死亡。

前事不忘，后事之师。

（原载于《人民日报》2014 年 12 月 11 日）